Für Maiko, Franzi, Annika, Saskia und Iris.
Voller Dankbarkeit, Ivo

IVO PALA

Gift

Der Tod kommt lautlos

Thriller

Originalausgabe

blanvalet

FSC www.fsc.org
MIX
Papier aus verantwortungsvollen Quellen
FSC® C014496

Verlagsgruppe Random House FSC® N001967
Das FSC®-zertifizierte Papier *Holmen Book Cream*
für dieses Buch liefert Holmen Paper, Hallstavik, Schweden.

1. Auflage
Originalausgabe Mai 2015 bei Blanvalet,
einem Unternehmen der Verlagsgruppe
Random House GmbH, München

Umschlaggestaltung: Johannes Frick, Neusäß
Umschlagmotiv: Shutterstock/Lonely
Lektorat: Gerhard Seidl/textinform
HK · Herstellung: sam
Satz: DTP Service Apel, Hannover
Druck und Einband: GGP Media GmbH, Pößneck
Printed in Germany
ISBN: 978-3-7341-0146-5

www.blanvalet.de

Prolog 1

Swerdlowsk, Russland – Montag, 2. April 1979 – 06:00 Uhr
Rüstungsbetrieb BIOPREPARAT – Swerdlowsk-19

An jenem Morgen kletterte die Temperatur zum ersten Mal seit nunmehr sechs Monaten über den Gefrierpunkt. Das freute jeden einzelnen der Bewohner der geschlossenen Rüstungsstadt; im Nachhinein jedoch wünschten sich die wenigen Überlebenden, es wäre zumindest noch zwei Tage länger so kalt geblieben wie zuvor. Ach was, zwei Tage – im Grunde genommen hätten zwei Stunden vollkommen genügt, um die Katastrophe zu verhindern.

Der Vorarbeiter in der Zentrale nahm das Betriebsbuch zur Hand und ging die Eintragungen von vor dem Wochenende durch. Keine Auffälligkeiten. So mochte er es. So sollte es sein. Er trat an die Sprechanlage und ordnete wie jeden Montag über die Lautsprecher die Wiederaufnahme des vor der Welt geheim gehaltenen Betriebs an. Völkerrechtlich war das, was sie hier taten, hochgradig illegal. Die Herstellung biologischer Waffen war seit der Biowaffen-Konvention von vor sieben Jahren allen unterzeichnenden Nationen streng verboten. Aber man rüstete sich ja schließlich nicht für den unwahrscheinlichen Fall, dass sich die ganze Welt an Vereinbarungen hält.

Die Generatoren und Turbinen liefen lautstark an, die

Lichter in den Hallen und Labors wurden heller. Es war, als würde die Anlage mit einem mürrischen Knurren zum Leben erwachen.

Der Vorarbeiter wandte den Blick zu den vier Mitarbeitern, die an ihren Tischen vor Schalttafeln saßen und die ansteigenden Werte protokollierten. Alles schien in bester Ordnung. Doch dann tippte einer von ihnen plötzlich mit der Zeigefingerspitze hektisch auf das runde, gewölbte Glas einer Messuhr.

»Was ist?«, fragte der Vorarbeiter argwöhnisch.

»Ich weiß nicht«, antwortete der andere. »Die Anzeige der Abluftanlage scheint verrücktzuspielen.«

»Was heißt das, ›scheint verrücktzuspielen‹?«, fragte der Vorarbeiter besorgt.

»Sie zeigt einen viel zu großen Durchzug an«, bekam er zur Antwort. »Einen so hohen Durchzug könnte es nur geben, wenn jemand die Filter entfernt hätte …«

Der Vorarbeiter beruhigte sich wieder. Niemand war so bescheuert, die Abluftfilter einer Anlage zu entfernen, in der hochtoxisches »Anthrax 836« zu Pulver getrocknet wurde, um es in Interkontinentalraketen als tödliches Aerosol zu verwenden. Eine solche Maßnahme wäre mit Gewissheit in das Betriebsbuch eingetragen worden.

»Tauschen Sie die Anzeige einfach aus«, ordnete er an und kehrte zurück zu seinem Platz. Er spürte, dass sein Herz schneller schlug, und fragte sich nicht zum ersten Mal, ob er nicht langsam darüber nachdenken sollte, seine Versetzung an einen wesentlich weniger gefährlichen Ort zu beantragen. Dabei musste er zynisch schmunzeln. Niemand, der jemals nach Beginn des Wettrüstens zum Ende des Zweiten Weltkrieges hier in Swerdlowsk gearbeitet hatte, hatte den Ort jemals wieder verlassen. Die meisten von ihnen hatten keine

Familie, und die Familien derer, die eine hatten, lebten allesamt hier. Isoliert von der Welt. Wie in einem Gefängnis. Dafür aber mit allen Annehmlichkeiten, die man sich in der Sowjetunion überhaupt nur vorstellen konnte.

Aber vielleicht gab es ja eine Position in der benachbarten Keramikfabrik. Dort wurden zwar auch Waffenelemente hergestellt, aber kein biologisches Gift, von dem bereits ein einziges Gramm Hunderte von Menschenleben auslöschen konnte.

Er merkte, dass jemand seinen Schreibtischstuhl verstellt hatte, grummelte ungehalten und brachte ihn auf die gewohnte Position zurück. Das war der Moment, in dem er auf dem Stapel von Akten vor sich den handgeschriebenen Zettel sah.

Es dauerte ein paar Sekunden, bis sein Gehirn realisierte, was mit rotem Filzstift darauf geschrieben stand:

Verstopften Hauptfilter ausgebaut. Ist bis Montagvormittag zur Reinigung im Labor. Anlage nicht einschalten!

»Ausschalten!«, rief der Vorarbeiter, sprang von seinem Stuhl hoch und brüllte in das Mikrofon der Sprechanlage: »Sofort alle Aggregate ausschalten. Krisenprotokoll Omega! Krisenprotokoll Omega! Volle Quarantäne!«

Der Vorarbeiter hatte sich gleich in doppelter Hinsicht geirrt: Sein Kollege von der Freitagsschicht war so bescheuert, die Abluftfilter einer Anlage zu entfernen, in der hochtoxisches »Anthrax 836« zu Pulver getrocknet wurde, ohne es in das Betriebsbuch einzutragen. Er war vermutlich einfach nur zu faul gewesen.

Und der zweite Punkt, in dem er sich geirrt hatte, war die vermeintliche Sicherheit der benachbarten Keramikfabrik. Denn dort begannen gerade die ersten Arbeiter, ihr eigenes, schleimiges Blut zu kotzen.

In jenem April des Jahres 1979 hielt sich ein junger, hochrangiger KGB-Offizier in Swerdlowsk auf; zur Fortbildung. Und was für eine Fortbildung das war! Er beobachtete das Tage dauernde und gründliche Massensterben – so grausam und unausweichlich es für die Betroffenen war, für ihn war es ein Glücksfall. Es stellte die Lösung dar für ein Problem, das ihn schon lange beschäftigt hatte. Und damit zugleich einen Schlüssel zur Macht.

Prolog 2

Macao – Heute
Avenida de Amizade

Oleksandr Dmitrievich Kuznetsov wusste, dass seine Chancen, diese warme und sternenklare Nacht zu überleben, äußerst gering waren. Geradezu marginal. Aber zu der Entscheidung, die er gefällt hatte, gab es keine Alternative.

Sie waren hinter ihm her! Das war so sicher wie das Amen in der Kirche – auch wenn er noch keine Anzeichen von ihnen entdeckt hatte. Dazu hatte er selbst sie viel zu gut trainiert.

Obwohl Kuznetsov das gesamte Repertoire jahrzehntelanger Erfahrung als Agent für Russland ausgeschöpft hatte, seine Spuren von Moskau hierher zu verwischen, war es alles andere als ausgeschlossen, dass sie ihn finden würden. Es war sogar mehr als wahrscheinlich, dass ihm in dieser Sekunde das Fadenkreuz eines akribisch polierten Zielfernrohrs Schritt für Schritt folgte und ein trainierter Finger am leichtgängigen Abzug eines Dragunow-Scharfschützengewehrs auf den passenden Moment wartete, freie Schussbahn zu haben. Das mehr als achthundert Meter pro Sekunde schnelle Geschoss würde Kuznetsovs Kopf zum Platzen bringen wie eine überreife Melone. Deshalb durfte er jetzt auf keinen Fall stehen bleiben und hatte für das bevorstehende Treffen einen

Zeitpunkt gewählt, zu dem die breite Hafenstraße zwischen der Fischerwerft und den Landebrücken der Fähren aus und nach Hongkong am dichtesten belebt war. Wenn er sich auch alle Mühe gab, so unauffällig wie möglich in slalomartigen Kurven zwischen den Passanten, die zu mehr als achtzig Prozent Touristen aus der ganzen Welt waren, hin und her zu fädeln, klopfte ihm das Herz in Erwartung des möglichen Todesschusses bis hoch zum Hals.

Kuznetsovs Ziel war das *Macau Palace*.

Das schwimmende Kasino lag parallel zur *Avenida* im pechschwarz schimmernden Wasser wie eine riesige Toten-Mannes-Kiste aus fein geschnitztem Tropenholz. An dem düsteren Eindruck änderten auch Hunderte bunter Lichter aus Glas, Plastik und Papier sowie blinkende Leuchtreklamen nichts und auch nicht die fröhlich beschwingte Musik und das erwartungsfrohe Geschnatter der Spieler, die über das Wasser hinweg bis zu ihm schallten. Es ging eine nur innerlich spürbare Kälte von dem alten Kasten aus. Eine Kälte, die sich Kuznetsov um die Brust legte wie eine eisig krallende Faust.

All seine in langen Jahren geschulten Instinkte und auch eine gute Portion seines Verstands schrien ihm ununterbrochen zu, einfach kehrtzumachen und nicht nur das Ufer, sondern auch Macao auf der Stelle zu verlassen.

Doch dafür war es längst zu spät, das wusste er. Er war bereits zu weit gegangen. Er hatte den *Point of no Return* schon um Meilen überschritten – eigentlich bereits in dem Moment, in dem er losgezogen war –, und nur die unglaubliche Summe, die er für das Geheimnis, das er bei sich trug, aufgerufen hatte, würde es ihm überhaupt ermöglichen, den Rest seines Lebens in zumindest relativer Sicherheit zu verbringen. Wirklich und absolut sicher würde er nie wieder sein; an keinem Ort der Welt.

Aber relative Sicherheit war besser als keine. Sie war die einzige Aussicht, die das Geld für Kuznetsov versprach.

Er war kein Verräter; er wollte nur Chancengleichheit schaffen und eine drohende Katastrophe verhindern. Eine Katastrophe, an der er – sollte sie trotz seiner Anstrengungen eintreten – nicht gänzlich unschuldig wäre. Ganz und gar nicht unschuldig. Er hatte das Programm damals mit ins Leben gerufen, es entwickelt und letztlich auch installiert; aber das war in einer anderen Zeit – vor mehr als einem Vierteljahrhundert – unter völlig anderen Vorzeichen. Es war als Abwehrmechanismus gedacht gewesen, eine letzte Verteidigungslinie für den absoluten Notfall. Kein Werkzeug zum Massenmord.

Kuznetsov musste die Information weitergeben, auch wenn ihr Bekanntwerden nach all den Jahren einen zusätzlichen narbigen Schatten werfen würde auf das ohnehin in den Augen der halben Welt angeschlagene Gesicht seines Mütterchens Russland.

Der Ablauf des Deals war klar. Es war heute noch derselbe wie seit Anbeginn Macaos als portugiesische Kolonie im sechzehnten Jahrhundert. Kuznetsov musste in das Kasino. Dazu musste er über den langen Steg, der von der Kaimauer hinüberführte. Gut hundert Meter ungeschütztes Terrain.

Wie auf dem Präsentierteller.

Unwillkürlich fühlte er mit den Fingerspitzen die klamme Feuchtigkeit der Flächen seiner in den Hosentaschen vergrabenen Hände. Obgleich er wusste, dass sie ihm in der jetzigen Situation nicht viel nutzen würde, wünschte er, er hätte wenigstens eine Pistole dabei. Doch das verstieß gegen die Regeln. Das Vergnügungsboot war neutrales Terrain; Waffen waren nicht erlaubt.

Mit einem Mal fühlte Kuznetsov, wie ihn trotz der Anspannung die Müdigkeit übermannte.

Wie lange hatte er schon nicht mehr geschlafen?

Mehr als zwei Tage.

Er erinnerte sich an eine Zeit, in der ihm das nichts ausgemacht hätte, aber auch die war inzwischen lange vorüber. Jetzt fühlte er sich alt und steif … und so schwach wie noch nie zuvor in seinem Leben. Die hohe Luftfeuchtigkeit machte seinen von Arthritis geplagten Knochen zu schaffen, und das Salz der See brannte in seinen vor Erschöpfung geröteten Augen.

Er zog die Linke aus der Tasche und warf einen eiligen Blick auf die Uhr am Handgelenk. Kurz nach halb zehn.

Es war so weit.

Er schlenderte noch so lange am Ufer entlang, bis er endlich eine größere Traube Touristen entdeckte, die auf den Steg zusteuerten. Dem Aussehen und der Kleidung nach Amerikaner. Ihm fiel auf, dass sie längst nicht mehr so schrill und aufdringlich laut waren wie zur Zeit seiner Jugend; nicht mehr so großspurig. Die neue Welt hatte auch sie verändert; demütiger gemacht. Um sie im richtigen Moment am richtigen Ort abzupassen, musste Kuznetsov seine Schritte beschleunigen – aber nur gerade so viel, um nicht aufzufallen und somit ein besseres Ziel abzugeben.

Mit gesenktem Kopf reihte er sich in die Gruppe ein und betrat in ihrer Mitte die hölzerne Brücke. Sein Herz schlug jetzt lauter als die Schritte auf den alten, meersalzfleckigen Brettern.

Nur noch wenige Meter.

Fort Guia

Bölling beobachtete seinen alten Freund und Widersacher Kuznetsov von der überdachten Plattform des Leuchtturms aus durch ein Fernglas.

Der Chef des GTAZ bewunderte die Versiertheit, mit der der Russe sich trotz fortgeschrittenen Alters inmitten der Traube von Touristen über den Steg zum Kasino bewegte und auf dem relativ engen Raum immer wieder in unvorhersehbar wechselndem Takt ganz leicht die Richtung änderte, um es einem Scharfschützen nahezu unmöglich zu machen, einen sicheren Schuss zu setzen. Ohne ein gewisses Talent wurde man in diesem Beruf nicht so alt wie sie beide. Talent und ein gerüttelt Maß an Paranoia. Durchaus begründeter Paranoia. In ihrem Gewerbe war mit zunehmendem Rang die Wahrscheinlichkeit, verfolgt, beobachtet und ins Visier genommen zu werden, sehr viel höher als das Gegenteil. Daher stand Bölling dicht im Schatten an eine Säule gepresst.

Er nahm das Fernglas herunter und betätigte mit dem rechten Zeigefinger den winzigen Knopf seines Earsets. »Bravo eins, Bravo zwei! Er ist auf dem Steg. Haltet die Augen offen!«

»Östlicher Perimeter gesichert«, ertönte die elektronisch verzerrte Stimme von Bravo Eins als Antwort.

»Westlicher Perimeter ebenfalls«, fügte Bravo zwei hinzu. »Keinerlei Anzeichen von Gefahr.«

Bölling wusste, dass sie gerade dann am größten war.

Er fragte sich nicht zum ersten Mal, welche Information Kuznetsov ihm zu verkaufen hatte, und fürchtete, dass sie den geforderten Preis rechtfertigte. Er hatte kein gutes Gefühl. Teure Informationen bedeuteten fast immer eine Bedrohung.

Je teurer, desto ernsthafter.

Bölling widerstand dem Drang, sich eine Zigarette anzuzünden, um seine Position nicht zu verraten. Kuznetsov hatte inzwischen über zwei Drittel des Wegs über die Brücke zurückgelegt.

Es wurde Zeit, dass auch Bölling sich aufmachte.

Er steckte das Fernglas in die Tasche, drehte sich um und nahm die stählerne Wendeltreppe nach unten.

Macau Palace

Die Angst fiel erst von Kuznetsovs Schultern, als er den entscheidenden Schritt vom Steg herunter auf die Veranda vor dem Eingang des schwimmenden Kasinos machte.

Das über dem mächtigen Portal angebrachte Dreieck aus den geschnitzten Symbolen für Himmel, Erde und Menschheit, in deren Mitte ein Drache abgebildet war, garantierte wenigstens für den Moment seine Sicherheit. Nicht einmal der FSB, der russische Geheimdienst, würde sich mit den chinesischen Triaden anlegen.

Er drehte sich um und schaute über die Reling hinweg auf die Stadt, die man auch das Las Vegas Asiens nannte.

Sein Blick wanderte über die atemberaubend schöne Kulisse. Ein Meer bunt funkelnder Farben aus Neon und LEDs. Kein Zeichen von Bölling, doch Kuznetsov wusste, dass der alte Feind, der jetzt sein einziger Verbündeter war, sich ganz in der Nähe aufhielt. Aber er würde sich erst zeigen, wenn der Geldtransfer abgeschlossen und der finale Treffpunkt bestimmt war.

Mit einem Zögern, das der Unsicherheit entsprang, auch wirklich das Richtige zu tun, wandte er sich wieder dem Eingang zu. Die amerikanische Touristengruppe, mit der er die Brücke überquert hatte, war bereits im Innern des schwimmenden Gebäudes verschwunden, und die vier Bodyguards links und rechts von der breiten Tür schenkten nun ihm ihre ungeteilte Aufmerksamkeit.

Er nickte ihnen knapp zu.

»Madame Liang erwartet mich«, sagte er auf Kantonesisch.

Einer der vier verbeugte sich mit einem freundlichen Lächeln. »Wen darf ich melden?«

»Sagen Sie ihr, der *Schmied* ist hier.«

»Madame Liang kennt viele Schmiede aus Russland«, antwortete der Mann, ohne sich zu rühren, und spielte damit darauf an, dass Kuznetsovs Nachname, der übersetzt tatsächlich *Schmied* bedeutete, einer der am weitesten verbreiteten in seiner Heimat war.

»Schicksalsschmied«, betonte Kuznetsov, und während er diesen Codenamen früher mit großem Stolz benutzt hatte, zog es ihm jetzt die Eingeweide zusammen bei dem Gedanken, in welch fürchterlichen Ausmaßen er auf die nahe Zukunft zutreffen könnte, wenn es ihm nicht gelang, die Information an Bölling weiterzugeben.

Als er den Namen hörte, schlich sich in die Miene des Bodyguards eine gehörige Portion Respekt. Mit einer noch tieferen Verbeugung als zuvor erwiderte er: »Ich werde Sie unverzüglich melden. Wenn Sie mir bitte folgen möchten.« Damit eilte er voran.

Kuznetsov betrat hinter ihm die luxuriöse Vorhalle des Kasinos. Erst jetzt fiel ihm auf, wie lange er schon nicht mehr hier gewesen war – und wieder wurde ihm bewusst, wie lange seine im Feld aktiven Jahre hinter ihm lagen. Aber hier hatte sich rein gar nichts verändert; so als wäre die Zeit stehen geblieben. Dieselben fein gearbeiteten Wandtäfelungen aus spiegelglatt poliertem Lack, dieselben kugelrunden Lampions aus Seidenpapier, dieselben mit Blattgold verzierten Drachenmuster. Selbst die unaufhörlich lächelnden Animationsdamen in ihren rubinroten und smaragdgrünen traditionellen Kleidern schienen dieselben zu sein wie damals – ewig jung und wunderschön.

Sein Begleiter bedeutete ihm höflich zu warten und verschwand hinter einer seitlich eingelassenen Tür.

Kuznetsov verharrte und sog den Moment wie auch die Düfte in sich auf. Sandelholz und Räucherwerk, Weine und Spirituosen, das vornehmlich schwere, aber mit blumigen Noten durchwebte Parfüm der Dealerinnen und Kellnerinnen. Er war beinahe versucht, den Kopf in den Nacken zu legen und genießerisch die Augen zu schließen. So viele Erinnerungen. Sie weckten den Wunsch, die Zeit möge still stehen – für immer.

Schon nach wenigen Sekunden kehrte sein Führer wieder zu ihm zurück.

»Madame Liang erwartet Sie am Pai-Gow-Tisch acht, werter Herr.« Er winkte beflissen eine der Animationsdamen zu ihnen heran. »Dongmei zeigt Ihnen den Weg.«

Die nicht älter als achtzehn Jahre alt wirkende junge Frau verneigte sich graziös und tief vor Kuznetsov und machte eine einladende Geste.

Kuznetsov bedankte sich mit einem weiteren knappen Nicken bei dem Bodyguard und folgte ihr durch ein zweites Portal in den dahinterliegenden Spielsalon. Sie durchquerten den gesamten dicht gefüllten Raum und kamen schließlich auf der anderen Seite an einer Nische an, in der ein großer, flacher Tisch stand.

Dahinter ein vertrautes Gesicht.

Madame Liang. Ihre Schminke war so dick wie eh und je. Wie eine Maske aus Porzellan. Unmöglich, das wahre Alter der Triadengeneralin auszumachen; aber sie hatte schon so ausgesehen, als Kuznetsov ihr vor mehr als vierzig Jahren als junger, frischgebackener KGB-Rekrut das erste Mal begegnet war. Wenn er sich nicht irrte – und das geschah äußerst selten –, trug sie sogar dasselbe Kleid wie damals.

Auf den Spitzen ihrer dünnen Finger steckten lange, klauenhaft geschwungene Nägel aus halb durchsichtiger Jade. Jeder einzelne mehr als fünf Zentimeter lang. Dennoch mischte sie damit geschickt einen kleinen Berg schwarzer Dominoziegel und baute Stapel daraus.

»Es ist lange her, Schmied«, sagte sie leise und dabei kaum die purpurfarbenen Lippen bewegend. Ihre Stimme war sanft wie der Spätsommerwind in der Taiga; beinahe nur ein Flüstern und doch trotz des Lärms um sie herum deutlich hörbar.

»Viel zu lange«, erwiderte Kuznetsov, verneigte sich höflich und nahm ihr gegenüber an dem ansonsten leeren Tisch Platz. Er griff in die Innentasche seines Jacketts, holte daraus ein dickes Bündel mit Geldscheinen hervor und legte es vor sich.

»Der Einsatz ist diesmal ungewöhnlich hoch«, sagte sie und fixierte ihn mit ihren dunklen Augen, ohne zu blinzeln.

Kuznetsov seufzte. »Ja, das ist er.«

In weit mehr als nur einer Hinsicht, fügte er in Gedanken hinzu.

Noch immer hatten ihre langen Wimpern keinen Schlag getan. »Ich könnte leicht das Doppelte zahlen.«

Kuznetsov lächelte so freundlich, wie er nur konnte. »Ich danke für das großzügige Angebot, Madame Liang«, sagte er, »aber die Ware, die ich mit mir führe, besitzt für Sie und Ihre Freunde ganz gewiss keinen besonders großen Wert.«

Sie kicherte, ohne dass man es in ihrem Gesicht sehen konnte. Das Kichern hatte eine beinahe kindliche Qualität. »Wenn man die richtigen Käufer findet, werter Schmied, besitzt jede Ware auf dieser Welt ihren Wert. Ihre scheint auf jeden Fall kostbar genug zu sein, wenn Sie persönlich wegen ihr hierhergekommen sind.«

Kuznetsov schüttelte bedauernd den Kopf. »Ich habe bereits mein Wort gegeben.« Er vertraute darauf, dass ihr das als Ausschlagen ihres Angebots genügen würde.

»Sie wissen, dass Sie verfolgt werden«, fragte sie, »und dass Ihre Verfolger Ihnen bereits dicht auf den Fersen sind?«

Er nickte.

»Wir haben mindestens drei Ihrer früheren Schüler ausmachen können. Zwei davon Scharfschützen.«

Kasimir und Gregor, überlegte Kuznetsov. Sie waren die Besten. Der dritte war vermutlich Vassil, ein Mann fürs Grobe – bevorzugte Waffen: kurze Messer mit starken Klingen und seine vorschlaghammergroßen Fäuste.

»Wir könnten Ihnen auch außerhalb des Kasinos und bis weit über die Grenzen Macaos hinaus Schutz bieten«, fuhr Madame Liang leise fort und schob den Stapel Dominosteine vor sich hin und her, geschickt wie eine Hütchenspielerin. Ihre fließenden Bewegungen hatten eine hypnotisierende Wirkung auf Kuznetsov. »Vorausgesetzt natürlich, wir beide kommen ins Geschäft. Halb Asien stünde Ihnen offen für Ihren wohlverdienten Ruhestand. Sie kennen unseren Einfluss.«

Das Angebot wurde immer verlockender. Doch es war nicht auszudenken, was geschehen würde, wenn die Information in die falschen Hände geriet.

»Es tut mir leid«, sagte er. »Ich muss das Risiko eingehen. Es geht um mehr als nur um Geld.«

»Es geht immer um mehr als nur Geld«, antwortete sie und hielt ihren Blick weiterhin auf ihn gerichtet, wie um in dem seinen zu forschen, ob er es sich nicht vielleicht doch noch anders überlegen würde. Dann gab sie ein leises Seufzen von sich und senkte die Lider. »Aber nun gut, ich akzeptiere Ihre Entscheidung natürlich. Hier im *Macau Palace* zwingen wir niemanden zu seinem Glück.«

»Ich weiß das sehr zu schätzen, Madame Liang.«

»Das ist kein Gefallen, Schmied, das ist Tradition. Tradition, der ich verpflichtet bin. Anders zu handeln würde unserem Ruf schaden, und wir würden unser Gesicht verlieren. Hier!« Sie schob einen der Stapel mit den kleinen Lackziegeln zu Kuznetsov. »Spielen wir!«

Pai Gow war ein kompliziertes Spiel, aber Kuznetsov beherrschte es gut. Er stellte mit ruhigen Händen seine Steine nacheinander so auf, dass Madame Liang sie nicht sehen konnte, und teilte sie in Gruppen. Dann legte er sie verdeckt auf die entsprechenden Felder, die auf dem Tisch aufgezeichnet waren.

Die Triadengeneralin tat es ihm nach, jetzt wieder ohne ihn aus den Augen zu lassen.

Das Spiel war abgekartet, aber der äußere Schein musste gewahrt werden. So war es seit Jahrhunderten, so würde es immer sein.

Als alle Ziegel schließlich auf ihren Plätzen lagen, begann Madame Liang, sie nacheinander umzudrehen. Wieder wunderte Kuznetsov sich, wie geschickt sie das trotz der langen Jadenägel machte.

In der ersten Paarung hatte er die *Gans* – zwei Steine mit jeweils 3-1. Auf ihrer Seite deckte Madame Liang den *Himmel* auf – 6-6 und 6-6. Die zweithöchste Hand im Spiel.

Wieder kicherte sie, ohne dass ihr puppenhaftes Gesicht

sich dabei bewegte. »Bei allen Göttern, das sieht wahrlich nicht besonders gut aus für Sie, mein lieber Schmied.« Sie sagte es so laut, dass Umstehende sie hören konnten. Alles Teil des ewigen Spiels. Internationale Geldübergabe zwischen zwei Parteien auf neutralem Boden, frei von Überwachung und Steuer.

Sie rieb sich genussvoll die Handflächen, ehe sie sein nächstes Paar umdrehte. Ihre dunklen Augen weiteten sich überrascht; perfekt ihre Rolle spielend. Sogar ihre nachgezeichneten Brauen hoben sich zu hohen Bogen, und Kuznetsov war sicher, dass gleich ein Teil ihrer Schminke abbröckeln würde.

»*Gee Joon!*«, kreischte sie so laut und hoch, dass es sich anhörte, als würde jemand mit einem frisch gespitzten Nagel über eine Tontafel kratzen. »*Gee Joon!*«

Kuznetsov widerstand nur schwer dem Drang, sich beide Ohren zuzuhalten. *Gee Joon* war die allerhöchste mögliche Hand im Pai Gow.

»Sie haben mich tatsächlich geschlagen, Schmied! Die Drachen des Glücks sind Ihnen hold. Unfassbar!«

Sie holte mit spitzen Fingern ein winziges Blatt Papier aus dem weiten Ärmel ihres Kleids, schrieb mit einem kleinen Tuschepinsel einige Symbole darauf und reichte es ihm mit einer eleganten Bewegung. »Sie erhalten Ihren Gewinn an der Kasse. Bei allen Geistern im Himmel und in der Erde, Sie machen uns arm!«

Er lächelte gespielt so, als hätte er gerade in einer Lotterie gewonnen, und nahm den Zettel entgegen. »Danke, Madame Liang.«

Sie stand auf und verneigte sich. »Es war mir wie immer ein Vergnügen, ehrwürdiger Schmied. Ich hoffe – wenn auch gegen jede Chance –, dass wir uns irgendwann einmal wiedersehen.«

Auch er erhob sich und erwiderte die Verneigung. »Das ist eine Hoffnung, die ich nur allzu gerne teile.«

Sie lächelte – und jetzt bewegten sich ihre purpurrot geschminkten Lippen. Es war ein trauriges Lächeln. So wie er selbst glaubte sie nicht daran, dass sie einander jemals wieder begegnen würden – ganz gleich wie die Dinge ausgingen.

Sie wandte sich um und verschwand im Dunkel der Nische wie durch einen unsichtbaren Vorhang.

Kuznetsov wartete einige Augenblicke, nahm sein Geldbündel wieder an sich und begab sich anschließend auf direktem Weg durch die Menschenmasse hindurch hinüber zur Kasse – ein mit golden lackierten gusseisernen Gittern gesicherter Hartholztresen, hinter dem eine junge Macao-Chinesin stand.

Er reichte ihr den Zettel.

Sie nahm ihn an sich, las ihn und spielte ebenfalls große Überraschung. »Das *Macau Palace* beglückwünscht Sie! Haben Sie besondere Wünsche zur Auszahlung?«

Kuznetsov nickte. »Diamanten, Gold, Euro und Dollar. Zu gleichen Teilen.«

»Bitte warten Sie einen Augenblick«, sagte sie und ging durch eine schmale Schwingtür nach hinten. Es dauerte nicht lange, und sie kam mit einem kleinen ledernen Koffer zurück. Sie legte ihn auf den Tresen. »Möchten Sie nachzählen?«

»Nicht nötig.« Kuznetsov nahm den Koffer in Empfang und vergewisserte sich, dass er gut verschlossen war. Er war angenehm schwer. In ihm lag seine Zukunft.

»Würden Sie mir freundlicherweise ein Taxi bestellen?«, fragte er die Kassiererin. Das war der vereinbarte Code dafür, dass Bölling nun darüber informiert werden sollte, dass die Geldübergabe erfolgreich stattgefunden hatte. »Hier ist die Zieladresse.«

Kuznetsov reichte ihr einen zweiten Zettel. Darauf stand die Adresse für das Treffen mit dem Deutschen. Dort würde Kuznetsov Bölling die Information geben, für die dieser gerade eben bezahlt hatte.

Vorausgesetzt, Kuznetsov würde den Treffpunkt lebend erreichen.

Camöes Garten

Bölling näherte sich vorsichtig dem dicht bewaldeten Park über einen schmalen, geschlängelten Pfad durch den alten protestantischen Friedhof Macaos. Seine Schritte machten auf dem erdigen Boden kaum ein Geräusch.

Die bis zur Unkenntlichkeit verwitterten Grabsteine früherer Missionare und Händler, die von einem dichten Meer von jetzt in der Dunkelheit geschlossenen Blüten umrankt waren, untermalten die flaue Kälte, die er in seinem Innern spürte. Aber auch ohne die Grabsteine war der Leiter des GTAZ sich seiner eigenen Sterblichkeit in diesen Minuten nur allzu deutlich bewusst.

Zugleich fühlte er eine Erregung, die er längst vergessen geglaubt hatte; es war über zwanzig Jahre her, dass er das letzte Mal persönlich im Feld war. Zwanzig Jahre, die ins Land gezogen waren wie nichts. Zwanzig Jahre, die er zum größten Teil hinter Schreibtischen und in Besprechungsräumen verbracht hatte. Er fühlte sich in diesem Moment beinahe wieder jung – und musste sich zusammenreißen, das Gefühl nicht zur Euphorie anwachsen zu lassen.

Agenten, die den Rausch der Gefahr zu sehr genossen, erreichten selten das Rentenalter.

An manchen Stellen war der Weg über den alten Friedhof

so dicht mit üppigen Pflanzen gesäumt, dass Bölling deren Zweige und Blätter mit den Händen zur Seite drücken musste, um überhaupt durchzukommen. Obwohl er sein Team in der Nähe wusste, waren es ganz besonders diese Momente, in denen sich die schneeweißen Härchen in seinem Nacken vor Nervosität aufstellten.

Sein Ziel war die Felsengrotte im Zentrum des Parks.

Ein portugiesischer Händler hatte sie sich einst zu einem äußerst skurrilen Wohnhaus ausgebaut. Jetzt gehörte die labyrinthartige Höhlenanlage der Stadt und war der perfekte Ort für ein heimliches Treffen.

Oder auch die perfekte Falle, schoss es Bölling durch den Kopf – und schon im nächsten Moment hörte er den Schrei!

Es war ein kurzer, aber schriller Schrei. Eine männliche Stimme – wenn auch unnatürlich hoch.

Ein zweiter folgte auf der Stelle. Länger diesmal.

Bölling wusste, er durfte kein Risiko eingehen. Eilig drückte er den Knopf seines Earsets. »Zugriff! Zugriff, Bravo eins, Bravo zwei! Auf der Stelle!«

»Verstanden!«, bestätigten beide Männer über das Interkom, und noch während er selbst die Pistole aus dem Gürtelholster zog, entsicherte und auf den Eingang der Grotte zurannte, hörte Bölling die eiligen Schritte der schweren Kampfstiefel seiner Leute im Unterholz zu beiden Flanken.

Trotz seines Schreibtischjobs hatte er auch in den vergangenen zwei Jahrzehnten streng darauf geachtet, sich körperlich fit zu halten. Dennoch reichte seine Geschwindigkeit lange nicht mehr an die seiner Männer heran. Ein halbes Dutzend Meter vor ihm brachen sie links und rechts aus dem dschungelgleichen Gebüsch.

Schwarze Kampfanzüge, Helme und Masken. Die Maschinenpistolen vom Typ HK MP7 im Anschlag.

Der Eingang zur Grotte gähnte vor ihnen im Fels wie ein riesiges Maul. Ein dritter Schrei gellte daraus hervor. Fledermäuse stoben aufgeschreckt ins Freie.

Bölling spürte den schneller gewordenen Puls in seiner Kehle und in den Schläfen hämmern.

»Schneller!«, rief er seinen Männern zu, um ihnen klarzumachen, dass sie nicht auf ihn warten sollten.

Einander auch im Laufen Deckung gebend, stürmten die beiden in leicht gebückter Haltung den Eingang. Bölling hinterher.

Der Felsboden im Innern der Grotte war eben und glatt geschliffen, und an den im Gegensatz dazu unbehauenen Wänden spendeten kleine Lampen gerade genug Licht, um sich zu orientieren. Mehrere schmale Gänge führten von beiden Seiten in den Haupttunnel, und die zwei Bravos mussten immer wieder das Tempo ihres Laufs stoppen, um sie zu sichern, sodass Bölling rasch wieder aufholte.

Inzwischen hatte sein Atem angefangen zu rasseln, und er verfluchte jede einzelne Zigarette, die er im Lauf seines Lebens geraucht hatte. Training hin oder her, er hatte sich die vermaledeite Sucht nie abgewöhnen können.

Der vierte Schrei, der jetzt zu ihm herüberdrang, war sehr viel schwächer als die ersten drei. Es war fast nur noch ein klägliches, hoffnungsloses Wimmern; im nächsten Moment begleitet von einem hässlichen, sadistischen Lachen.

Bölling kannte Kuznetsovs Stimme gut genug, um zu erkennen, dass das Lachen nicht von ihm stammte. Das machte es umso wahrscheinlicher, dass dafür die Schreie von Kuznetsov waren.

»Scheiße!«, fluchte er atemlos und rief seinen Männern noch einmal zu: »Schneller!«

Die Schritte ihrer Kampfstiefel hallten in dem steinernen

Gang laut und damit verräterisch wider. Aber Geschwindigkeit ging jetzt über Vorsicht.

Bölling und die beiden Bravos erreichten die unterirdische Halle gleichzeitig – und hielten in der Deckung des Säuleneingangs inne, um die Lage zu sondieren.

Da – Pistolenschüsse krachten so laut, dass Bölling das Gefühl hatte, ihm müssten gleich die Trommelfelle reißen. Die Kugeln schlugen dicht neben ihnen Funken stiebend in den Fels. Gestein splitterte und flog ihnen um die Ohren.

»Nur ein Schütze«, erkannte Bölling und gab den beiden Bravos mit einem Nicken den Befehl zuzuschlagen.

Wie sie es jahrelang hart und immer wieder trainiert hatten, spurteten die Männer in gebeugter Haltung über Kreuz los in den vor ihnen liegenden Raum. In zwei entgegengesetzte Richtungen zu laufen sollte einen einzelnen Gegner gerade lang genug verwirren und ihn zögern lassen, um ihn im Schutz der schusssicheren Westen und der Helme ins Visier zu nehmen.

Die Aktion lief wie am Schnürchen.

»Drop your weapon! Drop your weapon and surrender!«, schrien beide Soldaten auf Englisch auf ihren Gegner ein, und nun sprang auch Bölling aus der Deckung heraus – die Pistole im Anschlag. Er schrie ebenfalls so laut und autoritär, wie man es ihm vor mehr als vierzig Jahren in seiner Ausbildung bei der Bundeswehr beigebracht hatte: »Drop your weapon and surrender! Lassen Sie die Waffe fallen und ergeben Sie sich!« Sicherheitshalber rief er es auch noch auf Russisch. »Бросай сваё ружьё и сдавайся!«

Schon im nächsten Moment erstarrte Bölling und hielt schockiert den Atem an.

In der Mitte der Halle wälzte sich Kuznetsov am Boden, sich windend wie eine schwer verletzte Schlange – in einer immer größer werdenden Lache seines eigenen Bluts. Er hatte die Hände zwischen den Schenkeln über sein Geschlecht gekrallt, so als wolle er es festhalten. Das viele Blut kam von dort, und es spritzte pulsend zwischen seinen krampfartig zuckenden Fingern in alle Richtungen.

»O mein Gott!«, stieß Bölling hervor.

Das Röcheln aus Kuznetsovs Kehle hörte sich an wie ein verstopfter Spülbeckenabfluss. Der Blick seiner weit aufgerissenen Augen hatte bereits allen Fokus verloren.

Bölling kannte den Mann, der zwei Schritte hinter Kuznetsov stand; in der Linken noch immer das kurze, geschwungene, blutverschmierte Messer, mit der Pistole in der Rechten auf die beiden Bravos und Bölling abwechselnd zielend.

»Vassil!«, rief Bölling den Namen des Mannes. »Lass die Waffen fallen! Sofort!«

Das Lachen des untersetzten, kahl rasierten Schlächters überdeckte das krächzende Gurgeln des alten Russen am Boden – vor allem aber machte es Bölling schlagartig klar, dass der Killer sich nach wie vor überlegen fühlte; und das, obwohl die Mündungen dreier Waffen direkt auf ihn gerichtet waren.

Sofort erkannte Bölling, was das zu bedeuten hatte: Vassil war nicht alleine hier!

Es war reiner Selbsterhaltungstrieb, den Finger ruckartig um den Abzug zu krümmen, während er seinen Männern zurief: »In Deckung!«

Böllings Kugel traf Vassil in den Hals, und die Wucht des Treffers riss ihn von den Füßen nach hinten. Doch gleichzeitig krachten weitere Schüsse!

Sie kamen von hinter ihnen.

Noch im Sprung zur Seite sah Bölling, wie Bravo eins nach vorn geschleudert wurde – die obere Hälfte seines aufgerissenen Schädels noch im Helm, der in die andere Richtung flog.

Bölling rollte ab und feuerte in den Gang, aus dem sie gekommen waren.

Er traf den gerade einmal zehn Schritt entfernten Kasimir in den linken Oberschenkel und setzte sofort einen zweiten Schuss in den Unterbauch nach.

Der zweite russische Schütze, Gregor, starb im Hagel der Kugeln aus der Maschinenpistole von Bravo zwei, rotzte aber, während er zu Boden ging, das gesamte Magazin seines AK-107-Sturmgewehrs in ihre Richtung leer.

Wieder warf Bölling sich rollend zur Seite, aber Bravo zwei war nicht schnell genug, und ein guter Teil der dreißig Kugeln landete in seinem binnen vier Sekunden zerfetzten Körper.

So chaotisch laut es eben noch war, so still war es jetzt. Böllings Ohren jedoch dröhnten noch schmerzhaft nach vom Krachen der Schüsse. Die Luft stank so scharf nach Schießpulver, dass er husten und sich beinahe übergeben musste. Seine rechte Schulter brannte mörderisch. Blut sickerte unter seinem Sakkoärmel hervor, aber da er den Arm noch bewegen konnte, entschied er, erst später danach zu sehen.

Prioritäten!, dachte er und lief zunächst hinüber zu Kasimir, um sich zu versichern, dass der Killer keine Gefahr mehr darstellte.

Wenn Vassil, Kasimir und Gregor sich zu dritt auf den Weg gemacht haben, ihren alten Lehrmeister Kuznetsov aufzuhalten, muss die Information, die er für mich hat, ungeheuer brisant sein, ging es Bölling durch den Kopf.

Er trat Kasimirs AK-107 zur Seite und beugte sich zu dem Agenten herab. Anders als der massiv gebaute Vassil war Kasimir klein und drahtig. Auch er hatte den Schädel kahl rasiert und kyrillische Tattoos an Schläfe und Hals. Bölling erkannte auf den ersten Blick, dass er tot war, und eilte zurück zu Kuznetsov und Vassil.

Vassil war noch am Leben. Zwischen seinen knirschenden Zähnen trat beinahe ebenso viel Blut hervor wie aus der klaffenden Wunde in seinem Hals. Bölling konnte an einer Stelle das Weiß der beinahe völlig durchtrennten Wirbelsäule durch das Rot scheinen sehen und wusste, warum der Schlächter nur noch die Augenlider und die Kiefer bewegte. Von ihm ging keinerlei Gefahr mehr aus.

Bölling kümmerte sich nicht weiter um ihn, steckte die Pistole weg und ging neben Kuznetsov in die Hocke. Der atmete kaum noch, und die Blässe seiner faltigen Haut verriet, dass nicht mehr viel Blut in ihm war. Die Hände, mit denen er noch vor Kurzem krampfhaft seinen Schritt gehalten hatte, hingen jetzt schlaff zwischen seinen Schenkeln.

Bölling hatte schon zu viele Menschen sterben sehen, um sich der Illusion hinzugeben, den alten Widersacher retten zu können.

Er widerstand dem Impuls, Kuznetsov in die Arme zu nehmen, um ihm in den letzten Momenten seines Lebens noch ein wenig Trost zu spenden. Anderes war jetzt von größerer Wichtigkeit.

»Die Information!«, rief Bölling, in der Hoffnung, noch zu Kuznetsovs Geist vorzudringen. Er begann, die Kleidung des Sterbenden zu durchsuchen. »Wo ist die Information?!«

Kuznetsov bäumte sich unter enormer Kraftanstrengung auf, drückte Böllings Hände mit dem Unterarm zur Seite und deutete mit zittrigen Fingern auf Vassil.

»F-F-Flash…«, stotterte er schwach. »F-F-Flash…drive!« Dann kollabierte er. Ein Zucken durchlief seinen Leib, und Bölling konnte das Rasseln seines letzten Atemzugs hören. Er drückte Kuznetsov die mit einem Mal völlig glanzlos gewordenen Augen zu und kehrte zu Vassil zurück.

Mit geübten Griffen durchsuchte er die Sachen des inzwischen ebenfalls toten Schlächters.

Er fand den USB-Speicherstick in der Brustinnentasche der nasswarmen Lederjacke.

Erleichtert richtete er sich auf, wischte sich das Blut an seinen Händen an den Hosenbeinen ab und zog sein Smartphone hervor. Mit vor Adrenalin zitternden Fingern steckte er den Stick in den Anschluss, um die Daten zur Sicherheit sofort per Funk an den Server des GTAZ zu übermitteln.

Doch dazu kam es nicht mehr!

»Fallen lassen!«, ertönte eine Stimme von hinten. »Drop it! Drop it *now*!«

Bölling hörte, wie der Hahn einer Pistole gespannt wurde, und sein Hirn jagte gehetzt nach einem Ausweg. Es gab keinen. Er hatte keine andere Wahl, als dem Befehl zu folgen. Er ließ das Smartphone und den USB-Stick fallen, aber er achtete dabei darauf, dass sie auf Vassils Leiche landeten, damit sie nicht beim Aufprall auf dem nackten Steinboden beschädigt wurden.

Bölling verwarf die Idee, nach seiner Waffe zu greifen und schnell herumzuwirbeln. Selbst wenn hinter ihm nur ein Mann stand – was er nicht beurteilen konnte –, waren die Erfolgschancen verschwindend gering. Also hob er die Hände in die Höhe und entschied sich dafür, sich langsam umzudrehen.

Da traf ihn ein harter Schlag im Nacken – und alles wurde schwarz.

UNRUHE VOR DEM STURM

1

Auf der Havel vor Ketzin – Brandenburg

»Willst du mich heiraten?« Die Frage war wie durch eine dicke Wand aus Watte von irgendwo hinten an Patrizia Hardts Ohren gedrungen.

Sie stand an der Steuerbordreling ihres leise tuckernden Hausboots und blickte auf die gut gefüllte Terrasse eines Restaurants am nördlichen, dicht mit Schilf bewachsenen Ufer. Völlig ungerührt von dem geselligen Geplapper der Sonntagsausflügler, spielte eine kleine Familie von Blesshühnern inmitten der direkt aus dem Wasser wachsenden dicken und sattgrünen Halme. Ein Schwanenpaar mit drei flauschigen grauen Küken schwamm vorüber. Nicht weit von ihnen überquerte eine alte Kettenfähre mit tiefem, fast schon nostalgischem Rasseln den hier nicht sehr breiten Fluss. Libellen tanzten schillernd über die seichten, in der hochstehenden Sonne glänzenden Wellen. Der Wind war warm und leise und strich vom Osten her sanft über ihr leichtes Baumwollkleid. Die gestellte Frage drang wie ein Echo durch all diese Eindrücke hindurch und traf sie dann dennoch völlig unerwartet. Für einen Moment lang schwankte sie – nicht sicher, ob das an den Bewegungen des Boots lag oder an weichen Knien.

»W-w-was?«, fragte sie irritiert und drehte sich zu Markus

um, der hinter ihr auf der Heckplattform stand. Sie war sich nicht sicher, ob sie ihn wirklich richtig verstanden hatte.

Das Lächeln in seinem braun gebrannten Gesicht wurde etwas schwächer; offenbar hatte er mit einer gänzlich anderen Reaktion gerechnet. Verständlicherweise. Er schluckte einmal tief und trocken und räusperte sich. »Willst du mich heiraten, Patrizia?«

Patrizia Hardt fühlte, dass sie jetzt, da er sie wiederholt hatte, eigentlich gefasster sein sollte auf die Frage; aber das war sie nicht. Ganz im Gegenteil. Es war, als hätte sie jede Fähigkeit, einen klaren Gedanken zu fassen, mit einem Schlag gekappt; wie eine Sense ein Blumenbeet. Spontan wünschte sie sich, sie hätte anders reagiert; wünschte sich, die Frage würde andere Gefühle in ihr auslösen als Verwirrung – wünschte sich, er hätte sie anders gestellt. Sie besser darauf vorbereitet.

Eine solche Frage stellt man nicht von hinten!, dachte sie wütend, merkte aber schnell, dass es unfair war, die Wut auf sich selbst auf Markus übertragen zu wollen.

Sie fühlte sich in die Enge getrieben und gedrängt, irgendwie zu reagieren. Aber sie hatte keine Ahnung, wie sie reagieren sollte … wie sie reagieren *wollte*.

»Ich weiß nicht«, sagte sie daher ungefiltert und tonlos – und hätte sich im gleichen Moment am liebsten dafür selbst auf die Zunge gebissen. Daher schickte sie schnell hinterher: »Es tut mir leid, Markus. Du hast mich gerade vollkommen überrumpelt. Ich war in Gedanken ganz woanders.«

»Bei den schrecklichen Vorfällen vom vergangenen Jahr«, sagte er, und es war mehr als Feststellung denn als Frage formuliert. In seiner dunklen Stimme schwang Mitgefühl.

Sie nickte. »Die Terroranschläge auf unser Trinkwasser liegen noch nicht einmal ein Jahr zurück.« Sie deutete auf die

Havel hinaus. »Hier zu sein – auf dem Wasser – erinnert mich immer wieder daran, was geschehen ist; und daran, was noch alles hätte geschehen können.«

»Warum sind wir dann hier?«, fragte er. »Warum hast du dir dieses Hausboot gekauft?«

»Weil es mich auch daran erinnert, was wir verhindert haben«, antwortete sie. »Was wir gerettet haben. Weil es wunderschön ist … und meine Wertschätzung dafür größer.«

»Das ist paradox.«

»Eher ein Teufelskreis«, gab sie leise zu. »Den ich irgendwann einmal aufzubrechen hoffe. Weil die Alternative wäre, keinen Fuß mehr vor die Tür zu setzen und mich zu Hause einzuschließen. Aber auch da würde mich jeder einzelne Wasserhahn an den Horror vom letzten Jahr erinnern.«

Sie sah, dass er schmunzeln musste.

»Ist das in irgendeiner Weise für dich amüsant?«, fragte sie gereizt.

»Nein«, erwiderte er – und sein Blick war ehrlich. »Ich finde es nur bemerkenswert, mit welchem Mut du dich den Grauen der Vergangenheit stellst, aber andererseits in eine Art Schockstarre fällst, wenn es um die mögliche Schönheit deiner Zukunft geht.« Er machte eine Pause. »Jetzt setze ich natürlich voraus, dass eine Zukunft mit mir etwas Schönes wäre.«

Ihre Gereiztheit verschwand wieder. »Natürlich wäre sie das«, sagte sie sanft und schaute Markus dabei fest in die braunen Augen. Sie hatte den lebensfrohen Unternehmensberater kurz nach den Attentaten im vergangenen Jahr bei einem ihrer eher seltenen Besuche in einem Berliner Klub kennengelernt, und seitdem hatte er ihr nichts anderes als gutgetan. Markus war erfolgreich in seinem Job und einer der unabhängigsten und sorglosesten Menschen, denen Patrizia jemals begegnet war. Anders als der Rest ihrer Welt witterte er nicht hinter jeder Ecke eine Bedrohung, sondern eine Chance. »Ganz bestimmt sogar.«

»Dann werde meine Frau und häng den ganzen Scheiß an den Nagel.«

»Was meinst du mit *Scheiß*?« Ihr Ton wurde wieder schärfer. »Meine Arbeit?«

»Nicht deine Arbeit, Patrizia. Das, was sie mit dir anstellt. Die Albträume, die Sitzungen beim Psychiater. Du hast genug für unser Land getan, und wenn du nicht aufpasst, gehst du daran vor die Hunde.«

Ein Gedanke schoss ihr durch den Kopf, von dem sie wusste, dass er absurd war, dennoch konnte sie sich selbst nicht daran hindern, ihn auszusprechen: »Machst du mir den Antrag etwa, um mich irgendwie zu beschützen? Spielst du gerade *Edler Held auf weißem Pferd*?« Sie machte einen Schritt zurück.

»Natürlich verlangt meine Liebe zu dir auch, dass ich dich beschützen will«, sagte er. »Und dass ich mir Sorgen um dich mache. Das ist doch das Normalste der Welt. Aber den Antrag mache ich, weil ich mein Leben mit dir teilen will; weil ich den Rest davon an deiner Seite verbringen möchte – ganz egal, wie du dich entscheidest. Ich will nicht sagen, dass es mich besonders berauschen würde, dass du dich auch in Zukunft immer wieder in tödliche Gefahr bringst. Aber wenn es dein Wille ist, weiter bei der Terrorismusabwehr zu bleiben, dann werde ich das ebenso akzeptieren, wie ich alles an dir akzeptiere – aus dem ganz egoistischen Beweggrund heraus, dass ich mit dir zusammen sein will.«

Patrizia hörte, dass er redete, aber kaum noch, was er sagte. Ihr Gehirn war bei einem der ersten Worte hängen geblieben. Sie neigte den Kopf zur Seite. »Hast du gerade eben *Liebe* gesagt?«

Er sah sie verdutzt an. »Ja, habe ich. Klar habe ich.«

»Du liebst mich?«

Seine Augen wurden noch weiter. »Überrascht dich das? Ich meine, ich habe dich gerade eben gefragt, ob du mich heiraten willst. Selbstverständlich liebe ich dich!«

Sie trat zu ihm hin und schmiegte sich an ihn. Er schloss seine Arme um ihre Schultern. Der Duft des Flusses vermischte sich mit dem seines Aftershaves. Sie öffnete die Lippen, um ihm zu sagen, dass auch sie ihn liebte, aber so groß das Bedürfnis auch war, so wenig entsprachen die Worte ihrer Natur. Ihre Gefühle auszusprechen war noch nie eine ihrer Stärken gewesen. Sie war Analytikerin mit Leib und Seele. Stattdessen sagte sie also: »Ich habe ja selbst schon überlegt aufzuhören. Etwas anderes zu machen. Aber ich werde gebraucht.«

»Du musst nichts anderes machen«, sagte er. »Zumindest nicht, wenn du nicht willst. Ich verdiene mehr als genug für uns beide. Ich könnte mir eine Auszeit nehmen, und wir reisen nach der Hochzeit ein bisschen um die Welt, ehe wir die Familienplanung in Angriff nehmen.«

Sie musste lachen. »Da denkt aber jemand ganz schön weit voraus.«

Er stimmte in ihr Lachen ein und zog sie noch enger an sich. Patrizia konnte sich nicht daran erinnern, wann sie sich das letzte Mal derart geborgen gefühlt hatte. Dennoch musste sie plötzlich seufzen.

»Das klingt alles wunderschön, Markus, aber es fühlt sich auch egoistisch an …«

»Egoistisch?«

»Ja. Ich empfinde es als selbstsüchtig, nur an die eigene Zukunft zu denken und all die Bedrohungen da draußen auszublenden, die zu bekämpfen ich mich verpflichtet habe. Wie gesagt: Ich werde gebraucht.«

»Es können doch auch andere deinen Platz einnehmen«, sagte er leise und streichelte ihr den Nacken. »Heute geht es doch auch. Kein Funk, kein Handy an Bord …«

Es war ihr schwergefallen, seiner Bitte Folge zu leisten, ihre Smartphones und das Notebook zu Hause zu lassen, aber jetzt genoss sie es, von der übrigen Welt vollkommen abgeschnitten zu sein. Sie seufzte noch einmal, doch diesmal war es ein wohliges Seufzen.

»Vielleicht hast du recht«, sagte sie gegen seine warme Brust. »Vielleicht ist es wirklich an der Zeit, meinen Posten zu räumen und mehr an mich zu denken. An uns.«

»Ist das dein Ernst?« Er klang glücklich.

»Erzähl mir noch mal von der Reise um die Welt«, antwortete sie, und ihr sich leise anbahnendes Lächeln verriet ihm, dass sie es womöglich tatsächlich ernst meinen könnte. Dass die Zeit eventuell wirklich reif war, auszusteigen und das eigene Glück in den Vordergrund zu rücken. »Und dann erzähl mir von der … Familienplanung.« Ihr Lächeln wurde entschiedener.

Markus nahm ihr Gesicht in seine Hände und küsste sie auf die Stirn. »Erst, wenn du meine Frage beantwortest.«

Patrizia reckte sich und stellte sich auf die Zehenspitzen, um ihre Lippen gegen die seinen zu legen.

»Welche Frage war das noch mal gleich?«, neckte sie und gab ihm einen kleinen Kuss.

Er erwiderte den Kuss und flüsterte gegen ihren Mund: »Willst du mich heiraten?«

Ihr Herz machte einen Sprung vor Freude und Glück, und sie holte Luft, um ihm zu antworten …

Das war der Moment, in dem die Idylle um sie herum zerrissen wurde vom Lärm eines schnell und tief heranjagenden Hubschraubers.

Alarmiert wirbelte Patrizia Hardt herum. Der Eurocopter raste dicht über dem Fluss genau auf sie und ihr Hausboot zu. Seine Rotoren peitschten das Wasser auf.

»Patrizia Hardt!«, dröhnte es weit schallend aus seinem Außenlautsprecher. »Legen Sie bitte unverzüglich an und bereiten Sie sich darauf vor, an Bord zu kommen.«

2

Berlin Hohenschönhausen

»Heil Hitler!« Der aus sechs Kehlen kommende Gruß hallte von den altersblinden Kacheln wider; dicht gefolgt vom Zusammenschlagen der Hacken makellos polierter Springerstiefel.

»Heil Hitler!« Gernot Löw erwiderte die Begrüßung und streckte ruckartig den rechten Arm in die Höhe; die Hand flach, die Finger parallel. Die Luft in der Kühlhalle des Schlachthauses war lausig kalt. So kalt, dass sein Ausruf von einem kleinen Wölkchen begleitet wurde. Sehr viel kälter noch als die Luft aber war der Schauer, der ihm in einer schnellen Welle über den Rücken lief, als er die entschlossene Ernsthaftigkeit in den Augen der jungen Männer sah – und den am Boden Knienden. Sein Gesicht war geschwollen, seine Nase zweimal gebrochen, und aus seinen aufgeplatzten Lippen sickerte Blut. Es vermischte sich am Boden mit dem Fleischsaft, der aus den Schweinehälften tröpfelte, die an rostfreien Stahlhaken von der Decke hingen.

Einer der sechs stehenden Männer trat mit beinahe schon

theatralischen Schritten zackig nach vorn, Gernot Löw entgegen. Es war Arnulf Dietrich, trotz seiner gerade einmal sechsundzwanzig Jahre Gauleiter von Hohenschönhausen. Das Alphatier des Rudels. Zäh wie Leder, hart wie Krupp-Stahl. Arnulf Dietrich war kein Neo, sondern Dritte Generation – der echte, unverfälschte Stoff. Er hatte seine Position wie auch die Einstellung vom Vater geerbt wie der wiederum von seinem. Eins achtzig groß, drahtig, das braune Haar an den Seiten kurz geschoren, oben penibel gescheitelt und mit Pomade festgekleistert.

Mit seinen ungewöhnlich hellen graublauen Augen fixierte er Gernot Löw, ohne auch nur einmal zu blinzeln. Lauernd, herausfordernd, Schwäche suchend, herrisch.

Gernot Löw fragte sich, wie oft Arnulf Dietrich diesen Blick wohl vor dem Spiegel geübt haben musste, und erwiderte ihn in all seiner Festigkeit. Dabei hielt er bewusst die Schultern gerade, die Beine leicht gespreizt und angespannt durchgedrückt, die Arme hinter dem Rücken verschränkt. Raubtieren darf man die Schwäche, die sie suchen, nicht zeigen, wenn man ihnen nicht zum Opfer fallen will.

Löw achtete konzentriert darauf, dem am Boden Knienden nicht allzu viel Beachtung zu schenken, auch wenn alles in ihm danach schrie einzugreifen.

»Ich verlange eine Erklärung, Kamerad!«, zischte Dietrich und betonte das letzte Wort mit Verachtung.

»Eine Erklärung wofür, Gauleiter?«, fragte Gernot Löw und runzelte fragend die Stirn.

Dietrich trat so dicht an ihn heran, dass Löw über den leichten Duft unparfümierter Kernseife hinweg den Schweiß des Rädelsführers riechen konnte. *Echte deutsche Männer* wie Dietrich benutzten kein Duschgel oder irgendwelche *Duftwässerchen.*

Mit einer ebenso affektierten wie einstudierten Geste deutete Dietrich auf den Geschundenen. Es war eine Geste, die man so oft in Filmen von Hitlers Auftritten sehen konnte. Eine Geste, die Hitler von dem Opernsänger und Stimmbildner Paul Devrient beigebracht bekommen hatte.

»Er ist ein Spion«, sagte Dietrich und rollte dabei das R ähnlich stark wie sein offenkundiges Vorbild. »Ein Verräter. Und du hast ihn bei uns eingeführt.«

Gernot Löw zog irritiert eine Augenbraue nach oben. »Ein Spion, Gauleiter?«

Dietrich nickte zackig. Gestik und Mimik waren ihm in Fleisch und Blut übergegangen. Begleitet von einem leisen Zischen, sog er die Luft tief durch die Nase ein und stieß dann hervor: »GETZ. Gemeinsames Extremismus- und Terrorismusabwehrzentrum.«

»Unmöglich«, sagte Gernot Löw, beinahe ebenso theatralisch empört und mit vor Erstaunen weit aufgerissenen Augen. »Ich habe ihn höchstpersönlich einer gründlichen Überprüfung unterzogen.«

»Offenbar war diese Überprüfung nicht gründlich genug«, entgegnete Dietrich, dabei wieder jedes R rollend, sodass es sich fast anhörte wie das Grollen eines Automotors. »Wir haben unumstößliche Beweise. Es besteht keinerlei Zweifel.«

»Welche Beweise?«

»Das ist nicht die entscheidende Frage«, sagte Dietrich scharf. »Die wirklich entscheidende Frage in dieser Situation ist wohl eher: Warst du ebenso ahnungslos wie wir, oder steckst du mit dem Verräter unter einer Decke?«

»Gauleiter!«, brachte Löw entsetzt hervor. »Sie kennen mich nun schon seit fast zwei vollen Jahren. Sie müssen doch wissen, dass ich der Sache ganz bestimmt und über jeden Zweifel erhaben treu ergeben bin und absolut loyal.«

»Ja, du hast tatsächlich gute Arbeit geleistet in all der Zeit«, gab Dietrich zu. »Wichtige Arbeit, wertvolle Arbeit. Und du hast dir währenddessen mehr als einmal mein Vertrauen verdient. Aber du verstehst sicher, dass ich in dieser Sache absolut auf Nummer sicher gehen muss.«

Gernot Löw ahnte, worauf das hinauslief. Dennoch fragte er: »Was kann ich tun, um meine felsenfeste Treue unter Beweis zu stellen?« Noch während er das fragte, suchte er nach einem Ausweg. Es gab keinen. Um so tief undercover zu kommen wie er, hatte er jeglichen Kontakt zum Hauptquartier kappen müssen. Er hatte keinerlei Möglichkeit, Unterstützung anzufordern.

Dietrich trat noch näher an ihn heran, nahm ihn kameradschaftlich, aber mit festem Griff am Oberarm und führte ihn von den hängenden Schweinekadavern weg hinüber in die andere Hälfte der alten Halle, wo neben den Tischen zum Abpacken der Drogen, mit deren Verkauf die Gruppe *die Sache* finanzierte, auf einer blank polierten Anrichte aus Edelstahl ein ganzes Metzgerarsenal peinlich sauber gehaltener Messer, Beile und Sägen lag.

»Ich erkläre dir, was du tun kannst, um uns deine Treue und Loyalität erneut und unwiderruflich zu beweisen«, sagte Dietrich mit kühlem Schmunzeln. »Richte ihn für uns hin, Kamerad! Töte ihn! Ich empfehle hierzu in alter Tradition den *Blutadler.*«

Gernot Löw blieb abrupt stehen. Mit einem Mal war es in dem großen Raum totenstill. So still, dass man die Ösen der Ketten, an denen die Schweinehälften hingen, in ihren Halterungen an der Decke knarren hören konnte. Die ohnehin niedrige Temperatur schien noch um einige Grade gefallen zu sein.

Dietrich bedachte Löw mit einem forschenden Blick. »Du

zögerst? Wie soll ich das verstehen, Kamerad?« Er legte die sehnige Hand an den Griff der Luger, die unter seiner stets gut geölten Lederjacke im Gürtel der Kampfhose steckte.

Auch die anderen fünf griffen nach ihren Waffen.

»Steckst du doch mit ihm unter einer Decke?«, hakte Dietrich argwöhnisch nach.

Gernot Löw riss sich zusammen. Es fiel ihm nicht leicht, aber er fürchtete, dass er trotz seiner umfassenden Ausbildung keine reelle Chance hatte, sie alle zu überwältigen.

»Das ist es nicht, Gauleiter«, sagte er schließlich und schüttelte den Kopf. »Ganz bestimmt nicht.«

»Was ist es dann?«, fragte Dietrich und zog die Pistole noch ein Stück weiter hervor.

»Der Blutadler ist ein Ehrenritual«, beeilte Gernot Löw sich zu sagen. »Er ist geachteten Gegnern vorbehalten, nicht solchem Ungeziefer wie ihm hier.« Er verzog das Gesicht zu einer verachtenden Miene und deutete mit dem Kinn zu dem Knienden. »Für das Verräterschwein reicht ein Schnitt durch die Kehle.«

Ein zufriedenes Grinsen legte sich über Dietrichs Miene wie Morgenrot über eine Herbstlandschaft. Er steckte die Pistole wieder in den Gürtel zurück. »Wohl gesprochen, Kamerad. Aber es ist ja wohl klar: Nicht der Verräter steht auf dem Prüfstand. Nein, sein Schicksal ist längst besiegelt. Du bist derjenige, den zu testen ich mich gezwungen betrachte. Ich will und muss sehen, ob du den Mumm hast, die Sache voll durchzuziehen. Vom Anfang bis zum blutigen Ende. Nur dann kann ich auch wirklich vollkommen sicher sein, dass ihr beide nicht zusammenarbeitet.«

Gernot Löw verstand nur zu gut, was Dietrich meinte. Es war eine Sache, in dieser absolut ausweglosen Situation dem Kollegen vom GETZ die Kehle durchzuschneiden, um auf so gnädige Weise wie nur möglich zu verhindern, dass ihrer beider Leben verwirkt waren; aber es war eine ganz andere, ihn in dem grausamen Ritual langsam und sadistisch zu Tode zu foltern.

Der Blutadler war eine Hinrichtungsmethode, bei der man dem Opfer die Haut und das Fleisch links und rechts von der Wirbelsäule auslöste, um anschließend die Rippen einzeln vom Rückgrat wegzubrechen und sie nach vorn zu biegen, sodass sie den ausgebreiteten Schwingen eines Adlers glichen. Es war schwer genug, das einem Feind anzutun, die Folter aber an einem Freund und Kollegen durchzuführen …

Gernot Löw fasste sich. Die einzige Alternative dazu zu tun, was Dietrich von ihm verlangte, war, an der Seite seines enttarnten Kameraden zu sterben.

Daniel Thieme war mit dreiunddreißig gerade einmal zwei Jahre älter als Löw, und sie arbeiteten schon ein halbes Jahrzehnt in derselben Undercover-Einheit des GETZ. Löw hatte ihn jedoch erst vor ein paar Monaten in die Gruppe Dietrichs einschleusen können, nachdem er seine eigene Position darin gesichert hatte. Er hatte ihn unter großen Mühen eingeführt, damit er selbst in den Rängen der Rechtsextremisten weiter aufrücken und die Männer und Frauen kennenlernen konnte, die über Dietrich saßen.

Das war das eigentliche Ziel der verdeckten Mission: die wirklichen Drahtzieher in der Hauptstadt aufzuspüren. Die alte Garde. Die ewig Gestrigen, die nie aufgehört hatten, daran zu arbeiten, das Morgen wieder unter die Hakenkreuzfahne zu stellen. Wenn Löw sich jetzt mit Daniel zusammen opferte, würde es erneut Jahre dauern, bis wieder jemand so tief in die Berliner Nazi-Szene würde eindringen können wie er. Jahre, in denen sie ihr ohnehin immer stärker werdendes Netzwerk noch weiter ausbauen konnten.

Gernot Löw las in Daniel Thiemes zugeschwollenen Augen, dass er ganz genau wusste, was alles auf dem Spiel stand … aber auch, was auf ihn selbst zukam.

Gernot Löw trat mit langsamen Schritten an das Metzgerwerkzeug auf der Edelstahlanrichte heran und ließ die ausgestreckten Finger über die rostfreien Klingen streifen.

»Das ist eine große Ehre für mich, Gauleiter«, sagte er. »Auch wenn ich natürlich zugeben muss, dass mich Ihr Zweifel an meiner Ergebenheit betrübt.«

Er musste mit allen Mitteln versuchen, Zeit zu schinden. Er war nicht bereit dazu, den Kameraden zu töten, und schon gar nicht, ihn zu Tode zu quälen. Wie könnte man zu so etwas auch *bereit* sein? Aber wie er es auch drehte und wendete, die einzige andere Wahl, die er im Moment sah, war, mit Daniel Thieme zusammen zu sterben.

Er nahm ein großes Fleischermesser in die Hand. Die Klinge glänzte kalt im sirrend flackernden Licht der Neonröhren. Mit dem Daumen prüfte er die Schärfe der Schneide – und tat schließlich so, als fände er sie unzureichend. Er nahm den stählernen Abzieher in die Linke und schliff das Messer mit ausgedehnten, konzentrierten Bewegungen nach. Dabei verinnerlichte er noch einmal die Lage des Raums und die Positionen der einzelnen Männer.

Dietrich lachte auf – und es klang befreit. Augenscheinlich betrachtete er das Nachschleifen des Messers als ein gutes Zeichen.

»Seht ihr?«, wandte er sich an seine fünf Männer. »Ich wusste von Anfang an, dass wir uns auf unseren Mann verlassen können. Werdet Zeuge, wie er es sich verdient, in unseren Reihen aufzusteigen!« Seine Stimme kippte fast vor Euphorie, und er breitete die Arme aus wie ein Priester bei der Predigt auf der Kanzel. Auch das war eine Geste, die man bei Filmen über Hitler oft sah. »Werdet gemeinsam mit mir Zeugen eines heiligen Augenblicks. Zeugen eines Rituals, mit dem schon unsere edlen Ahnen ihre Feinde richteten. Und wer weiß? Wenn der Verräter den Blutadler übersteht, ohne einen einzigen Laut des Schmerzes auszustoßen, fährt er vielleicht gar ein nach Walhalla, um dort den Unsrigen als Mundschenk dienen zu dürfen.«

Dietrich stand Löw nach wie vor am nächsten. Nur drei oder vier Schritte entfernt. Wenn Löw sich dagegen entschied, Daniel Thieme zu töten und damit sein eigenes Schicksal zu besiegeln, könnte er den Gauleiter wenigstens noch mitnehmen – und damit der rechtsextremen Bewegung einen erheblichen, vielleicht gar lähmenden Schlag versetzen. Dietrich war trotz seiner hoffnungslos pervertierten Sicht auf die Welt der einzig wirklich helle Kopf in der Hohenschönhausener Zelle. Ihn auszuschalten würde zwar die Drahtzieher nicht zur Gänze aufhalten, aber zumindest ihre Aktionen hier im Norden Berlins ausbremsen – und damit einem möglichen Nachfolger Löws etwas mehr Zeit verschaffen, die Gruppe von Neuem zu infiltrieren.

Gernot Löw fühlte plötzlich, dass er irgendwann in den letzten Sekunden begonnen hatte, schneller zu atmen – und er gab sich Mühe, sich zusammenzureißen, um sich und seine Überlegungen nicht zu verraten. Er kalkulierte, dass er zwei schnelle, weite Sprünge brauchte, um den Gauleiter zu erreichen und ihm mit einem tiefen Schnitt unterhalb des Kiefers die Kehle aufzuschlitzen, ehe die anderen reagieren konnten und ihn unter Beschuss nehmen würden.

Aber vielleicht gab es ja doch noch eine andere Möglichkeit, zumal das Selbstmordkommando Daniel auch nicht retten würde.

Löw entschied daher, weiterhin auf Zeit zu spielen, in der

Hoffnung, dass die rettende Idee gleich um die Ecke seines Unterbewusstseins darauf wartete, von ihm entdeckt zu werden.

»Was wissen wir über die Kontakte des Verräters?«, fragte er daher Dietrich.

»Wieso?«, fragte der misstrauisch zurück.

Gernot Löw zuckte mit den Schultern. »Vielleicht sollten wir ihn erst einmal ausgiebig befragen, ehe wir ihn töten. Es wäre klug, mehr über die Pläne des GETZ zu erfahren und herauszufinden, was sie schon wissen und was nicht.«

Dietrich schüttelte den Kopf. »Er ist ein harter Knochen. Wir haben ihm richtig zugesetzt, trotzdem schweigt er eisern. Sonst wüssten wir ja sicher, ob ihr beide ein Pärchen seid oder nicht.«

»Vielleicht sollte ich es einmal versuchen«, schlug Gernot Löw vor. »Geben Sie mir eine halbe Stunde mit ihm. Ich werde ihn zum Reden bringen.«

»Das wäre eine gute Idee«, sagte Dietrich, »wenn ich nicht befürchten müsste, dass du etwas ausheckst. Nein, nur wenn du das Ritual komplett durchziehest, weiß ich ganz genau, auf wessen Seite du stehst.« Das frische Grinsen in seinem Gesicht verriet, wie sehr er die Situation genoss. »Ach, und noch etwas: Sollte dir aus Versehen das Messer ausrutschen und er dadurch vorzeitig sterben, betrachte ich das ebenfalls als Verrat, und dein Leben ist verwirkt. Ist das klar, Kamerad?«

Gernot Löw nickte. »Absolut klar, Gauleiter.«

Er überlegte, ob er es vielleicht doch schaffen könnte, beim Angriff auf Dietrich an dessen Pistole zu gelangen und den Körper des Anführers als Deckung gegen die fünf anderen zu verwenden. Das Risiko war hoch, aber vielleicht war es machbar. Er prägte sich die Position jedes einzelnen der Männer noch einmal ganz genau ein; wenn er sich erst einmal in

Bewegung gesetzt hatte, durfte er keine Zeit mit der Suche verschwenden, und jeder Schuss musste sitzen.

Er dachte daran, Daniel Thieme ein Zeichen zu geben, damit er sich in Sicherheit bringen konnte, aber die Gefahr war groß, dass er sich dadurch verriet und alles vermasselte. Er musste darauf vertrauen, dass der Kollege selbstständig schnell genug reagierte.

Seine Finger schlossen sich fester um den Griff des Fleischermessers.

In dem Moment ließ eine gewaltige Explosion die Wände und den Boden der Schlachthalle erschüttern; dicht gefolgt von einer Blendgranate, die mit ihrem grellen Blitz Gernot Löw die Sicht raubte. Er wirbelte herum, konnte aber nur noch schemenhaft sehen. Schatten huschten eilig vor ihm hin und her. Auf ihn zu. Er hörte das Brüllen von Männern.

»Polizei! Waffen fallen lassen!«

Noch ehe er dem Befehl folgen und das Messer fallen lassen konnte, traf ihn ein Schlag an der Schläfe. So hart, dass er Sterne sah – und dann alles schwarz wurde. Das Letzte, was er außer dem höllischen Schmerz in seinem Kopf fühlte, war, wie seine Beine wegsackten und er zu Boden ging.

Den Aufprall spürte er schon nicht mehr.

3

Berlin – Alt-Treptow
GTAZ – Gemeinsames Terrorismusabwehrzentrum

Sie nannten es immer noch *Kaserne*, obwohl das weitläufige und von Grün umgebene Gelände, das ursprünglich für die preußische Armee bebaut und in der Folge von der Wehrmacht, der Roten Armee, den Grenztruppen der DDR und zuletzt, nach dem Fall der Mauer, von der Bundeswehr genutzt worden war, schon seit 2004 nur noch das GTAZ und das Bundesamt für Verfassungsschutz beherbergte – und seit der Trinkwasser-Katastrophe im vergangenen Jahr auch das inzwischen dem GTAZ angegliederte GETZ.

Das *Gemeinsame Terrorismusabwehrzentrum* koordiniert im Rahmen der Bekämpfung des islamischen Terrorismus die Sicherheitsbehörden des Bundes und der Länder: BKA, BND, Militärischer Abschirmdienst, Verfassungsschutz, die Bundespolizei und die GSG 9, das Zollkriminalamt, die Landeskriminalämter, die Generalbundesanwaltschaft und andere.

Das *Gemeinsame Extremismus- und Terrorismusabwehrzentrum* hat die gleiche Aufgabe wie das GTAZ – jedoch ausschließlich konzentriert auf Rechts- und Linksextremismus.

Nach der erfolgreichen Bekämpfung des Terroristen *Prometheus* war Patrizia Hardt aufgrund ihrer Leistungen von der neuen Innenministerin zur Leiterin des GETZ befördert worden und damit direkt Bölling, dem Chef des GTAZ, unterstellt. Wie es sich herausgestellt hatte, erleichterte diese Angliederung die Koordination der beiden Dienststellen ungemein, sodass es nur noch eine Frage der Zeit war, bis sie völlig miteinander verschmolzen. So wie auch der nationale und der internationale Terrorismus mehr und mehr miteinander verschmolzen.

Patrizia Hardt saß innerlich aufgewühlt im gepanzerten Passagierraum des Eurocopters, der gerade zum Landeanflug ansetzte. Sie ertappte sich dabei, wie sie sich auf die Unterlippe biss – und hörte augenblicklich damit auf. Sie hoffte gegen besseres Wissen, dass der Grund, sie aus ihrem Kurzurlaub zu reißen, nicht wichtig genug war, den Heiratsantrag von Markus zu unterbrechen.

Falls doch, würde es ihre Entscheidung, ihren Job an den Nagel zu hängen, nur umso einfacher machen.

Die beiden Piloten hatten ihr trotz eindringlichen Fragens keine Auskunft geben können, warum sie sie abgeholt hatten. Sie hatten sie lediglich darüber in Kenntnis gesetzt, dass Funkstille angeordnet war, sodass sie während des Fluges von der Havel hierher auch niemanden von der Zentrale hatte fragen können.

Als strategische Analytikerin verzichtete Patrizia Hardt wohlweislich darauf, vorab zu spekulieren, was wohl geschehen sein mochte. Das war reine Energieverschwendung, wusste sie. In ihrem Gewerbe der Terrorismusbekämpfung gab es einfach viel zu viele Möglichkeiten – eine schrecklicher als die andere.

Alles, was sie tun konnte, war hoffen, dass es nicht so schlimm werden würde wie im vergangenen Jahr.

Das Land litt jetzt noch unter der großflächigen radioaktiven Verseuchung, und die von den Anschlägen betroffenen Gebiete im Bayerischen Wald und Nordrhein-Westfalen würden noch für viele Jahrzehnte unbewohnbar bleiben.

Ja, lass es nicht zu schlimm sein, war das, was sie und ihre Kollegen alle immer hofften.

Jedes Mal aufs Neue.

Ein leichter Anflug von Übelkeit überkam sie, als der Hubschrauber schneller als ein Aufzug nach unten sackte und hart aufsetzte. Das Gefühl verstärkte sich um ein Vielfaches, als sie sah, wer vor dem Eingang des Hauptgebäudes auf sie wartete.

Steffen Mayerhofer, Staatssekretär im Bundesministerium des Innern. Böllings und ihr direkter Vorgesetzter.

Mayerhofer kam sie hier draußen nur äußerst selten besuchen. Wenn er etwas wollte, zitierte er sie meistens zu sich ins Ministerium. Dass er heute hier war, konnte nichts Gutes bedeuten.

Der Ausdruck in seinem hageren Bürokratengesicht untermalte diese Vermutung. Er war noch blasser als ohnehin schon, und sein sonst sorgfältig zurückgegeltes Haar war strähnig, so als wäre er öfter mit den Fingern durchgefahren. Auch hatte er die Krawatte gelöst und den obersten Knopf seines makellos weißen Hemds geöffnet.

Patrizia Hardt fielen solche Kleinigkeiten immer sofort auf. Das war Teil ihrer Natur.

Sie wartete ungeduldig im Innern der Kabine, bis einer der hinzugelaufenen Wachsoldaten ihr die Schiebetür öffnete, und wehrte sich nicht dagegen, dass er ihr die Hand reichte, um ihr beim Aussteigen zu helfen. Während sie sich bemühte, den leichten Stoff ihres Kleidchens unter dem Windsturm der Rotoren an Ort und Stelle zu halten, und sich ärgerte, dass sie keine Klamotten zum Wechseln mit auf das Hausboot genommen hatte, rannte Staatssekretär Mayerhofer ihr mit weit ausholenden, staksenden Schritten entgegen.

Patrizia Hardt fragte sich, warum er das tat, statt auf sie zu warten. Zwei Sekunden später wusste sie es.

»Code X!«, raunte er ihr durch den Lärm des heulenden Motors kaum hörbar zu.

Code X war der Code für absolute Kommunikationssperre. Also wollte Mayerhofer sicherstellen, dass Patrizia Hardt auch jetzt mit niemandem sprach – auch nicht mit den Wachsoldaten oder anderen Mitarbeitern der Zentrale.

Sie nickte knapp, um zu signalisieren, dass sie verstanden hatte, und wunderte sich, wo Bölling war.

Stumm folgte sie Mayerhofer in das Gebäude hinein und die Treppen zum ersten Stock nach oben.

Auf ihrem Weg begegneten sie mehreren Kollegen, aber in keinem der Gesichter konnte Patrizia Hardt besondere Besorgnis oder Eile lesen. Das konnte nur eines bedeuten: Was auch immer hier so sehr im Argen lag, dass man sie mit einem Kampfhubschrauber aus der Freizeit geholt hatte und der Staatssekretär persönlich sie in Empfang nahm, war noch nicht nach außen durchgedrungen – was ihre Anspannung nicht besser machte; ganz im Gegenteil.

Sie musste trotz ihrer umfassenden Ausbildung die Zähne fest zusammenbeißen, um all die Fragen zu unterdrücken, die ihr durch den Kopf gingen.

Mayerhofer sah immer wieder über die Schulter hinweg nach hinten, wie um sicherzustellen, dass sie ihm auch noch folgte.

Patrizia Hardt hörte deutlich ihren Magen knurren und bemerkte erst jetzt, dass sie heute so gut wie noch nichts Anständiges gegessen hatte. Eine Scheibe Toast zum Frühstück. Der Korb, den sie für das romantische Picknick auf dem Wasser vorbereitet hatte, war ungeöffnet auf dem Boot zurückgeblieben.

Am oberen Ende der Treppe angekommen, bog Mayerhofer nach rechts ab. Patrizia Hardts Büro lag links. Sie überlegte, ihn darauf aufmerksam zu machen, für den Fall, dass er das vergessen haben sollte, aber Code X hinderte sie daran. Sie erreichten Böllings Büro, und Mayerhofer betrat es, ohne anzuklopfen. Er winkte sie mit einer drängelnden Geste hinein und schloss die Tür hinter ihr.

Das Büro war leer.

Mayerhofer umkreiste den Schreibtisch und ließ sich so fest in Böllings Stuhl plumpsen, dass er knarrte und ein Stück nach hinten rollte. Er krallte sich mit gespreizten Fingern in die gepolsterten Armlehnen, um das Gleichgewicht zu behalten, und stieß hervor: »Bölling ist weg!«

»Wie meinen Sie das?«, fragte Patrizia Hardt. »Hat er gekündigt? Ist ihm etwas zugestoßen?«

Mayerhofer schüttelte den Kopf, dann nickte er, nur um anschließend wieder den Kopf zu schütteln. Seine Miene war so verwirrt wie die Geste. »Gekündigt hat er nicht. Nein. Aber es ist mehr als wahrscheinlich, dass ihm etwas zugestoßen ist. Er ist verschwunden! Wie vom Erdboden verschluckt!«

»Wann? Wo?«

»Gestern Nacht. In Macao.«

»Was hat er in Macao gemacht? Und wieso bin ich darüber nicht informiert?«

»Wir – das heißt Innenministerin Reese und ich – wissen es nicht. Zumindest keine Details. Alles, was wir wissen, ist, dass es um den Einkauf einer wichtigen Information ging, den aus irgendeinem Grund nur Bölling abwickeln konnte. Und informiert sind Sie darüber nicht, weil Bölling das ausdrücklich so wollte. Absolute Geheimhaltung war, wie er uns versicherte, Teil des Deals.«

»Deal mit wem?«

»Auch das wissen wir nicht«, gab der Staatssekretär zu.

»Wir wissen nur, dass die Information ausgesprochen teuer war.«

»Wie viel?«

»Zwanzig Millionen Euro.«

Patrizia Hardt stieß einen Pfiff aus. »Und die haben Ministerin Reese und Sie abgesegnet, ohne zu wissen, worum es ging?«

Mayerhofer nickte und rieb sich mit Zeigefinger und Daumen die Nasenwurzel. »Bölling war überzeugt davon, dass sie das wert ist. Laut seiner Aussage steht die nationale Sicherheit auf dem Spiel.«

Steht sie das nicht andauernd?, dachte Patrizia Hardt. Laut fragte sie: »Was wissen wir sonst noch?«

»Nur dass mit ihm zwei unserer besten Feldagenten verschwunden sind«, antwortete Mayerhofer. »Sie hatten Bölling nach Macao begleitet.«

»Was sagt Lietzmann dazu?« Sven Lietzmann war nach dem erfolgreichen Abwenden der Terrorangriffe im vergangenen Jahr zu Böllings Stellvertreter befördert worden.

»Er weiß es noch nicht«, sagte Mayerhofer. »Ich wollte zunächst mit Ihnen sprechen.«

Patrizia Hardt sah ihn irritiert an. »Lietzmann ist Böllings Stellvertreter. Er sollte umgehend informiert werden, um seinen Platz einzunehmen und die Suche nach ihm einzuleiten.«

Mayerhofer schüttelte den Kopf. »Sie werden Böllings Platz einnehmen, Frau Hardt. Zumindest kommissarisch. Bis wir ihn oder einen Nachfolger gefunden haben.«

»Aber Lietzmann …«

»Lietzmann ist ein fabelhafter Analyst und ein ausgezeichneter Stratege«, unterbrach Mayerhofer sie. »Damit die perfekte Nummer zwei. Aber zum Führen fehlt ihm das Einfühlungsvermögen – und zugegebenermaßen auch der Rückhalt der Truppe. Anders als Ihnen.«

»Mir?«

»Tun Sie nicht so erstaunt«, sagte er. »Sie wissen, dass die Leute Sie bewundern für Ihren Einsatz in der Prometheus-Sache. Es gibt kaum einen Mitarbeiter hier, der Ihnen nicht auf die eine oder andere Art und Weise das Leben irgendeines Verwandten oder Freundes verdankt. Ich gehöre übrigens mit dazu.«

»Ich habe nur einen kleinen Teil dazu beigetragen«, entgegnete sie. »Der Hauptteil …«

»Jaja, ich weiß«, unterbrach er sie noch einmal. »Julian Berg. Aber der ist glücklich und zufrieden in Venezuela.«

Patrizia Hardt fixierte ihn. »Lassen Sie mich raten: Sie haben ihn vor mir gefragt.«

Mayerhofer zuckte mit den Schultern. »Wundert Sie das etwa? Der Mann ist ein Held. Seine Methoden waren wahrlich mehr als fragwürdig, aber seine Ergebnisse sprechen für ihn. Ohne Sie beide wäre Berlin heute nur noch eine leblose, radioaktiv verseuchte Wüste. Vom Rest des Landes ganz zu schweigen.«

Das entsprach der Wahrheit.

»Er hat Ihr Angebot abgelehnt«, sprach sie das Offensichtliche aus.

Mayerhofer nickte. »Er ist gerade dabei, außer seiner Sicherheitsfirma auch eine neue Familie zu gründen, und hegt keinerlei Absichten, jemals wieder nach Deutschland zurückzukehren.«

»Ganz gewiss nur, weil Sie ihm nicht gesagt haben, dass Bölling verschwunden und die nationale Sicherheit gefährdet ist«, schlussfolgerte Patrizia Hardt. Sie kannte Berg ziemlich gut; hatte mehr als einmal mit ihm zusammengearbeitet. Seine Loyalität zu Bölling war so groß, dass ihn nichts hätte aufhalten können, hätte er von dessen mysteriösem Verschwinden erfahren. Ganz zu schweigen von der Loyalität zu seinem Land. Er war ausgewandert, um in der Nähe seiner Kinder sein zu können und um ein neues Leben zu beginnen, aber er würde nicht eine Sekunde zögern, in den aktiven Einsatz zurückzukehren, um eine akute Bedrohung abzuwenden.

»Das konnte ich nicht«, räumte Mayerhofer ein. »So abhörsicher ist heutzutage keine Leitung mehr. Ich habe ihm nur gesagt, dass Bölling gesundheitsbedingt für einige Wochen ausfällt, und ihm vorübergehend seinen Posten angeboten. Aber, wie gesagt: Er hat abgelehnt.«

Patrizia Hardt überlegte kurz, ob sie das ebenfalls tun sollte. Aber jetzt war gewiss nicht der beste Zeitpunkt, ihren Job an den Nagel zu hängen. Ganz und gar nicht. Außerdem hatte Mayerhofer recht: Lietzmann war ein sagenhafter Analyst und Stratege – nicht zu vergessen ein Ass in administrativen Dingen –, aber auch sie konnte sich ihn nicht als Leiter des GTAZ vorstellen … oder als ihren direkten Vorgesetzten.

»Ich akzeptiere«, sagte sie schließlich, und noch ehe Mayerhofer bestätigend genickt hatte, war sie bereits an die TK-Anlage auf dem Tisch herangetreten und drückte eine der Kurzwahltasten.

Nach nur zweimaligem Klingeln meldete sich am anderen Ende der Leitung: »Sven Lietzmann …«

»Patrizia Hardt hier«, sagte sie in das Mikro.

»In Herrn Böllings Büro?«, fragte er. Seine Verwunderung war deutlich zu hören.

»Ja«, antwortete sie. »Ich bin hier mit Staatssekretär Mayerhofer. Bitte kommen Sie. Es ist dringend.«

»Bin sofort da«, bestätigte er, und gleich darauf war das Gespräch beendet.

Fünfzehn Sekunden später klopfte es an der Tür. Patrizia Hardt öffnete und begrüßte Lietzmann mit einem Nicken: »Danke, dass es so schnell ging.«

»Es hörte sich eilig an«, erwiderte er. Die Anspannung in seinem attraktiven Gesicht spiegelte die in seiner Stimme. Der Blick seiner hellen Augen wechselte neugierig zwischen seiner Kollegin und dem Staatssekretär hin und her. »Was ist passiert?«

Mayerhofer erzählte ihm das wenige, das er wusste, und endete: »Mit sofortiger Wirkung übernimmt daher Frau Hardt kommissarisch Böllings Posten.«

Lietzmann, der Patrizia Hardt in seinen dreiteiligen Anzügen immer wieder an ein Model für Herrenmode erinnerte, gab sich große, aber vergebliche Mühe zu verbergen, dass ihn diese Nachricht beinahe ebenso hart traf wie die von Böllings Verschwinden und der noch anonymen Bedrohung.

»Bei allem gebührenden Respekt, Herr Staatssekretär: Frau Hardt arbeitet für das GETZ. Ich bin hier beim GTAZ der Stellvertreter von Herrn Bölling, und von daher …«

Mayerhofer unterbrach ihn mit einer beschwichtigenden Geste. »Diese Entscheidung ist bereits von Ministerin Reese und mir gefällt und bedarf keiner weiteren Debatte, Herr Lietzmann. Die Trennung von GTAZ und GETZ existiert ohnehin nur noch pro forma; auf dem Papier. Außerdem hoffen wir, dass wir Herrn Bölling zügig aufspüren und er dann seine Aufgaben hier wieder wahrnimmt. Bis dahin verlasse ich mich darauf, dass Sie alles in Ihrer Macht Stehende tun, Frau Hardt bei der Suche nach ihm und der Identifikation der Bedrohung zu unterstützen.«

Lietzmann schluckte hörbar und presste die Kiefer fest aufeinander. »Natürlich, Herr Staatssekretär. Bitte verlassen Sie sich darauf.«

»Das tue ich«, sagte Mayerhofer, erhob sich von Böllings Stuhl und ging in Richtung Tür. »Ich habe mir die Freiheit genommen, für den Notfall die besten Ihrer Spezialisten aus dem Feld zurückzubeordern. Details dazu finden Sie im nur Ihnen beiden zugänglichen Dossier im Intranet. Wenn Sie darüber hinaus etwas brauchen, lassen Sie es mich bitte wissen. Und halten Sie mich halbstündlich auf dem Laufenden.«

»Eines noch«, sagte Lietzmann, als der Staatssekretär bereits die Klinke in der Hand hielt.

Mayerhofer drehte sich um. »Ja?«

Lietzmann stand stramm. »Bitte erwarten Sie im Anschluss an diese Operation meine Kündigung.«

Für ein paar Sekunden lang reagierte Mayerhofer überhaupt nicht, dann seufzte er leise. »Ich kann Ihre Frustration verstehen, Herr Lietzmann. Nur zu gut, glauben Sie mir. Daher tue ich jetzt so, als hätte ich nicht gehört, was Sie als Letztes gesagt haben.«

»Es ist mein Ernst, Herr Staatssekretär.«

»Das weiß ich«, erwiderte Mayerhofer. »Gerade deshalb.« Ohne einen weiteren Kommentar Lietzmanns zuzulassen, zog er die Tür auf und ging.

»Es tut mir leid, Lietzmann«, sagte Patrizia Hardt, nachdem Mayerhofer verschwunden war. »Aber wir müssen uns jetzt auf das Wesentliche konzentrieren, und dazu muss ich mich auf Ihre Professionalität verlassen können. Kann ich das?«

Sein Gesicht war wie aus Stein. »Sie wissen, dass Sie das können.«

»Vielleicht möchten Sie erst einmal ein paar Minuten darüber nachdenken«, räumte sie ein. »Falls Sie sich der Sache unter den neuen Vorzeichen nicht gewachsen sehen, tausche ich Sie besser gleich zu Beginn aus.«

»Und ersetzen mich in der gegebenen Eile durch wen? Rami? Curtze?«

Sie hatte tatsächlich an Martin Curtze gedacht – den *Intelligence Analyst* des Teams; die Schnittstelle des GTAZ zu den Geheimdiensten der Welt.

Doch ehe sie etwas sagen konnte, fuhr Lietzmann fort: »Rami hat keine Ahnung von den administrativen Abläufen, und was mir an Taktischem fehlt, fehlt Curtze an Strategischem. Machen wir uns also nichts vor, Frau Hardt, mittel- oder langfristig sind wir alle ersetzbar. Nicht aber kurzfristig. Da bin ich der Beste, den Sie haben.«

»Ihre Qualifikation stelle ich nicht infrage«, machte sie klar. »Die stellt niemand infrage. Ihre Motivation ist es, die mir in dieser angespannten Lage Sorge bereitet. Und die Tatsache, dass Ihr Scharfsinn getrübt sein könnte durch den verständlichen Ärger darüber, dass man Sie übergangen hat.«

»Genügt Ihnen mein Wort?« Er sah ihr fest in die Augen.

Sie musste nicht lange überlegen. Sie hatten schon zu viel zusammen durchgemacht. »Ja.«

»Danke.«

»Dann an die Arbeit«, sagte sie. »Sie rufen das Team zusammen, und ich schaue im Dossier nach, welche Feldagenten uns zur Verfügung stehen.«

4

Der scharfe Geruch von Ammoniak schoss Gernot Löw in die Nase und riss ihn auf brutale Weise ins Bewusstsein zurück. Noch ehe er die Augen öffnen konnte, spürte er den stechenden Schmerz in der Krone seines Schädels und das wummernde Pochen in seiner Schläfe. Seine Kehle war trocken und rau wie Schleifpapier, und er hatte den Geschmack seines eigenen Bluts auf der ebenso trockenen Zunge.

»Wachen Sie auf!«, vernahm er eine weibliche Stimme drängend.

Sie kam ihm vertraut vor. Er schätzte sie auf etwa zwei, maximal drei Meter Entfernung. Jemand anderes musste ihm das Riechsalz unter die Nase gehalten haben. Er hörte das Piepen und Summen medizinischer Geräte und fühlte, dass man ihm eine Infusion in die Armbeuge gesetzt hatte. Scheinbar war er in einem Krankenhaus – oder zumindest auf einer Krankenstation. Die Frequenz des Signals aus dem EKG-Monitor erhöhte sich deutlich.

»Er ist wach«, sagte ein Mann neben ihm.

»Sie sind in Sicherheit, Major Löw«, sagte die Frau – und jetzt, da sie ihn mit seinem militärischen Rang ansprach, konnte er sie auch endlich zuordnen: Es war Patrizia Hardt!

Er schlug die Augen auf, stockte für einen Moment, als er sah, dass sie ein leichtes Sommerkleidchen trug, stellte dann aber die ihm im Moment wichtigste Frage: »Wie geht es Daniel?«

»Ihr Kollege Thieme ist ebenfalls in Sicherheit«, sagte sie. »Ein paar Blessuren, aber nichts Lebensbedrohliches. Er ist bald wieder auf den Beinen.«

»Was ist passiert?«, fragte er.

Patrizia Hardt wandte sich an den mit einem Arztkittel bekleideten Mann neben dem Krankenbett. »Lassen Sie uns bitte allein.«

Der Mediziner nickte und verließ die kleine Sanitätszelle mit der Bemerkung: »Major Löw kann die Krankenstation jederzeit verlassen. Aber ich empfehle, dass er viel trinkt und zwei vierhunderter Ibus gegen das Schädelbrummen einnimmt.«

»Danke Doktor«, rief Gernot Löw ihm nach und richtete sich auf. Er hörte seine eigene Stimme als Echo im Kopf, und für einen Moment war ihm schwindlig von der Bewegung. Aber gleich darauf ging es wieder, er zog die Infusionsnadel aus dem Arm und trank einen großen Schluck Wasser aus dem Plastikbecher, der auf dem Tisch neben dem Bett stand.

»Also? Was ist passiert?«

Patrizia Hardt erzählte ihm in gewohnt kurzen und präzisen Sätzen von Böllings Verschwinden und den nur unzureichend bekannten Hintergründen. Sie schloss mit: »Wir müssen Bölling finden und in Erfahrung bringen, um welche hochsensible Information es sich bei dem schiefgegangenen Deal handelte. Deswegen hat Staatssekretär Mayerhofer Sie von einem Sondereinsatzkommando des BKA aus Ihrem Undercover-Einsatz extrahieren lassen, ohne Ihre Tarn-Identität zu gefährden.«

»Da er dabei die ganze Gruppe gleich hat mit hochgehen lassen, werde ich sie jetzt wohl ohnehin nicht mehr brauchen.« Zwei Jahre harte und widerwärtige Arbeit für den Arsch. Für nichts und wieder nichts.

»Keine Sorge«, sagte sie. »Die Kollegen vom BKA haben bei der Festnahme absichtlich ausreichend Formfehler gemacht, um zu gewährleisten, dass Dietrich und seine Männer bald wieder auf freiem Fuß sind. Dann können Sie wieder einsteigen, wo Sie aufgehört haben, um endlich an die Hintermänner zu kommen.«

Das war ein Lichtblick. »Also, was ist der Plan?«

»Direkt nach der Einsatzbesprechung fliegen Sie mit einem Team nach Macao und suchen nach Bölling oder Spuren von ihm und seinen Männern.«

»Irgendwelche Anhaltspunkte?«

»Bis zu Ihrer Landung dort werden wir sicher welche haben.« Sie wandte sich zum Gehen. »Die Einsatzbesprechung ist in fünf Minuten. Ziehen Sie sich etwas an.«

Erst jetzt wurde ihm bewusst, dass er nackt war. Er wartete, bis sie gegangen war, dann stand er auf und zog das Laken von der Matratze, um es sich um die Hüfte zu wickeln.

Draußen auf dem Flur fragte er eine der Wachen nach dem Zimmer von Daniel Thieme. Es war gleich das übernächste. Er betrat es, ohne anzuklopfen.

Daniel lag wach auf seinem Bett und starrte an die Wand. Die Schwellungen in seinem Gesicht waren mit Salbe eingerieben, die Platzwunden geklammert.

»Siehst gut aus«, sagte Gernot Löw, um sich bemerkbar zu machen.

Thieme wandte sich ihm langsam zu – als wäre er gerade aus einem Meer von Gedanken aufgetaucht. Er bedachte Gernot Löw mit einem langen, forschenden Blick und holte dann Luft, was ihm sichtlich Schmerzen bereitete. »Du hast überlegt, es zu tun«, stellte er mit brüchiger Stimme fest. Die Schläge hatten ihn scheinbar auch an der Kehle getroffen.

»Du weißt, was auf dem Spiel stand«, antwortete Gernot Löw, ohne dem fragenden Blick auszuweichen. »Aber auch wenn ich es in Erwägung gezogen habe, Daniel, das Entscheidende ist: Ich hätte es nicht getan. Wenn uns die Kollegen vom BKA nicht noch im letzten Moment zu Hilfe gekommen wären, hätte ich versucht, uns da rauszuhauen – oder zumindest Dietrich zu eliminieren.«

Thieme nickte nachdenklich. »Beim nächsten Mal tust du es.«

»So ein Quatsch! Woher willst du das wissen?«

»Das war keine Vermutung, Gernot, das war eine Bitte.

Sollten wir jemals wieder in eine solche Situation geraten, musst du alles daransetzen, deine Tarnung aufrechtzuerhalten und die Mission nicht zu gefährden.«

»Wenn ich mich nicht irre, bin ich von uns beiden der Vorgesetzte«, sagte Gernot Löw. »Solche Entscheidungen musst du schon mir überlassen.«

»Ich habe Scheiße gebaut, und es darf nicht sein, dass ein anderer den Preis dafür zahlt – oder dass uns deswegen Elemente wie Dietrichs Hintermänner durch die Lappen gehen, die noch weit Schlimmeres anrichten.«

»Ja, du hast Scheiße gebaut«, stimmte Gernot Löw dem ersten Teil zu, »aber auch das ist Teil meines Jobs als dein Vorgesetzter: diese Scheiße auszubügeln, wenn es in meiner Macht steht. Also Schluss jetzt mit der Helden-Nummer. Wenn du das Gefühl hast, dich rehabilitieren zu müssen, sieh lieber zu, dass du in einer halben Stunde abmarschbereit bist.«

»Ist das dein Ernst?« Er klang eher erleichtert als zweifelnd.

»Siehst du mich vielleicht lachen?«

»Wo geht's hin?«

»Macao.«

Wie hätte er auch wissen sollen, dass ihre Pläne schon in den nächsten Minuten komplett über den Haufen geworfen werden sollten?

5

Strausberg
Fünfzig Kilometer westlich der Grenze zu Polen

Herta Kowska schob den mit frischem Zeitungspapier ausgelegten Boden zurück in den Käfig ihrer beiden Wellensittiche Dimitri und Irina und fragte sich wehmütig, wie lange sie wohl noch für die beiden würde sorgen können.

Die Schübe, nach denen sie sich an nichts erinnern konnte, was sie in den vergangenen Minuten getan hatte, kamen immer öfter; inzwischen manchmal sogar zweimal die Woche. Sie musste unbedingt Vorkehrungen treffen – nicht nur wegen der Vögel. Jemand würde sich auch um Emil kümmern müssen – und natürlich um die andere Sache …

Der Arzt hatte gesagt, dass es durch den unaufhaltsamen Fortschritt der Krankheit mehr als wahrscheinlich war, dass auch schon bald ihr Langzeitgedächtnis angegriffen werden würde. Zuerst würde sie ihre goldene Hochzeit vergessen, dann die silberne … und schließlich sogar die eigentliche.

1964 – Kiew

Was war Emil doch für ein fescher Kadett gewesen! Der Beste ihres gemeinsamen Jahrgangs in der Ausbildung zu Soldaten der Nationalen Volksarmee. Die ganze Kaserne hatte mit ihnen zusammen gefeiert. Sie hatten den Termin extra auf den Besuch des Erich-Weinert-Ensembles gelegt, und Hartmut Eichler höchstpersönlich hatte für sie »Alles dreht sich um Amore« und »Zwei, die sich lieben« gesungen. Anschließend hatten sie mit ihren russischen Kameraden bis zum Morgengrauen Kasatschok getanzt.

Bei dem Gedanken, diese wundervolle Erinnerung bald nicht mehr zu besitzen, kullerte Herta Kowska eine Träne über die faltige Wange.

Sie zwang sich zu einem Lächeln. Ihre Vögel sollten sie so nicht sehen. »Gleich gibt's feini Fresschen«, sagte sie zu ihnen und rief nach hinten in die Wohnung: »Emil, hast du an das Futter gedacht?«

»Natürlich habe ich das, Schatz«, antwortete er und kam aus der Küche geschlurft, das Päckchen in der zittrigen Linken, mit der Rechten auf den dicken schwarzen Gehstock gestützt. »Ich war sogar extra noch bei Edeka, weil die beim Aldi kein Trill haben. Und wie für dich soll's auch für deine Piepmätze nur das Beste sein.«

Sie lächelte ihm zu, auch wenn sie sich insgeheim ärgerte, dass er das teure Futter gekauft hatte. *Saatkörner sind Saatkörner.* Sie wünschte sich ihr Steiger-Gold zurück. *Das war noch Vogelfutter!*

Sie nahm das Päckchen entgegen und tätschelte ihm kurz liebevoll die Wange. Sein Gesicht war alt geworden, aber seine Augen waren dieselben wie damals, und er sah sie damit genauso liebevoll an wie vor einundfünfzig Jahren.

Sie drückte die perforierte Öffnung der Packung auf und goss die Körnchen von außen in den Futterbehälter des Käfigs. Sofort kamen die beiden Wellensittiche herangeflattert und fingen gierig an zu fressen.

»So ist's feini«, sagte Herta Kowska und wollte die Packung gerade wieder schließen, um sie auf den Tisch neben den Käfig zu stellen, als es an der Haustür klingelte.

Sie horchte auf. »Wer das wohl sein mag?«

»Ach, sicher nur ein Hausierer«, sagte Emil. »Der verschwindet schon wieder, wenn wir nicht aufmachen.«

»Du weißt, dass wir das nicht können«, sagte sie sanft.

Es war ihre Pflicht, an die Tür zu gehen. Auch wenn fast fünfundzwanzig Jahre seit dem letzten Kontakt vergangen waren, waren sie noch immer in Bereitschaft.

Emil seufzte. »Die haben uns doch längst vergessen.« Er schlurfte eilig zum Fenster.

»Wir erhalten nach wie vor monatlich unseren Sold«, erinnerte sie ihn. »Also bleiben wir auf unserem Posten, Liebster. Wie befohlen.«

Er warf ihr einen zweifelnden Blick zu, nickte dann aber resigniert und zog die Gardine ein Stück beiseite, um nach draußen zu spähen. »Scheint nur ein Zeuge Jehovas zu sein.«

Herta Kowska merkte auf. »Die kommen nie allein. Immer zu zweit.«

Es wurde still im Raum, nicht einmal die Wellensittiche zwitscherten. Herta konnte ihr eigenes Herz schlagen hören, und ein leichter Schwindel überfiel sie.

Nicht jetzt, dachte sie in einem Anflug von Verzweiflung, und abstruserweise war ihre größte Sorge, das Vogelfutter fallen zu lassen. *Nicht jetzt!*

Sie stützte sich mit der freien Hand an der Lehne des Sofas ab und zwang sich dazu, ruhig zu atmen. Gleich darauf war das Schwindelgefühl verschwunden.

Es klingelte ein zweites Mal.

»Ich mache auf«, sagte sie, stellte das Vogelfutter endlich auf den Tisch und machte sich auf den Weg zur Haustür. Sie konnte Emils schlurfende Schritte und das Aufschlagen seines Gehstocks dicht hinter ihr hören.

»Tu's nicht, Schatz«, flehte er. »Was, wenn es wirklich der Befehl ist?«

»Dann werden wir ihn befolgen«, sagte sie – und eine Gänsehaut lief ihr dabei über die nackten Arme. »So, wie wir es geschworen haben.«

»Aber …«

»Kein ›Aber‹, Emil! Befehl ist Befehl. Wir sind Soldaten.«

»Das waren wir einmal«, erwiderte er; seine Stimme wurde immer flehender. »In einem anderen Leben. Das ist lange vorbei. Wir leben heute in einer anderen Welt. Denk an unsere Kinder und die Enkel.«

»Die leben im Westen«, sagte sie. »Dort wird ihnen nichts passieren.«

»Das kannst du nicht wissen. Nicht sicher, Herta!«

Sie wusste, dass er recht hatte, aber das änderte nichts. Sie hatte die Tür erreicht und öffnete sie.

Vor ihr stand ein hochgewachsener Mann mittleren Alters. Er war tatsächlich wie ein Haus-zu-Haus-Prediger gekleidet: dunkler, billiger Anzug, weißes Hemd mit Speckrand am Kragen, Polyesterkrawatte und eine Umhängetasche aus senfgelbem Kunstleder.

»Guten Tag, Frau Kowska«, sagte er freundlich mit einstudiertem Lächeln. »Und auch Ihnen einen guten Tag, Herr Kowska«, fügte er hinzu, als er Emil hinter ihr auftauchen sah.

»Guten Tag«, antwortete sie mit zugleich neugierigem wie skeptischem Ton. »Was können wir für Sie tun?«

»Die Frage ist, was kann ich für Sie tun«, korrigierte der Mann aalglatt. »Ich bin gekommen, Ihnen vom Ende der Welt zu künden.«

Emil lachte hinter ihr gezwungen auf. »Welches diesmal? Armageddon? Die Maya-Katastrophe? Irgendeine Nostradamus-Sache? Oder vielleicht …«

Das Lächeln des Fremden erstarb abrupt, und er warf Emil über Hertas Schulter hinweg einen eisigen Blick zu.

Emil verstummte auf der Stelle.

Mit dem Ergebnis seines Blicks zufrieden, setzte der Fremde

sein künstliches Lächeln wieder auf und schenkte es Herta, um gleich darauf zu sagen: »Конец близок, това´рищ.«

Herta Kowska verstand jede einzelne Silbe.

Das Ende ist nah, Genossin!

Sie fühlte, dass ihre Beine ihr den Dienst zu versagen drohten, und hielt sich an der Türklinke fest.

Erst als sie sicher war, nicht zu straucheln, nickte sie, holte tief Luft und antwortete: »Конец близок.«

Das Ende ist nah!

Der Fremde verbeugte sich, drehte sich ohne ein weiteres Wort um und ging.

Herta Kowska seufzte. Ihr Herz war schwer wie Blei, und sie hatte das Gefühl, es müsse jeden Moment aufhören zu schlagen. Mit unsicheren Schritten ging sie rückwärts ins Haus zurück und zog die Tür ins Schloss.

Emil legte ihr eine Hand auf die Schulter – aber ihr war nicht klar, ob er damit sie oder sich selbst stützen wollte.

»Wir müssen es nicht tun, Herta«, sagte er leise. »Nein, ich korrigiere mich. Wir *dürfen* es nicht tun. Die politische Lage ist schon angespannt genug. Wenn wir dem Befehl ...«

»Genug!«, herrschte sie ihn an. »Wir sind keine Politiker, Emil. Wir bilden uns kein Urteil. Das ist nicht unsere Aufgabe. Wir sind Soldaten der Nationalen Volksarmee und ...«

»Die Nationale Volksarmee hat vor fünfundzwanzig Jahren aufgehört zu existieren, Herta!«

»Das hat sie nie, Emil!«, begehrte sie auf und schlug sich mit den Knöcheln ihrer rechten Hand gegen die linke Brust. »Nicht hier drin! Niemals!«

Sie wollte an ihm vorüber ins Innere des Hauses eilen, doch er stellte sich ihr in den Weg.

»Ich kann das nicht zulassen, Schatz!« Sein Blick war so entschlossen wie seit Jahrzehnten nicht mehr.

»Wie meinst du das?«

»Wie ich schon sagte: Denk an unsere Kinder und die Enkel, Herta! Denk an Madlen und Rico, an Marcel, Philipp und die kleine Nancy!«

»Geh mir aus dem Weg, Emil.«

»Nein.«

»Bitte! Wir haben einen Eid geleistet.«

»Einem Land, das es nicht mehr gibt … das es nie wirklich gegeben hat.«

»Russland wird es immer geben!«

»Russland ist nicht unsere Heimat, Herta!«

»Sie ist die Mutter, die uns ernährt hat, Emil. Viel mehr, als es dieses *neue* Deutschland jemals getan hat – oder das *alte*! Also geh mir aus dem Weg. Wir haben unsere Pflicht zu tun.«

»Wir nehmen unsere Ersparnisse und gehen einfach von hier fort. Nach Kuba … oder besser noch in die USA.«

Sie merkte erst, dass sie ihm vor Verachtung ins Gesicht gespuckt hatte, als der Speichel ihm bereits die Wange herablief. »Ich sage es ein letztes Mal, Emil: Geh mir aus dem Weg!«

»Und ich sage ein letztes Mal: Nein!«

Sie sah, dass sein Unterkiefer bebte und sein entschlossener Blick feucht war von aufsteigenden Tränen. Plötzlich hatte sie wieder das Bild von ihm als jungem Kadetten vor Augen – wie sie in jener Nacht vor einundfünfzig Jahren getanzt hatten. In der Kaserne in Kiew. Musik drang an ihr Ohr – und die wunderbare Stimme Hartmut Eichlers.

Zwei, die sich lieben, genau wie du und ich,
die lassen sich bestimmt im Leben nie im Stich.

Sie begann, leise mitzusingen.

»Zwei, die sich lieben, genau wie du und ich,

die lassen sich bestimmt im Leben nie im Stich …«

Dabei trat sie Emil den Stock weg.

Er stolperte mit einem überraschten Aufschrei … fiel zu Boden.

Herta bückte sich, nahm den Stock auf.

»Zwei, die sich gut sind, genauso wie wir zwei,

bleiben sich immer treu.«

Mit dem ersten Schlag traf sie ihn mitten im Gesicht.

Er brüllte auf vor Schmerz.

Blut spritzte aus seiner aufgeplatzten Nase.

Herta Kowska sang und schlug im Takt weiter. »Bleiben sich immer treu, bleiben sich immer treu. Bleiben sich immer treu, bleiben sich immer treu.«

Der Schädel war nach dem vierten, nass quatschenden Treffer aufgeplatzt, und Emils Hirn verteilte sich über den Teppich, der beinahe so alt war wie ihre Ehe, und die nahe, erst im vergangenen Monat frisch tapezierte Wand. Herta war erstaunt darüber, dass sie auch nach all den Jahren noch so viel Kraft hatte – und Emil keine mehr.

… die lassen sich im Leben nie im Stich …

Sein Leib zuckte, als hätte man ihn unter Strom gesetzt.

Herta wusste, dass es gleich vorüber sein würde … dass es nur noch eine kleine Weile brauchte, bis die Nerven registriert hatten, dass das Ende längst da war.

Sie weinte lächelnd.

Sie schlug nicht auf ihn ein, weil er sich ihr in den Weg gestellt hatte … auch nicht, weil er nicht bereit war, den Eid zu erfüllen, den sie abgelegt hatten … sie tötete ihn, weil sie erkannt hatte, dass er in seiner Güte nicht ertragen hätte, das zu tun, was getan werden musste. Sie tötete ihn, weil sie ihn heute noch ebenso sehr liebte wie vor einundfünfzig Jahren.

»Bleiben sich immer treu …«

6

Berlin – Alt-Treptow
GTAZ

Der statische Geruch von Rechnern unter Volllast, meterlangen Kabeln und gleich einer ganzen Batterie von Monitoren vermischt mit den Aromen von frischem und altem Schweiß, Deo, Parfüm und abgestandenem Kaffee. Patrizia Hardt hatte das Strategische Team im kleinen Besprechungsraum zum Briefing zusammengerufen.

Von der alten Truppe waren außer Lietzmann nur noch Martin Curtze und Rami Al-Omar übrig.

Curtze, der auch heute wieder das lange Haar zum Pferdeschwanz gebunden, inzwischen aber den Bart abgenommen hatte, sodass er nicht mehr ganz so aussah wie ein Wikingerkrieger, war der Koordinator der inländischen und internationalen Geheimdienste. Die Ereignisse des vergangenen Jahres hatten ihn noch wortkarger gemacht. Sein Blick hatte den Flair des jugendlichen *Laisser-faire*, das er sich trotz seines Alters und seines Jobs so lange erhalten hatte, inzwischen verloren. Manche würden sagen, er sei gereift, aber Patrizia Hardt ahnte, dass in ihm etwas zerbrochen war; wie in ihnen allen.

Sein Kollege, der Iraker Rami Al-Omar, war mittlerweile Chef-Analytiker aller Daten, die aus den Behörden, die mit dem GTAZ und dem GETZ vernetzt waren, hier zusammenliefen. Auch er arbeitete noch verbissener als früher schon – wie um dafür zu sorgen, dass sich so etwas wie im letzten Jahr nicht wiederholen konnte.

Nicht unter seiner Aufsicht.

Anders als Curtze arbeitete Rami Al-Omar nicht allein. Ihm unterstellt waren Saskia »Sassi« Schäfer, Alena Messner und Stefan Schenk. Cornelia Sallmann hatte nach den schrecklichen Ereignissen des vergangenen Sommers den Dienst quittiert, und ihre Stelle als Profilerin war nicht neu besetzt worden; was zum größten Teil daran lag, dass Psychologie heutzutage zu einem wesentlichen Bestandteil der Analystenausbildung gemacht worden war und damit den Job des Profilers überflüssig hatte werden lassen.

Vom taktischen Team war stellvertretend nur Major Gernot Löw anwesend.

Sie alle waren durch zahlreiche Einsätze für ihr Land und dessen Bürger krisenbewehrt – dennoch war durch die Nachricht vom Verschwinden Böllings und dessen Umstände sowohl die persönliche als auch die professionelle Anspannung im Raum so dicht, dass Patrizia Hardt das Gefühl hatte, sie schneiden zu können.

Den neuen Status quo – dass Patrizia Hardt jetzt das GTAZ kommissarisch leitete – hatten sie kommentarlos akzeptiert. Sie wussten alle: Das war keine Beförderung, bei der ein Anlass zum Feiern bestand, und sie selbst fühlte sich in der neuen Position auch wesentlich mehr genötigt und gefordert als alles andere. Nicht einmal geschmeichelt oder bestätigt. Es war eine Last; eine Last, die geschultert werden musste. Wie so oft in ihrem Leben kein angestrebter und erreichter Schritt auf der Karriereleiter, sondern ein Problem, das gelöst, eine Bedrohung, die abgewendet werden musste.

»Gehen Sie über sämtliche zur Verfügung stehende Kanäle von BND, MAD und IKTZ«, sagte Patrizia Hardt jetzt gerade zu Martin Curtze, »und lassen Sie unsere Verbindungsleute darüber nachforschen, ob unsere Kollegen von CIA, DGSE, MI6, SWR und Mossad eine Spur von Bölling haben.

Ich kann mir beim besten Willen nicht vorstellen, dass keiner von ihnen ihn auf dem Schirm hatte. Wenn der Chef des GTAZ im Ausland unterwegs ist, wissen die etwas davon.«

»Mach ich.«

»Ich muss nicht extra betonen, dass Sie dabei bitte so vorsichtig wie nur möglich vorgehen.«

Curtze schüttelte den Kopf. »Ich stelle klar, dass wir hier nach wie vor alles im Griff haben und es über sein Verschwinden hinaus keinen Grund zur Besorgnis gibt.«

»Danke.«

Sie wandte sich an Rami Al-Omar und seine Leute. »Sie checken bitte die Server und Protokolle von Auswärtigem Amt, Zoll, den Airlines – alles, wozu Sie Zugang haben –, um so schnellstens herauszufinden, welche internationalen Agenten sich zur fraglichen Zeit noch in Macao aufhielten. Gleichen Sie dabei die zusammengetragenen Informationen regelmäßig und gründlich mit Curtze ab, um die Intel, die er auf seiner Seite sammelt, zu verifizieren – oder eben auch zu falsifizieren. Je eher wir herausfinden, welche der Agenturen im Ausland nicht mit offenen Karten spielt oder gar uns offen belügt, desto früher wissen wir, wer hinter Böllings Verschwinden steckt oder zumindest etwas über die Hintergründe weiß.«

»Geht klar.«

»Und stellen Sie Sassi extra ab, um den Äther zu überwachen«, fügte sie hinzu. »Wir müssen in Erfahrung bringen, um welche Bedrohung es sich handelt, die da draußen im Dunkel auf uns lauert.«

Rami nickte Sassi Schäfer auffordernd zu, und die junge Frau erhob sich vom Tisch, um sich umgehend an die Arbeit zu machen.

Das hübsche, püppchenhaft unschuldige Gesicht der jungen Analystin konnte leicht darüber hinwegtäuschen, dass sie das brillanteste und schnellste Gehirn besaß, das Patrizia Hardt je im Einsatz erlebt hatte. Das Netz war Sassis Zuhause, und ihre Fähigkeit, scheinbar vollkommen zusammenhanglose Daten und Informationsbruchstücke miteinander in Verbindung zu bringen und virtuos daraus ein klares und komplexes Bild zu formen, grenzte geradezu an einen sechsten Sinn, wenn nicht gar an Zauberei.

Während sie den Raum verließ, meldete sich Major Löw zu Wort. »Das taktische Team ist in wenigen Minuten zum Abflug bereit.«

»Beachten Sie, dass Sie in Macao keinerlei offizielle Befugnisse haben«, sagte Patrizia Hardt.

»Gar keine?«

Sie schüttelte den Kopf. »Weder unser Botschafter in Peking noch das für die Sonderverwaltungsregion Macao zuständige Generalkonsulat in Hongkong konnte das chinesische Ministerium für Staatssicherheit oder den Militärnachrichtendienst diesbezüglich zu einer Kooperation bewegen.«

»Ich werde versuchen, unsere eigenen Kontakte spielen zu lassen«, warf Martin Curtze ein.

»Tun Sie das, bitte«, bestätigte Patrizia Hardt und fuhr in Richtung Löw fort: »Die Polizei vor Ort in Macao hat die Suche nach Bölling bereits eingeleitet, gesteht Ihnen und Ihren Leuten aber lediglich eine reine Beobachterrolle zu.«

»Verstanden«, sagte Löw. »Ich stelle den Kollegen Leutnant Thieme als offizielle Liaison zur Seite und gestalte währenddessen die eigene Suche so unauffällig wie möglich.«

Sie wunderte sich. »Ist Thieme denn überhaupt schon wieder einsatzbereit?«

»Wird kein Honigschlecken für ihn«, räumte Löw ein, »aber ihn im Feld zu halten – zusammen mit seinen Kameraden und Freunden – ist die beste Therapie, das Trauma zu verarbeiten. Außerdem ist er einer unserer fähigsten Männer.«

»Können Sie gewährleisten, dass sein Einsatz die Mission nicht gefährdet?«

»Absolut.«

»Gut«, sagte sie in die Runde. »Dann wissen alle, was sie zu tun haben. An die Arbeit!«

Die Runde begann eifrig, sich aufzulösen, um ihre jeweiligen Aufgaben in Angriff zu nehmen, doch ehe überhaupt jemand den Raum verlassen konnte, kehrte Saskia Schäfer zurück. Bereits an der fast schon hektischen Eile ihrer Bewegungen erkannte Patrizia Hardt, noch ehe sie den Mund aufmachte, dass sie etwas Wichtiges entdeckt haben musste.

»Bitte warten Sie!«, rief die junge Analystin in den Raum, griff nach der Multimedia-Fernbedienung und aktivierte den großen Bildschirm an der Rückwand.

»Was zur Hölle?!«, rief Lietzmann mit weit aufgerissenen Augen, noch ehe Patrizia Hardt sich umdrehen konnte, um zu sehen, was ihm diesen ungewohnten Ausruf entlockt hatte.

Der Monitor zeigte ein Standbild von Bölling. Nackt. An ein x-förmiges Kreuz gefesselt. Von grellem Scheinwerferlicht beschienen. Sein vor Schmutz und Blut starrender Leib war über und über mit blauen Flecken, Schnitten und auch Brandwunden bedeckt. Seine wahnsinnig blickenden Augen lagen tief in den schwarz umringten Höhlen. Jemand hatte ihm das Haar weggebrannt. Die Kopfhaut war rosa bis rot und von Blasen übersät.

»O mein Gott!«, stieß Patrizia Hardt hervor, und Sassi drückte auf *Play*.

Der Clip begann zu laufen. Das Kreuz stand in einem

dunklen Raum. Die Kamera zoomte auf Böllings geschundenes Gesicht. Er bewegte die Lippen, doch man hörte zunächst nur unartikulierte Töne, die mehr ein Rasseln waren als Worte.

Ein Schuss knallte. So laut, dass jeder im Raum zusammenzuckte. Die Kugel schlug neben Böllings Schulter splitternd in das Holz des Kreuzes.

»Lauter!«, ertönte eine Stimme aus dem Off.

Patrizia Hardt erkannte einen osteuropäischen Akzent.

Bölling keuchte, holte tief Luft und begann, angestrengt zu sprechen: »Mein Name ist Bölling. Ich bin – oder war bis vor wenigen Stunden – Leiter des Gemeinsamen Terrorismusabwehrzentrums der Bundesrepublik Deutschland. In dieser Funktion habe ich mich der Spionage schuldig gemacht und mich widerrechtlich in die Angelegenheiten fremder Nationen eingemischt …«

Es war offensichtlich, dass er das Gesagte irgendwo ablas – und dass er sich trotz seines Zustands innerlich dagegen auflehnte. Sein Zögern wurde mit einem weiteren Schuss geahndet, der dicht neben seiner anderen Schulter in das Holz krachte.

Bölling schreckte zusammen und fuhr fort: »Widerrechtlich eingemischt. So wie sich mein Land und mit ihm zusammen die NATO widerrechtlich in die Angelegenheiten Russlands und der Ukraine einmischen. Russland betrachtet die Mobilmachung der NATO auf deutschem Boden als aggressiven, kriegerischen Akt und fordert den sofortigen Abzug sämtlicher Truppen aus den Grenzgebieten zu Polen. Sollte dieser Forderung nicht unverzüglich nachgekommen werden, sieht Russland sich zu Gegenmaßnahmen gezwungen. Zu drastischen Gegenmaßnahmen. Dies ist die letzte Warnung!«

»Sehr gut«, kommentierte die Stimme aus dem Off, während die Kamera so weit von Bölling wegzoomte, dass wieder sein ganzer Körper zu sehen war. »Dann wollen wir die Botschaft noch schnell unterschreiben. Alexej, lass ihn los!«

Dann geschah etwas, was Patrizia Hardt für den Rest ihres Lebens niemals vergessen würde: Etwas Großes, Dunkles schoss von der Seite her auf Bölling zu. Sie sah braunes, zottiges Fell, hörte ein wildes, knurrendes Brüllen … Böllings Schreie … das Schmatzen von riesigen Zähnen, die in Fleisch schlagen … das Reißen von Muskeln und Sehnen … Krachen von Knochen …

… und sie übergab sich auf den Laminatboden des Besprechungsraums.

Sie war nicht die Einzige.

Kanalisation

Der fast drei Meter große und mehr als zweihundertfünfzig Kilo schwere Braunbär zerfetzte Bölling in weniger als einer Minute.

Der Teil des unterirdischen Ziegelsteingewölbes, in dem das grausige Mahl stattfand, war durch ein rostiges, aber starkes Gitter von der Kamera und den fünf Männern dahinter getrennt.

»Sind Sie wahnsinnig?!«, rief einer von ihnen und ging auf einen der anderen los, packte ihn am Kragen. Er war Ende fünfzig und fast eins neunzig groß, trug einen dunklen Anzug und das angegraute Haar militärisch kurz geschnitten. Der, den er gepackt hatte, war beinahe zwei Köpfe kleiner, gedrungen und kahl, gut ein Jahrzehnt jünger als sein Angreifer. Doch er wich nicht einen Schritt zurück und hielt dem wütenden Blick mit einem amüsierten, leisen Lachen stand.

Zwei der anderen drei Männer eilten dienstbeflissen hinzu, um den Größeren wegzuziehen, doch der Kleinere beschwichtigte sie mit einer gelassenen Geste.

»Es ist alles in Ordnung, Leute«, sagte er mit stark osteuropäischem Akzent, ohne sein Gegenüber aus den beinahe schon teddybärartig gutmütigen Augen zu lassen. »Unser Freund Aaron hat sich gleich wieder unter Kontrolle.«

Für einen Moment war alles still – bis auf das gierig knurrende Schmatzen des Bären und das Schaben seiner Zähne an Böllings Knochen.

Der große Mann schnaubte, ließ den Kleinen los und machte zwei Schritte zurück.

»Das war nicht nötig, Viktor«, sagte er und deutete durch die Gitterstäbe auf das fressende Tier. »Das war absolut nicht nötig.«

»Wenn Sie das wirklich glauben, Aaron, habe ich mir vielleicht den falschen Partner ausgesucht«, sagte er mit jetzt forschendem Blick und deutete ebenfalls auf den Bären und Böllings Leiche. »Sie wollten die Aufmerksamkeit der ganzen Welt, ich gebe Ihnen die Aufmerksamkeit der ganzen Welt. Sie wollten schockieren, wir haben schockiert. Sie wollten ein politisches Pulverfass, ich habe die Lunte für Sie angezündet. Bedenken Sie, was noch vor uns liegt – und da machen Sie sich schon jetzt ins Hemd?«

Statt zu antworten, kramte Aaron ein Päckchen Zigaretten aus der Innentasche seines Jacketts und zündete sich eine davon an. Er inhalierte tief – so als wolle er den Gestank von Eingeweiden mit dem Rauch vertreiben. »Und Sie sind sicher, dass Bölling nie erfahren hat, was Kuznetsov ihm verkaufen wollte?«

»Absolut«, antwortete Viktor. »Er war ein verdammt harter Knochen, aber am Ende hätte er seine eigene Mutter an uns verraten. Er wusste nichts, also hat er auch nichts an seine Leute weitergegeben.«

»Das heißt, die Welt tappt nach wie vor im Dunkeln.«

Viktor nickte. »An den Fäden, die wir ziehen.«

»Das Programm ist eingeleitet?«

»Wie abgesprochen. Die ersten Schläfer sind bereits aktiviert.«

»Wann geht es los?«

»Gleich morgen früh.«

»Wo?«

»In Strausberg.«

»Gut«, sagte Aaron, schnippte die gerade einmal angerauchte Zigarette in einen schmalen Abwasserkanal, drehte sich um und ging davon. »Dann fliege ich jetzt zurück, um die Vorbereitungen zu treffen.«

»Do swidanja!« Viktor winkte ihm hinterher und wartete, bis er im Dunkel des Gangs verschwunden war, ehe er sich an den dritten seiner Männer wandte. Der stand bei dem rollbaren Bärenkäfig, der so an die Öffnung des Gitters geschoben war, dass sie auf dieser Seite sicher vor dem Tier waren. Er hielt ein Betäubungsgewehr in der Hand.

»Wir können dem Amerikaner nicht trauen, Viktor«, sagte er.

»Natürlich nicht, Alexej. Aber wir brauchen ihn noch eine Weile. Sind alle Aktienkäufe in trockenen Tüchern?«

Alexej nickte. »Rechtzeitig abgeschlossen vor Ausstrahlung des Videos.«

»Sehr gut«, sagte Viktor und rieb sich die Hände. »Dann mag das Spiel beginnen!«

7

Bundeskanzleramt
Büro des Bundeskanzlers

Fassungslos starrte Bundeskanzler Wagner auf den großen, aus mehreren Monitoren zusammengesetzten Bildschirm an der gegenüberliegenden Wand und die schreckliche Szenerie von der grausamen und menschenunwürdigen Hinrichtung Böllings. Er musste ein paarmal tief ein- und ausatmen, ehe er sich dazu in der Lage sah, nach der Telekommunikationseinheit auf seinem Tisch zu greifen und die Taste mit der Aufschrift *ChefBK* zu drücken. Adrian Richter, frischgebackener Chef des Bundeskanzleramts, war schon nach dem ersten Klingeln in der Leitung.

»Herr Richter, rufen Sie bitte umgehend Außenminister Weiß, Verteidigungsminister Ney und Innenministerin Reese in mein Büro. Umgehend!«

»Sie befinden sich bereits auf dem Weg hierher, Herr Bundeskanzler«, informierte Richter.

»Sehr gut. Bereiten Sie bitte außerdem zum schnellstmöglichen Termin eine sichere Konferenzschaltung vor mit NATO-Generalsekretär Lindgren und SACEUR Hendersen.« Der SACEUR, der *Supreme Allied Commander Europe,* war immer ein US-amerikanischer General oder Admiral und hatte entgegen der öffentlichen Meinung die wahre Entscheidungsgewalt über sämtliche militärischen Operationen der NATO.

»Ich empfehle, in diesem besonderen Fall General Münning ebenfalls zu der Konferenzschaltung zu laden«, schlug Richter vor. General Münning war als *Chef des Stabes* der

NATO einer der beiden Stellvertreter des SACEUR. »Damit auch auf dieser Ebene die Interessen Deutschlands gewahrt bleiben.«

»Gute Idee! Machen Sie das«, stimmte Wagner zu. »Und sehen Sie außerdem zu, dass …«

»Warten Sie bitte«, unterbrach der ChefBK ihn. »Wir bekommen gerade einen dringenden Anruf.«

»Von wem?«

»Direkt vom russischen Präsidenten.«

Der Bundeskanzler stutzte. »Herkunft bestätigt?«

»Über jeden Zweifel erhaben.«

»In Ordnung. Dann geben Sie mir dreißig Sekunden und stellen Sie ihn dann durch. Lassen Sie das Gespräch gleich mehrfach protokollieren. Zur Sicherheit.«

»Verstanden«, sagte Richter und ging aus der Leitung.

Wagner schenkte aus einer Kristallkaraffe auf dem Tisch Wasser in ein Glas und nahm einen tiefen Schluck, um sich Mund und Kehle zu befeuchten. Er bedachte die Karaffe mit einem nachdenklichen Blick. Sie war aus Zwiesel, einem der früheren deutschen Zentren der Glasmanufaktur. Heute, nach den Terroranschlägen des vergangenen Jahres, war die Stadt wie viele in der Umgebung ausgestorben und würde noch für Jahrzehnte nicht mehr bewohnbar sein. Auch das Land würde noch lange brauchen, um sich von dem entsetzlichen Schlag zu erholen. Ein zweiter würde es bis in die Festen erschüttern. Der Bundeskanzler seufzte tief und richtete den sorgenvollen Blick aus dem großen schusssicheren Panoramafenster. In einigen Hundert Metern Entfernung glitzerte die noch in Renovierung befindliche gläserne Kuppel des Reichstagsgebäudes in der Frühsommersonne.

Als das Telefon klingelte, zögerte er nicht einen Moment und ging sofort dran.

»Guten Tag, Herr Präsident.« Er hatte angesichts der Situation absichtlich einen formellen und leicht unterkühlten, wenn auch nicht zu abweisenden Ton gewählt. Diplomatie war eine Gratwanderung, bei der schon der leiseste Fauxpas zu einer Katastrophe führen konnte – und es in der Regel auch tat.

»Guten Tag, Herr Bundeskanzler«, erwiderte der Präsident Russlands – interessanterweise ganz und gar nicht kühl. »Bitte lassen Sie mich Ihnen mein tief empfundenes Mitgefühl aussprechen für diesen schrecklichen Vorfall … für dieses unglaublich grausame Verbrechen. Mir fehlen die Worte, um den ganzen Umfang meines Bedauerns ausdrücken zu können. Aber gestatten Sie mir bitte außerdem, Ihnen gleichzeitig aufs Eindringlichste und Ehrlichste zu versichern, dass weder ich noch die russische Regierung etwas damit zu tun haben.«

Bundeskanzler Wagner war Präsident Pyotr Anatolyevich Dragomirov bisher nur zweimal persönlich bei Gipfeltreffen begegnet und war überrascht von der Sanftheit in seiner Stimme und der äußerst einfühlsamen Wortwahl. Für gewöhnlich war Dragomirov eher der barsche Typ »Mann aus dem Volk« mit einem fast schon derben Humor. Aber Wagner war schon lange genug selbst Politiker, um sich der Notwendigkeit zahlreicher Masken bewusst zu sein.

»Ich danke Ihnen sehr für Ihre Anteilnahme, Herr Präsident«, antwortete er vorsichtig. »Es ist ein wahrhaft schreckliches Verbrechen … im Namen Russlands.«

Der russische Präsident räusperte sich. »Wie ich bereits sagte, Simon, mein geschätzter Freund: Wir haben ganz gewiss nicht das Geringste damit zu tun.«

Wagner beschloss nach einem kurzen Zögern, sich auf die persönliche Ebene einzulassen. »Du musst zugeben, Pyotr, mein nicht minder geschätzter Freund: Die in dem Video gestellte Forderung vertritt eindeutig russische Interessen.«

»Interessen, Simon, die mein Land aber niemals über solch unsäglich kriminelle und frevlerische Wege durchzusetzen versuchen würde«, sagte Dragomirov. »Du musst zugeben: Abgesehen vom Anstand, verbietet es schon der gesunde Menschenverstand, auf dieser ruchlosen Ebene Politik zu machen und sich damit die Verachtung und Feindseligkeit der ganzen Welt zuzuziehen.«

»Das sehe ich ganz genauso«, stimmte Wagner rhetorisch zu. »Aber ich wüsste gleichzeitig niemand anderen, dem am Stopp der Mobilmachung der NATO-Truppen an der deutsch-polnischen Grenze gelegen sein könnte.«

»Dann schlage ich vor, dass wir uns zusammentun, um das gemeinschaftlich herauszufinden«, sagte der russische Präsident. »Was läge näher? Erlaube mir daher bitte, eine Delegation diplomatischer und militärischer Berater zu euch nach Deutschland zu entsenden, auf dass wir die Hintergründe der Untat Seite an Seite aufdecken und die Terroristen zur Verantwortung ziehen. Denn mit nichts anderem als ganz gemeinen Terroristen haben wir es hier zu tun, Simon.«

»Danke für das freundliche Angebot«, sagte Wagner ausweichend. »Ich werde es meinem Stab unterbreiten.«

»Ja, tu das bitte. Glaub mir, wir sind ebenso sehr an der Klärung interessiert wie ihr.«

»Das ist gut zu wissen.«

»Du kannst auf mich zählen. Jederzeit.«

»Danke, Pyotr.«

Nachdem sie das Gespräch beendet hatten, ließ Wagner sich dessen Verlauf noch einmal durch den Kopf gehen und kontaktierte anschließend erneut den ChefBK. »Wer ist Böllings Nachfolger beim GTAZ?«

»Kommissarisch ist das Patrizia Hardt«, antwortete Richter. »Sie war vormals …«

»Ja, ich kenne sie«, unterbrach Wagner. Er erinnerte sich gut an die entscheidende Rolle, die die Analystin beim Eingrenzen der Atommüllkatastrophe im vergangenen Jahr gespielt hatte. »Würden Sie mich bitte mit ihr verbinden?«

»Sie wollen direkt mit ihr sprechen?«, fragte der ChefBK und gab sich keine Mühe, sein Erstaunen darüber zu verbergen. »Der übliche Amtsweg wäre …«

»Für übliche Amtswege ist nicht genügend Zeit. Bitte holen Sie sie mir unverzüglich an die Strippe.«

Moskau – Großer Kremlpalast
Sitz des russischen Präsidenten

Pyotr Anatolyevich Dragomirov lehnte sich mit einem lang gezogenen Seufzer in das dicke purpurrote Samtpolster seines Sessels zurück und rieb sich mit gestreckten Fingern die angegrauten Schläfen. Das half ein wenig gegen die Kopfschmerzen, aber er würde dennoch gleich zwei Aspirin nehmen, damit ihn das andauernde Pochen nicht zu sehr vom Denken ablenkte. Er musste fokussiert bleiben.

»Bundeskanzler Wagner hat Ihnen nicht geglaubt«, sagte der Mann auf der anderen Seite des prachtvollen, mit Lammleder bezogenen Barockschreibtischs. Es war Mikhail Wasiljewitsch Mischin, Chef des FSB – Armeegeneral und einer der wenigen »Helden der Russischen Föderation«. Das schüttere Haar auf seinem kantigen Kopf war kurz geschoren, und über dem linken Jochbein hatte er eine lange, rosa schimmernde Narbe, die sich bis zum knorpeligen Rest seines Ohrs hinzog. Ein nur schlecht vernarbter Streiftreffer aus dem Krieg in Afghanistan, der seinem ohnehin finsteren Gesicht etwas zusätzlich Aggressives verlieh. In seinen dunklen Augen spiegelte sich all das kluge Misstrauen, das man sich in drei Jahrzehnten Einsätzen in Krisen- und Kriegsgebieten automatisch aneignete. Ein Misstrauen, das den schwachen Geist brach und den starken nur noch stärker machte.

»Nicht ein Wort. Aber ich an seiner Stelle hätte mir ganz bestimmt auch nicht geglaubt«, bestätigte der Präsident mit einem niedergeschlagenen Unterton, nahm das Tablettenröhrchen aus der obersten Schublade und gab zwei davon in ein Glas Wasser. Für sein Empfinden lösten sie sich viel zu langsam auf. »Doch er zieht jetzt wenigstens die Möglichkeit in Betracht, dass nicht wir, sondern Terroristen hinter der Operation stecken. Das verschafft uns etwas Zeit.«

»Vorausgesetzt natürlich«, wandte Mischin zweifelnd ein, »die NATO lässt ihm diesbezüglich Spielraum.«

»Die Verteidigungsprotokolle sind in Kraft gesetzt«, sagte Dragomirov. »Nur für den Fall der Fälle. Aber wir müssen die Verantwortlichen vorher finden und unschädlich machen.«

Mischin nickte. »Ehe unsere Freunde im Westen die ganze Wahrheit erfahren.«

Der Präsident schüttelte nachdenklich den Kopf. Er kippte das Glas in einem Zug. Die Tabletten waren nur zur Hälfte aufgelöst. Er zerkaute die schäumenden Reste und würgte sie herunter. »Das darf nicht geschehen. Niemals.«

Berlin – Alt-Treptow
GTAZ

Trotz eiligem Einsatz der Putzkolonne und auf Maximum geschalteter Lüftung hing der scharfe Gestank von Erbrochenem noch immer in der Luft des Besprechungsraums.

Patrizia Hardt spürte das dringende Bedürfnis, den Waschraum aufzusuchen, um sich den Mund auszuspülen und ihren Puls unter fließend kaltem Wasser zu kühlen. Doch das musste warten.

»Kontaktieren Sie Staatssekretär Mayerhofer«, sagte sie zu Sven Lietzmann. »Finden Sie heraus, ob wir weiterhin zuständig sind oder ob ab jetzt das Auswärtige Amt oder das Verteidigungsministerium die Ermittlungen übernimmt.«

»Ist das Ihr Ernst?«, fragte Gernot Löw. Sie konnte deutlich erkennen, wie aufgebracht er war. Er deutete mit ausgestrecktem Arm auf den Bildschirm, der inzwischen wieder aus war. »*Wir* werden herausfinden, wer dafür verantwortlich ist, und *wir* werden sie dafür zur Rechenschaft ziehen!«

»Sosehr ich Ihre Gefühle teile, Major Löw«, sagte sie, »so sehr müssen wir uns doch an die Regeln halten. Wenn das eben eine Drohung der russischen Regierung war, fällt alles Weitere nicht mehr in unsere Zuständigkeit. Unsere Aufgabe ist die Bekämpfung von Terroristen und nicht …«

»Das war ein verdammter Terrorakt!«, unterbrach Gernot Löw sie. »Es ist völlig egal, wer dahintersteckt. Die Bestien haben einen der unseren brutal gefoltert und auf grausame Weise umgebracht. Das muss gesühnt werden.«

»Und das wird es auch«, sagte Patrizia Hardt und bemühte sich, seiner verständlichen Wut mit freundlicher Objektivität zu begegnen. »Doch zunächst muss geklärt werden, von wem.«

Ehe Löw etwas darauf erwidern und sie somit zwingen konnte, die harte Vorgesetztenkarte auszuspielen, um ihn zum Schweigen zu bringen, hob Lietzmann die Hand und deutete auf das Telefon in der anderen.

»Haben Sie den Staatssekretär in der Leitung?«, fragte Patrizia Hardt.

»Nein«, antwortete Lietzmann. »Es ist der Bundeskanzler.«

»Sein Amt oder er persönlich?«, fragte sie erstaunt.

»Persönlich«, sagte Lietzmann. »Er verlangt explizit nach Ihnen.«

Er hielt ihr das Telefon hin, sie nahm es entgegen und öffnete die Leitung. »Herr Bundeskanzler. Patrizia Hardt hier.«

»Guten Tag, Frau Hardt«, sagte Simon Wagner. »Mein tief empfundenes Beileid für den Verlust von Herrn Bölling.«

»Danke, Herr Bundeskanzler.« Ihr war klar, dass das nicht der eigentliche Grund seines Anrufs war, auch wenn sie den Ausdruck seines Mitgefühls zu schätzen wusste. »Was kann ich für Sie tun?«

»Ich habe gerade mit dem russischen Präsidenten gesprochen. Er versichert mir, dass er und seine Regierung nichts mit dem Vorfall zu tun haben.«

»Glauben Sie ihm?«

»Das ist wirklich schwer zu sagen«, gab er zu. »Wir gehen hier auf unserer Seite natürlich davon aus, dass er nicht die Wahrheit oder zumindest nicht die ganze Wahrheit sagt. Auch wenn es unwahrscheinlich ist, dass die Führung eines Landes zu solchen Mitteln greift, dürfen wir es natürlich nicht ausschließen. Sie aber und Ihre Leute werden die Sache behandeln, als hätte er die Wahrheit gesagt … als würden Terroristen dahinterstecken. Finden Sie sie und machen Sie sie unschädlich. Und machen Sie umgehend Meldung direkt an mich, falls Sie auch nur auf den Hauch einer Spur stoßen, dass die russische Regierung doch ihre Finger mit im Spiel hat.«

»Was ist mit dem Ultimatum?« Sie musste es fragen, auch wenn sie die Antwort kannte.

»Weder die deutsche Regierung noch die Mitgliedsstaaten der NATO werden sich durch eine solche Aktion erpressen lassen. Gleichgültig ob nun von Terroristen oder von Russland. Wie ernst nehmen Sie die angedrohten Gegenmaßnahmen?«

»Sehr ernst«, sagte Patrizia Hardt unumwunden. »Jemand, der das Risiko nicht scheut, einen der ranghöchsten deutschen Agenten vor den Augen der Welt hinzurichten, macht meiner Einschätzung zufolge keine leeren Drohungen.«

»Worin könnten Ihrer Einschätzung nach die angekündigten Strafmaßnahmen bestehen?«

»Was das betrifft, tappen wir noch völlig im Dunkeln, Herr Bundeskanzler. Wir denken, es hat etwas mit Böllings letzter Mission zu tun, wissen aber nicht, worum es dabei ging. Aber wir werden es so schnell wie nur möglich herausfinden.«

»Tun Sie das, Frau Hardt.«

Sie beendeten das Gespräch, und Patrizia Hardt wandte sich an ihr Team: »Das war der Bundeskanzler. Unser Auftrag ist es, die Ermordung Böllings und die Androhung von Konsequenzen für die NATO-Präsenz an der polnischen Grenze als terroristischen Akt zu behandeln, entsprechend zu ermitteln und nach Möglichkeit einzugreifen. Also gilt es herauszufinden, woher das Video kam und wer es gemacht hat. Und nach wie vor müssen wir in Erfahrung bringen, mit wem Bölling sich in Macao getroffen hat oder treffen wollte. Für welche Information hat er zwanzig Millionen Euro gezahlt?«

»Ich werde der Spur des Geldes folgen«, sagte Lietzmann. »Vielleicht finden wir darüber etwas heraus.«

Gernot Löw schüttelte den Kopf. »Nicht sehr wahrscheinlich«, sagte er. »Es gibt nur einen Grund für ein Treffen in Macao: eine Geldübergabe ohne Spuren. Über die Triaden. Und viel Glück bei dem Versuch, die zu einer Aussage zu bewegen.«

Rami meldete sich zu Wort. »Das ist ein guter Hinweis. Wir können die Suche nach Agenten, die sich zur gleichen Zeit wie Bölling in Macao aufhielten, außer über die üblichen Reisewege und Einreisepapiere auf Material aus den Überwachungskameras der Stadt in der Umgebung der Kasinos ausweiten.«

»Tun Sie das«, sagte Patrizia Hardt, und Rami nickte Stefan Schenk zu, der sich sofort auf den Weg machte. Dabei fiel ihr auf, dass Gernot Löw nachdenklich auf den schwarzen Großbildschirm an der Wand blickte.

»Was ist?«, fragte sie.

»Ich bin mir nicht sicher«, sagte er. »Kann ich das Video noch einmal sehen?«

Bei dem Gedanken, das schreckliche Szenario wiederholt abzuspielen, schnürte es Patrizia Hardt die Kehle zu. Aber es half nichts. Um den Clip auf mögliche Hinweise hin zu analysieren, würden sie alle ihn noch unzählige Male anschauen müssen.

Sassi nahm die Fernbedienung zur Hand und schaltete den Film auf den Monitor.

Noch einmal lief das grausige Ereignis vor ihren Augen ab. Gernot Löws Blick war hoch konzentriert, aber Patrizia Hardt konnte sehen, wie er die Kiefer fest aufeinanderpresste. Die Bilder von Bölling ließen ihn ebenso wenig kalt wie sie.

»Was ist?«, fragte sie noch einmal.

»Ich glaube, ich weiß, wo das ist«, sagte er leise und bat Sassi: »Schalten Sie bitte auf Standbild und zoomen Sie in die obere linke Bildecke.«

Sassi entsprach seiner Bitte.

Patrizia Hardt versuchte, etwas zu erkennen, aber da waren nur alte, rostige Rohre.

»Noch näher«, sagte Gernot Löw.

Auf einem der Rohre war jetzt ein kleines Wappen zu sehen. Aber es war so verrostet und die Auflösung des Bildes war durch die Vergrößerung so schlecht, dass man nicht sehr viel erkennen konnte. Am prominentesten war im unteren Teil des Wappens ein Fahnenband mit Inschrift; aber auch die Buchstaben waren völlig verwittert.

»Gibt es eine Möglichkeit, die Schrift sichtbar zu machen?«, fragte Patrizia Hardt Sassi.

»PATRIA ȘI DREPTUL MEU«, sagte Gernot Löw an ihrer Stelle. *»Das Vaterland und mein Recht.«*

»Sie können das unmöglich lesen«, sagte Patrizia Hardt.

»Muss ich auch nicht«, antwortete er. »Ich erkenne es wieder. Ich war schon einmal dort.«

»Wo?«

»Haben Sie jemals vom *Untergrund Bukarest* gehört?«

8

Bundeskanzleramt
Büro des Bundeskanzlers

Die heute noch von Studentenjobs auf dem Bau kräftigen Hände hinter dem breiten Rücken verschränkt, stand Bundeskanzler Wagner vor der Bildschirmwand des seiner Ansicht nach mit viel zu weichem Teppich ausgelegten Arbeitszimmers. Drei Mal drei TFT-Monitore waren dort zu einem großen Quadrat aufgehängt. Jeder einzelne davon zeigte im Moment die Berichterstattung eines anderen TV-Senders.

Ausgelöst durch das überall im Internet ausgestrahlte Video von der blutigen Hinrichtung Böllings, seiner vorangegangenen Selbstanklage und der von ihm gestellten Forderung, hatten deutschlandweit die Demonstrationen wegen des Konflikts zwischen Russland und der Ukraine in kürzester Zeit an Größe und Intensität exponentiell zugenommen. Außerhalb der *Bannmeile* vor dem Reichstagsgebäude beim Brandenburger Tor, vor der russischen Botschaft Unter den Linden, auf dem Marienplatz im Herzen Münchens, in Hamburgs ohnehin stets brodelndem St. Pauli, in der pittoresken Altstadt von Dresden, vor dem Kölner Dom, in Hannover, Stuttgart und sogar im Bankenviertel in Frankfurt am Main.

Wie immer gab es zwei Lager.

Haufenweise bunt beschriebene Plakate waren zu sehen – und sie zeigten in aller Deutlichkeit in Schlagworten, wie gespalten das Land aufgrund der angespannten politischen Lage in der nur wenige Hundert Kilometer entfernten Ukraine war:

RUSSLAND – UKRAINE … Nicht unser Krieg!
FÜR EINE FREIE UKRAINE!
NATO RAUS AUS DEUTSCHLAND!
NAZIS RAUS AUS KIEW!
KEIN NEUER KALTER KRIEG!
USA – Stoppt die Kriegstreiberei!
DEUTSCHLAND BLEIBT NEUTRAL!
STOPP DEM KRIEGSTERROR!
USA – RAUS AUS EUROPA!
STOPPT DIE RUSSEN JETZT!
GEWALT ERZEUGT GEWALT!
MAKE PEACE NOT WAR!
NIE WIEDER AMIS ODER RUSSEN IN BERLIN!

Die Menschenmassen waren aufgebracht, und bei Weitem nicht jede der Demos verlief friedlich. Der Polizeieinsatz war sofort nach dem Terrorvideo verdreifacht worden. Die Mannschaften hatten alle Hände voll zu tun.

Die Bilder erinnerten Wagner an den Menschenauflauf im letzten Jahr; an den Sturm auf das Reichstagsgebäude.

Es klopfte leise an der Tür. Wagner griff nach der Fernbedienung, schaltete die Monitore mit dem Hauptschalter aus, richtete sein Sakko und rief: »Herein!«

Angeführt von ChefBK Richter betraten Außenminister Weiß, Verteidigungsminister Ney und Innenministerin Reese Wagners Büro mit eiligen Schritten und nahmen auf seine einladende Geste hin sogleich an dem großen Besprechungstisch Platz.

Der Bundeskanzler selbst blieb am Kopf des Tischs stehen, begrüßte sie mit einem Nicken in die Runde und fasste in wenigen Sätzen seine Telefonate mit dem russischen Präsidenten und Patrizia Hardt zusammen. Er schloss mit: »Wir werden gleich in eine Telefonkonferenz mit NATO-Generalsekretär Lindgren, SACEUR Hendersen und Chef des Stabes Münning geschaltet.«

»Eine kleine unliebsame Korrektur«, schaltete Richter sich mit einem Räuspern ein. »SACEUR Hendersen war der ausdrücklichen Meinung, es sei nicht nötig, dass der CdS an der Konferenz teilnimmt. Er meinte, es genügt, wenn er persönlich ihn nach dem Gespräch brieft.«

»Damit signalisiert er seine Entscheidungshoheit mehr als deutlich«, sagte Verteidigungsminister Ney mit hochgezogener Braue. »Oder zumindest seinen Anspruch darauf. Ich sollte mich mit meinem Amtskollegen in den USA kurzschließen.«

Der Bundeskanzler hob beschwichtigend die Hand. »Dafür ist im Zweifelsfall noch ausreichend Gelegenheit, falls es letzten Endes dazu kommt, dass unsere Interessen kollidieren. Im Moment sind sie gleichgeschaltet, und wir dürfen nicht zulassen, dass das Verbrechen einen Keil zwischen uns und unsere Verbündeten bei der NATO treibt. Ganz gleich, ob nun Terroristen für den Mord und die Drohung verantwortlich sind oder Russland.«

»Eine weitere Möglichkeit, die wir nicht unberücksichtigt lassen dürfen, ist durchaus, dass nicht die Russen, sondern ukrainische Milizen dahinterstecken«, warf Außenminister Weiß ein.

»Wieso das?«, fragte der Kanzler aufmerksam. »Schließlich versuchen wir mit der Mobilmachung doch, die Interessen der Ukraine gegenüber Russland zu verteidigen.«

»Ich halte es nicht für völlig ausgeschlossen, dass ukrainische Kräfte den Konflikt zwischen uns und Russland verschärfen und auf die Spitze treiben wollen, um uns zu schnellerem und aggressiverem Handeln zu zwingen«, erklärte Weiß, fügte dann aber mit einem Schulterzucken hinzu: »Aber ebenso gut könnten natürlich auch die Vereinigten Staaten darin verwickelt sein.«

»Die USA? Mit welchem Motiv?«

»Dem auf der Hand liegenden«, erwiderte der Außenminister. »Um ihre alte Vormachtstellung hier im Herzen Europas zurückzugewinnen. Nicht zu vergessen sind aber auch die Chinesen, die erheblich von einer Auseinandersetzung zwischen den NATO-Staaten und Russland profitieren würden; auf vielen Ebenen: Waffen, Darlehen, Schwächung der Konkurrenz und so weiter. Vielleicht ist es kein Zufall, dass Bölling ausgerechnet in Macao entführt wurde.«

»Dann können wir selbstverständlich aber auch den Nahen Osten nicht mit absoluter Gewissheit als Drahtzieher des Attentats ausschließen«, fügte Innenministerin Reese hinzu. Sie hatte eine sehr tiefe und feste Stimme für eine Frau. »Es ist aber meines Erachtens noch zu früh für derartige Spekulationen.«

»Wir müssen auf alle Eventualitäten vorbereitet sein«, entgegnete Weiß stoisch. »Und Spekulationen sind zu diesem Zeitpunkt alles, was wir haben.«

»Wir sind durchaus vorbereitet, Herr Außenminister«, erwiderte sie gelassen. »Unsere Leute vom GTAZ arbeiten unter Hochdruck. Bald werden wir erste Hinweise haben.«

»Sollten wir nicht vielleicht besser dem BND oder dem MAD die Ermittlungshoheit übertragen?«, fragte Ney.

Der Bundeskanzler schüttelte entschieden den Kopf. »Nein. Das GTAZ vereint sie alle und hat die am breitesten gefächerten Schnittstellen. National wie international. BND und MAD arbeiten ihnen aber in vollem Umfang zu.«

Die TK-Einheit in der Mitte des Tischs blinkte.

»Die Konferenz ist bereit«, informierte ChefBK Richter sachlich.

»Gut«, sagte Wagner und schloss für einen Moment die Augen, wie um sich zu sammeln. »Schalten Sie die beiden hinzu.«

Richter wartete, bis er die Augen wieder öffnete, und betätigte dann einen Knopf.

»Guten Tag, Herr NATO-Generalsekretär«, sagte Wagner. »Guten Tag, General Hendersen. Mit mir am Tisch sitzen Außenminister Weiß, Verteidigungsminister Ney, Innenministerin Reese und der Chef des Bundeskanzleramts, Adrian Richter.«

Sie begrüßten einander der Reihe nach über Mikrofon und Lautsprecher.

»Lassen Sie mich Ihnen zunächst mein großes Bedauern aussprechen für das schreckliche Verbrechen«, begann Generalsekretär Lindgren anschließend, »bei dessen Ahndung Sie sich selbstverständlich unserer vollen Unterstützung gewiss sein können.«

»Danke«, sagte Wagner.

»Dasselbe darf ich Ihnen auch im Namen der USA versichern«, fügte SACEUR Hendersen hinzu. »Die CIA hat unverzüglich eine Sondereinheit zur Aufklärung der Hintergründe des Attentats gebildet. Sie ist bereits auf dem Weg zu Ihnen.«

»Das ist sehr freundlich von Ihnen, General«, sagte der Bundeskanzler und sah in den Blicken der Mitglieder seines Krisenstabs die gleiche Empörung, die er selbst empfand. »Ist jedoch zum jetzigen Zeitpunkt nicht nötig. Unsere Spezialisten arbeiten bereits daran.«

»Und unsere Spezialisten werden sie dabei nach allen Kräften unterstützen«, sagte Hendersen. Es war kein Vorschlag, es war eine Feststellung.

»Wir sind sehr dankbar für diese Unterstützung.« Kanzler

Wagner hatte die Entschiedenheit in der Stimme des Generals gehört – und sie gefiel ihm ganz und gar nicht. »Doch dafür ist eine Anwesenheit Ihrer Leute vor Ort nicht nötig. Es reicht völlig, wenn die CIA ihre Kanäle zu unserem GTAZ offen hält.«

»Das GTAZ?«, fragte Hendersen und gab sich offenkundig keine Mühe, sein Erstaunen zu verbergen. Er betonte es sogar ausdrücklich. »Dann behandeln Sie den Anschlag als terroristischen Akt, nicht als kriegerischen?«

»Präsident Dragomirov hat mir persönlich versichert, dass Russland nichts damit zu tun hat«, erklärte Wagner.

»Er hat auch bei unserem Präsidenten angerufen«, sagte der General mit Geringschätzung in der Stimme. »Wir sehen jedoch keinerlei Anlass, ihm auch nur im Entferntesten Glauben zu schenken. Niemand anderes als er und seine Regierung würde vom Stopp der Mobilmachung unserer Truppen an der polnischen Grenze profitieren.«

»Oh, da gäbe es durchaus einige andere Kandidaten.« Der Bundeskanzler listete die gerade eben noch von Außenminister Weiß und Innenministerin Reese erwähnten Alternativen auf, ließ aber natürlich die USA als möglichen Drahtzieher aus.

»Und bis wir Näheres wissen«, fügte er mit entschlossener Betonung hinzu, »betrachten wir die Ermordung Böllings und die Drohung zunächst als rein terroristischen Akt. Deswegen hat das GTAZ als zuständige Behörde die Ermittlungshoheit. Es gibt also keinen Grund für eine Präsenz der CIA auf deutschem Boden.«

»Sehr geehrter Herr Bundeskanzler«, sagte Hendersen, »Sie scheinen dabei völlig zu vergessen, dass die Drohung nicht allein gegen Deutschland ausgesprochen wurde, sondern auch und im Besonderen gegen die NATO – und damit auch direkt gegen die USA. Der Präsident und die Regierung der Vereinigten Staaten rechnen von daher, aufgrund unserer partnerschaftlichen Abkommen und unseres Status als Verbündete, mit Ihrer vollumfänglichen Kooperation.«

Wagner ballte die Hände zu Fäusten und war froh, dass sie keine Videokonferenz geschaltet hatten, sodass Hendersen ihn jetzt nicht sehen konnte. Ganz gleich, wer hinter dem Anschlag und der Bedrohung steckte, er war bereits jetzt teilweise erfolgreich, weil er das Verhältnis der eigentlichen Verbündeten unter Spannung stellte.

Wagner sah sich im Kern eines ebenso diplomatischen wie faktischen Dilemmas: Sprach er Hendersen jetzt ein offenes Verbot aus, die Einheit der CIA hierherzusenden, schuf er damit zusätzliche Animositäten zwischen Deutschland und den USA und schürte Misstrauen. Gestattete er es nun aber doch, trotz seines eben explizit geäußerten Vetos, erweckte er nicht nur den Anschein von Schwäche.

NATO-Generalsekretär Lindgren schien das Dilemma zu erkennen und kam ihm zu Hilfe. »Ich persönlich denke, es wäre von großem Vorteil, unsere Kräfte auch auf dieser Ebene effizient zu bündeln, und schlage daher als für beide Seiten akzeptablen Kompromiss vor, das CIA-Team vor Ort der Koordination des GTAZ zu unterstellen. Was meinen Sie, meine Herren?«

»Ich bin bei meiner Empfehlung natürlich von Anfang an davon ausgegangen, dass die deutschen Behörden die Ermittlerhoheit haben«, sagte Hendersen.

Wagner wusste, dass er log. Aber er wusste ebenfalls, dass SACEUR Hendersen das CIA-Team im Zweifelsfall auch ohne seine Einwilligung gesandt und sich auf eine stille Duldung des Übergriffs verlassen hätte. So wie sich die USA in den vergangenen Jahrzehnten stets auf die stille Duldung

Deutschlands verlassen hatten. Auf die von Lindgren vorgeschlagene Weise hätte der Bundeskanzler die amerikanischen Agenten wenigstens in einem gewissen Umfang unter Kontrolle – oder zumindest im Auge.

»Natürlich ist uns jede Hilfe unserer Freunde willkommen«, sagte er daher. »ChefBK Richter lässt Ihnen die Kontaktdaten unverzüglich im Anschluss an diese Konferenz zukommen.«

Wagner entschied sich nach einigem Zögern dagegen zu erwähnen, dass auch Präsident Dragomirov vorgeschlagen hatte, ein Team von Beratern und Ermittlern zu entsenden – das würde nur weiteres Öl ins Feuer gießen. Zumal er sich selbst noch nicht schlüssig war, wie er zu dem Vorschlag stand. Wenn die Russen unschuldig waren, konnte ihre Unterstützung von unschätzbarem Wert sein; waren sie jedoch in irgendeiner Weise involviert, öffnete er Spionage, wenn nicht gar Sabotage, Tür und Tor.

»Das ist sehr freundlich von Ihnen«, antwortete der SACEUR. »Kommen wir also zum eigentlichen Punkt: zur Mobilmachung der NATO-Truppen auf deutschem Gebiet. Ich denke, ich spreche für uns alle, wenn ich sage, dass wir uns von der Drohung nicht einschüchtern lassen können, ganz egal, ob sie nun von Terroristen kommt oder von Russland selbst.«

Sie stimmten ihm alle zu, aber im Stillen dachte Bundeskanzler Wagner: *Du hast leicht reden. Es ist ja nicht dein Land, das bedroht wird!*

JENSEITS VON EDEN

9

Im Luftraum über Rumänien

Gernot Löw und die sechs Männer seines Teams saßen im Passagierraum des Bombardier Global 5000 und wirkten in ihren Kampfanzügen im luxuriös eingerichteten Innern des Jets, den das Verteidigungsministerium normalerweise für den Transport von VIPs benutzte, völlig fehl am Platz. Aber der Flieger war nun einmal die schnellste Möglichkeit, die etwas mehr als zwölfhundert Kilometer Luftlinie zwischen Berlin und Bukarest zurückzulegen. Die beiden Rolls-Royce-Triebwerke kamen beinahe an Schallgeschwindigkeit heran, und höchste Eile war angesagt.

Auf dem Tisch vor ihm stand eine Kanne frisch gebrühter Kaffee. Gernot Löw nahm sie und schenkte sich seine mittlerweile zweite Tasse ein. Die Bewusstlosigkeit nach der Extraktion aus Dietrichs Gruppe hatte ihn mehr erschöpft, als es zwei Tage ohne Schlaf getan hätten, und er hoffte, dass er vor der Landung Gelegenheit finden würde, die Augen für ein paar Minuten zu schließen, um sich auszuruhen. Doch im Moment war dafür noch keine Zeit; er war über den Interkom-Bildschirm an der Wand vor ihm mit Patrizia Hardt in der Zentrale des GTAZ verbunden.

»Rami und sein Team haben inzwischen eine Liste der Agenten zusammengestellt, die sich zeitgleich mit Bölling in

Macao aufgehalten haben«, sagte sie gerade, und vor Löw poppten acht Fotos auf die rechte Hälfte des Schirms.

»Nummer eins ist Gerard Jalenques vom DGSE. Unseren Informationen zufolge hat er sich mit Nummer zwei, Ian Taylor vom MI6, getroffen. Warum, wissen wir noch nicht. Ebenso wenig konnten wir bisher in Erfahrung bringen, was Nummer drei, vier, fünf und sechs in Macao zu suchen hatten – aber ich finde, ihnen sollten wir in Anbetracht der Umstände unsere größte Aufmerksamkeit widmen.«

Löw las die Namen unter den Bildern. »Oleksandr Dmitrievich Kuznetsov, führender Offizier beim FSB, mit lang zurückreichender Vergangenheit beim KGB in der Zeit vor dem Fall der Mauer. Mit ihm in Macao waren Gregor Baburin, Vassil Tikhomirov und Kasimir Losev.«

»Ich nehme an, Sie haben von Kuznetsov gehört«, sagte Patrizia Hardt.

»Wer in unserem Geschäft hat das nicht?«, fragte Löw. »Er ist eine graue Eminenz. Ein echter Puppenspieler der alten Garde. Hat sich schon lange aus dem aktiven Geschäft in die Schatten zurückgezogen. Also, was macht er nach all den Jahren draußen im Feld? Und kann es Zufall sein, dass er ausgerechnet dann in Macao auftaucht, wenn auch Bölling zum ersten Mal nach so langer Zeit wieder einen Außeneinsatz macht? Kennen die beiden einander?«

»Ziemlich sicher«, antwortete sie. »Wir sind gerade noch dabei, die Daten abzugleichen, um herauszufinden, ob sie eine gemeinsame Vergangenheit haben, und wenn ja, welche. Aber ich denke, für den Moment können wir davon ausgehen, dass sie sich kannten.«

»Sehe ich auch so«, stimmte er ihr zu. »Wo hält Kuznetsov sich zurzeit auf?«

»Wir konnten ihn noch nicht lokalisieren«, sagte sie. »Es

gibt keine Anzeichen dafür, dass er Macao verlassen hat; aber wir sind am Ball.«

»Wer sind die letzten beiden?«, fragte Löw.

»Agent Yeo vom ISD Singapur und CIA Special Agent Rothchild, Sektionschef für Europa und Russland.«

»Der Sektionschef für Europa und Russland zur gleichen Zeit in Macao wie Bölling und Kuznetsov? Das kann doch wirklich kein Zufall mehr sein.«

»Laut Rothchild war es einer«, erwiderte Patrizia Hardt. »Wir hatten bereits Gelegenheit, ihn kurz zu befragen. Er versichert uns, dass sein Aufenthalt in Macao weder mit Bölling noch mit Kuznetsov zu tun hatte.«

»Aber was er da wirklich wollte, hat er uns natürlich nicht gesagt.«

»Natürlich nicht«, bestätigte sie. »Aber apropos CIA: Die Kollegen aus den USA werden uns nicht nur inoffiziell bei den Ermittlungen unterstützen. In Abstimmung zwischen dem Bundeskanzler und SACEUR Hendersen hat uns Rothchild ein Team von Agenten zur Seite gestellt. Sie werden in Kürze im GTAZ sein.«

»Seien Sie vorsichtig«, mahnte Löw.

»Keine Sorge«, versicherte sie. »Nun zu Ihrem Einsatz in Bukarest: Die Polizei vor Ort hat sich wie erwartet geweigert, in den Untergrund vorzudringen, um nach Spuren der Attentäter zu suchen. Zu gefährlich, meinen sie. Aber Sie und Ihre Leute haben grünes Licht; auch für das Tragen und den Einsatz von Waffen. Sie können jedoch nicht mit aktiver Unterstützung der Behörden rechnen. Wenn es da unten zu Kampfsituationen kommt, sind Sie völlig auf sich alleine gestellt.«

10

Bukarest

An der Oberfläche hat sich Rumänien als jüngstes Mitglied der Europäischen Union in den vergangenen Jahren großen Anstrengungen unterworfen, das Land und vor allem die Hauptstadt neu zu erfinden und die alten Lasten kommunistischer Diktatur über Bord zu werfen. Doch tief unter den Straßen Bukarests, im Europa des begonnenen einundzwanzigsten Jahrhunderts, existiert eine andere Welt. Eine verborgene Welt. Sie liegt dicht unter dem Asphalt, in einem gewaltigen Netzwerk von Abwasserkanälen und Tunneln. Hier unten ist die Zeit nicht nur stehen geblieben – sie hat gigantische Sprünge nach hinten gemacht. Hier – versteckt vor den Augen der Gesellschaft – leben Hunderte Männer, Frauen und Kinder. Sie leben nach ihren eigenen rauen Gesetzen, nach ihren eigenen harten Regeln. In einer ganz eigenen Zivilisation – die den Namen nicht wirklich verdient. In Verhältnissen, die man sich kaum vorstellen kann. In einer Realität, die zu glauben sich die meisten unserer Zeitgenossen einfach weigern. Denn es kann nicht sein, was nicht sein darf. Doch diese Welt, sie existiert – ganz gleich, was wir gerne glauben möchten und was nicht.

Im Anschluss an die Revolution und die Hinrichtung des Diktators Ceauşescu an Weihnachten des Jahres 1989 war Rumänien führerlos zunächst noch tiefer ins Chaos gestürzt – und Zehntausende obdachlos und verwaist durch ein kaum wirklich existierendes soziales Netz. Viele von ihnen starben einfach auf den Straßen, aber die Überlebenden fanden in ihrer Not hier unten eine vermeintliche Zuflucht – und billige Drogen und HIV, Hepatitis und Tuberkulose. Sie beschützen dieses, ihr letztes Zuhause mit allen Mitteln – und auch all jene, die sie nur gut genug dafür bezahlen.

Gernot Löw und seine sechs Männer traten in voller Kampfmontur an das klaffende Loch im Asphalt heran. Direkt vor dem Bukarester Hauptbahnhof. Von sämtlichen Passanten um sie herum überraschenderweise vollkommen ignoriert. Am Rand des mit Unkraut bewachsenen Lochs saß ein abgemagertes Mädchen im Schneidersitz am Boden. Sie sah aus wie elf, aber Löw ahnte, dass sie sehr wahrscheinlich eher siebzehn oder achtzehn war; ihre körperliche Entwicklung war durch den massiven Drogenmissbrauch gehemmt. Sie betrachtete das Einsatzkommando misstrauisch aus tief in den Höhlen liegenden Augen heraus. Löw erkannte, dass sie durchaus einmal hätte schön werden können – unter anderen Umständen … in einem anderen Leben. Er deutete seinen Männern mit einer knappen Geste zurückzubleiben und ging langsam auf das Mädchen zu, dabei die behandschuhten Hände mit den Flächen nach außen drehend, um zu signalisieren, dass er nicht in feindlicher Absicht kam.

Sie nickte ihm zögerlich zu, näher zu kommen. Trotz ihres kindlichen Aussehens versuchte sie, ihrem Blick etwas Verführerisches zu geben. Dass Löw und seine Kameraden Kampfanzüge und Waffen trugen, schien ihr nicht weiter zu imponieren.

»Nur du oder ihr alle?«, fragte sie auf Rumänisch und lächelte, wenn auch nur mit den Lippen. Was an Resten von Zähnen noch in ihrem Mund war, war schwarz und verfault. Sie lüftete den verschlissenen Kunstfaserrock. »Alle gleichzeitig kostet mehr. Aber ihr könnt auch Videos machen.«

»Deswegen sind wir nicht hier«, sagte er.

Ihr falsches Lächeln erstarb so schnell, wie es gekommen war, sie ließ den Saum des Rocks wieder fallen und wandte den Blick desinteressiert ab.

»Wir sind hier, um den König zu sprechen«, schickte er schnell hinterher. »Es ist wichtig.«

Sie drehte sich ihm wieder zu. »Das kostet.«

Er nickte langsam, und um zu vermeiden, sie zu erschrecken, signalisierte er mit der Hand, dass er jetzt in eine Tasche seiner Kampfweste greifen würde.

Sie wartete geduldig, während er ein dickes Bündel Geldscheine hervorholte.

Er sah, wie sie die Scheine im Stillen zählte.

»Das reicht nicht«, sagte sie.

»Das ist nicht für ihn«, machte er klar. »Das ist für dich, damit du ihm die Nachricht überbringst. Sag ihm, Leu erbittet Einlass.« *Leu* war rumänisch für Löwe, und Löw hoffte, dass der König des Untergrunds sich an ihn erinnern würde.

Die Kindfrau streckte den ausgemergelten und mit unzähligen dünnen Schnitten übersäten Arm aus, und Löw drückte ihr das Bündel in die Hand.

»Wartet hier«, sagte sie, während sie das Geld jetzt mit den vor Schmutz starrenden Fingern zählte. Dann erhob sie sich aus dem Schneidersitz und kletterte in das Loch im Asphalt. Ehe sie gänzlich verschwand, drehte sie sich noch einmal um. »Wenn ich in fünf Minuten nicht zurück bin, will er euch nicht sehen.«

»Verstanden«, antwortete Löw, wartete, bis sie verschwunden war, und kehrte zu seinen Männern zurück.

Daniel Thieme zeigte noch immer deutliche Anzeichen der Folter durch Dietrichs Gruppe, hatte aber auf dem Flug Gelegenheit gefunden, sich wenigstens ein bisschen auszuruhen.

Er hielt sich tapfer gerade, und Löw wusste, dass er sich auf ihn verlassen konnte. Mit den anderen Leuten des Teams hatte er noch nicht zusammengearbeitet, aber er hatte schon einiges von ihnen gehört.

Maik Mielke war eine Kampfsau erster Güte – obwohl gerade einmal Mitte zwanzig hatte er beinahe schon ebenso viele Kampfeinsätze im Ausland auf seiner Liste wie Löw selbst. Null Ahnung von Strategie oder Führung, dafür aber der perfekte Befehlsempfänger mit todsicheren Instinkten. Perfekt für die Vorhut.

Andy Böhm war ihr Funker; ein wendiger Typ Anfang dreißig mit dem Gesicht eines Lateinlehrers – runde Nickelbrille, lockiger Bart und hohe Stirn. Er konnte besser rennen und sich ducken als zielen und schießen, was ihn perfekt machte für den Job, immer an der Seite des Anführers zu bleiben. Im Zeitalter der Digitalisierung trug er das eigentliche Funkgerät zwar nur noch zur reinen Absicherung bei sich, aber er war verantwortlich für die Funktionalität der Ear- und Headsets und der Kameras … und wenn es hart auf hart kam und die mobilen Geräte versagten, auch für die Navigation.

Sani Paul Wilke wirkte so plump wie Böhm flink. Er verfügte über ebenso viel Felderfahrung wie Mielke und war bekannt für seinen gleichermaßen gelassenen wie geschickten Umgang mit schwersten Verletzungen. Wie jeder Anführer hoffte Löw, dass sie seine Fähigkeiten nicht brauchen würden.

Die letzten beiden waren Ulf und Christian Wieger – zwei Brüder, die sich durch ihre Fähigkeit zur wortlosen Zusammenarbeit einen Namen gemacht hatten. Wie Mielke waren sie als Infanteristen ausgebildet im Häuser-, Tunnel- und Jagdkampf, und Ulf war obendrein noch Spezialist für Sprengstoffe.

Wie schon vorhin fand Löw es erstaunlich, dass die Bevölkerung um sie herum überhaupt nicht wahrzunehmen schien, dass er und seine Leute Kampfanzüge trugen und schwer bewaffnet waren. So als sei das völlig normal hier.

»Wichtig ist, dass wir da unten dicht zusammenbleiben«, instruierte Löw seine Männer. »Lasst euch nicht von der Gruppe trennen, egal, was passiert. Falls der König uns Passage gewährt, bedeutet das nur, dass man uns nicht offen angreift. Das wird Einzelne aber nicht daran hindern zu versuchen, in abgelegenen Tunneln an unsere Waffen und Ausrüstung zu kommen. Verhaltet euch dennoch defensiv und vermeidet jegliche Konfliktsituation so gut ihr könnt. Vergesst nicht: Durch die hohe HIV-Rate kann dort unten jeder Kratzer, jeder Stich mit einer infizierten Nadel so tödlich sein wie eine Kugel.«

Er hörte ein Scharren, das aus dem Loch im Asphalt kam, und gleich darauf streckte die Kindfrau den ungekämmten Kopf hervor.

»Der König ist bereit, euch zu empfangen«, sagte sie. »Folgt mir!«

Sie verschwand wieder, und die Männer traten an den Eingang heran.

»Du zuerst«, wies Löw Maik Mielke an. Der nickte und kletterte in das Loch.

»Dann Wieger eins, Wilke, Wieger zwei, Böhm, und ich bilde die Nachhut.«

»Was ist mit mir?«, wollte Thieme wissen.

»Du bleibst hier, sicherst den Ausgang und hältst uns den Rücken frei«, antwortete Löw.

»Weil ich angeschlagen bin?«, fragte Thieme – sichtlich gereizt.

»Weil ich dir am meisten vertraue«, erwiderte Löw und

folgte Böhm in das Loch, ohne auf eine weitere Bemerkung Thiemes zu warten.

11

Bukarest Untergrund

Löw schlug der überwältigend scharfe Gestank von Urin und Fäkalien entgegen, als er in den Schacht kletterte, der nach unten in die Kanalisation führte. Da war noch ein anderes Aroma – ein künstliches, beißendes. Löw erkannte es sofort. Geruchserinnerungen sind oft stärker als visuelle oder akustische. Das Aroma stammte von einer metallhaltigen Farbe namens *Aurolac*, die von den Süchtigen hier unten in Unmengen geschnüffelt wurde.

Für die ersten zwanzig, dreißig Meter des hier niedrigen Zugangstunnels benötigte das Team noch Taschenlampen, dann aber erreichten die Soldaten einen ersten größeren und wesentlich höheren Vorraum, der in das grelle elektrische Licht nackter Birnen getaucht war. Der Raum war etwa sieben mal sechs Meter groß und kaum zwei Meter hoch. Zwischen einer Handvoll schwer bewaffneter, aber in Lumpen gekleideter Wachen tummelten sich hier etwa ein Dutzend Männer, Frauen und auch Kinder um rostige Fässer, aus denen sie mit Kellen abgestandenes Wasser tranken und ihre gebrauchten Spritzen darin auswuschen. In einer der hinteren Ecken teilten sich zwei der Männer eine Frau, die teilnahmslos zwischen ihnen lag. Ihr Blick war leer, die Pupillen geweitet. Keiner der Männer trug ein Kondom.

In einer anderen Ecke saß ein kleiner Junge am Boden und inhalierte aus einer schwarzen Mülltüte – in tiefen, regelmäßigen Zügen. Das Aufblähen und Einsacken des Beutels erinnerte Löw an das langsame Schlagen eines schwarzen Herzens.

Obwohl die Bewaffneten sie mit misstrauischen Blicken und den Mündungen ihrer vor Dreck starrenden Kalaschnikows verfolgten, durchquerten Gernot Löw und seine Leute den Raum, ohne belästigt zu werden.

Die nächste Kammer war so skurril, wie Löw sie von seinem letzten Einsatz hier unten in Erinnerung hatte. Die kalten elektrischen Birnen waren hier durch unzählige Kerzen von unterschiedlicher Form, Größe und Farbe ersetzt, und ihr flackernder, warmer Schein beleuchtete gleich ein ganzes Meer von kunstvoll gemalten Heiligenbildern, die mit Nägeln oder Panzertape an den weiß gekalkten, aber verrußten Ziegelwänden angebracht waren. Die Jungfrau Maria, Maria mit Jesus im Arm und in der Wiege, Jesus am Kreuz und bei der Fahrt in den Himmel, Valentin, Stephanus … sie alle waren vertreten, die meisten aber zeigten den Heiligen und Schutzpatron der Stadt, Dimitrie Basarabov. Hinter einem großen Tisch an der Rückwand saß *der König*.

Der Mann war Mitte dreißig und trug nichts weiter als eine verschlissene, dünne Weste aus Leder und eine kurze Turnhose aus Kunstfaser. Sein ganzer, dick mit sehnigen Muskeln bepackter Körper und auch das Gesicht und die peinlich glatt rasierte Glatze waren mit Narben und Tattoos übersät; Letztere waren einige mehr, als Löw in Erinnerung hatte – viele von ihnen überraschend kunstvoll gefertigt. Ebenfalls Heiligenbilder in grellen Farben, orthodoxe Kreuze und Ikonen. Beide Ohren sowie Nase und Lippen waren mit Ringen und Steckern gepierct. Er blickte ihnen aus dunklen, intelligenten

Augen erwartungsvoll entgegen. Die beiden Wachen zu seinen Seiten hatten ihre Gewehre auf Löw und seine Männer gerichtet.

Auf dem hier völlig deplatziert wirkenden Mahagonischreibtisch vor ihm stand eine zerknautschte Plastikflasche mit Billiglimonade, aber im krassen Gegensatz dazu lagen Stapel von makellos weißen Papieren und Heftern penibel geordnet daneben. Die an der Seite akribisch nebeneinander sortierten Bleistifte waren frisch gespitzt.

Das Mädchen, das sie bis hierher geführt hatte, kletterte auf seinen Schoß, und er strich ihr lobend das struppige Haar wie den Rücken eines Kätzchens.

Löw wusste, dass der Name des Mannes Ioan Bârlădeanu war, aber alle Welt nannte ihn nur *König*. Denn das war er: der König des Bukarester Untergrunds.

Seine Geschichte war allgemein bekannt; sie war schon jetzt eine Legende. Beim gewaltsamen Sturz Ceauşescus war Ioan Bârlădeanu als Zehnjähriger aus einem der vielen Waisenhäuser als einer der Ersten hierher nach unten geflüchtet und hatte binnen kurzer Zeit trotz seines damals geringen Alters berüchtigte Reputation als einer der brutalsten Straßenkämpfer der Region erlangt. Er war bekannt dafür geworden, dass er keinen seiner Gegner je am Leben ließ – Tod war für ihn ein reines Mittel zum Zweck.

»Hallo Leu«, sagte er mit einem überraschend gewinnenden Lächeln. »Es ist lange her.«

»Ja, das ist es, König«, antwortete Gernot Löw mit einer angedeuteten Verbeugung. »Über vier Jahre.«

»Was führt dich heute hierher?«

»Ich denke, das weißt du.«

»Mag sein, mag nicht sein«, erwiderte der König. »Wenn du es sagst, wissen wir es ganz genau.«

»Ich suche die Mörder meines Kollegen«, sagte Löw. »Die Männer mit dem Bären.«

Der König gluckste vergnügt, und das Mädchen auf seinem Schoß kicherte.

»Ja, das war eine wirklich verrückte Sache«, sagte er. »Sag, hat man so was schon gesehen? Irre, oder? Ich wollte ihnen den Bären abkaufen. Wäre eine Bereicherung gewesen für unsere Arena. Hätte den Geldsäcken von oben noch mehr Kohle aus den Taschen gezogen. Aber sein Besitzer hat ihn wohl schon, seit er ein Junges war, und wollte sich nicht von ihm trennen. Sehr schade.«

»Sind sie noch hier?«

Der König zuckte mit den Achseln. »Du weißt doch, wie das hier unten läuft, Leu. Sie haben gutes Geld gezahlt. Das beinhaltet ihren Schutz – und ein gutes Maß an Diskretion. Apropos Geld: Meine kleine Ani hier sagt, du hast etwas für mich.«

»Sie sind längst weg«, sagte Löw. »Das wusste ich in dem Moment, als du uns überhaupt Einlass gewährt hast. Wären sie noch hier, hättest du ihn verweigert.«

Der König grinste. Jeder einzelne seiner Zähne war aus purem Gold. »Dennoch bist du hierher nach unten gekommen. Das heißt, du willst wenigstens noch nach Spuren suchen.«

Löw holte ein weiteres Bündel Geldscheine aus der Tasche seiner Weste. Es war wesentlich dicker als das, das er dem Mädchen gegeben hatte. Der König nickte der Kindfrau zu. Sie kletterte mit der Geschicklichkeit eines Zickleins von seinem Schoß, lief um den Tisch herum zu Löw und riss ihm das Bündel aus der Hand. Dann lief sie zurück und überreichte es dem König.

Der zählte es mit dem Daumen blätternd. Auffällig langsam, so als würde es ihm Mühe bereiten. Löw wusste, dass das nur Show war. Trotz seiner mangelhaften schulischen Ausbildung hatte der König ein Gespür für Geld und Zahlen wie kaum ein Zweiter.

Schließlich nickte er bedächtig. »Das genügt«, sagte er zufrieden. »Ihr habt eine Stunde, dann seid ihr wieder von hier verschwunden.«

»Eine Stunde«, bestätigte Löw und sah auf die Uhr. Mehr als genug Zeit.

»Aber ihr werdet euch beeilen müssen«, fügte der König mit einem wieder breiter werdenden Grinsen hinzu, »wenn ihr nicht allzu spät nach den anderen da sein wollt.«

»Nach welchen anderen?« Löw war alarmiert.

Der König zuckte gespielt gleichgültig mit den breiten Schultern. Die Tattoos schimmerten im flackernden Licht der Kerzen, als hätten sie ein Eigenleben. »Sie haben gut gezahlt, Leu. Nach ihren Namen habe ich nicht gefragt.«

»Wie viele? Welche Nationalität? Sind sie bewaffnet? Wenn ja, wie schwer?« Das waren nur die ersten vier der Fragen, die Löw durch den Kopf schossen.

In einer Geste der Gottergebenheit breitete der König die tätowierten Arme aus. »Das, mein lieber Freund, wirst du wohl selbst herausfinden müssen. Ani zeigt euch den Weg.«

GTAZ
Kommandozentrale

Der Raum war direkt neben dem Besprechungszimmer. Zwei Wände voller Monitore, drei Blöcke von Tischen mit Keyboards, Schalttafeln, Interkoms und Notebooks.

Patrizia Hardt saß nahe der Eingangstür am vordersten der

Blöcke und verfolgte Gernot Löws Einsatz über die Helmkameras und Komsets seines Teams.

»Checken Sie sämtliche zur Verfügung stehenden Überwachungs- und Verkehrskameras rund um den Bahnhof«, befahl sie Alena Messner, »und finden Sie um Himmels willen heraus, wer den Untergrund vor unseren Leuten betreten hat. Schnell!«

»Das haben wir bereits getan«, informierte die Analystin sachlich. »Mehrfach, um ganz sicherzugehen. Wenn außer Major Löw und seinen Leuten noch jemand da unten ist, müssen die – wie auch die Killer mit dem Bären – einen der anderen zahllosen Zugänge zum Untergrund benutzt haben.«

»Dann suchen Sie großräumiger«, ordnete Patrizia Hardt entgegen jeder eigenen Hoffnung an. Das Labyrinth hatte so viele Ein- und Ausgänge wie ein Kaninchenbau, und nur wenige davon lagen in kameraüberwachten Bereichen.

»Verstanden«, sagte Alena Messner und ließ ihre schmalen, langen Finger über die Tastaturen jagen, während Patrizia Hardt auf den Monitoren verfolgte, wie Löw und seine Männer unter der Führung der Kindfrau tiefer in die Tunnel vordrangen.

Es war unglaublich, wie viele Menschen dort unten lebten. Die Gänge waren stellenweise dichter gefüllt als eine Einkaufsstraße an der Oberfläche. Auch hier unten gab es Marktstände – grob aus morschen Brettern und rostfleckigen Metallplatten zusammengeschustert –, an denen die seltsamsten Waren feilgeboten und getauscht wurden; bei Weitem nicht nur Drogen. Altkleider, Schuhe und Stiefel, Messer und Schlagwaffen, Konserven und Medikamente. Einige verkauften auch Fleisch – seltsam geformte, teilweise gräulich schimmernde Stücke, über deren Herkunft Patrizia Hardt lieber nicht näher spekulieren wollte.

Sassi Schäfer spähte hinter ihrer eigenen kleinen Monitorwand hervor, die auf ihrem Tischblock aufgebaut war. »Ich habe etwas entdeckt.«

»Sie wissen, wer außer Löw noch in den Untergrund gegangen ist?« Patrizia Hardt horchte gespannt auf.

Sassi schüttelte den dunklen Lockenkopf. »Nein, ich meine bezüglich Bölling.«

»Sprechen Sie.«

»Wie es unser Protokoll verlangt, sind wir sämtliche Korrespondenz der letzten acht Wochen durchgegangen. Berufliche wie private. E-Mails, Personal Messages, SMS, Telefonate.«

»Ich weiß«, sagte Patrizia Hardt und war ein wenig überrascht, dass die junge Analystin das Thema ansprach. »Wir haben nichts gefunden, was erklären würde, weshalb er in Macao war und mit wem er sich dort warum getroffen hat.«

»Ich denke, ich habe jetzt doch etwas«, sagte Sassi und lud ein Bild auf einen der mittleren Wandmonitore. Es zeigte eine fantastische Grafik mit mittelalterlich in glänzendes Metall gerüsteten Kriegern und mystischen Wesen ... springende Einhörner, sich aus dem Meer weiter hinten aufbäumende Seemonster und noch weiter im Hintergrund gar ein über den Horizont fliegender feuerspeiender Drache.

»Was ist das?«, fragte Patrizia Hardt erstaunt.

»Ein Computerspiel.«

»Ein Computerspiel?« Ihr Erstaunen wurde noch größer.

»Genauer gesagt, ein MMORPG«, ergänzte Sassi. »Ein *Massive Multiplayer Online Role-Playing Game*«, schickte sie hinterher, ehe Patrizia Hardt ein weiteres Mal nachfragen musste. »Zu Deutsch ein Massen-Mehrspieler-Online-Rollenspiel. Dort treffen sich Spieler aus aller Welt. Extrem populär und völlig anonym. Bölling war in den vergangenen Tagen vermehrt online.«

»Bölling hat Fantasy-Spiele im Internet gezockt?« Patrizia Hardt strengte sich nicht an, ihre Überraschung darüber zu verbergen. Sie kannte Bölling inzwischen seit vielen Jahren; das hätte sie nicht vermutet. Es widersprach völlig dem Bild, das sie von dem Mann hatte, und eigentlich konnte sie Menschen recht gut einschätzen.

»Ja, ich habe mich auch ein bisschen gewundert«, gab die junge Analystin zu. »Es passt so gar nicht zu ihm ... ich meine *passte.*« Ein Anflug von Traurigkeit huschte über ihr püppchenhaftes Gesicht. »Deswegen habe ich mir seinen Account – also sein Spielerkonto dort – genauer angesehen. Vom Tag seines ersten Log-ins bis zum Tag seines Verschwindens ... und dabei habe ich herausgefunden, dass Herr Bölling gar nicht wirklich gespielt hat. Nicht eine einzige Minute, nicht ein einziges Level.«

»Sondern?«

»Er hat den Account lediglich benutzt, um damit zu chatten«, sagte Sassi und rief die Nachrichtenbox des Kontos auf. »Und das auch nur mit einem einzigen anderen Spieler.« Sie ließ den Mauszeiger flink zum *Posteingang* wandern. »Aber die Inhalte der Nachrichten sind allesamt gelöscht.«

Patrizia Hardt las den Namen, der im Posteingang stand, laut vor: *»Forger of Destiny.«* Was für ein martialischer Nick! Aber so waren sie eben, diese Rollenspieler. Da klingelte plötzlich in ihrem Hinterkopf ein Alarmglöckchen. »Moment! Das habe ich schon einmal gelesen!« Und sie erinnerte sich auch, wo.

Eilig wandte sie sich ihrem eigenen Notebook zu und rief das Dossier auf, in dem die acht Agenten gelistet waren, die zeitgleich mit Bölling in Macao waren. Sie klickte auf das

Profil Kuznetsovs, und es blätterte vor ihr auf. Sie scrollte herunter, bis sie zu einem Reiter mit der Bezeichnung *Bekannte Codenamen* kam.

Dort fand sie ihn.

Schicksalsschmied! Forger of Destiny!

»Es ist Kuznetsov«, sagte sie. »Bölling hat sich in Macao mit den Russen getroffen.«

Sie wollte schon nach dem Telefon greifen, um sogleich Bundeskanzler Wagner zu informieren, als Stefan Schenk sich von seinem Platz aus einschaltete.

»Nicht mit den Russen«, sagte er. »Nur mit Kuznetsov allein, glaube ich.«

»Nur mit Kuznetsov? Welche Anhaltspunkte haben Sie dafür?«, wollte Patrizia Hardt wissen.

»Ich hätte im Grunde genommen schon auf Basis der gesammelten Informationen der Einreisebehörden drauf kommen müssen«, antwortete er mit schuldbewusster Miene. »Die Ankunftszeiten in Macao von Kuznetsov und den anderen drei russischen Agenten stimmen nicht überein. Die drei kamen später – und sie kamen mit dem Flieger, während Kuznetsov mit der Fähre angereist ist.«

»Das könnte bedeuten, sie haben ihn gar nicht eskortiert, wie wir bis jetzt angenommen haben«, überlegte Patrizia Hardt laut und erkannte die wahrscheinlichste aller Alternativen sofort. »Die drei haben Kuznetsov nach Macao verfolgt.«

Stefan Schenk nickte. »Es erweckt den Eindruck.«

Das warf völlig neue Fragen auf.

»Gut«, sagte sie und wandte sich an Sassi Schäfer. »Nehmen Sie Kuznetsov noch genauer unter die Lupe. Ich will alles über ihn wissen – vor allem: Was waren seine Einsatzschwerpunkte? Beim FSB und davor beim KGB.«

»Verstanden«, sagte Sassi und machte sich an die Arbeit.

Patrizia Hardt nahm das Telefon zur Hand und drückte die Kurzwahltaste für das Büro des Bundeskanzlers.

Bundeskanzleramt
Büro des Bundeskanzlers

Obwohl er immer wieder versucht hatte, es sich abzugewöhnen, konnte Bundeskanzler Wagner es nicht lassen, mit hinter dem Rücken verschränkten Händen in seinem Büro auf und ab zu schreiten wie ein Tiger im Käfig. Er war so nervös wie schon seit fast einem Jahr nicht mehr. Er hatte Atemtechniken ausprobiert und Zen-Übungen, aber das Einzige, das ihm wirklich half, trotz zunehmendem Puls einen klaren Kopf zu bewahren, blieb hin und her zu gehen. Der Takt seiner Schritte und das rhythmische Schaben seiner Hosenbeine an den Innenseiten seiner Schenkel hatten etwas ungemein Beruhigendes – oder zumindest Fokussierendes. Dass die anwesenden Mitglieder seines Stabes ihn dabei mit den Blicken verfolgten, ignorierte er geflissentlich. Als das Telefon klingelte, machte er zwei schnelle Schritte zum Tisch und nahm den eingehenden Anruf schon nach dem ersten Klingeln durch Druck auf die Freisprechtaste entgegen.

»Hallo, Frau Hardt«, sagte er laut, nachdem er die Nummer vom Display abgelesen hatte, damit alle anderen Anwesenden sofort wussten, wer dran war. »Mit mir im Raum sind Außenminister Weiß, Verteidigungsminister Ney, Innenministerin Reese und ChefBK Richter. Sie können offen sprechen.«

»Danke, Herr Bundeskanzler«, leitete die kommissarische Chefin des GTAZ ein. »Wir haben Neuigkeiten. Es gibt inzwischen deutliche Hinweise darauf, dass Herr Bölling sich in Macao mit Oleksandr Dmitrievich Kuznetsov getroffen hat.«

Außenminister Weiß stieß einen erstaunten Pfiff aus und sah, dass auch die Minister um ihn herum überraschte Gesichter machten. »Also stecken die Russen doch dahinter.«

»Ja und nein«, antwortete Patrizia Hardt. Das Zögern in ihrer Stimme war deutlich.

»Was meinen Sie damit, Frau Hardt?«, fragte Innenministerin Reese drängend. Als eigentliche Vorgesetzte des GTAZ und des GETZ war sie an den Befehlston gegenüber Patrizia Hardt gewohnt, und sie benutzte ihn, obwohl der Bundeskanzler die oberste Leitung der Operation übernommen hatte. Wagner verübelte ihr das nicht, und er kannte Patrizia Hardt gut genug zu wissen, dass auch sie damit klarkam.

»Wir haben allen Grund zur Annahme, dass das Treffen zwischen Bölling und Kuznetsov alleine stattfinden sollte oder vielleicht auch tatsächlich stattgefunden hat ... dass es Kuznetsov war, dem Bölling die zwanzig Millionen gezahlt hat.«

»Was ist die Basis dieser Annahme?«, verlangte der Bundeskanzler zu wissen.

»Wie wir gerade kürzlich herausgefunden haben, hatten Bölling und Kuznetsov vor der Reise nach Macao ausgiebig Kontakt«, sagte sie. »Über den Chat eines Internet-Spiels. Kuznetsov ist entgegen unserer früheren Annahme alleine in Macao angereist. Es sieht so aus, als hätten drei andere russische Agenten ihn dorthin verfolgt – Gregor Baburin, Vassil Tikhomirov und Kasimir Losev.«

Innenministerin Reese beugte sich zu dem Mikrofon der Telekommunikationsanlage vor. »Bedeutet das etwa, Kuznetsov hatte eine Information für Herrn Bölling, und die anderen drei waren dort, um zu verhindern, dass er sie übergibt?«

»Genau das ist meine momentan vorrangige Einschätzung, Frau Innenministerin«, bestätigte Patrizia Hardt.

»Aber wir haben nach wie vor keine Ahnung, um welche Information es sich handeln könnte?«, fragte Wagner.

»Noch nicht, Herr Bundeskanzler«, gab Patrizia Hardt unumwunden zu. »Aber wir konzentrieren uns jetzt selbstverständlich noch stärker auf Kuznetsovs Vergangenheit, um herauszufinden, worum es sich handeln könnte.«

»Wissen wir denn, wo Kuznetsov sich zurzeit aufhält?«, fragte Verteidigungsminister Ney.

»Er scheint wie vom Erdboden verschwunden«, antwortete Patrizia Hardt. »Etwa zur gleichen Zeit wie auch Bölling. Gemäß der Aussagen der lokalen Behörden in Macao hat er die Insel nie verlassen. Zumindest nicht offiziell.«

»Wenn wirklich er es war, der die Information an Bölling verkaufen wollte, und er von der Bildfläche verschwunden ist, müssen wir allen Erfahrungen nach davon ausgehen, dass auch er inzwischen nicht mehr lebt«, schlussfolgerte Außenminister Weiß.

»Ich fürchte auch, dass wir das mittlerweile voraussetzen müssen«, sagte Patrizia Hardt. »Aber wir werden dennoch weiterhin nach ihm suchen.«

»Danke, Frau Hardt«, sagte Kanzler Wagner. »Gibt es sonst noch etwas?«

»Das ist im Moment alles.«

»Gute Arbeit«, sagte er.

»Danke, Herr Bundeskanzler.«

»Bleiben Sie am Ball.« Damit beendete er das Gespräch und wandte sich an ChefBK Richter: »Verbinden Sie mich mit Präsident Dragomirov.«

Moskau – Großer Kremlpalast
Sitz des russischen Präsidenten

Pyotr Anatolyevich Dragomirov und der Chef des FSB, Mikhail Wassiljewitsch Mischin, verfolgten über eine Wand von Bildschirmen die weltweit stattfindenden und zu immer größeren Dimensionen anschwellenden Demonstrationen zum Russland-Ukraine-Konflikt, als das Telefon klingelte.

Der Präsident nahm nach einem kurzen Blick auf die Anzeige das Gespräch über die Freisprecheinrichtung entgegen. »Hallo Simon«, begrüßte er den Bundeskanzler Deutschlands. »Ich freue mich sehr, dass du dich so schnell zurückmeldest. Hast du dir meinen Vorschlag in aller Ruhe durch den Kopf gehen lassen?«

»Ich muss Ihr freundliches Angebot, eine Delegation Ihrer Spezialisten hierher zu uns nach Deutschland zu senden, mit großem Bedauern leider ablehnen, Herr Präsident.«

Dragomirov bemerkte die ausgeprägte Förmlichkeit sofort. »Das irritiert mich jetzt aber ein wenig, mein lieber Freund«, sagte er, und es fiel ihm schwer, den in ihm aufsteigenden Groll im Zaum zu halten. »Es irritiert mich vor allem, weil mir aus wohl informierten Kreisen zu Ohren gekommen ist, dass ihr die amerikanischen Kollegen durchaus sehr willkommen heißt.«

»Das ist korrekt, Herr Präsident.« Mehr sagte der Bundeskanzler Deutschlands nicht.

Dragomirov holte tief Luft. »Wirklich? Ich würde mir das an deiner Stelle noch einmal aufs Gründlichste überlegen. Wir beide sind Europa, Simon, die USA nicht. Sie werden immer versuchen, aus sicherer Distanz einen Keil zwischen uns zu treiben. Dabei sind *wir* es, die zusammenarbeiten müssen. Wir müssen die beiden Weltkriege und auch den

Kalten Krieg ein für alle Mal hinter uns lassen und noch einmal ganz von vorn beginnen. Denn nur, wenn es uns endlich gelingt, Hand in Hand und Seite an Seite zu gehen, liegt eine goldene Zukunft vor uns. Ein wirklich vereintes Europa. Ein starkes Europa. Das ist es, wovor die Amerikaner Angst haben, weil sie das aus ihrer sogenannten Vormachtstellung ins Abseits schieben würde. Deshalb säen sie Zwist, wo immer sie können. Vergiss sie und lass stattdessen uns euch helfen. Bitte, Simon!«

»Das Fundament für eine jede Partnerschaft ist gegenseitiges und verdientes Vertrauen, Herr Präsident«, erwiderte der Bundeskanzler kühl, ja beinahe schon abweisend. »Und das fehlt uns.«

FSB-Chef Mikhail Mischin auf der anderen Seite des Schreibtischs zog alarmiert eine Augenbraue nach oben.

»Wir können es aufbauen«, versicherte Dragomirov. Es fiel ihm schwer, sich auf diese Weise anzubiedern. Aber die Situation zwang ihn dazu.

»Nicht auf einem Bett aus Lügen«, gab der deutsche Regierungschef zurück.

»Lügen?«, fragte Dragomirov, nun doch leicht aufbrausend. Er hatte sich den Weg an die Spitze seines Landes nicht erkämpft, um sich dermaßen unverschämt behandeln zu lassen. »Herr Bundeskanzler! Ich verbitte mir …«

»Du kannst dir verbitten, was immer du willst, Pyotr«, unterbrach Wagner ihn schroff und mit angezogenem Ton. »Du hast mir bei unserem letzten Telefonat bei Treu und Glaube versichert, dass du nichts über die Hintergründe des Verbrechens und der Bedrohung für unser Land und die NATO weißt, aber *wir* wissen mittlerweile von dem Treffen zwischen Bölling und Kuznetsov. Und auch von euren drei Agenten. Baburin, Tikhomirov und Losev. Was auch immer da unten passiert ist, ihr wart auf die eine oder andere Weise involviert. Ich denke, es ist an der Zeit, die Karten auf den Tisch zu legen.«

Der Chef des FSB legte den Zeigefinger auf die zusammengepressten Lippen und schüttelte langsam und warnend mit dem Kopf.

Dragomirov empfand die lehrmeisterhafte Geste des Leiters seines Geheimdienstes impertinent, aber er wusste, dass er recht hatte, und sammelte sich, ehe er das Gespräch fortsetzte.

»Was sagst du da, Simon?«, fragte er betont ungläubig. »Mit Kuznetsov?«

»Genau.«

»Kuznetsov war einer unserer treuesten und verdientesten Mitarbeiter.« Noch während er redete, sah Dragomirov, dass Mischin das Gesicht zu einer Grimasse verzog, und bemerkte seinen Fehler sofort. Er hoffte, dass der Bundeskanzler ihn überhört hatte, und sprach hastig weiter. »Ich kann mir nicht vorstellen …«

»War?«, unterbrach Wagner ihn. Er hatte den Lapsus nicht überhört. »Was bitte meinst du mit *war*, Pyotr?«

»Nichts«, tat Dragomirov so spielerisch ab, wie er konnte. Er konnte sich nicht daran erinnern, wann er das letzte Mal dazu gezwungen gewesen war, sich so sehr zu verstellen. »Ich wollte damit nur zum Ausdruck bringen, dass seine Zeit hinter ihm liegt. Er steht kurz vor der Pensionierung, und …«

»Sag mir – ganz offen, Pyotr, weil du so viel Wert legst auf mein Vertrauen –, was hatte Kuznetsov in Macao zu suchen?«, unterbrach der Bundeskanzler ihn ein zweites Mal.

»Das weiß ich nicht, Simon«, antwortete der russische Präsident. »So wenig wie du bin ich über sämtliche Bewegungen all meiner Agenten informiert.«

Mischin nickte – als Zeichen dafür, dass er der Meinung war, er hätte die Lüge glaubhaft erzählt. Dragomirov verspürte den Drang in sich aufsteigen, ihn für seine Anmaßung zu maßregeln, aber er machte sich nichts vor: Auch wenn er der Präsident Russlands war, Mischin war viel zu mächtig – und sich dessen absolut bewusst.

»Wir reden hier nicht von irgendeinem Agenten, Pyotr«, sagte der Bundeskanzler. »Wir sprechen von Oleksandr Dmitrievich Kuznetsov. Einem eurer Top-Leute.«

»Ich weiß genau, von wem wir sprechen, und ich werde versuchen, so schnell wie nur möglich in Erfahrung zu bringen, was er dort unten wollte«, versicherte Dragomirov.

»Anders als mir dürfte es dir ja nicht schwerfallen herauszufinden, wo er sich zurzeit aufhält«, erwiderte Wagner.

Dragomirov ballte eine Hand zur Faust, so fest, dass er sich selbst die kurz gehaltenen Fingernägel in die Handfläche grub. Ziemlich offensichtlich vermutete Wagner, dass Kuznetsov inzwischen nicht mehr am Leben war. Dem Verziehen seines Gesichts nach zu urteilen, schien Mischin das ebenfalls erkannt zu haben.

»Nein, kein Problem«, log Dragomirov. »Sobald wir etwas wissen, geben wir dir Bescheid.«

»Das wäre eine Basis, auf der wir weiter aufbauen könnten, Pyotr«, sagte Wagner und fügte nach einem kurzen Zögern hinzu: »Wünschenswert wäre natürlich in diesem Zusammenhang auch noch zu erfahren, was eure drei Agenten Baburin, Tikhomirov und Losev zum fraglichen Zeitpunkt in Macao zu suchen hatten.«

»Selbstverständlich«, sagte der Präsident. »Ich werde mich im Interesse unseres Einvernehmens auch darum unverzüglich kümmern. Es hat oberste Priorität. Darauf hast du mein Wort. Und in der Zwischenzeit könntest du im Gegenzug dazu eure Verbündeten von unserer Kooperationsbereitschaft überzeugen, Simon.«

»Das, mein lieber Freund, könntest du spielend selbst, indem du Russlands Ansprüche auf ukrainisches Territorium einfach in einer offiziellen Meldung aufgibst und somit dem ganzen Konflikt ein für alle Mal ein Ende bereitest.«

Dragomirov räusperte sich, verhalten, aber durchaus deutlich. »Du weißt, dass ich das nicht tun kann. Nicht tun will. Was ihr im Westen ukrainisches Territorium nennt, ist und war schon immer ein Teil Russlands. Das steht nicht zur Debatte. Unsere Position diesbezüglich ist klar und felsenfest.«

»Das ist bedauerlich, Herr Präsident«, sagte der Bundeskanzler – nun wieder förmlich. »Dann nehme ich an, ich höre das nächste Mal wieder von Ihnen, wenn Sie mehr Informationen zu Kuznetsov und den anderen drei Agenten haben.«

»Ganz sicher«, sagte Dragomirov und zwang sich zu einer letzten Höflichkeitsfloskel. »Auf bald, werter Freund.«

»Auf bald«, erwiderte Wagner. »Besser früher als später.«

Dragomirov nickte, obwohl er wusste, dass sein Amtskollege das nicht sehen konnte, und beendete das Telefonat.

»Wir müssen verhindern, dass sie mehr herausfinden«, sagte FSB-Chef Mischin mit finsterem Blick.

»Ich weiß nicht. Vielleicht hat Wagner ja recht. Vielleicht ist es wirklich besser und an der Zeit, die Karten auf den Tisch zu legen, ehe die ganze Sache eskaliert und uns um die Ohren fliegt.«

»Die Karten auf den Tisch legen?«, fragte Mischin, die Überraschung in seiner Stimme ausdrücklich betonend. »Das wäre mit Sicherheit mehr als bloß ein Fehler, Herr Präsident. Das wäre fatal. Im wahrsten Sinne des Wortes. Unsere Position im internationalen Gefüge ist trotz der Rechtmäßigkeit unserer Ansprüche ohnehin eine eher schwache. Wenn die Wahrheit über Kuznetsovs Projekt ans Licht kommt, würde uns das auch die allerletzten Sympathisanten kosten.«

»Mir ist sehr wohl bewusst, was auf dem Spiel steht«, gab Dragomirov missmutig zurück. »Aber was, wenn die Verbrecher ihre Drohung in die Tat umsetzen und die Wahrheit *dann* im Anschluss ans Licht kommt? Man wird uns mitverantwortlich machen – und das, wie ich denke, völlig zu Recht. Wir und mit uns unser ganzes Volk werden für den Rest unseres Lebens und nach uns unsere Erben für die schrecklichen Sünden unserer Väter bezahlen!«

»Das wird nicht geschehen«, versicherte Mischin mit einem entschlossenen Kopfschütteln. »Darauf gebe ich Ihnen mein Ehrenwort als Offizier der russischen Streitkräfte.«

»Wie können Sie sich da so sicher sein?«

Mischin machte eine Geste, als wollte er mit der Faust auf den Tisch schlagen, bremste sich dann aber gerade rechtzeitig. »Wir werden die Terroristen auffinden und sie aufhalten! Wir sind ihnen schon dicht auf der Spur. Aber wir müssen dafür sorgen, dass die Deutschen ihnen nicht auf die Schliche kommen. Mit allen Mitteln.«

Er deutete auf eine zweite Monitorwand. Auf den Bildschirmen dort war der Untergrund Bukarests zu sehen – live übertragen von sich bewegenden Helmkameras. Jeder der Kameras war in einem kleinen roten Feld in der oberen rechten Ecke ein russischer Name und Dienstgrad zugeordnet.

»Was schlagen Sie vor?«, fragte Dragomirov.

»Zu tun, was getan werden muss.«

Der Präsident fuhr sich mit der flachen Hand über die Stirn und fühlte den Schweißfilm, der sich mittlerweile darauf gebildet hatte. »Was ist es, das getan werden muss?«

»Das deutsche Team muss ausgeschaltet werden.«

Gernot Löw hatte sich in der Enge des Tunnels mit schnellen Schritten an die Spitze seines kleinen Trupps geschoben – an die Seite von Maik Mielke. Sie hatten den belebteren Teil des Untergrunds schon bald nach dem bizarren Marktplatz hinter sich gelassen und bewegten sich jetzt schnell, aber vorsichtig durch einen Tunnel, in dem es kein elektrisches Licht mehr gab. Die auf den Läufen ihrer Gewehre angebrachten Ministrahler zerschnitten die beißend stinkende Dunkelheit und spiegelten sich mehr als einmal in Augenpaaren, die sie aus Nischen und Seitengängen heraus mit Blicken verfolgten.

Die Kindfrau, die sie anführte, bewegte sich auf ihren kleinen, dürren Beinen derart geschickt, als könne sie im Dunkeln sehen. Sicheren Fußes wich sie den überall am Boden liegenden Fäkalien und zerbrochenen Spritzen aus und sprang mit Leichtigkeit über mit Unrat verstopfte Kanäle.

Löws Aufforderung, im Schutz der Gruppe zu bleiben, hatte sie ebenso ignoriert wie seine inzwischen mehrfach gestellte Frage, wer außer ihnen noch hierher nach unten gekommen war.

Löw hatte schließlich akzeptiert, dass er von ihr keine weiteren Informationen erhalten würde.

»Gibt es Neues von der Aufklärung?«, fragte er in das Mikro seines Headsets.

»Negativ«, antwortete Patrizia Hardt aus der Kommandozentrale. »Es gibt einfach über die halbe Stadt verteilt zu viele Eingänge in den Untergrund. Wer immer vor Ihnen dort angekommen ist, muss einen Zugang ohne Straßenkameras benutzt haben. Auch eine Abfrage der Datenbanken der Einreisebehörden hat nichts ergeben. Rumänien hat Grenzen zu immerhin fünf Nachbarstaaten und zumeist nur schwer überwachbare Grenzverläufe. Ganz zu schweigen vom Zugang über das Schwarze Meer.«

»Irgendeine Theorie?«

»Sie wissen, dass ich nicht spekuliere, Major Löw.«

»Dann *analysieren* Sie, Frau Hardt«, forderte er sie auf. »Wo ist der Unterschied?«

»Es ist schwer zu sagen«, räumte sie ein. »Es könnten natürlich unsere Freunde von der CIA sein, aber das können wir gleich wieder ausschließen. Da die inzwischen garantiert wissen, dass Sie und Ihre Leute vor Ort sind, hätten sie uns informiert – schon allein, um nicht Gefahr zu laufen, von Ihnen entdeckt zu werden und dann erklären zu müssen, warum sie hier sind, ohne es vorher mit uns abgesprochen zu haben. Nein, ich denke, sie würden die uns aufgedrückte Zusammenarbeit nicht so leichtfertig riskieren.«

»Dann die Russen?«, fragte Löw – doch die Antwort Patrizia Hardts hörte er nicht mehr.

»Runter!«, schrie Mielke laut, und schon im nächsten Moment krachten die ohrenbetäubenden Explosionen von Maschinenpistolenfeuer durch den Tunnel.

Wie Hunderte Male immer und immer wieder trainiert, waren Löws Männer der Warnung augenblicklich gefolgt, und sie hatten es nur dieser eingeimpften Reaktionsschnelligkeit zu verdanken, dass die Kugeln über sie hinwegpfiffen und weiter hinten in die Ziegel und Kacheln der Gangwände schlugen.

Noch ehe er mit voller Wucht mit seinen Ellbogenschützern auf dem rauen Betonboden aufprallte, erwiderte Löw das Feuer in Richtung der Mündungsblitze.

Mielke neben ihm war nicht weniger schnell – und schon im nächsten Augenblick stoppte der Beschuss durch die Angreifer, ohne dass sie sie überhaupt zu Gesicht bekommen hatten.

»Versuchen Sie, Aufnahmen von ihnen zu machen!«, rief Patrizia Hardt über das Headset. »Vielleicht können wir sie über die Datenbanken identifizieren!«

»Machen Sie Witze?! Ich bin froh, wenn ich sie mit dem Gewehr treffe!«, gab er zurück. Dennoch suchte er mit dem Strahl seiner Taschenlampe hastig und gründlich die Position ab, aus der die Schüsse der anonymen Gegner gekommen waren.

Jede Form von Intel konnte ihnen in dieser prekären Lage den nötigen strategischen Vorteil verschaffen.

Die Stelle, von der aus sie angegriffen worden waren, lag etwa zehn bis zwölf Meter vor ihnen, wo ein großer Seitengang vom Haupttunnel wegführte.

Die perfekte Stellung für ein Massaker. Mielkes Instinkte hatten ihnen allen das Leben gerettet.

Nicht allen, erkannte Löw, als er mit dem Licht der Lampe den Boden zwischen dort und hier absuchte.

Die Kindfrau lag mit verdrehten Gliedmaßen und dem Gesicht nach unten im Kanal; das breiige Wasser spülte ihr Blut und die Geldscheine, die Löw ihr vorhin gegeben hatte, träge davon.

Obwohl er sie nicht gekannt hatte, durchfuhr Löw eine Welle trauriger Wut.

Und Schuld!

Verflucht! Er hätte mehr als nur einmal darauf bestehen müssen, dass sie nicht so weit aus ihrer Deckung heraus vorrannte. Dass sie sich von ihm nichts hatte sagen lassen, änderte nichts daran, dass er sich für ihren Tod verantwortlich fühlte.

Auch der Gedanke, dass der schnelle und überraschende

Tod vielleicht das Beste war, das der jungen Frau in Anbetracht ihrer grausamen und wenig vielversprechenden Lebensumstände hatte passieren können, änderte nichts an diesem Schuldgefühl.

»Wieger eins und zwei nach vorn«, kommandierte Löw die anderen beiden Infanteristen, während Mielke das scharf gebündelte Licht seines Strahlers und die Mündung seiner HK MP7 weiterhin auf den Gang gerichtet hielt.

Die beiden Brüder kamen nach vorn gerobbt. Mit ein paar knappen Gesten ordnete Löw die nächsten taktischen Schritte an. Wieger zwei musste von der jetzigen Position aus den Hotspot des Tunnelzugangs sichern, während Löw selbst zusammen mit Mielke als Vorhut vordringen und Wieger eins Funker und Sani Geleitschutz geben würde.

»Los!«, kommandierte Löw leise, und die Männer richteten sich halb auf, um sich gleich darauf tief gebückt in Bewegung zu setzen – dabei darauf achtend, dass sie nicht in die direkte Schusslinie zwischen dem Hotspot und Wieger zwei gerieten.

Ihr Weg führte sie dicht an Anis Leiche vorüber, und Löw überkam das Bedürfnis, sie wenigstens aus der Kloake zu ziehen; wenn er auch nicht mehr für sie tun konnte.

Er signalisierte seinen Leuten, zu stoppen und ihn zu sichern, hängte sich die Maschinenpistole um, machte mit dem rechten Bein einen großen Schritt über den Kanal und beugte sich zu der toten Kindfrau herab. Es war erschreckend, wie leicht er sie hochheben konnte, obwohl ihr Körper schlaff und ihr Kleidchen mit Wasser durchtränkt war.

Er nahm sie in seine Arme, und das Erste, was ihm auffiel, war, wie friedlich ihr kleines, geschundenes Gesicht jetzt aussah – wie entspannt und sorglos. Löw strich ihr das nasse Haar mit den Fingern seiner Linken aus der Stirn und legte sie hoch auf den Rand des Kanals ins relativ Trockene. Er zupfte ihr Kleid nach unten, dass es die nackte Scham verdeckte, und verschränkte ihr die dünnen Arme über der von Kugeln zerfetzten Brust.

»Ruhe in Frieden«, flüsterte er und hörte, wie seine Männer die Worte leise nachsprachen.

Für mehr war keine Zeit.

Löw nahm seine Waffe wieder in Anschlag, und sie eilten auf den Gang zu; Mielke voran, Wieger eins knapp hinter Löws linker Flanke – die anderen dahinter.

Im Schein seiner Lampe sah Löw eine schnelle Bewegung aus der Öffnung zum Gang.

Ein kleiner Gegenstand.

Er landete mit einem metallischen Scheppern auf dem Boden links vor ihnen.

»Granate!«, erkannte Löw, ging in die Hocke, um Schwung zu holen, und hechtete weit nach vorn – sich mehr auf seine Instinkte als auf seine Sicht verlassend.

Fast im gleichen Moment wurde von rechts her das Feuer auf ihn eröffnet. Aber er war zu schnell, um ein leichtes Ziel abzugeben. Die Kugeln jagten an ihm vorüber, eine streifte seine Weste.

Seine Kameraden hatten zum Glück ebenso schnell reagiert wie er. Sie erkannten sofort, was Löw vorhatte, und fächerten die Strahlen ihrer Lampen suchend in die Richtung, in der sie die Granate vermuteten, damit Löw sie rechtzeitig fand.

Noch im zweiten Sprung sah Löw sie endlich, rollte seitlich ab, packte die Granate und schleuderte sie mit aller Kraft in den Gang zurück. Fast noch in derselben Bewegung warf er selbst sich wieder nach hinten und ging in Deckung – die Ohren fest mit beiden Händen bedeckend und die Augen zukneifend.

Das alles hatte gerade einmal drei Sekunden gedauert. Und es hätte nicht eine Sekunde mehr sein dürfen!

Die Explosion ließ den Tunnel in den Grundfesten erschüttern. Faustgroße Steinbrocken und Granatsplitter wurden von der Druckwelle nach draußen geschleudert. Staub und Mörtel rieselten von der Decke. Bedeckten die Kameraden.

Löw hielt eine Zeit lang den Atem an, nahm die Hände vom Kopf und lauschte über das Klingeln in seinen Ohren hinweg in den von Rauch gefüllten Gang hinein, um gleich darauf aufzuspringen und aus der Deckung der Mauerecke heraus eine Salve in die undurchdringliche Wolke zu jagen.

Es kam keine Reaktion.

Seine Männer hatten inzwischen ihre Schutzbrillen aufgesetzt, und Mielke und Wieger eins stürmten mit vorgehaltenen Maschinenpistolen in den Gang hinein, kurze Feuerstöße in Hüfthöhe setzend, um auf Nummer sicher zu gehen.

Wieger zwei war zu ihnen aufgeschlossen und übernahm den Schutz von Funker und Sani, sodass Löw direkt hinter Mielke und Wieger eins in den Tunnel rennen konnte.

Seine Nerven waren zum Zerreißen angespannt und seine Sinne so scharf, wie sie es nur unter Beschuss waren. Das war mehr als nur das Adrenalin – es war, als würde die Todesgefahr eine weitere Ebene von Wahrnehmung freischalten.

Er konnte die vor ihm am Boden liegenden Körper spüren, noch ehe er sie sah.

Es waren ein Mann und eine Frau in schwarzgrauen Kampfanzügen. Ähnlich den ihren.

Die Explosion der Granate hatte sie übel zugerichtet. Ihre Uniformen trugen keinerlei Abzeichen oder Erkennungsmarken.

»Gehen Sie näher mit der Kamera heran«, forderte Patrizia Hardt über das Headset.

»Da ist nichts mehr, das Sie identifizieren könnten«, sagte Löw, tat aber dennoch, worum sie ihn gebeten hatte.

Gleichzeitig informierte Mielke, der eines der völlig verdreckten Sturmgewehre der Toten an sich genommen hatte und es inspizierte, während die beiden Wiegers den Gang sicherten: »Keine Seriennummer. Ziemlich sicher Vollprofis.«

»Das war anzunehmen«, sagte Patrizia Hardt sachlich. »Söldner oder Soldaten?«

»Unmöglich zu sagen.«

»Aus welchem Lager?«, fragte sie dennoch weiter. »Könnte der Mann einer der drei russischen Agenten sein, die Kuznetsov nach Macao gefolgt sind?«

Löw holte seinen Mini-Tabletrechner aus der Weste und rief die Bilder von Gregor Baburin, Vassil Tikhomirov und Kasimir Losev auf. Die männliche Leiche zu seinen Füßen war zwar extrem entstellt und von Staub und Schmutz bedeckt, trotzdem konnte Löw erkennen, dass er mit keinem der drei Ähnlichkeit hatte.

»Ist natürlich nicht mehr mit absoluter Sicherheit festzustellen, aber ich glaube nicht, dass der Tote einer von ihnen ist.« Er steckte das Tablet zurück und wandte sich wieder an seine Männer. »Weiter! Die beiden waren sicher nicht allein hier.«

Ohne Ani als Führerin musste Löw sich auf seine mehr als vagen Erinnerungen an den Verlauf des weitverzweigten unterirdischen Labyrinths verlassen – und darauf, dass die Angreifer aus der Richtung gekommen sein mussten, in der das Video von Böllings Ermordung gedreht worden war. Sie eilten zügig den Gang entlang, der um einiges schmaler war als der Tunnel, der sie bis hierher geführt hatte, und Löw und

Mielke hielten in der Deckung der Wiegerbrüder immer wieder auf dem Boden Ausschau nach nassen Fußstapfen oder Abdrücken im schlammigen Unrat.

Plötzlich rief Mielke: »Halt!«

Die Männer stoppten abrupt mitten in der Bewegung.

Mielke deutete nach unten.

Löw folgte dem Fingerzeig mit dem Blick.

Etwa einen halben Meter vor ihnen war eine kaum sichtbare Drahtschnur gerade einmal fünf Zentimeter über dem Boden quer durch den Gang gespannt.

»Wie um alles in der Welt hast du die denn gesehen?«, fragte Löw ihn leise.

Mielke verzog gelassen die Mundwinkel und zuckte mit den Schultern. »Ganz einfach: Ich hab danach gesucht. Weil ich an deren Stelle auch eine gespannt hätte. Mindestens eine.«

»Ulf«, sagte Löw knapp, und Wieger eins trat nach vorn. Er leuchtete den Draht in beide Richtungen ab und fand auf der linken Seite, wonach er suchte.

»Eine M18 Claymore«, sagte er.

Die Claymore war eine Richtmine, deren aus siebenhundert Metallkugeln bestehende Sprengladung in eine bestimmte Richtung konzentriert wird.

»Schon Ewigkeiten keine mehr von diesen Oldtimern gesehen. Entschärfen oder vorsichtig über den Draht steigen?«

Löw hatte eine Idee. »Wir steigen über den Draht – und lösen sie aus, wenn wir außer Reichweite sind.« Auf diese Weise konnten sie vielleicht den Rest des gegnerischen Teams, das irgendwo im Dunkel vor ihnen lauerte, aus dem Hinterhalt locken. Wenn sie glauben würden, dass die Mine mit Stolperdraht als Falle funktioniert hatte, würden sie ziemlich sicher kommen, um sich zu überzeugen, dass auch alle Mitglieder von Löws Trupp tot waren.

Ulf Wieger verzog das Gesicht zu einem skeptischen Grübeln. »Das könnte eine knifflige Sache werden.«

»Warum?«

»Na, wegen der Querschläger.«

»Knifflig oder unmöglich?«, fragte Löw.

»Knifflig«, wiederholte Wieger eins. »Voraussetzung dafür ist aber, dass auf den nächsten dreißig, vierzig Metern keine weitere Mine versteckt ist, sonst gibt's mit ziemlich hoher Wahrscheinlichkeit eine Kettenreaktion, und wir sind Brei.«

Löw gab Mielke und Wieger zwei ein Zeichen, und die beiden eilten mit gebührender Vorsicht zur Aufklärung nach vorn, während Löw sie mit der Waffe im Anschlag deckte und Wieger eins eine Spule mit Angelschnur aus einer seiner Taschen holte und anschließend mit den behutsamen Bewegungen eines Chirurgen bei der OP das Ende am Ring-Auslöser der Mine befestigte.

Inzwischen hatte sich der Großteil des Staubs gelegt, und das Ende des Tunnels war in Sicht. Aus Rissen in der Decke rieselte Wasser. Löw schloss daraus, dass sie sich inzwischen unter dem Kanal der Dâmbovița befanden.

»Warte«, sagte er leise und legte Wieger eins die Hand leicht auf die Schulter. »Wir sind scheinbar gerade genau unter dem Fluss. Wenn wir die Decke durch das Zünden der Mine zum Einsturz bringen, wird der gesamte Untergrund geflutet.«

»Keine Sorge«, sagte Wieger. »Die Sprengkraft des Teils ist bei Weitem nicht groß genug.«

»Sicher?«

»Absolut.«

»Clear!«, meldete Mielke leise über Funk. »Keine weitere Mine mehr bis zum Ende des Tunnels.«

Löw gab Funker Böhm und Sani Wilke das Zeichen, zu Mielke und Wieger zwei aufzuschließen.

Er selbst wartete gespannt, bis Wieger eins endlich fertig war, und begleitete ihn nach vorn, während der rückwärtslaufend die Angelschnur abspulte.

Kurz vor dem Ende des Tunnels warteten Mielke und Wieger zwei auf sie. Es war eine T-Kreuzung – eine Seite des Gangs verlief nach links, die andere nach rechts.

Mielke zeigte mit der Mündung seiner MP zu Boden, wo deutlich Fußabdrücke zu sehen waren, die von rechts kamen. Löw leuchtete eilig in den linken Teil und sah dort Geröll- und Abfallhaufen. Er steckte sich Stöpsel in die Ohren und gab den Männern ein Zeichen, es ihm nachzumachen und dann hinter dem Müll Deckung zu suchen und ihre Lampen auszuschalten.

Er selbst sicherte die rechte Seite, während Wieger eins neben ihm auf sein Signal wartete.

Als alle Lichter bis auf das eigene ausgeschaltet waren, nickte Löw, Wieger eins riss an der Schnur, und die beiden sprangen nach hinten zu ihren Kameraden in Sicherheit, während die Claymore hochging. Die Explosion und das Einschlagen von Hunderten Stahlkugeln in Stein und Fliesen hallten durch den Tunnel.

Löw knipste das Licht auf seiner MP aus, tauschte Schutzbrille gegen das Nachtsichtgerät und zog sich die Stöpsel wieder aus den Ohren, um nun in die vor ihm liegende Dunkelheit zu lauschen.

Schon fünf Sekunden später hörte er die Schritte.

Aber sie kamen von hinten!

GTAZ
Kommandozentrale

Patrizia Hardt hörte, wie Gernot Löw seinen Männern noch zurief: »Sechs Uhr! Sechs Uhr!« Dann brach auf den Einsatzüberwachungsmonitoren vor ihr das Chaos aus. Die wackelnden und wirbelnden Nachtsichtkameras erfassten nichts konkret und waren durch die Blitze des Gewehrfeuers immer wieder nutzlos grell, das ohrenbetäubende Krachen unzählbarer Schüsse fetzte über die Interkoms.

»Statusbericht!«, rief sie in den Tumult hinein. »Statusbericht! Statusbericht!«

Außer weiteren Feuerstößen und Schreien erhielt sie keine Antwort.

»Extrapolieren Sie mir Standbilder!«, rief sie Sassi zu, in der Hoffnung, dass die aussagekräftiger waren als das hektische, mit dem Auge nicht greifbare Gewimmel.

»Zu spät!«, entgegnete Sassi. »Die Luft ist jetzt voller Pulverqualm und Staub.«

»Dann vom Beginn des Angriffs«, befahl Patrizia Hardt. Trotz aller Professionalität schlug ihr das Herz bis zum Hals vor Angst um die Männer. »Gehen Sie zum Anfang zurück!«

Sie sprang von ihrem Platz auf und rannte zu Sassi hinüber. »Geben Sie mir, was Sie kriegen können!« Dann rief sie wieder ins Headset. »Machen Sie Meldung, Major Löw! Major Löw, melden Sie sich!«

Ein Livestream der Helmkameras nach dem anderen fiel aus, doch sie konzentrierte sich auf die stakkatohaft aufblitzenden Bilder, die Sassi mit hektisch über gleich drei verschiedene Keyboards jagenden Fingern auf die Monitore vor sich zauberte.

»Überprüfen Sie die Lebenszeichen!«, rief sie dabei Stefan Schenk zu. Die Soldaten hatten Sonden an ihren Körpern angebracht, die per Funk ihre Pulsfrequenz über das Interkom sendeten.

»Wieger zwei geht rapide gegen null«, meldete Schenk, und Patrizia Hardt teilte die Besorgnis in seiner Stimme. »Mielke unbeständig. Von Löw empfange ich kein Signal.«

»Auch Nulllinie?«, fragte Patrizia Hardt.

»Negativ«, sagte Schenk. »Seine Sonde sendet nicht mehr. Wahrscheinlich defekt.«

»Major Löw, melden Sie sich!«, rief sie wieder in das Mikro und versuchte, auf den Standbildern auf Sassis Monitoren etwas zu erkennen. Es waren Figuren zu sehen – aber nur äußerst schemenhaft. Nichts, womit man etwas anfangen könnte. Eine weitere Serie von Feuerstößen übertönte ihr Rufen.

Dann war mit einem Mal alles still.

12

Strausberg
Fünfzig Kilometer westlich der Grenze zu Polen

Herta Kowska kämmte Emil das verklebte Haar glatt und wischte mit ihrem Taschentuch und ein wenig Spucke die letzten Reste Blut von seiner Stirn. Sie hatte ihn mit einiger Mühe auf dem Wohnzimmertisch aufgebahrt und ihm seinen feinsten Anzug angezogen. Ihr Lächeln war ein trauriges, und dicke Tränen rollten ihr über die faltigen Wangen. Die

Wellensittiche Dimitri und Irina zwitscherten verhalten, so als wollten sie ihr Trost zusprechen. Doch da war kein Trost mehr; nur noch Pflichterfüllung … und ein angemessener Abschied von der Liebe ihres Lebens.

Sie steckte das Taschentuch weg, streichelte mit zittrigen Fingern sein eingefallenes Gesicht und beugte sich herab, um ihn auf die inzwischen kühler werdenden Lippen zu küssen.

»Bald«, flüsterte sie. »Bald.«

Langsam ging sie zum Telefon hinüber – es war ein alter Apparat mit Kabel und Wählscheibe. Sie hatte ihn gegen die Einwände ihrer Familie und der Telefongesellschaft über all die Jahrzehnte gerettet, in denen die moderne Technik an ihr vorübergejagt war wie ein Düsenflugzeug. Das Klackern der Scheibe hatte etwas Beruhigendes. Es erstaunte sie immer wieder, wie viele Ziffern mehr als früher eine Telefonnummer heutzutage hatte.

Sie wartete geduldig sechs Klingeltöne ab, bis endlich jemand dranging.

»Dannenberg«, meldete sich die Stimme eines Mädchens. Rico hatte den Nachnamen seiner Frau angenommen. »Damit lebt sich's im Westen leichter«, hatte er gesagt, und es tat Herta heute noch weh.

»Bist du das, Nancy?«, fragte sie.

»Ja, hier ist Nancy Dannenberg. Mit wem spreche ich bitte?«

»Na, ich bin's, die Omi.«

»Oh, hallo Omi. Ist es was Wichtiges? Ich bin grad auf dem Sprung.«

Herta stockte für einen Moment. »Nein, nein«, log sie dann. »Ich wollte nur mal wieder eure Stimmen hören … und wie's euch so geht.«

»Ist alles okay, Omi? Du klingst komisch.«

»Alles in bester Ordnung, Nancy. Lass dich nicht aufhalten.« Ihre Mundwinkel bebten, und sie musste sich zusammenreißen, um nicht wieder zu weinen. »Ist dein Papi zu Hause?«

»Omi, du weißt doch, dass er nicht mehr bei uns wohnt.«

Die Nachricht traf Herta wie ein Schock.

»Was? Wieso wohnt er nicht mehr bei euch?«

»Schon seit 'nem Jahr nicht mehr, Omi. Das weißt du aber. Er lebt doch jetzt bei dieser Trulla, die er auf Arbeit kennengelernt hat. Aber du erreichst ihn bestimmt über's Handy.«

»Handy?«

»Omi. Ist wirklich alles in Ordnung?«

»Jaja.«

»Kann ich mal Opa sprechen?«

Herta seufzte und blickte zum Tisch hinüber, auf dem Emil lag. »Opa hat sich gerade hingelegt, um sich ein wenig auszuruhen.«

»Okay, Omi. Vielleicht solltest du dich auch ein bisschen hinlegen und ausruhen, was meinst du?«

»Ja, du hast recht, Nancy«, sagte Herta. »Das wird mir bestimmt guttun. Aber ich will, dass du weißt, dass die Omi dich lieb hat.«

»Ich hab dich auch lieb, Omi. Aber ich muss jetzt wirklich los.«

»Kein Problem. Sag Marcel und Philipp ganz viele liebe Grüße von mir – und natürlich auch der Mama.«

»Mach ich. Tschüss, Omi.«

Noch ehe Herta sich ebenfalls verabschieden konnte, hatte Nancy das Gespräch bereits beendet. Herta fühlte, wie sich ihr die Brust verkrampfte, aber sie kämpfte die Traurigkeit nieder. Sie legte den Hörer auf die Gabel und nahm ihr handgeschriebenes Telefonbuch aus der Schublade unter dem

Apparat. Sie schlug es auf und blätterte, bis sie Ricos Eintrag gefunden hatte. Die Handynummer war noch länger als die, die sie gerade gewählt hatte – und das Klackern der Scheibe hatte nichts Beruhigendes mehr. Sie wusste genug über ihre Krankheit, um zu begreifen, dass sie wohl schon mindestens einmal erfahren hatte, dass ihr Sohn seine Familie verlassen hatte; aber das änderte nichts an dem Schmerz, den sie darüber jetzt gerade empfand. Wieso hatte er seine Kinder im Stich gelassen? Warum war er nicht mehr glücklich mit Madlen? Obwohl Herta sich viele Jahre viel eher gefragt hatte, wie er überhaupt einmal glücklich mit ihr gewesen sein konnte. Sie hatte ihr Rico weggenommen und aus seiner Heimat gerissen in ihrer Gier nach Geld und einem vermeintlich besseren Leben. *Den Arsch der Welt* hatte das verwöhnte Balg Strausberg immer genannt; als ob es im Westen besser wäre.

»Der von Ihnen gewünschte Teilnehmer ist vorübergehend nicht erreichbar«, knarrte eine elektronische Frauenstimme in Hertas Ohr.

»Aber ich muss ihn doch noch einmal sprechen, meinen Jungen«, sagte sie, obwohl sie wusste, dass niemand sie hören konnte. Sie holte tief Atem und legte auf. Sie würde es später noch einmal versuchen.

Sie ging zum Wandschrank, öffnete die Bartür und betrachtete die Flaschen. Wurzelpeter, Kreuz des Südens, Zinnaer Klosterbruder und Danziger Goldwasser. Sie hatte Lust auf Kreuz des Südens – Aprikosenlikör mit Rum –, entschied sich aber dann doch für das sündhaft teure Goldwasser. Es war dem Anlass angemessener – und sie empfand es als sträflich, es nach all den Jahren ungeöffnet verkommen zu lassen. Sie schüttelte die Flasche und beobachtete, wie die Blattgoldflöckchen aufwirbelten und sich in dem Likör verteilten.

Dann riss sie die Papierbanderole ab und schraubte den Deckel auf. Sie schenkte zwei Gläser voll und stellte eines davon auf den Tisch, zwischen Emils kalte Finger.

Dann suchte sie nach einer bestimmten Schallplatte und legte sie auf.

Boris Shtokolov sang die »Abendglocken«, und sein wundervoller Bass verteilte sich im Raum; Herta setzte sich auf das Sofa mit Blick auf ihren Mann.

Vecherniy zvon
Vecherniy zvon
Kak mnogo dum
Navodit on!
O yunykh dnyakh
V krayu rodnom
Gde ya lyubil
Gde otchiy dom

I kak ya s nim
Na vek prostyas'
Tam slyshal zvon
V posledniy raz.

Die Stimme streichelte Hertas Seele, sie nahm einen Schluck von dem Goldwasser und sang unter frischen Tränen den deutschen Text dazu im klarsten Sopran mit.

»Die Arbeit ruht,
der Tag klingt aus.
Weit ist der Weg,
der Weg nach Haus.
Im Abendrot

erglüht das Land,
als wär die Welt
aus Ton gebrannt.
In der Ferne ein paar Häuser,
wo der Wald zu Ende geht,
und das Läuten von den Glocken,
das der Wind herüberweht.
Der Glockenklang,
erzählt den Reim.
Wo kann es schöner sein
als hier daheim?
Und die Sorge, ob dein Mädchen
auch noch morgen zu dir steht.
Weil doch alles das, was schön ist,
wie der Glockenklang vergeht.«

Herta schaute auf die Uhr an der Wand. Nur noch wenige Stunden.

13

Bukarest Untergrund

Gernot Löw krampfte mit einem heiseren Schrei ins Bewusstsein zurück und konnte in den ersten Sekundenbruchteilen kaum fassen, dass er überhaupt noch am Leben war.

Er rappelte sich so eilig wie mühsam aus dem rutschigen und stinkenden Müllberg auf, in den er gestürzt war. Der Blick durch das Nachtsichtgerät war getrübt von Qualm und

Staub, und in Löws Ohren klang das dröhnende Echo der Schüsse so stark nach, dass es ihm im Kopf wehtat.

Die linke Seite seines Brustkorbs schmerzte höllisch, wo die Panzerweste mindestens drei direkte Treffer abgefangen hatte. Er konnte nur hoffen, dass keines seiner inneren Organe von den Schockimpulsen verletzt war.

Die Erinnerung an das Feuergefecht kehrte in Fetzen und blitzartigen Einzelbildern zurück.

Löw hatte die unbekannten Gegner durch die Sprengung der Minenfalle in einen Hinterhalt locken wollen und war dabei stattdessen mit seinen Männern selbst in einen geraten. Der feindliche Trupp hatte die Verzweigungen des unterirdischen Labyrinths genutzt, um ihnen in den Rücken zu fallen.

Es war alles so verdammt schnell gegangen. Die Angreifer hatten das Feuer auf sie eröffnet, noch ehe sie sich überhaupt hatten umdrehen können. Es war nur ihren Körperpanzern der Schutzklasse Vier zu verdanken, dass sie überhaupt noch Gelegenheit zur Gegenwehr bekamen. Doch es waren nicht alleine die Panzer, denen sie ihr Leben zu verdanken hatten. Die wahre Rettung war völlig überraschend gekommen …

… durch Daniel Thieme!

Der war plötzlich hinter den insgesamt fünf feindlichen Kämpfern aufgetaucht und hatte damit das Blatt gerade noch rechtzeitig gewendet. Jetzt kauerte er neben dem zitternd am Boden liegenden Mielke und presste ihm die blutverschmierte Hand fest gegen den Hals, während Sani Paul Wilke zusammen mit Ulf Wieger versuchte, Ulfs Bruder Christian mithilfe von Mund-zu-Mund-Beatmung und Herzdruckmassage wiederzubeleben.

»Bleib bei uns!«, rief Ulf dabei. »Verdammt, Christian! Bleib hier, hörst du?!«

Einige Schritte weiter lag Andy Böhm, der Funker. Er bewegte sich nicht mehr. Sein Nachtsichtgerät und eines der runden Gläser der Nickelbrille dahinter waren zerschossen; die Augenhöhle darunter leer und blutig. Sein Mund stand weit offen wie zu einem letzten ungehörten Schrei.

Löw eilte zu Daniel Thieme hinüber. Mielke atmete panisch, aber erschreckend flach.

»Was kann ich tun?«

»Seitliche Ruptur der Halsschlagader!«, meldete Thieme, ohne den Blick von der Wunde zu wenden. »Druckverband reicht nicht aus. Er muss dringend genäht werden. Wir brauchen eine Bluthülse. Schnell! Wenn ich noch fester drücke, verliert er das Bewusstsein durch den Karotissinusreflex.«

»Major Löw, melden Sie sich!«, kam Patrizia Hardts Stimme aus dem Headset. Er konnte deutlich hören, dass sie bei all ihrer Professionalität mindestens ebenso aufgeregt war wie er selbst. »Was ist passiert? Statusbericht, Major Löw!«

»Nicht jetzt!«, gab Löw zurück und wandte sich an Thieme und Mielke. »Macht die Augen zu! Beide!«, befahl er. Sobald er sah, dass sie dem Befehl Folge leisteten, klappte er sein Nachtsichtgerät weg und schaltete in schneller Folge die eigene Lampe und dann die auf den Waffen von Thieme und Mielke an, um ihre Strahlen auf die Verletzung zu richten. Anschließend entfernte er auch die Nachtsichtgeräte der Kameraden mit geschwind gezielten Griffen. »Könnt sie wieder aufmachen!«

Löw beeilte sich, die Handschuhe auszuziehen, riss das Medi-Pack aus der Tasche seiner Weste und öffnete es.

Er zwang sich dazu, ruhig und tief zu atmen, um zu verhindern, dass seine Finger zu sehr zitterten, und holte zunächst das Fläschchen mit der Desinfektionslösung hervor, um sich die Hände damit zu übergießen. Dann nahm er eine der Bluthülsen – ein kleines durchsichtiges Kunststoffröhrchen –, zwei Gefäßklemmen, eine langstielige Kornzange zum Halten der Hülse und eine gebogene Nadel, in die der Faden bereits eingefädelt war.

Obwohl er rein theoretisch wusste, was zu tun war, spürte er ein tiefes Ziehen in seinen Eingeweiden. Das Leben eines Kameraden hing davon ab, dass er alles richtig machte. Eine Operation, die er zwar oft trainiert, aber noch nie an einem echten Menschen durchgeführt hatte.

Sein Herz schlug trotz seiner Anstrengung, ruhig zu atmen, durch die Nachwirkungen des Überraschungsangriffs so schnell, dass ihm der Puls in den Ohren hämmerte.

»Du schaffst das!«, raunte Daniel Thieme ihm zu. »Sag mir, wenn du bereit bist. Dann lasse ich los, und du bringst die Klemmen an, so schnell du kannst.«

Mielkes Atmung wurde immer flacher; in zunehmend langsameren Stößen. Er hatte keine Zeit mehr, darauf zu warten, ob Löw bereit war oder nicht.

Löw kniete sich in Position neben der Schulter des Kameraden und seinem Kopf, legte die OP-Utensilien bereit und nahm das Desinfektionsmittel zur Hand.

»Jetzt!«, rief er.

Thieme löste den Griff und rutschte schnell zur Seite. Ein dicker Strahl von Mielkes Blut pulste Löw ins Gesicht. Noch während Thieme es ihm mit einem Verbandstuch wegwischte, kippte Löw etwas von der Lösung, die auch gleichzeitig betäubend wirkte, über Mielkes Hals.

»Ich brauche direktes Licht«, rief er dabei Thieme zu, der sofort eine der MPs nahm und den Strahl der Lampe von oben auf die offene Wunde richtete.

Löw schnappte sich die erste Klemme und brachte sie unterhalb des Risses an der Schlagader an. Mielke schrie und bäumte sich auf. Die Betäubung war nicht stark genug, aber das ließ sich jetzt nicht mehr ändern. Beinahe wäre die Klemme durch die heftige Bewegung wieder abgerutscht.

»Halt still!«, befahl Löw, der wusste, dass Mitleid in solchen Situationen gefährlicher war als hilfreich.

Mielke strengte sich sichtlich an zu gehorchen, und Löw brachte die zweite Klemme oberhalb der Ruptur an – mit genügend Abstand für das Einfädeln der Hülse. Alles musste jetzt noch schneller gehen, um zu verhindern, dass das Gehirn zu lange ohne Sauerstoffversorgung blieb. Löw kippte erneut Desinfektionslösung über die Stelle und die eigenen Hände. Infektion war zwar jetzt eine geringere Gefahr als Verbluten oder Hirntod, aber eine noch so gut gelungene OP hatte keinen Wert, wenn der Patient danach an den Folgen einer Sepsis starb.

Der erste Versuch, das dünnwandige Kunststoffröhrchen mithilfe der Kornzange durch den Riss in der Ader einzuführen, schlug fehl. Es rutschte weg und fiel zu Boden. Keine Zeit, ein neues herauszusuchen und auszupacken. Löw hob es auf und spülte es, so gründlich er konnte, mit der Lösung ab.

»Beeil dich!«, drängte Thieme. »Er atmet kaum noch!«

Löw packte das Röhrchen wieder mit der Zange und führte es vorsichtig an den Riss heran. Er nahm die freie Hand zu Hilfe, um die Ader zwischen die Finger zu nehmen und sie so zu drücken, dass der Riss sich zu einem Loch öffnete.

»So ist's gut«, ertönte plötzlich Sani Wilkes Stimme dicht neben ihm. »Nicht zu zögerlich. Einfach reinschieben. Ab da übernehme ich. Ich habe mehr Übung.«

Löw nickte erleichtert und schob das eine Ende des Röhrchens so tief in die blutlos, beinahe weiß schimmernde Ader, dass es von selbst hielt, ohne wieder herauszurutschen.

»Sehr gut«, sagte Wilke. »Jetzt gib mir die Zange und geh aus dem Weg.«

Löw atmete auf, reichte ihm das Werkzeug und rutschte nach hinten weg, damit der Sani seinen Platz einnehmen konnte. Er selbst beeilte sich, eine der MPs aufzuheben, um sie ebenfalls von schräg oben auf die Verletzung zu richten.

»Danke«, sagte Wilke. Seine Bewegungen waren sehr viel routinierter als die Löws. Binnen nur weniger Sekunden hatte er das andere Ende der Hülse eingeführt, drückte sie noch ein wenig zurecht und begann zu nähen. »Die Hülse ist nur ein Provisorium. Er muss so schnell wie möglich in ein Krankenhaus.«

Löws Blick fiel auf die Gebrüder Wieger.

Ulf Wieger hielt seinen vollkommen still daliegenden Bruder Christian im Arm und weinte.

Löw fluchte still in sich hinein und biss die Zähne vor Wut so fest aufeinander, dass es wehtat. Er musste kein Hellseher sein, um zu erkennen, dass Christian tot war.

»Gernot Löw an Patrizia Hardt«, sprach er leise ins Headset. »Der Angriff ist abgewehrt. Zwei Verluste: Christian Wieger und Andreas Böhm.«

»Das tut mir sehr leid, Major Löw«, antwortete sie ebenso leise. »Was ist geschehen?«

»Wir sind in einen Hinterhalt geraten«, rapportierte er. »Es waren fünf Gegner. Wäre Thieme nicht noch rechtzeitig aufgetaucht, wären wir jetzt alle tot.«

»Hatte er nicht Befehl, oben zu bleiben?«

»Was ist das denn für eine beschissene Frage?«, erwiderte er gereizt und lauter als gewollt.

»Entschuldigen Sie bitte, Major Löw«, sagte sie versöhnlich. »So war das nicht gemeint. Ehrlich nicht. Ich trage nur Fakten zusammen für das Protokoll.«

»Thieme hatte den Befehl, uns den Rücken zu decken«, gab er wesentlich ruhiger zurück. »Und genau das hat er getan.«

»Ich übernehme das so in den Bericht«, antwortete sie. »Wie geht es Mielke? Seine Werte auf dem Monitor …«

»Sein Zustand ist kritisch«, unterbrach er sie. »Sani Wilke tut, was er kann, aber Mielke muss so schnell wie möglich in ein Krankenhaus. Ruptur der Halsschlagader.«

»Ich organisiere einen Rettungswagen mit Notarzt.«

»Danke«, sagte Löw. »Er soll direkt zum Ausgang am Bahnhof kommen. Thieme und Wilke bringen Mielke augenblicklich dorthin.«

»Und Sie?«

»Ulf und ich bleiben hier bei den Toten, bis die beiden wieder zurück sind, um uns bei der Bergung zu helfen.«

»Und dann?«

»Für einen zweiten Vorstoß zum Tatort von Böllings Ermordung benötige ich schleunigst ein frisches Team und neues *Wegegeld* für den König.«

»Geht klar«, antwortete sie. »Machen Sie bitte umgehend Bilder der ausgeschalteten Angreifer, damit wir in Erfahrung bringen können, mit wem wir es zu tun haben.«

»Mache ich. Aber das muss warten, bis Wilke mit der Not-OP an Mielkes Wunde fertig ist«, sagte er und verwarf den Gedanken, Ulf Wieger darum zu bitten, mit der Helmkamera Aufnahmen der Gegner zu machen. Er würde ihn jetzt nicht beim Abschiednehmen von seinem Bruder unterbrechen.

»Geh ruhig«, sagte Sani Wilke, ohne sich zu ihm umzudrehen oder mit der Filigranarbeit an der Naht innezuhalten. »Wir haben hier alles so weit im Griff, Thieme und ich. Hier gibt's nichts, was du im Moment noch tun könntest.«

»Sicher?«, fragte Löw.

»Alles unter Kontrolle.«

Löw nickte und ging in den Tunnel hinein. In die Richtung, aus der die Angreifer sie überfallen hatten. Sein Weg führte ihn an Ulf Wieger vorüber, und er hielt einen Moment inne, um dem leise weinenden Kameraden die Hand auf die Schulter zu legen.

»Es ist nicht deine Schuld, Gernot«, sagte Ulf Wieger leise und ergriff Löws Hand so, als wolle er sich daran festhalten. »Wir hätten den Gang besser sichern müssen.«

»Keiner konnte mit dem Hinterhalt rechnen«, erwiderte Löw, um sicherzugehen, dass Ulf die Schuld an Christians und Andys Tod nicht noch im Nachhinein Christian selbst oder auch dem schwer verletzten Mielke gab.

»Nein, du hast absolut recht«, sagte Ulf mit zitternd brechender Stimme. »Aber ich wünschte, es hätte mich erwischt statt ihn. Ich hab keine verfickte Ahnung, wie ich das unserer Mutter erklären soll … und seiner Frau …«

»Wenn ich irgendetwas tun kann …«

»Danke, Mann!« Ulf sah ihn mit nassen Augen an und schluckte trocken, ehe er weitersprach. »Identifiziere die Scheißkerle, und gnade Gott denen, die sie geschickt haben!«

Sie lösten die Hände voneinander, und Löw ging zu den am Boden zwischen den Müllhaufen liegenden Körpern. Er beugte sich zu dem ersten der toten Angreifer herab, zog dem Mann Helm und Maske ab und nahm das Gesicht in den Fokus seiner Helmkamera. Je isometrischer die Aufnahme war, umso größer war die Chance, in den Datenbanken einen Treffer zu erzielen; wie bei Passbildern. Schon beim ersten Blick war klar, dass auch dieser Tote keiner der drei russischen Agenten war, die sich zum gleichen Zeitpunkt wie Bölling und Kuznetsov in Macao aufgehalten hatten.

»Check!«, sagte Patrizia Hardt, um zu signalisieren, dass sie das Bild empfangen und gespeichert hatte.

»Copy that!«, bestätigte Löw und bewegte sich durch den Schutt zum zweiten Körper. Es war eine Frau, Mitte, vielleicht Ende zwanzig, dunkelblond. Löw zog auch ihr Helm und Maske ab und filmte ihr wachsartig regungsloses Gesicht.

»Check!«

»Copy that!«

Auch die dritte Leiche war die einer Frau. Etwa gleiches Alter wie die erste, aber mit kurz geschorenen kastanienbraunen Haaren. Eine von Thiemes Kugeln hatte sie in den Nacken getroffen und war aus dem linken Jochbein wieder ausgetreten. Löw zweifelte deshalb daran, dass sie mithilfe eines Fotos in den Datenbanken fündig werden würden.

»Check!«

»Copy that!«

Löw ging zum vierten Leichnam. Ein Mann Mitte dreißig. Außer der Glatze keine besonderen Merkmale. Auch er war eindeutig weder Gregor Baburin noch Vassil Tikhomirov oder Kasimir Losev.

»Check!«

Löw blickte auf, um nach dem fünften Toten zu suchen.

Doch da war keiner!

»Sie haben *fünf* gesagt«, bemerkte Patrizia Hardt.

»Ja, habe ich.« Löw war alarmiert und ging instinktiv hinter einem der Müllhaufen in Deckung. »Einer fehlt!«

Schnell schaltete er das Licht aus und klappte das Nachtsichtgerät vor die Augen, um in das Dunkel des vor ihm liegenden Tunnels zu spähen. Es war nichts zu sehen. Die Deckung ausnutzend, schlich er voran, die Maschinenpistole im Anschlag. Zu seiner Überraschung war plötzlich Ulf Wieger an seiner Seite.

Löw machte ein Zeichen, vollkommen still zu sein und zu lauschen. Er glaubte, etwas gehört zu haben. Er atmete, so flach er konnte, und richtete das linke Ohr auf den Tunnel vor ihm aus.

Da war es wieder!

Ein leises Schaben. Etwa fünfzehn bis zwanzig Meter entfernt.

Noch ehe Löw sich in Bewegung setzen konnte, rannte Wieger los.

»Warte!«, rief er ihm hinterher und hetzte ebenfalls los.

Wieger reagierte nicht. Ein von ihm ausgestoßener, aggressiv-wütender Schrei ließ Löw vermuten, dass er den fünften Gegner gefunden hatte. Löw sah, wie Wieger die Waffe nach oben riss und mit deren Rückseite auf etwas am Boden Liegendes schlug.

»Das ist für meinen Bruder, du feiges Arschloch!«, schrie er und schlug noch einmal zu.

»Stopp!«, rief Löw. »Das ist ein Befehl! Wir brauchen ihn lebend!«

Doch Wieger hörte nicht auf ihn und drosch mit dem Kolben ein drittes Mal auf die sich windende Figur ein.

Löw hörte einen gequälten Schmerzensschrei, dann war er bei Wieger und riss ihn am Arm zurück.

»Ich sagte STOPP!« Er stieß Wieger zur Seite. Auch wenn er ihn nur zu gut verstehen konnte, durfte er nicht zulassen, dass er seinen Rachegelüsten freien Lauf ließ.

Wieger brüllte zornig auf und wollte sich wieder auf den Gegner stürzen. Löw packte ihn am Kragen und stemmte sich mit aller Kraft gegen ihn.

»Reiß dich zusammen, Mann! Wenn du den Tod deines Bruders rächen willst, dann an den Hintermännern, nicht an den Fußsoldaten!« Er hielt Wieger gepackt, bis der mit jedem schnaubenden Atemstoß allmählich mehr und mehr zur Vernunft kam.

Wieger stieß sich von ihm ab, machte einen Schritt nach hinten und breitete die Arme aus, als Signal dafür, dass er sich wieder im Griff hatte.

Löw wartete noch einen Augenblick, um sicherzugehen, dass Wieger die Rückkehr seiner Beherrschung nicht nur vortäuschte, und wandte sich dann an die am Boden liegende Gestalt. Er klappte das Nachtsichtgerät nach oben und schaltete die Lampe wieder ein.

Auch trotz Helm und Maske war nicht schwer zu erkennen, dass sie ebenfalls eine Frau war. Sie war am Oberschenkel knapp am Beinpanzer vorbei getroffen worden und blutete stark. Der Versuch, heimlich wegzurobben, und Wiegers Schläge hatten sie sichtlich zusätzlich geschwächt.

Sie zog ihr Kampfmesser aus dem Gürtel.

Löw trat es ihr aus der Hand.

Sie zog ein zweites Messer aus dem Stiefel.

Auch das trat Löw ihr aus der Hand.

Dann packte er sie am Kragen, riss sie auf die Füße und zog ihr Helm und Maske ab. Ihr schwarzes Haar fiel in einem Pagenschnitt gerade bis zu den Schultern.

Löw richtete seine Helmkamera auf ihr schmutziges Gesicht. Sie schnaufte vor Wut und Erschöpfung und funkelte ihn aus smaragdgrünen Augen heraus an.

»Bitte lächeln«, sagte er grimmig.

»Check!«, fügte Patrizia Hardts Stimme im Headset zufrieden hinzu.

14

GTAZ
Kommandozentrale

Patrizia Hardt stand ungeduldig an ihren Fingernägeln spielend neben Martin Curtze, der die Fotos der vier Toten und der Gefangenen aus dem Untergrund in Bukarest mit den Datenbanken der heimischen Nachrichtendienste und deren Vernetzung mit verbündeten Agenturen weltweit abglich.

»Das wird eine Weile dauern«, sagte er über die Schulter hinweg. Vielleicht sollte es beschwichtigend klingen, aber an seinem Ton erkannte sie, dass ihre Gegenwart ihn eher ablenkte.

Trotz der Anspannung in ihr und der nagenden Neugier machte sie einen Schritt zurück und erwiderte: »Bitte rufen Sie mich, sobald Sie etwas gefunden haben.«

Er nickte abwesend, und sie wandte sich an Sven Lietzmann. »Wie ist der Status in Bukarest?«

»Mielke ist zum Glück für den Moment stabil«, berichtete er. »Er ist zusammen mit Wilke auf dem Weg ins Colțea Hospital im Sektor drei. Das ist die beste Unfallchirurgie vor Ort. Christian Wieger und Andreas Böhm sind geborgen. Ihre Leichen werden umgehend zurück nach Deutschland transportiert. Major Löw, Daniel Thieme und Wieger eins bringen in diesem Moment die Gefangene in einem Transporter in ein Safehouse des Bundesnachrichtendienstes im Zentrum der Stadt, um sie dort eingehend zu verhören.«

»Sollten wir Wieger nicht besser abziehen?«, fragte sie.

»Immerhin hat er gerade seinen einzigen Bruder verloren. Kein Wunder, dass seine Nerven blank liegen.«

Lietzmann schüttelte den Kopf. »Major Löw versichert, er hat sich wieder im Griff.«

»Ich meine, er will sich doch sicher jetzt um seine Familie kümmern. Seine Mutter, seine Schwägerin.«

»Wir haben ihn gefragt«, erwiderte Lietzmann. »Mehrfach. Aber er hat abgelehnt. Er will unbedingt vor Ort bleiben, um zu helfen, die Verantwortlichen zur Strecke zu bringen.«

»In Ordnung«, sagte sie. »Aber sollte er es sich anders überlegen, geben Sie ihm bitte jedwede Unterstützung.«

»Selbstverständlich«, bestätigte Lietzmann. »Ich habe außerdem zusätzliche Leute zur Sicherung des Safehouses abkommandiert. Wer auch immer die Angreifer geschickt hat, weiß inzwischen über deren Interkoms, dass wir eine Gefangene haben, und wir müssen mit einem Befreiungsversuch rechnen.«

Patrizia Hardt nickte. Lietzmanns Gespür für Strategie färbte inzwischen sehr wohl auch auf seine taktischen Fähigkeiten ab. Er war im Laufe des vergangenen Jahres um einiges flexibler geworden. »Haben wir dann überhaupt noch ausreichend Personal vor Ort, um ein weiteres Team in den Untergrund zu schicken, um am Tatort von Böllings Ermordung nach Spuren zu suchen?«

»Negativ«, antwortete Lietzmann nüchtern. »Die Sicherheit des Safehouse geht jetzt vor. Die Untersuchung des Tatorts muss bis auf Weiteres warten.«

»In Ordnung. Gute Arbeit, Herr Kollege. Verdammt gute Arbeit.« Sie klopfte ihm auf die Schulter, und er schaute überrascht zu ihr hoch. Dann sah er ihr ehrliches Lächeln und erwiderte es zögernd.

Patrizia Hardt nickte ihm noch einmal anerkennend zu

und drehte sich zu Sassi Schäfer um. »Was haben Sie inzwischen über Kuznetsov herausgefunden?«

Sassi sendete ein aktuelles Foto von dem hohen FSB-Offizier auf einen der großen Monitore an der Wand. Es zeigte Kuznetsov vor dem Steg, der hinüber zum Kasino *Macau Palace* führte.

Sie begann mit ihrem Bericht: »Oleksandr Dmitrievich Kuznetsov, geboren im Januar 1950 hier in Berlin-Treptow auf dem Gelände eben derselben Kaserne, in der wir uns gerade befinden. Seine Eltern waren beide hochrangige Offiziere der Roten Armee und Mitglieder im Politbüro. Kuznetsov hat einige Jahre seiner Kindheit bei den Großeltern mütterlicherseits in Sibirien verbracht. Ländliche Idylle, Heimunterricht, keine besonderen Vorkommnisse. Nach seiner Zeit dort wurde er auf die Militärakademie der Russischen Streitkräfte nach Moskau geschickt; Fachrichtung Kommando für Operation und Taktik.«

»Das nenne ich mal einen direkten Einstieg«, merkte Patrizia Hardt an. »So viel zum Thema sozialistische Gerechtigkeit.«

Sassi Schäfer sah sie irritiert an.

»Entschuldigen Sie«, bat Patrizia Hardt. »Fahren Sie fort.«

»Im Anschluss an die Akademie kehrte Kuznetsov 1969 nach Berlin zurück, um seine gehobene Ausbildung für den Dienst im Generalstab hier in der GSSD zu machen – der *Gruppe der Sowjetischen Streitkräfte in Deutschland*. Im April 1973 aber wechselte er zum KGB, stieg dort zügig die Karriereleiter nach oben und wurde 1981 Chef des Militärnachrichtendiensts für Europa. Seine Hauptaufgabe war die Sicherung des Eisernen Vorhangs in enger Zusammenarbeit mit den russischen Streitkräften. Er war noch über die Auflösung der Sowjetunion 1991 hinaus bis zum endgültigen Abzug der russischen Truppen 1994 hier in Berlin und machte 1995 den fließenden Wechsel von KGB zu FSB mit als eines der Gründungsmitglieder.«

»Das sind alles mehr oder weniger allgemein zugängliche Informationen«, sagte Patrizia Hardt. »Wir brauchen unbedingt mehr Einzelheiten, Frau Schäfer.«

»Ich bin dran.«

Sven Lietzmann unterbrach sie und deutete auf das Telefon auf seinem Tisch. »Unsere Freunde von der CIA sind gerade eingetroffen.«

»Wie viele sind es?«, fragte Patrizia Hardt.

»Sieben.«

»Lassen Sie sie bitte in Besprechungsraum A bringen.«

Lietzmann bestätigte mit einem Nicken und gab entsprechende Anweisungen über das Telefon durch.

Patrizia Hardt atmete lange und tief aus. Sie hatte keine Zeit und auch keinen Nerv für die aufgezwungene Zusammenarbeit mit den Kollegen aus den USA. Auch war sie zum jetzigen Zeitpunkt der Ermittlungen nicht sicher, was an Informationen sie überhaupt mit ihnen teilen konnte oder sollte. Es war noch zu vieles unklar, um auch nur ansatzweise ein Gespür dafür zu haben, wer hier auf wessen Seite kämpfte. Abgesehen davon kostete sie schon die Organisation und Führung des eigenen Teams all ihre Energie. So viel, dass sie es noch immer nicht einmal geschafft hatte, sich umzuziehen, obwohl inzwischen zwei Kollegen vom Operativen zu ihr nach Hause gefahren waren und von dort aus ihrer Wohnung in Berlin-Zehlendorf frische Kleidung besorgt hatten. Aber nicht einmal die drei Minuten zum Wechseln hatte sie bisher gefunden. Doch das würde sie jetzt nachholen. Auf keinen Fall würde sie den amerikanischen Kollegen im Sommerkleidchen gegenübertreten.

»Sie begleiten mich bitte zu dem Treffen, Herr Curtze«, sagte sie. »Sie haben die tiefsten Einblicke in die Welt der Geheimdienste. Übergeben Sie die Suche nach den Identitäten der Angreifer in Bukarest an Schenk.«

»Die Übergabe ist nicht mehr nötig«, meldete Martin Curtze. »Ich habe sie gerade gefunden.«

15

Bukarest
Safehouse

»Marina Marinova!«, sagte Gernot Löw, zog der Gefangenen mit einem raschen Ruck den schwarzen Stoffbeutel vom Kopf, den sie ihr für den Transport hierher übergezogen hatten, und blickte ihr ins verschwitzte Gesicht. Er machte dabei keinerlei Anstalten, seinen Hass auf sie zu verbergen. Sie und ihre Leute hatten zwei seiner Kameraden heimtückisch getötet und einen schwer verwundet. »Leutnant der russischen Landstreitkräfte, Militärbezirk West. Kommando Sondereinsätze beim FSB!«

Sie saß auf einem Stuhl aus gut verschweißten Aluminiumstreben, die Handgelenke hinter der Lehne mit Handschellen gefesselt, und funkelte ihn aus ihren smaragdgrünen Augen heraus ebenso wütend an wie er sie. Die Schusswunde am Bein war schon auf dem Weg vom Untergrund hierher provisorisch versorgt worden. Ein glatter Durchschuss durch den Muskel, der weder Knochen noch größere Blutgefäße verletzt hatte. Ihr schwarzgrauer Kampfanzug sowie ihr rabenschwarzes Haar stanken noch immer beißend nach der Kanalisation und den Bergen von Müll, in denen sie sich zu verstecken versucht hatte. Die Kiefer hatte sie so fest aufeinandergepresst, dass ihre ohnehin schon ausgeprägten Wangenknochen, die ihr einen Hauch von Asiatischem verliehen, noch deutlicher hervortraten.

Einer von Ulf Wiegers Schlägen mit dem Kolben seiner Maschinenpistole hatte sie an Schläfe und Wange getroffen. Die Haut war abgeschürft und das Gewebe darum dunkel angelaufen und mit Blut verkrustet.

Löw hatte das Gefühl, in das Gesicht einer Raubkatze zu blicken; ebenmäßig schön, aber tödlich. Die Tatsache, dass sie eine Frau war, ließ ihn nicht eine Sekunde lang vergessen, dass sie Soldatin war. Eine durchaus ranghohe Soldatin. Keine Stabsposition, sondern – wie er am eigenen Leib erfahren hatte – operative Einsätze im Feld. Einsätze, bei denen Menschenleben nichts weiter waren als Nummern: Teammitglieder, Ziele, Opfer, Verluste.

Trotz des Wissens um ihre Gefährlichkeit und ihre ganz aktuellen Taten schalteten sich männliche Beschützerinstinkte ein. Löw wusste, dass das eine natürliche Schwachstelle war in der biologischen Konditionierung gegenüber Frauen – in einer Zeit, in der immer mehr Frauen zum Militär gingen, ein durchaus ernst zu nehmendes Problem. Ein Problem, auf das er trainiert war. Er verwandelte die Beschützerinstinkte einfach in noch größeren Hass. Hass darauf, dass diese männliche Schwäche ganz gezielt ausgenutzt wurde. Wie eine eigene Waffe. Mit Hass konnte er wesentlich besser umgehen als mit Schwäche.

Das Safehouse des Bundesnachrichtendienstes lag im Zentrum von Bukarest, zwischen dem *Bulevardul Unirii* und der *Strada Matei Basarab*. Es war eine frei stehende, großzügig geschnittene Villa mit hohen weiten Räumen, die über drei Geschosse verteilt waren. Sie stand in der Mitte eines großen, übersichtlichen Grundstücks mit hoher, das gesamte Gelände umfassender Mauer. Die Sicherheitsanlage im Haus und an der Umzäunung glich der eines Botschaftsgebäudes, dennoch war Löw froh, dass Lietzmann ein weiteres Team zur Sicherung des Geländes abgestellt hatte.

Marina Marinova war, wie Martin Curtze herausgefunden hatte, eine Offizierin der russischen Streitkräfte. Sie mussten damit rechnen, dass man versuchen würde, sie zu befreien.

Oder sie auszuschalten, dachte Gernot Löw mit einem gewissen Maß an Häme. Damit sie nichts verriet.

»Was hatten Sie und Ihre Kameraden im Untergrund zu suchen?«, fragte er sie in schneidendem Ton. »Was wissen Sie über das Treffen zwischen Kuznetsov und Bölling? Haben Sie etwas mit Böllings Ermordung zu tun?«

Die Russin schwieg.

Löw wiederholte seine Fragen mit lauter Stimme im Stakkato – wie aus der Maschinenpistole geschossen; sein Gesicht nur fünf Zentimeter von ihrem entfernt. »Was hatten Sie im Untergrund von Bukarest zu suchen? Was wissen Sie über das Treffen zwischen Kuznetsov und Bölling in Macao? Haben Sie etwas mit Böllings Ermordung zu tun?«

Die einzige Reaktion, die sie zeigte, war, dass sie die Kiefer noch fester aufeinanderpresste.

Nur drei Schritte von Löw entfernt, sprang Ulf Wieger energisch von seinem Platz auf. Seine Miene spiegelte noch sehr viel mehr Hass, als ihn Löw empfand.

»Das bringt nichts!«, rief er aufgebracht. »Lass mich das machen, Gernot. Ich werde sie schon zum Reden bringen!«

Löw sah, dass der Kamerad die Hand am Griff seines Kampfmessers hatte.

»Setz dich wieder hin, Ulf«, befahl er.

Aber Ulf Wieger blieb aufrecht stehen. »Gib mir nur zwei Minuten mit ihr, und ich schwör dir, sie singt so laut und so klar wie ein Kanarienvogel bei Sonnenaufgang.«

»Hinsetzen, habe ich gesagt.« Löw zog den Ton an. »Das ist ein Befehl, Soldat!«

Wieger zögerte, und Löw bemerkte aus den Augenwinkeln heraus, wie Thieme, der am Kopfende des Tischs saß, mit den Fingern nach der Pistole in seinem Oberschenkelholster tastete, um im Notfall eingreifen zu können.

Löw sah Wieger eindringlich an. »Ulf! Hör zu. Hör mir gut zu! Ich verstehe deinen Wunsch nach Rache. Absolut. Und es ist ein gerechter Wunsch. Aber du darfst jetzt nicht zulassen, dass deine persönlichen Gefühle die Mission gefährden. Wir brauchen die Frau, und wir brauchen sie lebend. Also setz dich wieder auf deinen Platz oder bitte mich, dich von deinem Posten zu entlassen, damit du nach Hause fliegen und dich um deine und Christians Familie kümmern kannst.«

Für einen Moment war es in dem nur spärlich eingerichteten Raum so still, dass man eine Stecknadel hätte fallen hören können. Löw rechnete fest damit, dass sein Kamerad gleich endgültig die Beherrschung verlieren würde. Er konnte ihn nur zu gut verstehen und musste sich zugleich beherrschen, nicht ebenfalls nach der Waffe zu greifen.

Dann jedoch löste Wieger den Griff um sein Kampfmesser endlich und ließ sich schwer zurück in seinen Stuhl plumpsen, gab dabei aber ein widerwilliges Schnauben von sich.

Gernot Löw atmete erleichtert aus, vergewisserte sich allerdings mit einem kurzen Blick auf Thieme, dass der weiterhin wachsam blieb und ihm den Rücken frei hielt. Erst dann wandte er sich wieder der russischen Soldatin zu.

»Ich schlage vor, Sie kooperieren, Leutnant Marinova«, sagte er drohend. »Denn wie Sie gerade selbst gesehen haben, weiß ich nicht, wie lange ich meinen Kameraden hier noch davon abhalten kann, Sie für die Ermordung seines Bruders bezahlen zu lassen. Oder wie lange ich ihn überhaupt davon abhalten will.«

Sie gab ein verächtliches Geräusch von sich. »Sie werden nicht zulassen, dass er mich tötet oder auch nur foltert.«

»Nein?«

»Nein«, sagte sie kühl. »Beides würde ganz klar gegen die Genfer Konvention verstoßen … und gegen die Menschenrechte.«

Löw schüttelte langsam den Kopf. »Sie täuschen sich.«

»Tue ich das?«

»Ja. Und zwar gewaltig.«

»Erleuchten Sie mich.«

»In einem offenen Krieg zwischen unseren beiden Nationen würde das Töten eines Gefangenen und selbstverständlich auch Folter gegen die Genfer Konvention verstoßen. Aber Ihre Attacke in der Kanalisation war kein kriegerischer Akt, sondern ein ganz gemeiner, heimtückischer Angriff, ohne vorherige Erklärung – ohne Warnung. Wir bewegen uns also nicht auf dem Gebiet, das durch die Genfer Konvention abgedeckt ist. Es sei denn natürlich, meine Regierung betrachtet Ihre hinterhältige Attacke als offizielle Kriegserklärung. Das wird allerdings nicht geschehen, und wollen Sie wissen, warum?«

»Warum?«

»Ich verrate es Ihnen«, sagte Löw. »Mein oberster Chef, der Bundeskanzler, hat gerade mit Ihrem obersten Chef, dem Präsidenten, gesprochen. Und wollen Sie raten, was der gesagt hat?«

Er ließ die Frage im Raum stehen und beobachtete ihr ebenmäßiges Gesicht. Ihre Wangenknochen traten immer deutlicher hervor, und ihre Nasenflügel weiteten sich unter schwerer werdendem Atem. Klare Zeichen für Aufregung. Ganz offenbar konnte sie sich denken, wie Präsident Dragomirov reagiert hatte.

»Genau«, sagte Löw. »Richtig geraten. Ihr Staatschef hat jedwede Kenntnis Ihres Einsatzes hier in Rumänien abgestritten und behauptet, dass Sie und Ihre sechs Kameraden vor einigen Tagen desertiert sind. Ebenso wie die drei Agenten, die Kuznetsov nach Macao gefolgt sind – Gregor Baburin, Vassil Tikhomirov und Kasimir Losev. Er behauptet, Sie hätten auf jeden Fall auf eigene Rechnung gehandelt und dass Sie somit vermutlich zu den Terroristen gehören, die Bölling ermordet und die Drohung gegen die NATO und mein Land ausgesprochen haben. Er wäscht seine Hände in Unschuld.«

Löw konnte an einem kurzen Auffunkeln in ihren Augen sehen, wie viel Mühe es die Russin kostete, ihre Wut über diese Nachricht zu unterdrücken.

»Natürlich ist das gelogen«, fuhr er fort. »Das wissen wir beide. So wie uns beiden klar ist, was das für Sie bedeutet, Leutnant Marinova: Mütterchen Russland hat Sie im Stich gelassen; Ihnen den Rücken zugekehrt – will nichts mehr mit Ihnen zu tun haben. Zumindest offiziell, versteht sich. Um den guten Schein zu wahren. Inoffiziell wird man allerdings natürlich versuchen, Sie zu befreien – oder Sie einfach mundtot zu machen, was sehr viel leichter ist.«

Er ging zum ersten der drei hohen Altbaufenster und zog den schweren Damastvorhang mit Schwung auf. Dann den zweiten. »Ein Rettungsteam können wir abwehren. Ein Scharfschütze ist da schon eine ganz andere Sache.«

Er beobachtete mit einer gewissen Genugtuung, dass ihr

Blick in Richtung der Fenster ängstlicher wurde, und zog dann auch den dritten und letzten Vorhang beiseite.

Löw drehte sich zu Thieme und Wieger. »Kommt Jungs, vielleicht sollten wir *Ex*leutnant Marinova eine Weile alleine lassen, damit sie über ihre Situation und ihre Zukunft nachdenken kann … und die Optionen, die ihr bleiben. Es wird noch ein wenig dauern, bis der FSB weiß, wo unser Safehouse ist und dass wir sie hierhergebracht haben.«

Thieme und Wieger verließen den Raum.

Löw wandte sich an der Tür zu der Russin um und zeigte auf die Fenster. »Genießen Sie in der Zwischenzeit die Aussicht.«

16

GTAZ
Besprechungsraum A

In ihrem anthrazitgrauen Schurwollkostüm, der hochgeschlossenen weißen Bluse und den halbhohen Lederschuhen fühlte Patrizia Hardt sich in der *Kaserne* wesentlich sicherer als in ihrem Sommerkleid und den Sneakers. Zusammen mit Martin Curtze an ihrer Seite, der sie um mehr als zwei Köpfe überragte, betrat sie den Besprechungsraum, in dem die sieben CIA-Agenten jetzt schon eine ganze Weile auf sie warteten.

Sie spürte die Ungeduld im Raum.

»Meine Damen, meine Herren, ich bitte vielmals um Verzeihung dafür, dass ich Sie so lange habe warten lassen müssen«, sagte sie einleitend, »aber es ist ein wichtiges Gespräch mit dem Bundeskanzler dazwischengekommen.«

Nachdem sie selbst davon erfahren hatte, hatte sie Kanzler Wagner umgehend über die Identität der Angreifer im Untergrund Bukarests informiert. »Mein Name ist Patrizia Hardt. Ich bin die kommissarische Leiterin des GTAZ und heiße Sie im Auftrag meiner Behörde und der Regierung der Bundesrepublik Deutschland wärmstens willkommen.«

Aus der in der anderen Raumhälfte stehenden Gruppe der sieben CIA-Agenten löste sich eine Frau Ende dreißig. Leicht untersetzt, aber sportlich, dunkelbraunes, streng zurückgekämmtes und zum Dutt gestecktes Haar und noch dunklere Augen. Die Schultern und den Hals hielt sie auffällig gerade. Patrizia Hardt tippte auf Kampfsport oder Ballett … oder beides. Sie schritt Patrizia Hardt zielsicher, aber nicht zu hastig entgegen und streckte die rechte Hand aus.

»Ich bin Special Agent Jennifer Rodriguez«, sagte sie. Ihr Griff war fest, ohne angestrengt zu wirken, und ihr Blick strahlte gelassenes Selbstbewusstsein aus.

»Angenehm«, sagte Patrizia Hardt und deutete eine leichte Verbeugung an.

»Ebenfalls«, erwiderte die Agentin und ließ die Hand wieder los. Diejenige zu sein, die das Ende des Rituals Händeschütteln einleitete, signalisierte Dominanz. Patrizia Hardt nahm das durchaus wahr, tat es aber mit einem Lächeln ab. Ihre Sache war die faktische Analyse, nicht Psychospielchen.

Die Agentin schien das Lächeln genau so zu interpretieren, wie Patrizia Hardt es meinte, erwiderte es mit einem Anflug von Anerkennung und fuhr fort: »Ich bin von unserem Sektionschef Europa, Aaron Rothchild, zur Leiterin dieses Liaison-Teams ernannt worden. Wie können wir Ihnen und Ihrer

Regierung in dieser schlimmen und für unsere beiden Länder brenzligen Angelegenheit behilflich sein, Frau Hardt?«

Ihr fließendes Deutsch hatte einen leicht spanischen Einschlag, was einiges über ihre Herkunft verriet – und auch über ihren Charakter. Patrizia Hardt konnte sich sogleich ausmalen, wie viel Stärke, Kompetenz, Disziplin und Durchhaltevermögen erforderlich gewesen sein mussten, um als mexikostämmige Frau in dem Alter eine leitende Funktion bei der CIA zu erreichen, und wusste augenblicklich, dass sie die Agentin auf gar keinen Fall unterschätzen durfte.

»Das hier ist Martin Curtze«, stellte sie ihren Kollegen vor. »Unser *Intelligence Analyst* und die direkte Schnittstelle des GTAZ zu den Geheimdiensten der Welt, auch zu den inländischen.«

Das Lächeln im Gesicht der amerikanischen Agentin wurde eine Spur ehrlicher. »Wir kennen uns bereits«, sagte sie und reichte jetzt Curtze die Hand, um sie herzhaft zu schütteln.

Auch er lächelte – was in letzter Zeit eher Seltenheitswert hatte.

»Bisher leider nur virtuell«, relativierte er und wandte sich erklärend an Patrizia Hardt. »Über unsere Vernetzung. Special Agent Rodriguez gehört zu unseren Kontaktleuten in der *Central Intelligence Agency*. Wohl einer der Gründe, warum Sektionschef Rothchild ihr die Leitung des Teams übertragen hat.« Er ließ seinen Blick zu der Hispano-Amerikanerin zurückkehren. »Ich freue mich sehr, Sie nach all der Zeit endlich auch einmal persönlich zu treffen.«

»Glauben Sie mir, lieber Herr Curtze: Die Freude ist ganz auf meiner Seite«, erwiderte Rodriguez, und Patrizia Hardt fiel auf, dass sie ihre Hand länger in der seinen ließ, als notwendig gewesen wäre, und auch wartete, bis er als Erster losließ. Sie schmunzelte in sich hinein und konnte die Kollegin nur zu gut verstehen. Curtze war auf seine urige Weise ein verflucht attraktiver Mann.

»Ja, unsere Welt der Agenturen ist wirklich ein Dorf«, sagte sie lächelnd, sich der Plattitüde sehr wohl bewusst. »Dass Sie einander bereits so gut kennen, dürfte unserer länderübergreifenden Zusammenarbeit ausgesprochen entgegenkommen. Herr Curtze wird Ihnen und Ihren Kollegen gleich im Anschluss eine Operationsbasis zuweisen, über die wir Ihre Intel mit der unseren abstimmen und auf dem neusten Stand halten können.«

»Das ist sehr freundlich von Ihnen«, antwortete Special Agent Rodriguez, wobei ihr Gesichtsausdruck unverhohlen zeigte, dass das lediglich eine höfliche Floskel war. »Wir sind jedoch nicht hier vor Ort, um nichts weiter als Daten hin und her zu schieben. Das wäre redundant. Mich interessiert sehr viel mehr die Gefangene, die Ihre Kollegen in Bukarest gemacht haben.«

Es überraschte Patrizia Hardt nicht wirklich, dass die CIA über die Ereignisse in Rumänien offenbar bereits bestens informiert war.

»Natürlich«, sagte sie. »Wir werden Sie umgehend unterrichten, sobald wir wissen, wer sie ist.«

Der Bundeskanzler und sie waren sich in dem eben geführten Gespräch einig gewesen: Die Identität und Nationalität Marina Marinovas musste vorübergehend unbedingt ein Geheimnis bleiben. Zu leicht würden die USA sonst die Attacke im Bukarester Untergrund als kriegerischen Akt Russlands gegen die NATO interpretieren und daraus im Handumdrehen einen Vorwand für einen militärischen Gegenschlag ableiten; auf Kosten Deutschlands und Mitteleuropas – mit nahezu keinem eigenen Risiko. Das durfte auf keinen Fall passieren. Die ohnehin nicht besonders stabile Balance stand bereits schon jetzt auf dem Spiel. Aus der Machtdemonstration, die NATO-Truppen an der polnischen Grenze zu mobilisieren, um die Ukraine-Politik Russlands zu beeinflussen, konnte nur allzu schnell ein Dritter Weltkrieg werden.

»Das würden ich, meine Vorgesetzten und ganz sicher auch SACEUR Hendersen sehr begrüßen«, antwortete Rodriguez – und stellte damit noch einmal unmissverständlich klar, welche Kräfte hinter ihr und ihrem Einsatz hier in Berlin standen. »Vielleicht sollten zwei meiner Kollegen nach Bukarest fliegen, um Ihre Leute bei dem Verhör zu unterstützen.«

»Das wäre ebenfalls redundant«, erwiderte Patrizia Hardt als deutliche Retourkutsche. »Unsere Leute werden in Kürze herausfinden, wer sie ist, keine Sorge.«

Ehe Special Agent Rodriguez darauf etwas erwidern konnte, schaltete sich Curtze ein: »Ich schlage vor, ich zeige Ihnen zunächst einmal Ihre Operationsbasis.«

17

Bukarest
Safehouse

Marina Marinova zerrte prüfend an den Handschellen, mit denen ihre Arme hinter der Stuhllehne an eine der Querstreben aus Aluminium gefesselt waren, und an den Stricken, die ihre Beine an die des Stuhls banden. Sie behielt dabei hoch konzentriert die drei riesigen Altbaufenster im Blick, die durch ihre Höhe und Breite bedrohlich viel Sicht in das

Zimmer hinein boten. Wie zu erwarten waren die Schellen und auch die Stricke professionell angebracht und ließen sich nicht lösen. Löw hatte zudem einen stabilen Stuhl ausgesucht. Es würde also auch keinen Sinn ergeben, ihn umzustürzen, in der Hoffnung, dass die Aluholme oder die Schweißnähte zerbrachen und sie auf diese Weise freikam. Aber selbst wenn es ihr irgendwie gelingen würde, sich von dem Stuhl zu befreien, waren ihre Chancen, waffenlos aus dem doppelt gesicherten Safehouse zu gelangen, gleich null.

Frustriert erkannte sie, dass ihr nichts anderes übrig blieb, als genau das zu tun, was der Deutsche ihr geraten hatte: Sie dachte über ihre gegenwärtige Situation nach und über ihre Zukunft. Sich sammelnd begann sie, die wenigen Optionen abzuwägen, die ihr jetzt überhaupt noch zur Verfügung standen.

Russland hatte sie – wie in dieser heiklen Lage von vornherein zu erwarten war – im Stich gelassen. Und das, ohne auch nur ein einziges Mal mit der Wimper zu zucken.

Was als reine Aufklärungsmission geplant gewesen war, hatte sich durch das unerwartet rasche Auftauchen der Deutschen in der Nähe des Tatorts zu einem Himmelfahrtskommando entwickelt.

Binnen weniger Minuten war Marina Marinova durch die Niederlage im Kampf in den Tunneln und ihre Gefangennahme jetzt selbst zu einer Bedrohung geworden für die Männer, die sie geschickt hatten, eine abzuwenden, und sie wusste, dass nun andere – frühere Kameraden – auf dem Weg waren, nun wiederum sie auszuschalten, um zu verhindern, dass sie den Deutschen verraten konnte, was sie wusste.

Sie hatte nicht vor, irgendetwas zu verraten, aber das spielte jetzt keine Rolle mehr. Ihre Vorgesetzten mussten auf Nummer sicher gehen und sie kaltstellen.

Im Grunde genommen hatte sie schon immer gewusst, dass es einmal zu einem solchen Moment kommen konnte. Dass die Liebe zu ihrem Land dazu führen würde, dass sie die Gegenliebe ebenjenes Landes verlor … dass sie von einer Beschützerin zur Gefahr wurde … einer Gefahr, die eliminiert werden musste. Aber jetzt, da dieser Moment gekommen war, erkannte sie erst, wie groß der Schmerz war, der mit ihm einherging. Wie groß der Verlust. Wie sehr er sie mit einem einzigen Schlag all dessen beraubte, was sie war … was sie hatte.

Sie dachte an ihre gemütliche Zweizimmerwohnung mitten im Herzen Moskaus und an ihre kleine, aus Birkenstämmen erbaute Datscha in Lomonossow bei Sankt Petersburg – an der Newabucht an der Ostsee, nahe der Grenze zu Finnland. Die wundervollen Parkanlagen und ihren eigenen, im Vergleich dazu winzigen Garten – den sie jetzt, ganz gleich, was geschehen sollte, nie wiedersehen würde.

Vor allem aber dachte sie an ihre kleine Schwester Natalia und ihre Eltern Sergej und Katja.

Man würde sie formell darüber informieren, dass Leutnant Marina Marinova ihr Leben im Dienst für ihr Land gelassen hatte; natürlich ohne zu gestehen, dass man sie kaltblütig geopfert hatte auf dem Altar der Diplomatie.

Ihr Leben war vorüber – ein für alle Mal. Zumindest ihr bisheriges. Damit konnte sie sich entweder abfinden und ehrenvoll abtreten, oder sie könnte ein neues beginnen, sich ein neues aufbauen – unter der Voraussetzung, dass sie mit den Deutschen kooperieren und ihr Land verraten würde.

Schon allein die bloße Vorstellung, mit den verhassten Deutschen zusammenzuarbeiten, trieb ihr unwillkürlich bittere Galle hoch in die Kehle, und sie musste so stark würgen, dass sie sich beinahe übergeben hätte.

Ihr Hass war kein blinder, kein unbegründeter.

Die Großeltern ihres Vaters waren im Winter 1942/43 im Zuge des *Unternehmens Barbarossa* bei der Belagerung Leningrads durch die deutsche Heeresgruppe Nord zusammen mit einer Million Bürgern der Stadt elend verhungert.

Ein Kriegsverbrechen, das nicht verziehen werden konnte … nicht verziehen werden durfte.

Jetzt waren die Deutschen, diesmal im Verbund mit der NATO, wieder kurz davor, Russland mit Krieg zu überziehen; angeblich um die Hoheit der Ukraine zu verteidigen. Hoheit über ein Gebiet, das in Wirklichkeit schon seit Jahrhunderten zu Russland gehörte. Das, wenn man es historisch genau betrachtete, sogar die Wiege Russlands war.

Für einen Moment wünschte Marina Marinova sich, sie wäre im Untergrund an der Seite ihrer Kameraden gestorben, dann hätte sie jetzt gar nicht mehr die Möglichkeit nachzudenken und abzuwägen. Und dass sie überhaupt abwägte, lag nur daran, dass das Verbrechen, das sehr wahrscheinlich schon in den nächsten Stunden begangen werden würde, ein nicht minder grausames war als das *Unternehmen Barbarossa* und die Belagerung Leningrads im Zweiten Weltkrieg.

Ihr Heimatland würde dieses Verbrechen zwar nicht selbst begehen, aber es war verantwortlich dafür, dass es überhaupt begangen werden konnte.

Es war schon nicht einfach, einen einzelnen Menschen zu töten, um einen anderen oder das eigene Land zu verteidigen – das wusste sie als Soldatin aus eigener Erfahrung nur zu gut –, aber zuzulassen, dass Millionen Menschen starben … ganz gleich, welcher Nationalität sie angehörten …

Allmählich verstand sie Kuznetsovs Beweggründe. Obwohl, wenn sie ehrlich zu sich selbst war, hatte sie sie gleich von Anfang an verstanden; aber bisher war sie davon ausgegangen, dass es ihr und ihren Kameraden gelingen würde, die Terroristen auszuschalten und die Katastrophe zu verhindern … ohne dabei ihr eigenes Land zu verraten, wie es Kuznetsov hatte tun wollen.

Nun stand Marina Marinova vor der Wahl, ehrenhaft und schweigend zu sterben, um eine vielleicht mögliche Bedrohung von ihrer Heimat abzuwenden, oder als Verräterin zu leben, um eine sehr viel direktere Gefahr für Millionen Unschuldige abzuwenden. Denn auch wenn sie die Nachkommen der Ungeheuer waren, die das Land ihrer Vorväter überfallen und diese in einigen Gebieten nahezu ausgerottet hatten, waren sie dennoch nicht die Ungeheuer selbst und verdienten nicht, was die Terroristen für sie bereithielten.

Aber ganz so einfach war es nicht. Sie musste auch an die möglichen Konsequenzen denken.

Was, wenn sie ihr Land hier und jetzt verriet, die Bedrohung dadurch abgewendet werden konnte und die Deutschen danach zusammen mit der NATO Russland überfallen und mit Krieg überziehen würden? Würde dann nicht jeder einzelne Tropfen vom Blut ihrer Landsleute an ihren Händen kleben?

Noch nie zuvor in ihrem Leben war sie in einem so gewaltigen, so weitreichenden Dilemma.

Der Schuss und die Scheibe krachten gleichzeitig!

Marina Marinova spürte noch im selben Moment, wie ihr die Kugel zwischen linkem Ohr und Schulter durchs Haar schoss, und schreckte zur anderen Seite weg – so heftig, dass sie zusammen mit dem Stuhl umstürzte. Zum Glück! Denn dadurch ging der zweite Schuss ins Leere und schlug in eine Kommode an der hinteren Wand ein. Das Holz splitterte in alle Richtungen.

Bei dem Aufprall auf den Boden fiel sie auf die Schusswunde in ihrem Schenkel und unterdrückte nur mit großer Mühe einen Schmerzensschrei. Augenblicklich drang ihr der Schweiß auf die Stirn.

Mit aller Kraft, die sie aufbringen konnte, und nahezu jeder Bewegungsfreiheit beraubt, versuchte sie, seitlich mit dem Stuhl zusammen an die schützende Wand unterhalb der hohen Fenster zu robben, um es dem Scharfschützen unmöglich zu machen, sie zu treffen.

Ganz offenbar nahmen ihre Instinkte ihr die Entscheidung ab, ob sie sterben wollte oder leben.

Daniel Thieme lud mit einer schnellen Bewegung die dritte Kugel in den Lauf seines Scharfschützengewehrs. Er lag auf dem flachen Dach eines viergeschossigen Gebäudes, etwa zweihundert Meter von dem Safehouse entfernt, und visierte mit dem Fadenkreuz des Zielfernrohres durch das Fenster hindurch eines der hinteren Beine des sich zusammen mit Marina Marinova am Boden bewegenden Stuhls an.

Jemanden unter keinen Umständen zu treffen war sehr viel schwerer, als zu treffen. Das Hochgeschwindigkeitsgeschoss konnte bei Berührung des Körpers auch schon durch Schock töten.

Der erste Schuss war der einfachste gewesen.

Jetzt, da sich die Russin in Panik aus dem Schussfeld herauszubewegen versuchte, war es schon wesentlich komplizierter, sie gerade so knapp zu verfehlen, dass sie dennoch glaubte, es fände ein echter Anschlag auf ihr Leben statt.

Thieme atmete aus und drückte ab.

Das hintere Stuhlbein wurde von der Kugel förmlich zerrissen.

Er lud noch einmal durch und konnte nicht umhin, die gegnerische Soldatin dafür zu bewundern, mit welchem

Überlebenswillen sie trotz der Behinderung durch die Fesseln und die Verletzung in Sicherheit zu kriechen versuchte. Er senkte das Fadenkreuz auf ihren Oberkörper und dann ein winziges Stück tiefer. Das Projektil krachte in den Rand der inneren Fensterbank aus Marmor und wurde dadurch gerade ein paar Zentimeter über Marina Marinova hinweg abgelenkt. Es war ein verdammt gewagter Schuss, aber die Soldatin war zu sehr Profi; sie würde sonst merken, dass jemand absichtlich vorbeischoss.

»Check!«, rief er ins Mikro seines Headsets und lud die nächste Patrone durch.

Der Marmorstaub der Fensterbank rieselte noch durch die Luft, als die Tür des Zimmers aufflog und Marina Marinova Gernot Löw und Ulf Wieger hereinstürmen sah. Ohne sich zunächst um die am Boden Liegende zu kümmern, rissen sie nacheinander die drei Vorhänge der Fenster zu. Ein weiterer Schuss durchschlug einen davon knapp neben Löw und krachte in den Parkettboden.

In der Deckung der Wand zwischen den Fenstern eilte Löw zu ihr hin, packte die Stuhllehne mit beiden Händen und zerrte sie daran in Sicherheit, während er über das Headset kommandierte: »Löw an alle! Gelände sichern! Scharfschütze Nord-Nord-Ost! Erhabene Position!«

Erst jetzt merkte Marina Marinova, wie schnell ihr Herz schlug und dass ihr Atem von der Anstrengung raste. Eine Woge der Erleichterung, noch am Leben und in Sicherheit zu sein, schlug über ihr zusammen, und sie begann, am ganzen Leib zu zittern.

»Danke!«, sagte sie keuchend.

Löws Gesicht war hart wie Stein. »Der einzige Dank, der mich interessiert, ist, dass Sie mir erzählen, was Sie wissen.«

Sie zögerte.

Ihre Überlebensinstinkte hatten bei der Attacke automatisch eingesetzt, doch das änderte nichts an der Tragweite ihres Dilemmas. Die Loyalität zu ihrem Land konnte Millionen Unschuldige das Leben kosten.

»Es ist ganz allein Ihre Entscheidung«, sagte Löw. »Ich setze Sie auch noch einmal in die Mitte des Raums und ziehe die Vorhänge wieder auf. Ihr Blut klebt dann an den Händen Ihrer ehemaligen Kameraden beim FSB, nicht an meinen. Oder noch besser: Ich lasse Sie einfach frei. Ihre Kollegen werden das zweifellos als Zeichen dafür interpretieren, dass Sie mir alles gesagt haben, was ich wissen will.«

»Das würden Sie nicht tun«, zischte sie. »Das wäre unlogisch. Ich wäre tot, und Sie wären keinen Schritt weiter als jetzt.«

»Wenn ich Sie als Köder benutze, schon«, erwiderte Löw. »Wir schnappen uns dann einfach Ihren Killer. Vielleicht redet der. Und wenn nicht er, dann sein Killer, und so weiter. Sie kennen das Spiel.«

So viel Zeit bleibt Ihnen wahrscheinlich nicht, wollte sie sagen, und die Tatsache, dass sie das sagen wollte, machte ihr klar, dass sie nicht damit leben konnte, sich an dem Tod so vieler Menschen mitschuldig zu machen. Noch weniger konnte sie damit in Frieden sterben.

»Ich bin bereit zu kooperieren!«, sagte sie leise. »Ich sage Ihnen alles, was ich weiß!«

18

Bukarest
Safehouse

Fünf Minuten später saß Gernot Löw Marina Marinova in einem fensterlosen Raum im gewölbten Keller des Safehouse gegenüber, legte sein Smartphone auf den Tisch und aktivierte die Rekorder-App. Marina Marinova sah ihn kurz fragend an, beugte sich dann vor und deaktivierte sie wieder.

»Nichts von dem, was ich zu sagen habe, darf aufgenommen oder archiviert werden«, sagte sie mit ernstem Gesicht und leiser Stimme. »Die Welt darf auf keinen Fall etwas davon erfahren. Auch spätere Generationen nicht.«

Löw sah sie einen Moment lang forschend an, dann nickte er zum Einverständnis. »Legen Sie los.«

Der mit nur einer flackernden Glühbirne beleuchtete Keller roch nach Schimmel und nach Wein. Jedoch nicht stark genug, um das Müllhaufenaroma der Russin zu überdecken.

»Ehe ich Ihnen sage, was ich weiß, Major Löw, brauche ich von Ihnen einige Garantien«, verlangte sie und lehnte sich im Stuhl zurück, die Arme vor der Brust verschränkend und den Blick ihrer smaragdgrünen Augen fest auf ihn gerichtet.

»Welche?«, fragte Löw.

»Eine neue Identität.«

»Versteht sich von selbst«, sagte er. »Ich kann Ihnen umgehend eine neue Existenz in Deutschland anbieten. Neuer Name, Wohnung und ein festes Einkommen auf Staatskosten. Vorausgesetzt, Ihre Informationen taugen etwas.«

»Das tun sie. Darauf können Sie sich verlassen.«

»Dann ist das schon mal geklärt.«

Sie überlegte einen Augenblick, schüttelte dann aber den Kopf. »Die neue Existenz, von der Sie sprechen: nicht in Deutschland. Deutschland kommt nicht infrage.«

»Wieso nicht?«

»Mit Ihrer Heimat verbinde ich zu viele negative Assoziationen«, sagte sie knapp und beinahe nüchtern.

»Sie mit meiner?«

»Ja, ich mit Ihrer«, bestätigte sie. »Sie dürfen nicht vergessen, was Ihr Volk meinem angetan hat.«

»Keine Sorge, das tue ich ganz bestimmt nicht«, erwiderte er. »Aber ich vergesse auch nicht, wie brutal sich Ihr Volk danach an meinem gerächt hat. Doch das war alles lange, lange vor unserer Zeit. Der Krieg ist seit vielen Jahrzehnten vorüber.«

»Seien wir doch ehrlich, Major Löw«, sagte sie mit einem traurigen Zug um die Lippen. »Der Krieg des Westens gegen Russland hat im Grunde genommen nie aufgehört.«

»Mag sein«, räumte er ein. »Aber Sie tun gerade so, als sei Russland daran unschuldig.«

»Ist es nicht«, sagte sie. »Ganz bestimmt nicht. Ich will nur nicht in einem Land wohnen, in dem ich aufgrund meiner Herkunft niemals eine reelle Chance haben werde, ein normales Leben zu führen, oder wo ich mich jeden Tag – ob ich will oder nicht – fragen muss, welche der Menschen, denen ich auf der Straße, in der U-Bahn, im Kino oder im Supermarkt begegne, wohl von den Menschen abstammen, die meine Familie und über eine Million anderer in Leningrad einen elendigen Hungertod haben sterben lassen.«

»Gut, dann nicht Deutschland.« Löw verstand, was sie meinte. »Ich bin sicher, wir finden eine Lösung.«

»Sie haben mir nicht richtig zugehört, Major«, sagte sie. »Ich verlange Garantien.«

»Die kann ich Ihnen nicht geben, Leutnant«, entgegnete er. »Sie müssen mir in der Sache schon vertrauen. Nicht, dass Sie überhaupt eine Wahl hätten, aber Sie helfen uns, wir helfen Ihnen.«

Er wartete ein paar Augenblicke, ehe er fortfuhr: »Was hatten Sie da unten am Tatort zu suchen?«

»Dasselbe wie Sie auch«, sagte sie. »Wir haben nach Spuren der Terroristen gesucht.«

»Haben Sie etwas gefunden?«

»Nichts außer Knochen und Blut.«

»Sie versichern mir also, dass Sie nichts mit der Ermordung Böllings zu tun haben?«

Sie nickte.

»Und auch nichts mit der in dem Video ausgesprochenen Bedrohung gegen mein Land, sollte die Mobilmachung der NATO-Truppen nicht gestoppt werden?«

Sie zögerte.

»Antworten Sie mir!«, forderte er streng. »Was wissen Sie über die Bedrohung?«

Sie holte tief Luft und stockte dann aber wieder. Er konnte deutlich sehen, dass sie im Innern mit sich rang, aber er durfte nicht zulassen, dass ihre Bedenken jetzt, da sie so weit gekommen waren, die Oberhand gewannen.

»Hören Sie zu«, sagte er daher schnell und scharf. »Ich habe Ihre Fesseln gelöst, weil Sie mir Ihre Kooperation zugesichert haben. Sollten Sie sich jetzt doch weigern auszupacken, was Sie wissen, sitzen Sie schon in einer Minute wieder in dem Zimmer oben im ersten Stock – mit weit offenen Fenstern. Ich mache sogar das Licht an, damit man Sie von draußen besser sehen kann.«

»Es gibt keinen Grund, mir zu drohen«, sagte Marina Marinova ebenso scharf.

»Sie lassen mir keine Wahl.«

»Dann schlage ich vor, Sie hören auf, Ihre Liste von Fragen herunterzuleiern wie in einem Verhör, und ich erzähle Ihnen einfach von mir aus alles, was ich weiß«, sagte sie.

»Gut. Fangen Sie an.«

Sie nahm einen kleinen Schluck Wasser aus einem Becher, der auf dem Tisch für sie bereitstand. Gerade genug, um sich die Lippen zu befeuchten. »Zunächst will ich, dass Sie verstehen, dass ich das nicht tue, weil ich mein Land verrate oder weil ich vielleicht nicht dazu bereit wäre, für es und seine Geheimnisse zu sterben. Ich tue es, weil das Leben von Millionen unschuldiger Menschen auf dem Spiel steht.«

Gernot Löw fühlte sich, als wäre er vom Blitz getroffen worden.

»Millionen?!«, fragte er erschrocken nach. »Geht es etwa um nukleare Waffen?«

»Keine Fragen«, erinnerte sie ihn.

Er holte tief Luft und merkte, dass seine Hände angefangen hatten zu zittern. »Fahren Sie fort.«

»Haben Sie verstanden, warum ich tue, was zu tun ich im Begriff bin?«, hakte sie nach.

»Sie wollen helfen«, antwortete er.

»Ja«, sagte sie. »Das will ich. Und deshalb stelle ich eine weitere Forderung.«

»Welche?«

»Ich verlange, bei Ihrer Mission, die Katastrophe zu verhindern, dabei zu sein«, verdeutlichte sie. »Aktiv.«

»Das kann ich nicht …«

Sie unterbrach ihn. »Das steht nicht zur Verhandlung. Es ist Ihre Entscheidung, Major Löw: Sie lassen mich an Ihrer

Seite gegen die Terroristen kämpfen und die Bedrohung abwehren und erfahren, was ich weiß, oder Sie weigern sich und setzen mich wieder hoch in das Zimmer. Weil dann klebt das Blut der Unschuldigen nicht mehr an meinen Händen, sondern an den Ihren. Weil *Sie* sich geweigert haben, mit mir zusammenzuarbeiten. Ist das klar?«

Allmählich begann er, sie und ihre Beweggründe zu verstehen.

»In Ordnung«, sagte er schließlich. »Unter einer Bedingung: Sie tun, was ich sage, wenn ich es sage. Ich habe das Kommando – und im Zweifelsfall das letzte Wort.«

Sie wägte ab, doch dann antwortete sie: »Geht klar. Aber ich habe ebenfalls noch eine Bedingung. Eine letzte, keine Sorge.«

»Nennen Sie sie.«

»Wenn alles vorüber ist, werden Sie alle Informationen und Daten über die Hintergründe der Bedrohung vernichten. Ausnahmslos. Es darf keinerlei Beweise geben und auch keine Protokolle. Denn wie ich zu Beginn schon sagte: Die Öffentlichkeit darf nie davon erfahren.«

Jetzt war es Löw, der abwog. »Ich bin nicht in der Position, Ihnen das versprechen zu können, Leutnant Marinova.«

»Dann klären Sie das mit Ihren Vorgesetzten ab.«

»Das erfordert Zeit«, gab er zu bedenken. »Und ich dachte, die haben wir nicht.«

»Haben wir auch nicht«, stimmte sie zu. »Aber ich muss darauf bestehen.«

»Warum?«

Sie beugte sich vor und sah ihn eindringlich an. »Warum fragen Sie? Ich sage Ihnen, warum, Major Löw. Weil es für mich ein mehr als nur philosophisches Problem darstellt, das Leben von Millionen Deutschen und ihren Verbündeten zu retten, wenn ich dadurch das Leben von Millionen, vielleicht sogar zig Millionen meiner eigenen Landsleute in akute Gefahr bringe.«

Er versuchte, sich Szenarien vorzustellen, auf die ihre kryptischen Formulierungen Anwendung finden könnten, sagte aber endlich: »Ich fürchte, ich verstehe nicht, wovon Sie sprechen.«

»Wie sollten Sie auch?«, fragte sie. »Sie wissen ja schließlich noch nicht, worum es geht. Aber so viel kann ich Ihnen vorab verraten: Die Information, die ich bereit bin, Ihnen zu geben, um eine große Gefahr für Ihr Land abzuwenden, könnte vom Rest der Welt – vielleicht sogar zu Recht – als unverzeihlicher Akt, ja als Verbrechen meines Landes interpretiert werden. Als ein so großes Verbrechen, dass ebenjener Rest der Welt sich auch vollkommen unabhängig von der aktuellen Ukraine-Krise unverzüglich zu einem aggressiven Angriffskrieg gegen meine Heimat zusammenschließen könnte, um Russland ein für alle Mal von der Landkarte und der Geschichte der Menschheit zu tilgen.«

Löw sah in ihren Augen, dass sie nicht dramatisierte, sondern meinte, was sie sagte.

»So schlimm?«, fragte er dennoch ungläubig – oder eher fassungslos.

»Schlimmer«, sagte sie. »Viel schlimmer.«

Ohne ein weiteres Wort nahm Löw sein Smartphone in die Hand und aktivierte eine Kurzwahltaste.

19

GTAZ
Kommandozentrale

Patrizia Hardt sah zum dritten Mal binnen der vergangenen fünf Minuten auf die große analoge Uhr an der Wand über der Eingangstür und beobachtete, mit welcher Emsigkeit ihr Team auf den einzelnen Stationen arbeitete. Es frustrierte sie extrem, dass dieser ungebremste Eifer nach wie vor keine wirklich brauchbaren Ergebnisse zutage gebracht hatte, doch sie widerstand dem mehr und mehr in ihr ansteigenden Drang, ihre Kollegen noch mehr unter Druck zu setzen, als sie es bereits selbst taten; jeder für sich. Stattdessen überlegte sie so fieberhaft wie vergeblich, wie sie das CIA-Team unter Special Agent Rodriguez sinnvoll einsetzen konnte – oder wie sie es zumindest beschäftigen konnte, ohne dass es zu sehr auffiel und auch ohne damit die eigenen Untersuchungen auszubremsen … oder gar zu gefährden.

Die ohnehin bereits international brodelnde Krise durfte nicht durch Unbedachtheit oder zu viel Wahrheit zum Überkochen gebracht werden. Es war nicht auszudenken, was geschehen würde, wenn die Amerikaner erfuhren, dass es die Russen gewesen waren, die das deutsche Team des GTAZ in Bukarest angegriffen hatten. Patrizia Hardt hatte aber auch keine Ahnung, wie lange sie die Identität der Gefangenen vor den Leuten von der CIA geheim halten konnte.

Noch waren sie mit Martin Curtze dabei, sich in einem der angrenzenden Büros einzurichten, aber das würde nur noch wenige Minuten in Anspruch nehmen.

»Ich habe Major Löw für Sie in der Leitung«, rief Sven Lietzmann und riss sie damit aus ihren Gedanken.

»Stellen Sie ihn durch«, sagte sie und eilte zu ihrem Tisch, um das gleich darauf klingelnde Telefon abzuheben. »Ich hoffe, Sie haben gute Nachrichten, Major Löw.«

»Ich fürchte, das ist eine Sache des Standpunkts«, antwortete Löw kryptisch. »Bitte sagen Sie Herrn Lietzmann, er soll aus der Leitung gehen und jede Aufzeichnung dieses Telefonats abschalten.«

Patrizia Hardt sah zu Lietzmann hinüber.

Der stutzte.

»Es ist nichts Persönliches, Herr Lietzmann«, sagte Löw. »Aber es ist essenziell. Bitte.«

»Tun Sie bitte, was er sagt.« Patrizia Hardt spürte an seiner Stimme deutlich, dass Löw gute Gründe für sein Verhalten hatte.

Schließlich nickte Lietzmann, legte seinen Hörer auf und betätigte rasch einige Tasten auf seinem Computerkeyboard und auch auf der Interkom-Anlage auf seinem Tisch. Dann hob er den Daumen, um zu signalisieren, dass er Gernot Löws Bitte erfüllt hatte.

»Die Leitung ist frei«, meldete Patrizia Hardt. »Sprechen Sie, Major Löw.«

Bundeskanzleramt
Büro des Bundeskanzlers

»Wir alle sind uns einig, dass Präsident Dragomirov gelogen hat«, sagte Bundeskanzler Wagner in die Runde seines Stabs und wischte sich mit einem Stofftaschentuch den leichten Schweißfilm von der Stirn. »Aber für den Moment sind wir uns wohl alle ebenso einig, dass wir die Lüge schlucken müssen, wenn wir vermeiden wollen, dass die Situation sich noch weiter verschärft.«

Verteidigungsminister Ney verschränkte die für einen Mann extrem schlanken Finger vor sich auf dem Tisch und nickte bedächtig. »Selbst wenn unsere Drohgebärde, die NATO-Truppen nahe der polnischen Grenze zu stationieren und mobilzumachen, eskalieren sollte und in der Folge zu einem bewaffneten Konflikt oder gar zu einem voll ausgewachsenen Krieg wird, sind wir dazu alleine schon taktisch jetzt noch nicht bereit.«

Außenminister Weiß senkte den Blick. »Kein Mensch will Krieg. Weder wir noch die Russen. Wir sollten daher alles tun, was in unserer Macht steht, um zu deeskalieren.«

»Sie meinen, den Schwanz einziehen?«, fragte der Verteidigungsminister.

»Niemand spricht von Schwanz einziehen«, erwiderte Weiß. »Aber das Durchschauen von Dragomirovs Schutzbehauptung, seine Soldaten seien Deserteure, die in Wahrheit mit den Terroristen zusammenarbeiten, darf das Feuer zwischen unseren Ländern nicht noch weiter schüren. Wir sollten vorerst sein Spiel mitspielen, bis wir mehr über die Hintergründe in Erfahrung gebracht haben.«

Innenministerin Reese zog eine missbilligende Miene und die Mundwinkel auffällig weit nach unten. »Meine Herren! Zwei unserer Soldaten sind im Dienst für ihr Vaterland getötet worden, und das Leben eines dritten ist noch immer nicht außer Gefahr. Sie sind von russischen Soldaten heimtückisch angegriffen und kaltblütig ermordet worden. Ich empfinde es als einen erschreckenden Mangel an Respekt ihnen und ihrem Opfer gegenüber, die Sache so einfach auf sich beruhen zu lassen.«

Sie sah die Männer einen nach dem anderen direkt an, ehe sie mit bewegter Stimme weitersprach: »Ihre Namen waren Christian Wieger und Andreas Böhm. Die beiden haben ihr junges Leben in unserem Auftrag gelassen, und Sie alle wollen so tun, als würden Sie die dreiste Lüge Dragomirovs schlucken?«

»Nur für den Moment, Frau Innenministerin«, sagte Bundeskanzler Wagner beschwichtigend. »Es würde mir nicht im Traum einfallen, den Verlust des Lebens unserer Soldaten zu schmähen, dessen seien Sie bitte versichert. Aber, wie Minister Weiß sagte, sollten wir wenigstens so lange die Füße stillhalten, bis wir mehr Informationen zu den Hintergründen haben.«

»Ich kann das unmöglich akzeptieren, Herr Bundeskanzler!«, sagte sie aufgebracht. »Und ich kann auch nicht glauben, dass Sie das einfach so hinnehmen.«

»Was wäre denn die Alternative?«, fragte Wagner ruhig. Er konnte ihre Aufregung nur zu gut verstehen, musste jetzt aber einen klaren Kopf bewahren. »Eine offizielle Kriegserklärung gegen Russland? Das Einleiten des Todes von Hunderttausenden? Vielleicht Millionen?«

»Sie müssen mir nicht erklären, was ein Krieg bedeuten würde«, brauste Innenministerin Reese noch weiter auf.

»Das ist gut«, entgegnete er – nun ebenfalls aufbrausend. »Denn Sie können sich vorstellen, was passiert, wenn die Amerikaner davon erfahren. Die kostet ein konventioneller Krieg auf europäischem Boden ein müdes Lächeln. Im Gegenteil, sie verdienen sogar noch daran und gehen in jedem Fall als Gewinner daraus hervor. Und was das bedeutet, wissen wir alle: Wenn wir durch die Hilfe der USA den Krieg gegen Russland nicht verlieren sollten – und es ist uns allen klar, dass das ohne ihre Hilfe erst gar nicht möglich ist –, werden sie uns danach vereinnahmen, wie sie es schon nach dem Zweiten Weltkrieg getan haben. Wenn nicht sogar dieses Mal noch mehr. Sie würden uns zu ihrem Trabanten auf europäischem Boden machen.«

»Dann zum Teufel muss es andere Repressalien geben«, begehrte Reese auf. »Es darf nicht sein, dass Dragomirov damit ungeschoren davonkommt.«

Wagner wollte ihr gerade versichern, dass der russische Präsident auch nicht ungeschoren davonkommen würde – dass er durchaus vorhatte, Dragomirov und sein Land für den Mord an den deutschen Soldaten zur Verantwortung zu ziehen –, auch wenn er noch keine Ahnung hatte, wie er das anstellen sollte, als die Telekommunikationsanlage in der Tischmitte klingelte.

ChefBK Adrian Richter nahm unverzüglich den Hörer ab und meldete sich. Gleich darauf wandte er sich an Wagner. »Es ist Frau Hardt.«

»Stellen Sie sie auf *Freisprechen*«, bat Wagner, und Richter betätigte den Knopf.

»Hallo Frau Hardt«, begrüßte Wagner sie.

»Guten Abend, Herr Bundeskanzler«, erwiderte sie die Begrüßung. »Ich nehme an, außer Herrn Richter sind auch die anderen Mitglieder Ihres Krisenstabs anwesend.«

»Korrekt«, bestätigte Wagner.

»Ich habe Major Löw in der Leitung«, fuhr sie fort, und er konnte hören, dass sie zögerte. »Mit einer vertraulichen Nachricht, die nur für Ihre Ohren bestimmt ist.«

Wagner zog erstaunt die Augenbrauen nach oben. Was hatte das zu bedeuten?

Als er nicht sofort antwortete, fügte Patrizia Hardt eilig hinzu. »Major Löw betont, es sei von äußerster Dringlichkeit, Herr Bundeskanzler. Auch bittet er respektvoll darum, das Gespräch in keiner Weise mitzuschneiden oder anderweitig zu protokollieren.«

Auch wenn er Patrizia Hardts Einschätzung vertraute, war Wagner noch immer unsicher, ob er der Bitte Folge leisten sollte. Er ging davon aus, dass Major Löw einen Grund dafür hatte, aber er wollte auch seinen Stab nicht vor den Kopf stoßen, indem er sich allzu schnell damit einverstanden erklärte zu signalisieren, dass er bereit war, etwas vor ihnen zu verheimlichen.

Patrizia Hardt schien das Dilemma zu erkennen, in das Löws Bitte ihn gestürzt hatte. »Meiner Bewertung nach äußert er diesen Wunsch nicht leichtfertig, Herr Bundeskanzler.«

Wagner ließ den Blick zu seinen Ministern und dem ChefBK wandern. Erst als sie alle ihr Einverständnis durch ein Nicken demonstriert hatten, sagte er: »Geben Sie uns bitte eine Minute, Frau Hardt. Die braucht ChefBK Richter, um zu überprüfen, ob die Leitung auch wirklich sicher ist, und um die Mitschnitte des Gesprächs zu unterbinden.«

Der ChefBK bestätigte die damit an ihn gerichtete Aufforderung mit einem weiteren Nicken, und die Stabsmitglieder erhoben sich von ihren Plätzen, um nacheinander den Raum zu verlassen.

Erst als Außenminister Weiß als Letzter die Tür hinter sich zuzog, sagte Wagner zu Patrizia Hardt: »Ich hoffe, es sind gute Nachrichten. Wir könnten welche gebrauchen.«

Er sagte das mehr, um die Pause bis zum Ausschalten der Mitschnittprotokolle durch den ChefBK zu füllen. Nach dieser mysteriösen Einleitung durch Löw bestand für ihn eher kein Zweifel daran, dass es sich bei dem, was der Major zu sagen hatte, um eine weitere Hiobsbotschaft handeln musste.

»Ich muss gestehen, Herr Bundeskanzler, dass ich den Inhalt der Nachricht ebenfalls noch nicht kenne«, antwortete Hardt.

»Sie haben keine Ahnung, was er will?«

»Nein«, sagte sie. »Aber ich habe festes Vertrauen in Löw, dass er einen triftigen Grund hat für seine außergewöhnliche Bitte.«

Auf der TK-Einheit blinkte ein zweites Licht auf. Wagner drückte die Taste.

»Die Leitung ist so sicher, wie sie es heutzutage nur sein kann, und sämtliche Mitschnitte sind unterdrückt«, meldete ChefBK Richter. »Sie können frei reden.«

»Danke, Herr Richter«, sagte Wagner und schaltete per weiterem Knopfdruck zur anderen Leitung zurück. »Bitte stellen Sie Major Löw durch, Frau Hardt.«

Bukarest
Safehouse

Gernot Löw hielt während der gesamten Dauer des vertraulichen Gesprächs zwischen ihm, dem Bundeskanzler und Patrizia Hardt den Blick auf Marina Marinova gerichtet und erkannte die Anspannung in ihrem Gesicht.

Er versuchte, sich vorzustellen, wie er wohl an ihrer Stelle handeln würde. Ob er sein Land verraten würde, nachdem es ihn im Stich gelassen hätte.

Aber die Russin machte auf ihn nicht den Eindruck einer Verräterin, sondern viel eher den, dass sie wirklich helfen wollte – und dass sie davon überzeugt war, dass die Information, die sie besaß, auch tatsächlich helfen würde … dafür zugleich jedoch ihr eigenes Land in Gefahr brachte.

Löw erkannte schließlich, dass es völlig unmöglich war,

sich in ihre verzwickte Lage hineinzuversetzen, solange er nicht den blassesten Schimmer davon hatte, um welche Information es bei dem Geheimnis letztendlich ging.

»Ja, das sind alle ihre Forderungen, Herr Bundeskanzler«, sagte er, nachdem Wagner sie noch einmal aufgelistet hatte.

Marina Marinova nickte zur Bestätigung.

Löw lauschte in die Stille der Leitung.

Nach einer längeren Denkpause fragte Bundeskanzler Wagner: »Was halten Sie davon, Frau Hardt?«

»Durch Herrn Böllings Alleingang und Kuznetsovs jahrzehntelanges Geschick in Sachen Geheimhaltung seiner Aktivitäten kommen wir hier trotz intensiver Anstrengungen nur sehr langsam voran«, sagte sie offen. »Was ich damit sagen will, ist: Wenn Leutnant Marinova tatsächlich über zuverlässige Informationen über eine Bedrohung von Millionen von Menschen verfügt, sollten wir auf ihre Forderungen eingehen. Eine neue Identität und eine finanziell abgesicherte Existenz im Ausland stellen kein Problem dar. Ihr darüber hinaus verlangtes Mitwirken bei der Mission hält Major Löw für abbildbar, und …«

Bundeskanzler Wagner unterbrach sie mit nachdenklicher Stimme. »Es ist auch mehr ihre Forderung, nichts zu protokollieren und zu dokumentieren und im Nachhinein sämtliche Daten zu den Hintergründen der Bedrohung zu vernichten, die mir Kopfschmerzen bereitet, Frau Hardt.«

»Das kann ich verstehen, Herr Bundeskanzler.«

»Hier ist etwas faul«, fuhr Wagner nachdenklich fort. »Oberfaul, wenn Sie mich fragen. Leutnant Marinovas Regierung hat offenbar noch mehr Dreck am Stecken, und der soll von uns stillschweigend unter den Teppich gekehrt werden, wenn die Sache ausgestanden ist. Das gefällt mir nicht. Das gefällt mir ganz und gar nicht.«

»Meiner Einschätzung nach, Herr Bundeskanzler«, schaltete Löw sich ein, »stellt Leutnant Marinova diese Forderung allein im Interesse ihres Volkes, nicht im Interesse ihrer Regierung. Sie fürchtet weniger politische Repressalien auf diplomatischer Ebene als faktische Gefahr für ihre Mitbürger.«

»Und, mit Verlaub, sosehr ich eine Verfechterin des Protokolls bin«, meldete sich Patrizia Hardt zu Wort, »erscheint mir diese Bedingung vor dem Hintergrund, mit ihr sowohl Millionen unserer Bürger als auch Leutnant Marinovas eigenes Volk beschützen zu wollen, durchaus angemessen und erfüllbar.«

»Wenn ich Sie richtig verstehe, glauben Sie also beide, dass die Bedrohung, um die es sich handelt, der Größenordnung entspricht, die die Gefangene behauptet?«, fragte Wagner.

»Ja«, antwortete Patrizia Hardt.

»Absolut«, meinte Löw.

»Begründen Sie Ihre Bewertung«, bat der Bundeskanzler. »Sie zuerst, Frau Hardt.«

»Ich sehe das so: Wenn selbst Kuznetsov bereit war, uns die Information zu geben, spricht das deutlich dafür, dass das Leben Unzähliger auf dem Spiel steht. Ich kann mir nicht vorstellen, dass ein Mann wie er sein Land für Geld verraten hätte; auch nicht für zwanzig Millionen. Es war sein Gewissen, das ihn nach Macao getrieben hat, und so kalt das klingen mag – und eigentlich auch ist –, aber nach unserer Recherche über den Mann schätze ich ihn nicht so ein, dass der mögliche Tod von ein paar Hundert oder auch ein paar Tausend sein Gewissen wesentlich belastet hätte.«

»Außerdem hätten die Russen bei der momentanen politischen Lage niemals eine Attacke wie die im Untergrund auf uns riskiert«, fügte Gernot Löw hinzu, »wenn das, was sie zu vertuschen versuchen, nicht von erheblichem Ausmaß wäre. Ja, ich denke, die Bedrohung ist massiv. Wir sollten jede noch so dünne Chance ergreifen.«

Sein Blick bohrte sich in den der Russin. »Abgesehen davon: Wenn sich die Information als wertlos herausstellen sollte, sehe ich keinen Grund, dass wir die Vereinbarung auch erfüllen müssen.«

Wieder nickte Marina Marinova zum Einverständnis. Sie hatte verstanden.

»In Ordnung«, sagte Bundeskanzler Wagner schließlich. »Wir akzeptieren ihre Forderungen. Berichten Sie umgehend.« Damit klinkte er sich aus der Schaltung.

»Gute Arbeit, Major Löw. Verdammt gute Arbeit«, sagte Patrizia Hardt und legte ebenfalls auf.

Das war der Moment, in dem in dem Safehouse die Hölle losbrach!

20

Bukarest
Safehouse

Gernot Löw hörte das nähmaschinenschnelle Krachen von schwerem Maschinengewehrbeschuss aus dem Stockwerk über dem Verhörraum. Es fühlte sich an wie der Einsatz von gleich drei Presslufthämmern auf einmal. Sowohl er als auch Marina Marinova sprangen augenblicklich von ihren Stühlen auf. Löw sah, dass die Russin instinktiv mit einer trainierten Bewegung an ihre Seite griff – nach einer Waffe, die nicht da war. Er selbst packte seine HK MP7 beim Griff und entsicherte sie mit schnellem Druck seines Daumens, um sie gleich darauf auf die Gefangene ihm gegenüber zu richten und sie in Schach zu halten.

»Was soll das?«, fragte sie – sichtlich aufgebracht.

»Reine Sicherheitsmaßnahme.«

Sie stieß ein verächtliches Schnauben aus. »Sie wissen ganz genau, die kommen, um mich kaltzustellen, nicht um mich zu befreien. Wollen Sie etwa deren Job für sie erledigen, ehe Sie die Information haben, die ich Ihnen zu geben bereit bin? Wir sind jetzt auf einer Seite, Major Löw, das dürfte doch inzwischen hinlänglich geklärt sein. Also nehmen Sie bitte das Ding herunter.«

Rational betrachtet wusste er, die Russin hatte recht, dennoch fiel es ihm schwer, seine für den Kampf geschärften Instinkte zu unterdrücken und die Mündung seiner Maschinenpistole zu senken und auf den Boden zu richten.

»Löw an Thieme! Löw an Wieger! Macht Meldung!«, rief er in das Headset, stülpte den Helm auf und eilte zu der einzigen Tür des fensterlosen Raums.

»Unter Beschuss!«, meldete sich Daniel Thieme über das Interkom. »Mindestens zwei Einheiten. Eine von Norden, eine von Osten. Schätzungsweise zwanzig Mann insgesamt. Mittlere bis schwere Bewaffnung!«

Gernot Löw erkannte sofort, dass das Safehouse trotz doppelter Bewachung einer direkten Attacke dieser Größenordnung nicht gewachsen war.

»Befehl an alle!«, bellte er ins Mikro. »Rückzug. Evakuierung Sequenz Delta!«

»Copy that!«, bestätigten Thieme, Wieger und die anderen Wachsoldaten oben im Haus und auf dem Gelände über den Lärm des Angriffs hinweg.

»Los!«, rief Löw der Gefangenen zu.

Als er jedoch zur Tür spurtete, nach der Klinke griff und sie aufreißen wollte, fasste Marina Marinova ihn hart an der Schulter und riss ihn wieder einen Schritt zurück. »Warten Sie!«

Erneut musste er seine durch das aufgepeitschte Adrenalin gesteigerten Instinkte in Schach halten, um sie nicht im Affekt mit einem Ellenbogenhieb niederzuschlagen.

»Was ist?«, fragte er stattdessen gereizt und befreite sich mit einem Ruck seiner Schulter aus ihrem Griff.

»Ich sagte, warten Sie!«

»Hören Sie zu! Unser Deal ist, Sie tun ganz genau, was ich Ihnen sage, wenn ich es Ihnen sage. Und wenn ich sage ›Los!‹, meine ich ›Los!‹.« Er wollte wieder nach der Türklinke greifen.

Sie packte ihn noch einmal. Er war überrascht, wie stark sie trotz ihrer Verletzung war.

»Sagen Sie zuerst, was bedeutet Evakuierung Sequenz Delta?«, fragte sie eilig.

»Evakuierung Sequenz Delta heißt: Rückzug über den westlichen Hinterausgang«, antwortete er und zeigte mit dem Finger im Uhrzeigersinn auf die Tür wie auf einen unsichtbaren Plan. »Norden ist Alpha, Osten Beta, Süden Gamma, Westen Delta! Der Feind rückt von Norden und Osten aus an, daher weichen wir über die Westseite aus.«

Sie schüttelte heftig den Kopf. »Nein, tun Sie das nicht«, sagte sie. »Widerrufen Sie den Befehl!«

»Warum?«

»Das ist eine Falle!«

»Woher wissen Sie das?«

»Vergessen Sie nicht, Major Löw: Das sind meine Leute da draußen«, erinnerte sie ihn mit ernstem Blick. »Ich kenne ihre Taktiken in- und auswendig. Statt uns so unauffällig wie nur möglich zu überfallen, haben sie den offenen Angriff gewählt. Das ist strategisch komplett unlogisch, finden Sie nicht auch?«

»Wir haben keine Zeit für Ratespiele«, sagte er schroff. »Worauf wollen Sie hinaus?«

»Es gibt nur eine einzige vernünftige Erklärung für einen offenen Angriff: Sie tun es, um Sie und Ihre Leute aufzuscheuchen und zu einem Ausfall in eine vermeintlich sichere Richtung zu provozieren. Sie wollen ihre eigenen Verluste so niedrig wie nur möglich halten, deshalb attackieren sie uns von zwei Seiten und haben die anderen beiden Seiten unter Garantie aus dem Verborgenen heraus abgesichert. Vermutlich mit Scharfschützen – und auch mit Panzerfäusten, um Ihre Fluchtfahrzeuge zu eliminieren.«

Löw hatte keine Zeit, in sich zu gehen, um darüber nachzudenken, ob sie ein Motiv haben könnte, ihn zu belügen, aber er wusste, direkt nachdem sie es ausgesprochen hatte, dass das, was sie sagte, Sinn ergab. Der Angriff fand viel zu laut und viel zu offensichtlich statt, um keine Falle zu sein.

»Befehl Evakuierung Sequenz Delta widerrufen!«, rief er hastig ins Headset. »Ich wiederhole: Befehl Evakuierung Sequenz Delta widerrufen. Stattdessen: Zügiges Sammeln im Zentrum, Position dort halten und weitere Befehle abwarten!«

»Copy that!«, kam sogleich die mehrstimmige Antwort der Soldaten des Teams.

Als Gernot Löw die Tür jetzt aufriss, hatte Marina Marinova keine Einwände mehr, und gemeinsam stürmten sie die steile Steintreppe dahinter nach oben.

Am oberen Ende angekommen, nutzten sie gebeugt rennend jegliche Deckung, die sich ihnen bot, um unter dem schweren Beschuss, der um sie herum Scheiben zersplittern ließ und den Putz und die Holztäfelungen von den Wänden fetzte, in die Mitte des Hauses vorzudringen. Der Krach war ohrenbetäubend. Das Mobiliar wurde von den unzähligen Treffern in Stücke gerissen, als bestünde es aus Glas. Die Gefahr, von umherschießenden Scherben und Splittern getroffen zu werden, war nicht minder groß, als eine oder gleich mehrere der Kugeln abzubekommen.

Schließlich erreichten sie das Zentrum der Villa. Hier warteten bereits Wieger und vier Soldaten auf sie, drei weitere und Daniel Thieme kamen vom Westen her hinzu.

»Verluste?«, fragte Löw eilig.

Wieger und Thieme schüttelten zum Glück beide die behelmten Köpfe.

»Bis jetzt auch noch keine Verwundeten«, fügte Wieger hinzu. Sein verächtlicher Blick wanderte kurz zu der russischen Gefangenen. Seine Augen verengten sich.

»Hier auch nicht«, meldete Thieme.

»Gut«, sagte Löw erleichtert. »Wir brauchen einen Alternativplan. Hat jemand Vorschläge?«

»Ich fürchte, wir haben gar keine andere Wahl, als uns den Weg nach Norden oder Osten hin freizukämpfen«, sagte Marina Marinova. »Und zwar so schnell, wie wir nur können. Damit rechnen die Angreifer am allerwenigsten, und unsere Chance, sie zu überrumpeln und zu überleben, ist am größten.«

Ulf Wieger sah Gernot Löw irritiert an. »Was zur Hölle hat denn die Russin zu melden? Sollte sie nicht besser gefesselt sein und unter Bewachung stehen?«

»Leutnant Marinova ist von jetzt ab auf unserer Seite«, sagte Löw knapp. Er hatte jetzt keine Zeit, dem Kameraden die geänderte Situation zu erklären.

Ulfs Miene verriet seine Ungläubigkeit. »Sicher?« Dass er die Mündung seiner Maschinenpistole auf die Russin gerichtet hielt, zeigte seine eigene Einstellung zu der Sache.

Gernot Löw nickte entschieden. »Absolut, Ulf!«

Obwohl er selbst sich seiner Behauptung gar nicht so sicher war, musste er zumindest nach außen hin dem Team gegenüber zweifelsfreie Sicherheit demonstrieren, um seiner Aufgabe als ihr Anführer gerecht zu werden, damit sie alle, ohne zu zögern, auch weiterhin an einem Strang zogen. Statt sich daher auf eine erneute Diskussion mit Wieger einzulassen, richtete er den Blick auf Thieme. »Du hast das Gelände gründlich erkundet. Was schlägst du also vor? Nach Norden ausbrechen oder nach Osten?«

»Nach Norden«, antwortete Daniel Thieme, ohne auch nur einen Moment zu zögern. »Der Weg ist um einiges kürzer und der Baumbestand sehr viel dichter. Das gibt uns bessere Deckung. Außerdem kommt vom Osten her der schwerere Beschuss.«

»Ein Ausbruch gegen den frontalen Angriff ist doch Wahnsinn!«, schaltete sich Wieger ein. »Wir sollten uns hier verschanzen, bis die Bukarester Behörden eingreifen.«

»Negativ«, meinte Löw. »Zum einen glaube ich, die örtlichen Kollegen sind klug genug, um sich mit dem Eingreifen viel Zeit zu lassen. Die sind nicht scharf drauf, ins Kreuzfeuer zu geraten, und ich kann ihnen das nicht verübeln. Es sind Polizisten, keine Soldaten. Zum anderen rechne ich mit noch heftigerem Beschuss, sobald die Angreifer erst einmal merken, dass ihre Taktik, uns zum Rückzug zu zwingen, nicht aufgeht. Sie wollen Leutnant Marinova tot – und mit ihr zusammen jeden Einzelnen, mit dem sie gesprochen haben könnte. Macht euch also bereit für den Durchbruch nach Norden.«

»Du willst uns da rausschicken, damit sie uns abschlachten wie Schafe?«, rief Ulf Wieger.

»Ulf, wir müssen da raus, damit sie uns hier drin nicht abschlachten wie Schafe!«, hielt Löw dagegen.

»Aber …«

»Kein verdammtes ›Aber‹ mehr, Soldat«, bellte Löw. »Entweder du gehorchst jetzt, oder du bleibst verdammt noch mal einfach hier. Das überlasse ich ganz dir.« Er bereute die Entscheidung, den Kameraden nach dem Verlust seines Bruders nicht von seinen Pflichten freigestellt zu haben, inzwischen sehr. Aber sie war gefällt, und daran war jetzt nichts mehr zu ändern. Augen zu und durch!

Ulf senkte den Blick.

Löw betrachtete das als Einverständniserklärung. »Also gut«, fuhr er fort. »V-Formation mit der Gefangenen in der Mitte. Auf mein Kommando. Drei, zwei …«

»Warten Sie«, rief die Russin dazwischen. »Ich brauche zuerst noch eine eigene Waffe.«

»Kommt nicht infrage!«, stieß Ulf Wieger hervor. »Etwa, damit Sie uns in den Rücken fallen können?!«

Löw merkte schließlich, dass er wohl doch nicht ganz ohne Erklärung auskam. »Okay, damit ihr alle es wisst: Die Angreifer wollen sie ausschalten, nicht befreien, und wir brauchen sie unbedingt lebend. Ihr Überleben ist eine Sache der nationalen Sicherheit. Ist das verstanden und ein für alle Mal klar?«

Er schaute in die Runde und wartete ungeduldig, bis sie alle genickt hatten. Auch Ulf Wieger.

Obwohl das, was er gesagt hatte, die Situation klar schilderte, kostete es Löw dennoch einiges an Überwindung, Marina Marinova seine eigene MP in die Hände zu drücken, und er spürte, wie sich ihm dabei die Nackenhärchen aufstellten.

Er selbst zog seine Pistole aus dem Oberschenkelholster, lud sie durch und entsicherte sie.

»Also los!«, befahl er. »Drei, zwei, eins. Go!«

Daniel Thieme übernahm die Spitze und eilte in gebückter Haltung voran.

Wie trainiert fielen die Übrigen hinter ihm in eine Reihe.

Löw signalisierte der Russin, sich in der Mitte einzuordnen, und schloss gleich hinter ihr auf.

Dass Wieger sich in die Nachhut eingliederte, bereitete ihm wegen dessen Feindseligkeit gegenüber Leutnant Marinova Unbehagen, ließ sich aber nicht ändern.

Sie hetzten durch die Flure und die weiterhin unter Beschuss stehenden Räume zum Nordausgang.

Dass Marina Marinovas Behauptung, die Attacken sollten nur dazu dienen, sie aufzuscheuchen und nach Westen oder Süden zu treiben, korrekt war, erkannte Löw daran, dass die Schüsse auf die Villa auffällig ziellos platziert waren. In der Hauptsache darauf gerichtet, Chaos zu erzeugen.

Löw hoffte inständig darauf, dass entsprechend auch die Deckung der Angreifer nicht besonders ausgeprägt war und sie sie überraschen konnten.

In der Halle des Nordausgangs angekommen, teilte Thieme vier der vorderen Männer mit Handzeichen dazu ein, sich an den Fenstern links und rechts von der Tür zu positionieren.

Die anderen rückten Stück für Stück auf und gingen in gekauerter Position in Deckung.

Schüsse von außen wurden durch die extra verstärkte Tür des Safehouse abgehalten. Noch! Die Einschläge waren so laut, dass sie in den Ohren wehtaten, und die Tür wackelte so stark in ihrem Rahmen, dass absehbar war, dass sie der Wucht nicht mehr allzu lange würde standhalten können.

Eile war das Gebot der Stunde.

»Leute, hört zu: Wir müssen unbedingt die Straße oberhalb der Mauer erreichen, ehe sie ihre Taktik ändern und ihre Teams umgruppieren können«, machte Löw klar. »Es sind nur fünf Kilometer bis zur deutschen Botschaft.«

»Wie kommen wir von da oben weg?«, fragte Thieme.

»Wir werden Autos nehmen, die da oben parken«, sagte Löw. »Bereitet euch also auf das Knacken vor. Aber wenn wir Glück haben, finden wir Einsatzfahrzeuge der Angreifer und übernehmen die.«

Nachdem Thieme genickt hatte, um zu signalisieren, dass er verstanden hatte, gab Gernot Löw den vier neben und unter den Fensterrahmen wartenden Soldaten ein Zeichen, und sie eröffneten heftiges Sperrfeuer nach draußen.

Schon im nächsten Augenblick riss Daniel Thieme die Tür auf und stürmte nach draußen in den parkähnlichen Garten, begleitet von zwei Mann, die ebenfalls sofort das Feuer eröffneten.

Wieger und die hinteren Männer schlossen auf.

Dann kamen Löw und die Russin.

Die Strategie ging auf. Die Angreifer hatten nicht mit einem Ausfall nach Norden hin gerechnet.

Löws Trupp schoss auf alles, was sich bewegte. Kurze, gut gezielte Feuerstöße. Bloß keine unnötige Munitionsverschwendung. Zu viele Magazinwechsel konnten sich schnell als fatal erweisen.

Meter für Meter zwangen sie mit ihrer Überraschungsoffensive die feindlichen Soldaten in Deckung hinter Baumstämme, Hecken, Springbrunnen und Gartenmauern.

Die vier Deutschen von hinter den Fenstern der Villa kamen nun ebenfalls nach draußen und formten die Nachhut des im Rücken offenen V.

Wie ein Keil eilte Gernot Löws Team nach vorn – sie mussten schnell sein, um den Gegnern im Osten und den im Westen versteckten Russen kein zu leichtes Ziel zu bieten.

Ihr entschlossenes Vorrücken brach die einzelnen Deckungen der nördlichen Angreifer nach und nach auf, und es gelang ihnen, sie einen nach dem anderen auszuschalten.

Löw war erstaunt, dass Marina Marinova sie trotz ihrer Beinverletzung nicht wesentlich ausbremste – und noch mehr darüber, dass sie keinen Moment zögerte, auch selbst das Feuer auf ihre früheren Kameraden zu eröffnen.

Sie stellte damit ein für alle Mal und zweifelsfrei klar: Die Entscheidung über ihre Zukunft war gefallen – für sie gab es jetzt kein Zurück mehr.

Gernot Löws Trupp hatte außer dem Überraschungsmoment gegenüber den russischen Soldaten den entscheidenden Vorteil, wesentlich besser gepanzert zu sein als die Angreifer, da diese die Attacke auf fremdem Boden binnen kürzester Zeit hatten zusammenschustern müssen. Sie hatten aufgrund ihrer Strategie des Aufscheuchens beim Ausrüsten eindeutig und auch nachvollziehbarerweise mehr Wert auf schwere Bewaffnung gelegt als auf Körperschutz.

Mit einem direkten Kampf hatten sie nicht gerechnet.

Löw machte eine mentale Notiz, sich bei nächster Gelegenheit bei Marina Marinova dafür zu bedanken, dass sie sie auf den Plan der Russen aufmerksam gemacht hatte.

Meter um Meter kämpften sie sich immer weiter in Richtung Norden vor.

Die Schlacht mitten im Herzen einer europäischen Hauptstadt machte es Gernot Löw deutlicher als jemals zuvor in seinem Leben klar, wie fein in einer auch noch so weit in der Zivilisation fortgeschrittenen Welt die Linie zwischen Krieg und Frieden sein konnte … und wie empfindlich diese Linie in Wirklichkeit war.

Hier kämpften nicht Agenten gegen Terroristen; hier schossen Soldaten zweier Nationen aufeinander.

Es wurde immer klarer, dass Marina Marinova nicht übertrieben hatte mit ihrer Andeutung zur Größenordnung der Bedrohung, und nicht zum ersten Mal fragte Löw sich, wie groß sie wohl wirklich sein musste, wenn Russland dafür einen derart stark bewaffneten Angriff mitten in der Öffentlichkeit wagte.

Siebzig Jahre nach dem Ende der furchtbaren Schrecken des Zweiten Weltkriegs stand jetzt ein dritter direkt auf der Schwelle; es schien so, als hätten die Menschen nicht das Geringste daraus gelernt; als hätten sie all das vergessen, was damals an Grausamkeiten von allen beteiligten Seiten verübt worden war.

Würde die Welt jemals aus ihren Fehlern lernen?

Löws Leute trieben die letzten beiden russischen Soldaten aus ihrer Deckung und schalteten sie aus. Mittlerweile wurde der Beschuss von den Flanken und von hinten immer heftiger.

Sie erreichten das Tor in der hohen Mauer. Die Russen hatten es offen gelassen. Einander Deckung gebend, stürmten Löws Leute nach draußen auf die Straße.

Dort stand tatsächlich einer der Mannschaftswagen der Russen, wie Löw es gehofft hatte.

Die drei Soldaten, die zu seiner Bewachung zurückgelassen worden waren, sahen die Deutschen hervorbrechen und eröffneten augenblicklich das Feuer auf sie.

Aus der Deckung am Straßenrand parkender Pkws heraus streckten Thieme und Wieger sie nieder.

Auf der Straße herankommende Wagen stoppten mit

quietschenden Bremsen; fuhren ineinander. Wer immer es schaffte, legte den Rückwärtsgang ein und versuchte, nach hinten wegzufahren – nur um gleich darauf den nächsten Heranfahrenden zu rammen.

Begleitet von zwei weiteren Kameraden, rannten Thieme und Wieger zu den am Boden liegenden russischen Soldaten und durchsuchten hastig ihre Kampfanzugtaschen.

Thieme war es, der schließlich die Schlüssel des riesigen gepanzerten Vans fand.

»Go! Go!«, rief Löw, und während Thieme und Wieger in das Führerhaus stiegen, kletterten die Übrigen in geordneter Eile zusammen mit Marina Marinova hinten in den Aufbau.

Hier drin war es furchtbar eng, aber sie rückten, so dicht es ging, zusammen.

Während sie mit noch offenen Hintertüren losfuhren und sich einen Weg bahnten zwischen parkenden und kollidierten Autos, kamen die ersten der Angreifer von dem Grundstück auf die Straße und eröffneten das Feuer auf den Van. Die Panzerung hielt stand.

»Go! Go! Go!«, rief Löw hektisch und lautstark über den Lärm hinweg, während er hastig die Türen zuknallte. »Und nimm die erste mögliche Abzweigung!«

Durch das ebenfalls gepanzerte Rückfenster sah er, wie gerade ein russischer Soldat mit einer Panzerfaust durch das Tor nach draußen auf den Gehweg gelaufen kam.

»Abbiegen, Daniel!«, brüllte Löw nach vorn ins Führerhaus. »Abbiegen! JETZT!«

Er sah, wie der russische Soldat mit der Panzerfaust sich hinkniete, die schwere Waffe mit geübtem Griff auf die rechte Schulter wuchtete und in ihre Richtung zielte.

»Jetzt, Daniel!«, schrie Löw noch einmal.

»Ich kann nicht, Mann!«, rief Thieme von vorn zurück. »Es gibt hier keine verdammte Abzweigung! Die nächste kommt erst in etwa hundertzwanzig Metern.«

Löw zögerte keine Sekunde.

»Alle Mann in Deckung!«, rief er seinen Kameraden zu, während er dem nächsten von ihnen das Gewehr aus der Hand riss. »Und schützt die Russin mit euren Panzern!«

Er stieß eine der Türen wieder auf … das gegnerische Feuer drang augenblicklich in den Laderaum … Löw selbst bekam einen Treffer auf die Brustpanzerung. Trotzdem gelang es ihm anzulegen.

Er zielte genau. Er hatte keine Zeit für überhastete Eile. Einen Sekundenbruchteil später hatte er das Gesicht des Panzerfaustschützen im Visier – und drückte ab.

Der Mann stürzte mit einem Schrei nach hinten – und feuerte im Sterben seine Waffe ab; genau auf das direkt vor ihm parkende Auto. Die Explosion von Geschoss und Tank war grell und ohrenbetäubend – und ging sogleich auf zwei andere parkende Wagen über. Die Russen waren den Flammen, Splittern und der dreifachen Serie von Druckwellen schutzlos ausgeliefert.

»Ist sie verletzt?!«, fragte Löw besorgt und wandte sich zu seinen Leuten um.

»Ich bin okay«, rief Marina Marinova. »Aber zwei Ihrer Kameraden hat es erwischt!«

Einer der beiden war nur verletzt, der andere war tot. Eine der Kugeln hatte ihn unterhalb des Helmrands ins Ohr getroffen.

»Fuck! Fuck! Fuck!«, fluchte Löw und riss die Tür zu.

Er hätte froh sein können, dass überhaupt so viele den Ausfall unbeschadet überstanden hatten; aber er war es nicht. »Fuck!«

Trotzdem dankte er dem Himmel dafür, dass der Russin nichts geschehen war – und er hoffte mit ganzer Seele, dass ihr Leben das seines Kameraden wert war.

21

Bukarest
Deutsche Botschaft

Die deutsche Botschaft in Bukarest liegt in der *Strada Aviator Gheorghe Demetriade* und ist ein hässlicher Kastenbau mit schmucklosen Fassaden aus poliertem Granit, sandgestrahltem Aluminium und Glas. Für Gernot Löw jedoch war es in dem Moment ihrer Ankunft dort wohl das schönste Gebäude, das man sich überhaupt nur vorstellen konnte. Denn erst als sie mit dem von den russischen Soldaten eroberten Van die Schwelle des sich automatisch öffnenden Gittertors überquerten, waren sie endlich in Sicherheit.

Vorab über Funk von ihrer Ankunft informierte Botschaftsmitarbeiter kamen ihnen rennend entgegen und nahmen sich, sobald ihr Fahrzeug mit quietschenden Reifen zum Stillstand gekommen war, des verletzten Kameraden an – und auch des Toten.

Falk Graf von Börnicke, der Deutsche Botschafter in Rumänien, nahm Gernot Löw und Marina Marinova am Eingang des Kastenbaus in Empfang und drängte sie mit einer hastigen Geste, in das Gebäude zu kommen, während er mit den Blicken die Umgebung nach möglichen Heckenschützen absuchte.

»Keine Sorge«, sagte Löw, obwohl er sich durchaus beeilte. »Hier sind wir sicher. Die Russen sind heute sehr weit gegangen, aber so weit, eine deutsche Botschaft anzugreifen, gehen sie ganz sicher nicht. Dann würde es unvermeidlich Krieg geben – und im Moment agieren sie eher so, als wollten sie einen Konflikt, der über die aktuelle Ukraine-Krise hinausgeht, mit allen Mitteln verhindern.«

»Ihr Wort in Gottes Ohr«, sagte der Botschafter und führte die beiden mit weit ausholenden, staksigen Schritten den kalten Granitflur entlang ins Innere. Er erinnerte Löw dabei an einen balzenden Hahn. Thieme und Wieger folgten ihnen.

Sie wechselten am Ende des Flurs mit einem Aufzug vom Erdgeschoss in den Keller und erreichten schließlich die gepanzerte Tür zu einem fensterlosen Raum.

In der Mitte waren auf dem Besprechungstisch schmuckvoll garnierte Platten angerichtet – mit kaltem Braten, einer üppigen Käseauswahl, aufgeschnittenem Brot und frischen Früchten. Daneben feine Porzellanteller, Silberbesteck und diverse alkoholfreie Getränke in kleinen Glasflaschen.

»Ich habe mir gestattet, auf die Schnelle ein paar Erfrischungen für Sie bereitzustellen«, sagte der Botschafter, deutete mit der Hand, dass sie sich bedienen sollten, und machte Anstalten, sich auf den Stuhl am Kopfende des Tisches zu setzen. »Sie können jetzt ganz sicher eine kleine Stärkung gebrauchen.«

»Bei allem gebührenden Respekt, Graf von Börnicke«, beeilte Löw sich zu sagen, »aber ich muss mit Leutnant Marinova unter vier Augen sprechen.«

Der Botschafter sah ihn indigniert an.

Ehe er allerdings etwas erwidern konnte, um seinem Unmut Ausdruck zu verleihen, fügte Löw eilig hinzu: »Und ich muss Sie zudem ausdrücklich darum bitten, die Überwachung in diesem Raum komplett abzuschalten.« Er deutete auf die Kameras an den mit Stuck verzierten Deckenecken und auf die Kommunikationsanlage am anderen Ende des fein polierten Kirschwurzelholztisches.

»Aber …«, begann der Botschafter. Seine ursprünglich vornehme Blässe war einem leuchtenden Rot gewichen, und Löw konnte sehen, dass seine gekrümmten Finger zuckten, ganz so, als wolle er sich gerade unter Aufbringung all seiner Selbstdisziplin daran hindern, seine eher schmal geratenen Hände zu Fäusten zu ballen.

»Das alles geschieht bitte unverzüglich auf direkten Befehl von Bundeskanzler Wagner«, stellte Löw mit entschiedener Stimme klar und machte zwei Schritte auf den Botschafter zu, um sich mit breit auseinandergestellten Füßen vor ihm in aller Autorität aufzubauen.

Der Graf machte einen Schritt zurück und zögerte. Offenbar war er es nicht gewohnt, dass man ihn kommandierte – und schon gar nicht in *seiner eigenen* Botschaft.

»Bitte, Herr Botschafter!«, fügte Gernot Löw versöhnlicher hinzu. »Die Zeit drängt!«

Graf von Börnickes Unterkiefer zuckte, als ob er etwas erwidern wollte. Doch dann nickte er schließlich, begleitet von einer hilflosen Geste, und trat noch weiter vom Tisch zurück. Er wendete auf den Hacken seiner blank gewichsten Schuhe und ging ab in Richtung Tür. »Wenn Sie irgendetwas brauchen«, sagte er, ohne sich noch einmal zu ihnen umzudrehen, »lassen Sie es mich bitte wissen, meine Herren. Ich sorge dafür, dass die Mikrofone und Kameras auf der Stelle ausgeschaltet werden und Sie ungestört sind. Bei was auch immer Sie vorhaben mögen.«

Der letzte Satz klang leicht schnippisch, aber damit konnte Löw gut leben.

Als der Botschafter die Tür hinter sich lautstark ins Schloss gezogen hatte, überlegte Löw einen Moment lang – dann gab er Thieme und Wieger einen Wink.

Die beiden machten sich sofort daran, über Räuberleiter zu den Kameras nach oben zu klettern und deren Kabel aus den Anschlüssen an der Wand zu ziehen.

Löw selbst zog den Stecker der TK-Anlage aus der Buchse und fand gleich darauf noch zwei Wanzen in Stehlampen auf einer Anrichte an der Wand. Er deaktivierte auch die.

»Sicher ist sicher«, sagte er.

»Ja«, sagte Marina Marinova und hielt ihm seine Maschinenpistole mit dem Kolben voran entgegen. »Muss nachgeladen werden.«

Er griff an seinen Gürtel, löste ein Magazin und reichte es ihr. »Behalten Sie sie für eine Weile.«

Sie nahm es mit einem dankbaren Nicken in Empfang und wechselte es gegen das leere aus.

Löw wandte sich an seine beiden Kameraden. »Schnappt euch was zu essen und wartet draußen vor der Tür.«

Daniel Thieme nahm völlig unzeremoniell gleich die ganze Platte mit dem kalten Braten und packte ein paar Scheiben Brot darauf, während sich Wieger mit einer Batterie von Fläschchen bewaffnete. Sie wirkten winzig in seinen riesigen Händen.

Als die beiden draußen waren, lud Löw Marina Marinova ein, sich zu setzen.

Die Russin nahm trotz ihrer Verletzung, die wieder angefangen hatte zu bluten, mit überraschend weiblicher Geschmeidigkeit auf einem der Stühle Platz, legte die Maschinenpistole vor sich auf den Tisch, öffnete eine Flasche Johannisbeersaft und leerte sie mit einem einzigen ganz und gar nicht weiblichen Zug.

Statt die Flasche danach abzustellen, fasste sie sie mit beiden Händen und rollte sie nachdenklich zwischen ihren für eine Soldatin überraschend sorgfältig manikürten Fingern hin und her.

Löw betrachtete sich ihre Wunde näher und entschied, dass sie nicht umgehend behandelt werden musste.

»Es tut mir leid um Ihre Männer, Major Löw«, sagte sie. »Ich hoffe, Sie glauben mir das.« Die Ernsthaftigkeit in ihrem Blick unterstrich ihre Worte.

»Sie können vermutlich nachvollziehen, dass mir das einigermaßen schwerfällt«, antwortete Löw dennoch und setzte sich ihr gegenüber. Er reckte sich, ergriff eine Flasche Coke, schlug den Kronkorken an der Tischkante ab und leerte sie ebenfalls mit einem Zug. Er merkte erst jetzt, wie stark sein Durst gewesen war, und nahm gleich noch eine zweite. Appetit hatte er keinen, weshalb er die übrigen Platten mit dem Essen ignorierte. Aber der Zucker und das Koffein in der Cola vertrieben sogleich ein wenig seine Mattigkeit, die eine Mischung war aus körperlicher Erschöpfung und in ihm schwelender Wut über den Verlust von inzwischen drei Kameraden. Die Wut suchte ein Ventil, aber da war keins. Er musste sie unter Kontrolle halten, um einen klaren Kopf zu bewahren.

»Sie wissen ebenso gut wie ich, wie das mit Befehlen ist«, sagte sie. Wieder war da diese Ernsthaftigkeit – begleitet von einem Schatten von Melancholie.

»Es ist völlig sinnlos, ausgerechnet jetzt darüber zu philosophieren«, erwiderte er. Er verspürte zusätzlich zu der Wut einen unangenehmen Druck in der Brust. Es war Trauer um das Leben seiner Kameraden. Trauer, für die jetzt ebenfalls keine Zeit war. Er atmete tief und lange aus, um den Druck abzubauen, und konnte nicht vermeiden, dass es wie ein lang anhaltendes Seufzen klang.

»Sagen Sie mir, was ich wissen muss, Leutnant«, bat er leise. »Dann kann ich wenigstens versuchen, mir einzureden, dass es das Leben meiner und Ihrer Leute wert war.«

»In Ordnung«, sagte sie und setzte sich aufrecht. Sie stellte die leere Saftflasche zur Seite und verschränkte die Finger – wie um sich besser konzentrieren zu können. Auch sie stieß ein kleines Seufzen aus. Ein klares Signal dafür, dass es ihr nicht leichtfiel zu sagen, was zu sagen sie im Begriff war.

»Die ganze Sache reicht einige Jahrzehnte zurück. Bis in die Zeit des Kalten Krieges«, begann sie, und ihr Blick wanderte nachdenklich in die Ferne. »Im Grunde genommen reicht sie eigentlich sogar zurück bis zum Ende des Zweiten Weltkriegs 1945. Russland hat den Osten Deutschlands nicht lediglich wegen der Ressourcen besetzt, sondern vielmehr als Puffergebiet zwischen dem Westen und der Heimat.«

Löw nickte. »Die DDR wurde damit zur Schutzzone und zum Brückenkopf zugleich.«

»Ja«, bestätigte Marina Marinova sachlich. »Das war sowohl geografisch als auch politisch ein strategisch äußerst geschickter Schachzug der damaligen Regierung.«

»Was Sie geschickten Schachzug nennen, geschah auf Kosten der Freiheit von Millionen«, ergänzte Löw. »Das Auseinanderreißen eines Landes und unzähliger Familien einfach so in Kauf nehmend.«

Sie ignorierte seinen Einwurf und setzte ihre Erzählung fort: »Um besser zu verstehen, was Ihnen zu erzählen ich gerade im Begriff bin, müssen Sie wissen: Kuznetsov hat in seiner Amtszeit als Chef des Militärnachrichtendienstes für Europa den Gedanken der Schutzzone zwischen dem Osten und dem Westen weitergesponnen. Er hat das ganze Konzept sozusagen auf seine Quintessenz eingedampft. In Zusammenarbeit mit der Gruppe der sowjetischen Streitkräfte in Deutschland und einem Team von Wissenschaftlern in Moskau und in Swerdlowsk.«

»Swerdlowsk?«, fragte Löw.

»Ja«, bestätigte sie. »Es ist schon lange kein Geheimnis mehr, dass dort einer unserer Hauptstützpunkte für Forschungsprojekte in Sachen Rüstung liegt.«

»Aber der Unfall, der sich dort Anfang April 1979 ereignet hat, war lange ein Geheimnis«, sagte Löw. »Ein Geheimnis, das Ihre Regierung wohlweislich auch vor der eigenen Bevölkerung bewahrt hat. Wie viele Menschen sind damals dort gestorben?«

»Das spielt jetzt keine Rolle, Major Löw«, erwiderte sie, aber ihr Blick war weniger kühl als ihre Stimme. »Auf jeden Fall war Kuznetsov in diesem Frühjahr 1979 in Swerdlowsk bei der Katastrophe direkt vor Ort. Als junger KGB-Offizier. Und seitdem hat er in jahrelanger, mühevoller und vor allem strengst geheimer Arbeit das Projekt YAD ins Leben gerufen.«

»GIFT«, übersetzte Gernot Löw das russische Wort ins Deutsche.

Marina Marinova nickte langsam – fast zögerlich – und verschränkte die Finger noch kräftiger, sodass das Weiß ihrer Knöchel hervortrat. »Ja, GIFT. Aber das ist ein extrem verharmlosender Name für die wahre Natur des Projekts.«

Ihre Stimme war dabei jetzt so leise geworden, dass Löw ein kalter Schauer über den Rücken lief. Auch ohne Details begann er zu ahnen, was sie gleich sagen würde.

Die Lippen der Russin begannen, leicht zu beben, und sie holte tief Luft, um sich zu sammeln. »Kuznetsov hat große Teile der DDR sozusagen vermint.«

»Womit?«, fragte Löw und war sich selbst nicht sicher, ob er sie wieder unterbrach, um sie anzuspornen, schneller zum

Punkt zu kommen, oder ob er es tat, um die schreckliche Wahrheit, die er hinter ihrer Einleitung befürchtete, noch für ein paar Sekunden hinauszuzögern. Aber im Grunde genommen war ihm klar, worum es ging. Die Erwähnung der Katastrophe in Swerdlowsk ließ hier nicht mehr wirklich einen Spielraum für Spekulationen.

»Mit geheimen Depots chemischer, aber vor allem biologischer Waffen«, antwortete sie. »Kuznetsov hätte höchstwahrscheinlich auch welche mit nuklearen Waffen angelegt, wenn diese nicht so leicht aufzuspüren wären. Jedenfalls, diese Depots sollten im Falle der Eskalation des Kalten Krieges als *Line of Defense* zwischen Westen und Osten dienen. Als Verteidigungslinie.«

»Verteidigung?«, fragte Löw ungläubig.

»Ja«, sagte sie. »Sollten die USA und die NATO versuchen, Russland zu überfallen – wie Hitlers Deutschland im Zweiten Weltkrieg –, würde man den gesamten Gürtel von der Ostsee bis hinunter nach Thüringen und Bayern mithilfe der Aktivierung dieser Depots in ein Gebiet sogenannter *Verbrannter Erde* verwandeln.«

»Mit chemischen und biologischen Waffen?! Das ist Wahnsinn!«, entfuhr es Löw, viel lauter als beabsichtigt. Doch angesichts dessen, was er gerade hörte, konnte er nicht anders. »Das ist völliger menschenverachtender Wahnsinn!«

»Das glauben Sie nur, weil Sie sich nicht vorstellen können, wie groß die Angst unseres Volkes war, dass sich die Ereignisse des Zweiten Weltkriegs und der grausame Überfall auf unser Land wiederholen könnten«, gab Marina Marinova scharf zurück. »Sie haben doch nicht die leiseste Spur einer Ahnung, wie es ist, von der ganzen Welt als aggressives, machthungriges Monster wahrgenommen und dargestellt zu werden, wenn Sie sich in Wahrheit nur verzweifelt gegen das eigentliche Monster zur Wehr gesetzt haben, das Ihnen ebenso gierig wie kaltblütig die Eingeweide herausgerissen hat. Ein Monster, das vollkommen sinnlos Millionen Ihrer Brüder und Schwestern, Mütter und Väter, Kinder und Enkel abgeschlachtet hat.«

»Bei allem Respekt und Mitgefühl für die schrecklichen Ereignisse: Was Sie da zeichnen, ist ein viel zu einfaches Bild der Realität«, hielt Löw dagegen. »In Wahrheit …«

»Dessen bin ich mir durchaus bewusst, Major Löw«, fiel sie ihm scharf ins Wort. »Sonst wäre ich schließlich jetzt nicht hier. Das ist uns hoffentlich beiden klar. Ist es das?«

»Ja, das ist es«, räumte er ein.

»Gut«, sagte sie. »Denn ich versuche gerade, lediglich zu erklären, wie tief im Mark unseres Volkes die Furcht vor Ihnen und Ihren Verbündeten saß! Und welche drastischen Austriebe diese sehr wohl begründete Furcht hatte. Wir dürfen obendrein – abgesehen von den widerwärtigen Schrecken, die Ihr Land *und Ihre Landsleute* den meinen zugefügt haben – auf keinen Fall vergessen, dass die Amerikaner im August 1945 sogar so weit gegangen sind, Atombomben auf Hiroshima und Nagasaki zu werfen, als Japan schon längst am Boden lag, nur um damit im Anschluss an die Potsdamer Konferenz ihre Macht- und Verhandlungsposition innerhalb Europas gegenüber Russland und den anderen Alliierten zu behaupten. Für Kuznetsov und seine Generation war der Schrecken noch so viel lebendiger als für uns. So viel realer, als wir uns das überhaupt vorstellen können.«

Sie löste ihre Hände, die sie unbewusst verkrampft hatte, unter Aufbringung einiger Anstrengung voneinander und zeichnete mit der Spitze ihres rechten Zeigefingers einen vertikalen Strich auf den Tisch, ehe sie fortfuhr: »Die DDR zu einer breiten und undurchdringlichen Verteidigungslinie auszubauen war eine aus damaliger Perspektive strategisch und taktisch vollkommen berechtigte Schutzmaßnahme, und Kuznetsov hat sie vor dem Hintergrund der immer enger werdenden Verflechtungen zwischen den USA und dem Westen Europas äußerst ernst genommen. Aber dann kamen *Perestroika* und *Glasnost* – die Politik Gorbatschows zur Umgestaltung und Öffnung der Sowjetunion – und in deren Zug der Fall der Mauer und die Demobilisierung der russischen Streitkräfte auf ostdeutschem Gebiet.«

»Und die Abrüstung«, unterbrach Löw sie. »Die Abrüstung sämtlicher russischer Waffen auf ostdeutschem Gebiet.« Er sah sie eindringlich an; so als könnte die Hoffnung in seinem Blick die Wirklichkeit ändern. Und wenn schon seine Hoffnung das nicht vermochte, dann vielleicht doch die Angst, von der er wusste, dass sie ihm ebenfalls ins Gesicht geschrieben stand. Es war ein völlig irrationaler Gedanke, dessen war er sich absolut bewusst, aber die Alternative erschien ihm noch so viel irrealer. Es gibt Dinge, die sind so erschreckend, dass man sie nicht nur nicht glauben *will*, sondern einfach nicht glauben *kann*. »Bitte, Leutnant Marinova, sagen Sie mir, dass beim Abzug Ihrer Armee auch die geheimen GIFT-Depots abgerüstet wurden!«

Marina Marinova erwiderte seinen Blick, ohne eine Miene zu verziehen – oder auch nur ein Wort zu sagen.

In dieser Sekunde wusste Gernot Löw, wie es sich anfühlte, wenn einem im symbolischen Sinne das Blut in den Adern gefror. »Von wie vielen Depots reden wir?«

»Soweit ich informiert bin, mehrere Dutzend«, sagte sie. »Die genaue Zahl kenne ich nicht.«

Jetzt war Löw mit einem Mal vollkommen klar, warum die russische Regierung mit allen nur erdenklichen Mitteln versucht hatte, das geheim zu halten.

»Chemische und biologische Waffen?«

Marina Marinova nickte. »Vor allem biologische. Wegen der breiteren und länger anhaltenden Wirkung.«

»Welche?«

Sie zählte auf: »Rizin, Anthrax, Botulinum, Lassafieber, Ebola und die Beulenpest.«

Löw erkannte, ohne es irgendwo nachschlagen zu müssen: Das war genau die schlimmere Hälfte dessen, was man in Theorien zur biologischen Kriegsführung *Das dreckige Dutzend* nannte. Die zwölf tödlichsten und gefährlichsten biologischen Waffen, die auf dieser Welt existierten. Und Marina Marinova hatte gerade die sechs wirksamsten davon aufgelistet.

»Und die lagern in geheim gehaltenen Depots auf ostdeutschem Boden?«, fragte Löw, nur um noch einmal ganz sicherzugehen, dass er die Russin richtig verstanden hatte. »Depots, die bis zum heutigen Tage existieren?«

»Kuznetsov hat dafür gesorgt, dass sie von Schläfern über all die seitdem vergangenen Jahrzehnte hinweg instand gehalten und gegebenenfalls binnen kürzester Zeit aktiviert werden können«, bestätigte sie. »Er hat dem Frieden nie getraut.«

Löw stutzte. Das ergab keinen Sinn. »Warum wollte er dann die Informationen darüber jetzt an Bölling verkaufen?«

»Das ist nicht ganz so einfach zu erklären«, antwortete Marina Marinova. »Kuznetsov hat das Projekt GIFT wie gesagt damals schon bei der Installation streng geheim gehalten. Nur die führenden Köpfe beim KGB und in der Regierung waren darüber informiert – und das wurden im Laufe der Jahre naturgemäß immer weniger. Deren Nachfolger wurden davon erst gar nicht in Kenntnis gesetzt. Kuznetsov glaubte vermutlich, dass in einem Fall, in dem man die Depots brauchen könnte, noch genügend Zeit sein würde, ihnen seine Geheimwaffe vorzustellen – zum sofortigen Einsatz bereit. Ebenso wahrscheinlich ist aber auch, dass er es geheim gehalten hat, um zu verhindern, dass die neue Regierung ihm befiehlt, die Depots heimlich zu vernichten.«

»Wenn ich das richtig verstehe, heißt das, Präsident Dragomirov und sein Stab wussten überhaupt nichts von der Existenz der Depots?«, fragte Löw.

Die Russin schüttelte den Kopf. »Zunächst wussten sie es tatsächlich nicht. Kuznetsov hat das Projekt völlig autark über seine alten Kanäle finanziert und gesteuert.«

»Aber irgendetwas ist passiert«, vermutete Löw laut. »Irgendetwas, wodurch sie davon erfahren haben.«

»Ja«, sagte sie. »Jemand hat Kuznetsov vor Kurzem sämtliche Daten über das Projekt gestohlen. Standorte, Art der Waffen, Aktivierungscodes der Schläfer.«

»Wer?«

»Das wissen wir nicht«, gab sie zu. »Kuznetsov hat die Regierung natürlich umgehend von dem Diebstahl informiert und sie aufgefordert, Deutschland zu warnen.«

»Was die Regierung natürlich nicht konnte«, sagte Löw, »weil das Projekt GIFT ganz eklatant gegen die Biowaffenkonvention von 1972 verstößt und Russland damit ein schweres internationales Verbrechen zugegeben hätte.«

»Ja«, erwiderte Marina Marinova. »Der Rest der Welt hätte nicht geglaubt, dass Präsident Dragomirov und seine Minister nichts von dem Projekt wussten. Russland hätte mit schweren Sanktionen rechnen müssen.«

»In der durch die Situation in der Ukraine angespannten Lage sehr wahrscheinlich sogar mit mehr als nur mit Sanktionen«, meinte Löw. »Aber jetzt, da die Katze aus dem Sack ist, gibt Dragomirov uns doch bestimmt einfach die Daten, damit wir den Terroristen, die sie gestohlen haben, zuvorkommen und eine Katastrophe verhindern können. Und wenn er sich weigert, setzen wir ihn unter Druck und zwingen ihn dazu. Weil wir sonst aller Welt die Wahrheit sagen.«

Das Gesicht der Russin verfinsterte sich. »Dragomirov hat die Daten nicht.«

»Was?!«, rief Löw ungläubig. »Dann soll er sie besorgen! Ich informiere sofort den Bundeskanzler, um …«

Sie unterbrach ihn mit einer knappen Geste. »Dragomirov kann sie nicht mehr besorgen«, sagte sie leise. »Keiner kann das. Die Terroristen haben sie beim Diebstahl gelöscht und vernichtet. Kuznetsov hatte eine einzige Sicherungskopie. Die, die er an Bölling übergeben wollte, nachdem er entdeckt hatte, wie unsere Regierung zu der Sache stand.«

»Das heißt, der FSB hat ihm drei seiner früheren Schüler nach Macao nachgeschickt, um Kuznetsov an der Offenbarung zu hindern …«

»… und die Informationen über das Projekt GIFT ein für alle Mal spurlos zu vernichten«, setzte Marina Marinova Löws Mutmaßung fort. »Aber die Terroristen haben in Macao sowohl die drei als auch Bölling und Kuznetsov ausgeschaltet.«

»Also sind die Terroristen jetzt die Einzigen, die über die Daten verfügen?« Löw konnte es nicht fassen. Eine ganze Batterie quer über Ostdeutschland verteilter Massenvernichtungswaffen in den Händen skrupelloser Verbrecher …

22

Ein Hofgut im Hochland

Der alte, jedoch riesige Dreiseithof war aus schwarzgrauen Feldsteinen errichtet und lag im Herzen einer noch größeren Anlage, die mit zahlreichen Ställen, Gärten und Wirtschaftsgebäuden aufwarten konnte. Dahinter breiteten sich weite Felder und Weiden aus, auf denen Kühe grasten und abseits davon auch eine Herde Schafe. Der nördliche Teil des Hofs war das Haupt- und Wohnhaus, im westlichen Teil waren Schuppen und Werkstätten untergebracht, im östlichen befanden sich die Unterkünfte für das Hauspersonal und die stets mindestens zwölf Mann starke private Wachmannschaft und die hauseigene Metzgerküche. Die übrigen Bediensteten und Feldarbeiter lebten in Hütten ein wenig weiter entfernt.

Aus einem der beiden Fenster der Metzgerei drang die klare Baritonstimme eines Mannes in einem schnellen, fröhlichen Polkatakt:

»Ty kazala v ponedilok
pidem razom po barvinok
Ya pryishov tebe nema,
Pidmanula, pidvela.
Ty zh mene pidmanula,
Ty zh mene pidvela,
Ty zh mene molodoho
Z uma-rozumu zvela.«

Am Montag hast du mir versprochen,
wir sammeln Schnecken zusammen.
Ich bin gekommen, doch du warst nicht da.
Du hast mich hereingelegt und getäuscht.
Du hast mich hereingelegt.
Du hast mich getäuscht.
Du bringst mich jungen Mann
um meinen Verstand!

Viktor Federenko sang heiter davon weiter, wie seine Angebetete ihn auch am Dienstag, Mittwoch, Donnerstag, Freitag, Samstag und Sonntag genasführt hatte und wie allzu gerne er sich das in Hoffnung eines einzigen Kusses auch weiterhin gefallen lassen würde, während er gut gelaunt seiner Metzgerarbeit nachging.

Er schliff die Klinge des Ausbeinmessers gründlich und im Takt des Liedes mit einem frisch geölten Wetzstein nach. Das monotone Geräusch klang rund und richtig. Viktor hatte den korrekten Winkel für den Schliff erwischt und musste nicht erst mit dem Daumen nachprüfen, ob die Klinge scharf genug war. Wer sich mit Messern auskennt, hört das.

Er trat tänzelnd zum Takt der Polka an die stählerne Anrichte seiner Metzgerküche heran und legte sich den von der Schwarte befreiten Schweinerücken zurecht. Das Fleisch war noch warm, und Viktor streichelte mit leichtem Druck darüber, um ein Gespür für die Maserung zu bekommen; den besten Schnitt. Allein die Berührung erfüllte ihn mit einem wohligen Gefühl. Es gab nichts, außer vielleicht der Haut einer jungen Frau, was sich ähnlich sinnlich anfühlte wie frisch geschlachtetes Fleisch.

Vielleicht lag das in den Genen – und war der Grund

dafür, dass gleich eine ganze Reihe von Viktors Vorfahren Schlachter oder Metzger gewesen waren.

Die Familienlegende besagte, dass diese Tradition zurückging bis zu einer Zeit sogar noch vor den Kiewer Rus. Bis zur zweiten Hälfte des ersten Jahrtausends nach Christus, als die Rus mit ihren Drachenschiffen aus dem normannischen Norden kommend die heutige Ukraine bis hin zu den Ufern des Schwarzen Meeres besiedelt hatten.

Kein Mensch konnte das heute mehr nachprüfen, aber Viktor gefiel es, daran zu glauben. Seine Wurzeln zu kennen verschafft Erhabenheit über all die gleichgültigen, kurzlebigen Menschen der heutigen Zeit. Kein Gespür für Herkunft, Brauchtum und Kultur. Kein Sinn für Zusammengehörigkeit und Loyalität.

Wie auch, wenn man keine Ahnung hatte und sich auch nicht dafür interessierte, wessen Blut in den eigenen Adern floss?

Viktor war stolz auf seine Abstammung – und auch auf die Verpflichtung, die sie in seinen Augen mit sich brachte. Gesellschaften und Regierungen wechselten viel zu häufig, als dass man sich den Luxus leisten konnte, die eigene Familie, die Ahnen in Vergessenheit geraten zu lassen.

Der moderne, verweichlichte Mensch verstand das nicht. Er ließ sich treiben im chaotischen, sturmgepeitschten Meer aus Trends und Stimmungen, Haltungen, Philosophien, Gegenströmungen, Ansichten; hetzte dabei Werten hinterher, die keine waren, und verlor sich in der Unwichtigkeit seiner Taten, die selten mehr waren als nur Reaktionen auf anderes Unwichtiges.

Viktor setzte die Spitze des Messers oben rechts an der Wirbelsäule an und machte einen ersten langen Schnitt zwischen Knochen und Muskelstrang entlang; vom Nacken, der so wunderbar mit weißem Fett durchzogen war, bis hinunter zum mageren Rücken. Der Muskel klaffte beinahe wie von selbst zur Seite, und Viktor vertiefte den Schnitt in einem langen, geraden Zug. Es war wichtig, keine kleinen, kurzen Schnitte zu machen, um das Fleisch nicht zu verhunzen. Auch wenn er es diesmal im Fleischwolf weiterverarbeiten würde. Aber wenn es um Dinge der Leidenschaft ging, sollte man sich Nachlässigkeiten erst gar nicht angewöhnen.

Präzision und der Wille dazu waren ein Grundpfeiler einer jeden Existenz … zumindest einer Existenz, die sich als solche ernst nahm.

Age, quod agis! Was du tust, tue richtig!

Keine halben Sachen!

Viktor packte den oberen Teil des Muskelstrangs, führte die Klinge des Messers an den Ansatz der Rippenseite.

Das Schaben des Metalls über die leicht gebogenen Knochen war wie Musik in seinen Ohren. Nur nichts verschwenden! Stück um Stück zog er das Fleisch vom Rücken weg, bis er schließlich den gesamten Muskel befreit hatte und in der linken Faust hielt.

Das Aroma von frischem Blut wehte ihm in die Nase, und er sog es ein wie das lieblichste Parfüm.

Er legte das beinahe einen Meter lange Stück auf einen freien Platz der Anrichte, nahm ein anderes, ein längeres Messer und zerteilte das ausgelöste Fleisch in etwa fünf mal fünf Zentimeter große Würfel, die er in eine weißblaue Emailleschale legte.

Die Schale hatte schon sein Großvater benutzt. Ebenso wie das lange Fleischmesser, dessen gefetteter Holzgriff in Viktors Hand lag, als wäre er extra für ihn geschnitzt.

Als er mit dem Schneiden der Fleischwürfel fertig war und sie alle in die Schale gelegt hatte, holte er weitersingend eine zweite Schüssel hinzu. Außer der Heiterkeit gefiel ihm an dem alten ukrainischen Volkslied am besten, dass man es beliebig mit immer neuen Strophen fortsetzen oder auch immer wieder die gleiche Abfolge von Montag bis Sonntag singen konnte. Viktor hatte nie so ganz verstanden, wieso die Generation von heute ständig fremde Musik laufen hatte, wo man doch so schön selbst singen konnte. Die meisten Lieder hatte er von seiner Großmutter gelernt – *Gott hab sie selig!*

In der zweiten Schüssel lag die ebenso warme Leber des frisch geschlachteten Schweins. Sie glänzte wunderbar dunkel. Viktor grub seine sehnigen und harte Arbeit gewohnten Finger in das weiche Gewebe, um die Adern zu suchen. Er fand sie eine nach der anderen und zog sie einzeln heraus. Dann zerteilte er die Leber mit dem langen Fleischmesser in Streifen und gab sie zurück in die Schale.

Es klopfte an der Tür der Metzgerküche, und Viktor verzog missmutig das Gesicht und hörte auf zu singen.

Unter normalen Umständen hätte er sich nicht stören lassen; aber die Umstände waren nicht normal.

»Herein«, knurrte er, drehte den Wasserhahn auf und wusch sich die Hände. Gründlich. Aber ohne Seife.

Alexej betrat den Raum. Er wirkte zufrieden.

»Ich weiß, dass du beim Metzgern nicht gerne unterbrochen wirst«, schickte er vorweg. »Doch ich habe die ersten Zahlen, Viktor, und wollte sie dir gleich mitteilen. Es ist unglaublich, aber du hast in den letzten Stunden dein Vermögen verzehnfacht!«

Viktor hatte das eigene Lied noch im Ohr und summte es weiter. Er krempelte sich die Ärmel seines blauen, rau gewobenen Leinenhemds bis zu den Ellenbogen hoch, ging, ohne zu antworten, zu einem der großen Kühlschränke, öffnete ihn und holte ein zwei Kilo schweres Stück geräucherten

Bauchspeck hervor. Er schnitt die Schwarte ab, ohne dabei zu viel von dem Fettrand zu entfernen, und zerteilte das Übrige gleichermaßen in Würfel, die er zu dem großen Fleischwolf an der Kante der Anrichte trug; ebenfalls ein Erbstück seines Großvaters. Er holte das Rückenfleisch und die Leber hinzu.

»Hörst du nicht, Viktor?!«, fragte Alexej. »Dein Einsatz, er hat sich ver-zehn-facht!«

In aller Seelenruhe packte Viktor das Fleisch, legte und drückte es in den Einfülltrichter und drehte gemütlich an der gusseisernen Kurbel mit dem Holzgriff.

»Weißt du, mein lieber Alexej, Wurstmachen ist wahrhaft eine Kunst«, sagte er, drehte sich jedoch nicht um. »Eine Kunst, die heutzutage kaum noch jemand versteht. Die meisten Menschen sehen in Wurst einen billigen Ersatz für Fleisch, bei dem nur Reste verwertet werden. Aber das ist sie nicht. Nicht, wenn man sie richtig und mit dem Herzen macht. Wurst ist eine eigene, eine ganz wunderbare Delikatesse. Sei ein braver Junge und schäl mir doch bitte mal drei der großen Gemüsezwiebeln und ein paar Knoblauchzehen. So etwa eine halbe Knolle.« Ohne mit dem Kurbeln und dem Nachfüllen des Fleisches in den Trichter aufzuhören, deutete er mit dem Kinn zu einem Tisch in der Nähe, auf dem in einem Korb Zwiebeln und ein Zopf Knoblauch lagen.

»Sag, Viktor: Wie kann dich das, was ich gerade gesagt habe, nur so kaltlassen?«, fragte Alexej, ging aber zum Tisch, setzte sich und begann, mit einem kleinen Messer die Zwiebeln zu schälen. »Du bist vom Multimillionär innerhalb nur eines Tages zum mehrfachen Milliardär aufgestiegen.«

Viktor wolfte seelenruhig weiter. Seine Ohren hatten das ansteigende Fieber der Gier in Alexejs Stimme sehr wohl wahrgenommen, und er nahm sich vor, seine rechte Hand künftig äußerst aufmerksam im Auge zu behalten. Anders als Zielstrebigkeit konnte Gier die Natur eines Menschen ändern – selten zum Guten. Für einen Moment überlegte er sogar, der Sache gleich jetzt und hier mit dem Ausbeiner ein schnelles Ende zu bereiten, dann würde er sich das *Im-Auge-behalten-Müssen* sparen. Aber Loyalität war für Viktor eine Zweibahnstraße – zumindest bis zu einem gewissen Grad. Alles musste man dann ja doch nicht durchgehen lassen. Am wenigsten Gier; deren Austriebe waren auf Dauer einfach immer zu gefährlich. Die Geschichte war voll von Unternehmern und Reichen, die allesamt vor ihrer Blüte untergegangen waren, weil früher oder später die Gier mit ins Spiel gekommen war und alles gründlich verdorben hatte.

Die Fleischmasse fiel in eine kleine Blechwanne am Boden. Erst der Rücken, dann der Speck, anschließend die Leber. Viktor ging zu Alexej zum Tisch, nahm die geschälten Zwiebeln, viertelte sie und drehte sie nacheinander ebenfalls durch den Fleischwolf.

Viktor beschloss, für heute fünf gerade sein und Alexej nicht nur seine Freude an dem Gewinn, sondern auch am Leben zu lassen. Zumindest vorübergehend.

»Denkst du wirklich, es geht ums Geld, Alexej?«, fragte er und gab seiner Stimme absichtlich eine ungläubige Note.

Er konnte förmlich fühlen, wie Alexejs Gesicht hinter seinem Rücken einen verwirrten Ausdruck annahm.

»Geht es nicht?!«

Viktor lachte herzhaft auf. »Natürlich geht es ums Geld, Mann! Ich wollte dich nur auf den Arm nehmen, alter Freund. Es geht *immer* um Geld – und darüber hinaus um das, was man damit machen kann. Um die Macht, die es einem verschafft … oder auch die Freiheit; wobei das in den meisten Fällen ein und dasselbe ist.«

Er wuchtete die Wanne vom Boden hoch und stellte sie vor Alexej auf den Tisch. Der war etwas niedriger als die Anrichte und eignete sich daher besser zum Kneten. Doch zuvor holte Viktor aus einem Holzregal noch verschiedene Steinguttöpfe mit Gewürzen und Kräutern. Zunächst gab er großzügig Salz über die Masse und mahlte frischen schwarzen Pfeffer darüber. Dann langte er mit den Händen in das Brät und begann, es gründlich durchzuwalken und zu kneten.

»Und gerade weil es um Macht und Freiheit geht, darf man nicht so klein denken, Alexej.«

»Klein?«, rief der verwundert aus. »Du nennst …«

»Drei Esslöffel Thymian«, unterbrach Viktor ihn. »Und dann die Knoblauchpresse. Fünf Zehen müssten genügen.« Er knetete kräftig weiter, während Alexej das Gewünschte hinzufügte.

»Jetzt ein bisschen von dem frisch gemahlenen Kümmel«, sagte Viktor. »Drei Messerspitzen. Dann noch etwas Kardamom. So ist's gut. Versteh mich nicht falsch. Das Zehnfache ist ein grandioses Ergebnis. Aber jetzt zu verkaufen wäre viel zu früh. Hab Geduld, Alexej. Da ist noch mehr drin. Sehr viel mehr. Oh, ich hab die Senfkörner vergessen. Wie konnte ich nur?«

Er deutete auf das Regal, und Alexej beeilte sich, den Topf mit den Senfkörnern zu holen.

»Zwei gehäufte Esslöffel«, sagte Viktor. »In den Mörser – und stoß sie schön fein.«

Alexej tat wie geheißen, und als Viktor nickte, dass er mit dem Ergebnis zufrieden war, gab er auch die über das Brät, und Viktor mischte noch einmal kräftig durch.

Er trug die Wanne zurück zur Anrichte neben den Fleischwolf und schraubte den Einsatz für das Wursten vorn drauf. Anschließend zog er den frisch gespülten Darm darüber und begann, das Brät hineinzuwolfen. Dann stellte er eine frische Wanne auf den Boden davor.

»Wie auch beim Wurstmachen ist das Geheimnis in allen Dingen Geduld«, sagte er. »Geduld und auf jeden Fall Zuversicht. Und natürlich ein gewisses Feingefühl.«

»Was, wenn die Blase platzt?«, fragte Alexej besorgt. »Du würdest alles verlieren.«

»Das tut sie nicht«, antwortete Viktor und konnte sich ein Schmunzeln nicht verkneifen. »Und selbst wenn: Risiko ist Teil des Geschäfts, mein guter Freund. Sogar der größte. Risiko ist wie das Salz in der Wurst – ohne gelingt sie nicht. Ohne musst du erst gar nicht anfangen.«

»Du pokerst hoch.«

»Anders macht es ja auch keinen Sinn.« Eine Wurst nach der anderen drehte er mit geschickten Bewegungen seiner linken Hand aus dem Darm und ließ sie in die Wanne herab. Sie glänzten, wie sie glänzen sollten, und dufteten bereits jetzt so aromatisch, dass Viktor das Wasser im Mund zusammenlief.

Viktor lächelte stumm in sich hinein. Er hatte Alexej angelogen – zumindest zum Teil. Natürlich gehörte Risiko normalerweise zu jedem Geschäft, das den Namen auch verdiente, und je größer es war, umso größer konnte der Gewinn sein. Aber in diesem Fall gab es kein Risiko. Viktor hatte seine Figuren so auf das Brett gesetzt, dass er auf jeden Fall gewinnen würde; ganz egal, wie die Sache ausging.

Aber das musste Alexej ja nicht wissen.

DER ANFANG VOM ENDE

23

Berlin-Wedding
Robert Koch-Institut – Abteilung für Epidemiologie

Dr. Lysann Benningsen öffnete die E-Mail und zog schon nach der ersten Zeile, die sie darin überflog, mit einem heftigen Ruck die randlose Brille von der Nase, um sie wütend in die nächste Ecke ihres kleinen Büros zu werfen.

Die Ignoranz der Menschen war unglaublich!

Schwer zu fassen, dass sie selbst im einundzwanzigsten Jahrhundert immer noch nicht dazugelernt hatten – und scheinbar auch alles taten, um nicht dazulernen zu müssen.

Es war beinahe so, als würden kleine Vorschulkinder sich die Augen mit beiden Händen fest zuhalten im Glauben, dass man sie dann nicht mehr sehen kann.

Die Wahrheit war da draußen, und jeder konnte sie erkennen … *musste* sie verdammt noch mal erkennen; auch wenn man kein Fachmann oder Wissenschaftler auf dem Gebiet war.

Aber nein! Trotz des noch gar nicht so lange zurückliegenden Ebola-Ausbruchs in Westafrika im Dezember 2013 und der folgenden Ausbreitung nach Nigeria, Guinea, den Senegal und Sierra Leone, bei der schon in der ersten Jahreshälfte 2014 mehr als dreitausend Infizierte registriert worden waren, von denen sechzig Prozent gleich in den ersten Tagen starben, weigerten sich der Bundesgesundheitsminister und die Gesundheitsminister der Länder, Dr. Benningsens inzwischen vierten Antrag, umgehend eine zentrale Seuchenbehörde für Deutschland einzurichten, auch nur zu diskutieren.

Dabei handelte es sich bei dem Ausbruch in Afrika um den bisher größten seiner Art.

Es waren dabei sogar zahlreiche Fälle in größeren Städten mit internationalen Flughäfen aufgetreten, und einzelne ausländische Erkrankte waren von dort gegen jeden gesunden Menschenverstand unter nur unzulänglichen Schutzbedingungen in ihre Heimatländer England, Spanien und in die USA zurückgeflogen worden.

Nicht auszudenken, wie leicht das zu einer globalen Ausbreitung der Epidemie hätte führen können.

Vielleicht war man diesmal noch relativ glimpflich davongekommen – und das auch nur, weil der Ausbruch so früh entdeckt und bekämpft worden war.

Aber was würde beim nächsten Mal passieren?

Wie zum Beispiel noch vor weniger als einem Jahr in China im Juli 2014, wo nach einem Ausbruch der Beulenpest eine ganze Stadt mit über dreißigtausend Einwohnern hermetisch unter Quarantäne gestellt werden musste.

Deutschland war auf solche Katastrophen nicht vorbereitet.

Nicht einmal im Entferntesten.

Die Gesundheitsminister der Länder und auch der Bundesgesundheitsminister und sein Stab waren der in Dr. Lysann Benningsens Augen absolut irrigen Annahme, dass das STAKOB völlig ausreichte.

Doch der *Ständige Arbeitskreis der Kompetenz- und Behandlungszentren für hochkontagiöse und lebensbedrohliche Erkrankungen* war schon allein aufgrund seiner dezentralen Struktur und entsprechend schwerfällig zu koordinierenden Informationsflüssen und Kompetenzdiskrepanzen nicht geschaffen für ein übergeordnetes Krisenmanagement, das darauf ausgerichtet sein musste, im Notfall schnell zu reagieren und auch Entscheidungen zu fällen, ohne dass erst zahlreiche Gremien und Prüfungen durchlaufen werden mussten, wusste Dr. Lysann Benningsen. Und sie musste es wissen, schließlich gehörte sie ihm jetzt schon seit vier Jahren an.

Sie war mit ihrem Latein am Ende.

Konnte denn niemand in den zuständigen Behörden sehen, wie groß und vor allem wie akut die Bedrohung durch die exponentielle Zunahme der Weltbevölkerungsdichte und den immer enger vernetzten internationalen Transportwegen über Land, Wasser und Luft geworden war?

Selbst nur mit Pferdewagen und Segelschiffen hatte die Beulenpest im sechsten Jahrhundert unserer Zeitrechnung weit über fünfzig Millionen Menschen allein im Römischen Reich und dessen unmittelbarer Umgebung getötet …

… und im vierzehnten Jahrhundert dann noch einmal, als der nie vergessene »Schwarze Tod« ein ganzes Drittel der damals lebenden Weltbevölkerung ausgelöscht hatte.

Ein Drittel! Auf heutige Verhältnisse umgerechnet, war das eine Bedrohung für mehr als zwei Milliarden Menschen!

Dr. Benningsen wollte ganz gewiss keine unnötige Panik verbreiten. Daran war ihr nicht gelegen. Aber sie wollte, dass sich die verantwortlichen Behörden der Nähe der Gefahr bewusst wurden und dass sie entsprechend handelten, statt den Kopf in den Sand zu stecken und anzunehmen, dass sich die Katastrophen der Vergangenheit in der modernen Welt nicht wiederholen konnten. Dass sie erkannten, dass das genaue Gegenteil der Fall war: dass noch kein Zeitalter zuvor es einer Epidemie so leicht gemacht hatte, alle örtlichen Grenzen in Windeseile zu überschreiten und damit zu einer Pandemie zu werden, die das Ende der Zivilisation oder gar der ganzen Menschheit bedeuten konnte.

Doch Dr. Benningsen hatte nach so vielen Versuchen und Niederlagen keine Ahnung mehr, wie sie diese Überzeugungsarbeit erfolgreich leisten sollte.

Wie oft reitet man gegen Windmühlen an, ehe man selbst daran zugrunde geht?

In ihrem Zorn und ihrer Frustration verspürte die Epidemiologin große Lust, einfach alles hinzuwerfen und ihren Job an den Nagel zu hängen – aber damit wäre keinem gedient; am allerwenigsten der Sache.

Doch sie brauchte nach dieser erneuten Schlappe unbedingt erst einmal Abstand, wenigstens für heute.

Es war ohnehin schon mitten in der Nacht. Sie wünschte, sie hätte gegen ihre Gewohnheiten die E-Mails erst morgen früh abgerufen; aber dann hätte ihr die Nachricht von der wiederholten Ablehnung ihres Antrags den ganzen kommenden Tag versaut.

Für den Moment resigniert, fuhr sie mit einem tiefen Seufzen, das den Druck in ihrer Brust wenigstens ein kleines bisschen abbaute, den Tischrechner herunter, erhob sich von ihrem Platz und ging mit beinahe schlurfenden, müden Schritten in die Ecke, um ihre Brille aufzuheben. Sie war erleichtert, dass sie nicht zerbrochen war.

Sie hauchte die Gläser an und putzte sie oberflächlich mit einem Zipfel ihres Kittels. Dann setzte sie sie wieder auf und ging zur Tür. Erst dort erinnerte sie sich an ihre Handtasche und kehrte zu ihrem Schreibtisch zurück, an den gelehnt sie auf dem Boden stand.

Sie griff gerade danach – als es plötzlich laut und schrill zu klingeln begann!

So still war es um diese Uhrzeit gewöhnlich im Institut, dass Dr. Lysann Benningsen erschrocken einen Satz nach hinten machte, ehe ihr übermüdetes Hirn registrierte, dass das Klingeln vom Smartphone in ihrer Handtasche kam.

Sie öffnete sie und holte das Gerät hervor, um einen Blick auf das Display zu werfen.

Sie erkannte die Nummer nicht, und beinahe hätte sie den Anruf abgewiesen, doch dann siegte ihre Neugier.

»Ja, hallo?«, meldete sie sich vorsichtig.

Auf ihrem Smartphone meldete sie sich immer so; schon seit Jahren. Solange sie nicht mit Sicherheit wusste, wer am anderen Ende war, wollte sie ihren Namen nicht preisgeben. Es gab einfach zu viele Verrückte auf dieser Welt – und auch mindestens zwei in ihrer eigenen Vergangenheit. Einen früheren Arbeitskollegen, der einen zu großen Narren an ihr gefressen und selbst das klarste »Nein« nicht hatte akzeptieren wollen, und eine flüchtige Internet-Liaison, die sich von einem unverbindlichen One-Night-Stand zu einem Stalker-Fiasko mit Morddrohung und Polizeieinsatz entwickelt hatte.

Doch auch ganz unabhängig von den Irren gab es einfach viel zu viele Telefonagenturen für alle möglichen und unmöglichen Meinungsumfragen oder Marketingaktionen, die sich im Lauf der vergangenen Jahre mehr und mehr die Unart angewöhnt hatten, auch mitten zu nachtschlafender Zeit anzurufen.

Für einen Moment war es totenstill in der Leitung, und Dr. Benningsen befürchtete bereits, dass es einem ihrer beiden *Verehrer* irgendwie gelungen war, an ihre neue geheime Nummer zu kommen.

»Spreche ich mit Doktor Lysann Benningsen?«, ertönte dann aber eine tiefe, wohlklingende Männerstimme.

»Wer ist denn da?«, fragte sie ausweichend. Die Stimme gehörte keinem der beiden Stalker aus der Vergangenheit. Sie konnte sich auch nicht daran erinnern, die Stimme des jetzigen Anrufers jemals zuvor in einem anderen Zusammenhang gehört zu haben. Dennoch kam sie ihr merkwürdig vertraut vor.

»Mein Name ist Simon Wagner«, sagte der Mann am anderen Ende der Leitung betont langsam. »Ich bin der Bundeskanzler der Bundesrepublik Deutschland.«

Sie lachte unwillkürlich auf. »Klar! Du bist der Bundeskanzler der Bundesrepublik Deutschland, und ich bin die Kaiserin von China, du Vollpfosten!«

So einen Idioten hatte sie jetzt gerade noch gebraucht, aber ehe sie den Anruf beenden konnte, sagte der Anrufer eilig: »Bitte legen Sie nicht auf, Doktor Benningsen. Es geht um die nationale Sicherheit. Und es ist äußerst dringend. Ich …«

Ihr riss der Geduldsfaden. Ehe er weiterreden konnte, tickte sie aus: »Hör zu, du Spinner – wer auch immer du sein magst: Es ist hart genug, dass ihr Ignoranten meinen Antrag auf die Errichtung einer zentralen Seuchenbehörde abgelehnt habt, ihr könnt euch zusätzlichen Spott einfach sparen!«

Sie wischte den Anruf mit einem wütenden Streifen des dafür bewusst gewählten Mittelfingers über das Glas des Smartphones weg. Es war für sie wirklich schon schwer genug, mit Niederlagen umzugehen; Häme verkraftete sie überhaupt nicht.

»Kindergarten! Vollidioten! Bürokratenärsche!«, fluchte sie in einem über sie kommenden Schwall, der erstaunlicherweise so richtig guttat, und wollte das Gerät gerade zurück in ihre Handtasche fallen lassen, als es zu vibrieren begann.

Eine SMS.

Sie öffnete sie und las den kurzen Text:

Anbei die offizielle Nummer des Bundeskanzleramts. Bitte im Internet verifizieren und UMGEHEND zurückrufen. Mit freundlichen Grüßen, Simon Wagner.

Am Ende des SMS-Textes war eine Telefonnummer mit Berliner Vorwahl angefügt.

Dr. Lysann Benningsen spürte, wie ihr Unterkiefer kraftlos ein Stück nach unten sank und sich ihre Augen weiteten – und sie ahnte, dass sie die Nummer nicht würde überprüfen müssen. Bei einem dummen Scherz auf ihre Kosten würde es überhaupt keinen Sinn ergeben, die echte Nummer anzugeben.

Oder?

Was, wenn der Anrufer ganz gezielt darauf aus war, dass sie sich zum Affen machte, indem sie im Bundeskanzleramt anrief, sich mit ihrem Namen und ihrem Titel als Leiterin der Abteilung Epidemiologie beim Robert Koch-Institut meldete und verlangte, den Bundeskanzler zu sprechen? Wahrscheinlich würde sie aufgrund ihrer Position sogar tatsächlich umgehend durchgestellt werden – direkt zum Bundeskanzler … der sie niemals angerufen hatte … und der sie fortan nie wieder ernst nehmen würde …

Allein schon die Vorstellung war ihr so peinlich, dass sie rot im Gesicht wurde.

Was aber, wenn der Anrufer tatsächlich Bundeskanzler Simon Wagner war – und die Situation wirklich dringend und eine Sache der nationalen Sicherheit?

Dr. Lysann Benningsen wog die beiden Möglichkeiten für mehr als eine halbe Minute lang ab und entschied schließlich, dass ein echter Notfall das Risiko, sich zu blamieren, bei Weitem in den Schatten stellte. Sie wählte die in der SMS angegebene Nummer.

Ihr Anruf wurde schon nach dem ersten Freizeichen entgegengenommen.

»Danke für Ihren schnellen Rückruf, Doktor Benningsen«, ertönte die Stimme von eben. »Sind die von Ihrem Smartphone übermittelten Koordinaten korrekt, und Sie befinden sich gerade an Ihrem Arbeitsplatz im Robert Koch-Institut?«

Sie war sich der Tatsache, dass ihr Telefon mittels GPS ihre Koordinaten übermittelte, bisher nicht bewusst gewesen und machte eine mentale Notiz, das bei nächster Gelegenheit zu deaktivieren.

Außerdem war sie noch immer nicht so ganz sicher, dass das nicht doch alles ein derber Streich war. »Lassen Sie mich das bitte kurz klären: Der Bundeskanzler Deutschlands geht selbst ans Telefon, wenn man in seinem Amt anruft?«

»In der Regel nicht, nein. Wenn er allerdings in einer akuten Notsituation auf Ihren Rückruf wartet und davon ausgeht, dass Sie die Nummer verifiziert haben, ja«, antwortete der Mann. »Hören Sie zu, Doktor Benningsen: Wir haben jetzt wirklich keine Zeit für Misstrauen und Paranoia. Schieben Sie sie bitte beiseite und nehmen Sie für einen Moment an, dass ich wirklich ich bin und dass ich Ihre Hilfe brauche. Dass Ihr Land und dessen Bewohner Ihre Hilfe brauchen.«

Sie überlegte einen Moment. »Sprechen Sie.«

»Die Bedrohung ist echt, Doktor Benningsen – und sie ist immanent. Ich habe deswegen nach Ihren Koordinaten gefragt, weil in dieser Sekunde Frau Patrizia Hardt vom GTAZ auf dem Weg zu Ihnen ist, um Sie abzuholen.«

»GTAZ?« *Das Terrorismus-Abwehr-Zentrum?* Dr. Benningsen spürte, wie ihr eine Gänsehaut über den Rücken lief.

»Ja«, bestätigte der Mann am anderen Ende. »Sie wird sich

ausweisen. Sie treffen sie auf dem Parkplatz vor dem Haupteingang. Bitte sprechen Sie mit niemandem darüber. Wie gesagt, es geht um die nationale Sicherheit.«

»Warum wenden Sie sich an mich und nicht an den Gesundheitsminister?«

»Das habe ich getan«, kam die Antwort prompt. »Er hat mir von Ihrem Antrag erzählt. Ein zentrales Krisenmanagement ist genau das, was wir jetzt brauchen.«

»Das lässt sich nicht so einfach aus dem Hut zaubern.«

»Natürlich nicht«, sagte er. »Aber wir müssen tun, was wir können. Und Sie sind der Problemstellung am nächsten.«

»Um welche Bedrohung handelt es sich?«

»Nicht am Telefon. Frau Hardt wird Sie instruieren.«

24

Strausberg
Fünfzig Kilometer westlich der Grenze zu Polen
Von-Hardenberg-Kaserne

Am 23. August 2014 wurde in einem Festakt mit Großem Zapfenstreich die frühere Struzberg-Kaserne umgetauft zur von-Hardenberg-Kaserne. Sie existiert seit Beginn des achtzehnten Jahrhunderts und wurde bis zur Wiedervereinigung vom Ministerium für Nationale Verteidigung genutzt. Sie ist eines der größten Kasernenobjekte Deutschlands und beherbergt das *Kommando Heer* und damit die höchste Kommandobehörde im Heer der Bundeswehr.

Im Rahmen der Mobilmachung der NATO auf deutschem

Boden wurde sie jetzt aufgrund ihrer strategisch günstigen Lage zum Hauptquartier der bisher angekommenen NATO-Truppenteile erweitert. Von hier aus quer durch Polen waren es bis zu der Grenze der Ukraine gerade einmal achthundert Kilometer. Von dort aus bis nach Kiew lediglich nur noch weitere fünfhundert.

Herta Kowska hielt sich am Geländer fest und kletterte mit kleinen, altersbewussten Schritten die drei Stufen herab aus dem Frühbus, der an der Haltestelle östlich des Seiteneingangs der Kaserne in der Prötzeler Chaussee hielt. Sie atmete die frische Morgenluft tief ein, wie sie es jeden Tag tat, und schaute sich um. Die Sonne war noch nicht aufgegangen, doch am Horizont der weiten Ebene schimmerte im fernen Osten der erste Silberstreifen, die erste Dämmerung.

Mit Herta Kowska zusammen waren noch etwa ein halbes Dutzend weiterer Kasernen-Bedienstete ausgestiegen.

Herta spürte einen leichten Schwindel und wunderte sich plötzlich für einen Moment, wo sie war und was sie hier wollte. Doch dann entdeckte sie das Wachhäuschen am Einlass des hohen und oben noch einmal extra mit Stacheldraht gesicherten Maschendrahtzauns, ihr Geist klärte auf, der Schwindel verschwand so schnell, wie er gekommen war, und sie erinnerte sich wieder. Wer sie war und warum sie hier war. Warum sie sonst immer hierherkam und warum sie heute hier war.

Heute war anders.

Ab heute würde *alles* anders sein.

Jetzt bloß nicht auf den letzten Metern schlapp machen, Herta!, ermahnte sie sich entschlossen und ging mit kleinen Schritten hinter den anderen her zu dem Alublech-Häuschen. Sie erinnerte sich an die Zeit, als ihre Schritte noch weit ausholend waren und um einiges schneller. So viel strammer.

Bald ist alles vorbei, und Emil und ich sind wieder zusammen.

… Bleiben sich immer treu …

Sie summte das Lied leise mit geschlossenen, trockenen Lippen – und es beruhigte sie. Trotzdem spürte sie, dass ihre faltigen und von harter Arbeit schwieligen Handflächen feucht geworden waren.

Kein Wunder. Man schreibt schließlich nicht jeden Tag Geschichte, sagte sie zu sich. Ihre Nervosität wurde mit jedem Schritt mehr und mehr zur freudigen Aufregung. Auch wenn sie natürlich Angst hatte. Wer an ihrer Stelle hätte keine gehabt?

Neben der Schranke standen heute Morgen vier Soldaten statt – wie sonst an gewöhnlichen Tagen – nur zwei. Auch im Häuschen waren es heute zwei statt nur einer.

Herta Kowska fragte sich, ob das mit ihrer Mission zu tun haben könnte. Hatte man herausgefunden, was sie vorhatte? Lief sie geradewegs in eine Falle?

Sie zuckte im Geist mit den Schultern.

Es gab jetzt ohnehin keinen Weg mehr zurück – und nur eine Möglichkeit, es herauszufinden.

Sie ging weiter und kramte im Gehen ihren Dienstausweis aus der Handtasche.

Einer der Wachhabenden trat nach vorn und stoppte die kleine Traube von Menschen mit militärisch erhobener Hand an der rot-weißen Schranke.

»Heute verschärfte Kontrolle, meine Herrschaften«, sagte er, und zwei seiner Kameraden begannen augenblicklich, die Taschen der Leute sorgfältig zu durchsuchen und die Bediensteten selbst mit handgeführten Metalldetektoren abzutasten.

Herta Kowska beruhigte sich wieder ein wenig und rieb

sich mit gezwungen langsamen Bewegungen die freie Hand an ihrem Rock trocken. Wenn sie alle durchsuchten, war das ein gutes Zeichen, dass sie nichts von ihr im Speziellen wussten, und sie führte nichts am Leib, was sie verdächtig machte.

Sie atmete tief durch die Nase ein und aus und setzte ihr freundlichstes Altmütterchenlächeln auf, um gleich darauf, als sie an der Reihe war, artig ihre Handtasche zur Inspektion aufzuhalten.

»Guten Morgen, Frau Kowska«, grüßte sie einer der Soldaten, die die Untersuchung mit den Metalldetektoren durchführten. Trotz seiner freundlichen Vertrautheit trat er mit zögerlichem Respekt in ihre Richtung, blieb dann aber in einigem Abstand stehen.

»Guten Morgen, UFZ Henning«, erwiderte sie seinen Gruß nach einem kurzen Zögern. Sie hatte einen Moment gebraucht, um sich an den Namen des Unteroffiziers zu erinnern. Sie kannte ihn noch aus ihrer aktiven Zeit als Soldatin. Freiwillig breitete sie die Arme aus, damit er sie mit dem Gerät absuchen konnte.

Er schien einen Moment zu überlegen, aber dann winkte er ab. »Ich denke, das wird nicht nötig sein, Frau Kowska. Nicht bei Ihnen. Wir kennen uns jetzt schon so lange.«

Sie runzelte unwirsch die Stirn, schürzte die Lippen und schüttelte den Kopf. »Das darf aber jetzt nicht wahr sein, mein lieber Henning! Hab ich Ihnen etwa so wenig beigebracht, Soldat? Sie wissen doch: Pflicht ist Pflicht. Los, machen Sie schon! Untersuchen Sie mich – wie alle anderen auch. Bloß keine Sonderbehandlung. Ich beiß auf meine alten Tage auch nicht mehr.«

Er musste schmunzeln. »Alten Tage? Dass ich nicht lache! Sie überleben uns doch noch alle, Frau Kowska.«

Er machte die letzten beiden Schritte zu ihr hin und begann, sie mit respektvollem Abstand zwischen Gerät und Körper abzuleuchten, ohne dabei allzu sorgfältig vorzugehen.

»Ach, schön wär's«, scherzte sie zurück. *Ist jedoch ziemlich unwahrscheinlich*, fügte sie in Gedanken hinzu. »Ja, man hält sich eben fit, wie man nur kann. Mein Emil und ich gehen jeden Tag eine Stunde spazieren und zweimal die Woche ins Schwimmbad.«

»Wo ist denn Herr Kowska heute Morgen?«, fragte UFZ Henning und schloss die Untersuchung mit einer kleinen kavalierhaften Verbeugung und einem zackigen Schritt nach hinten ab.

»Ach, der Arme fühlt sich heute nicht besonders«, sagte sie, und ihr Herz wurde wieder schwer wie Blei. »Ich hab ihm gesagt, er soll ausnahmsweise mal zu Hause bleiben.«

Das Lächeln auf dem Gesicht des Unteroffiziers wich echter Besorgnis. »Oh, das tut mir aber sehr leid. Sagen Sie ihm bitte von mir ›Gute Besserung!‹«

»Das richte ich gerne aus, mein Lieber. Er wird sich ganz bestimmt freuen«, sagte sie. »Ist auch gewiss bald wieder auf den Beinen. Wie gesagt, wir halten uns ja fit.«

»Schön zu hören.«

»Aber, sagen Sie, Henning, was ist denn heute Morgen hier los?«, fragte sie und spielte die besorgte Neugier einer alten Frau. »Gibt es einen triftigen Grund für die verschärfte Kontrolle?«

Er lächelte Verzeihung heischend. »Streng geheim. Sie wissen ja, wie das ist.«

»Verstehe. Dienstgeheimnis. Aber ich hoffe doch mal, es ist nichts wirklich Schlimmes«, sagte sie. »Hat es etwa etwas zu tun mit diesen … diesen … Demonstranten?«

Sie stieß das letzte Wort mit einem gehörigen Maß an Verachtung aus und deutete mit einer abwertenden Handbewegung die Straße herab.

Der Bus hatte sich auf der Fahrt hierher am Rand der Sperrzone durch eine kleine Menschenmenge schlängeln müssen, die gegen die Anwesenheit von NATO-Truppen auf deutschem Boden protestierte. Im Grunde genommen war Herta Kowska ganz ihrer Meinung, aber sie fand es verwerflich, dass einfache Bürger sich so anmaßend gegenüber der staatlichen Autorität verhielten … und dass sie sich überhaupt so verhalten *durften*.

Früher – zu ihrer Zeit – hätte es das nicht gegeben. Da herrschte noch Zucht und Ordnung.

Aber eine Regierung, die zulässt, dass man gegen sie demonstriert, verdient es auch nicht anders, dachte sie. *Und auf der anderen Seite: Was ist das auch für eine Demonstration, die sich von ein paar Schildern mit den Aufschriften* Militärischer Sicherheitsbereich *oder* Bannmeile *im Zaum halten lässt?*

Für diese Art von Halbherzigkeit und Lippenbekenntnis hatte Herta Kowska noch nie Verständnis gehabt.

Was glaubten diese Maulhelden denn, was ihre lächerlichen Plakate bewirkten?

NATO RAUS!

AMI GO HOME!

KEIN KRIEG MIT RUSSLAND!

RUSSLAND DEN RUSSEN!

Waren sie wirklich der Meinung, dass irgendwer auf ihre Pappschildchen reagieren würde? Dass sich irgendjemand in der Regierung oder bei der NATO auch nur im Entferntesten dafür interessierte, was ihnen gefiel und was nicht?

Hatte denn keiner von ihnen begriffen, dass man die Dinge, die man ändern wollte, nur selbst und mit Gewalt ändern konnte – und dass man bereit dazu sein musste, dafür das eigene Leben zu geben?

So wie sie es gleich tun würde …

»Machen Sie sich wegen denen mal keine Sorgen, Frau Kowska«, antwortete Unteroffizier Henning. »Wir haben sie unter Kontrolle und die Wachen verdoppelt. Die Kaserne ist so sicher wie nie zuvor.«

»Gut zu wissen.«

Er setzte eine wichtigtuerische Miene auf. »Können wir uns doch auch gar nicht erlauben, dass ausgerechnet jetzt was passiert, wo all die Kameraden aus den NATO-Kommandos hier eingetrudelt sind und wir im Zentrum der Aufmerksamkeit der Öffentlichkeit stehen.«

Herta Kowska spielte ein angestrengtes Seufzen und schüttelte den Kopf mit einem leidenden Ausdruck im Gesicht. »Jaja, die lieben Kameraden von der NATO. Noch so viel mehr hungrige Soldatenmäuler zu füttern. Ich hab's bereits gehört. Die werden mich in der Kantine ganz schön in Trab halten, das können Sie aber glauben, mein Lieber. Allein für das Frühstück sind siebenhundert Mann mehr gemeldet als sonst schon.«

»Sie schaffen das, Frau Kowska!«, sagte er aufmunternd. »Ganz bestimmt, und wie ich Sie kenne, mit links. Sie haben uns doch schon immer alle satt gekriegt.«

»Na ja, solange die Froschfresser nicht auf ihrem komischen Stangenweißbrot bestehen, das nach nix schmeckt, und die Itaker nicht auf Pizza oder ihren halbrohen Nudeln, kriegen wir das schon hin«, sagte sie zwinkernd.

Henning zwinkerte verschwörerisch zurück. »Ich bin ja der Meinung, die Engländer mit ihrer warmen Blutwurst und dem Tee sind da fast noch schlimmer. Aber die sollen wohl mal schön fressen, was auf den Tisch kommt. Wie wir alle.«

»So soll das sein! Keine Extrawürste. Für niemanden. Wo kämen wir denn da hin?«

Nach Beendigung ihres aktiven Dienstes als Soldatin hatte Herta Kowska zusammen mit Emil einen Job in der Kantinenküche der Kaserne angenommen, um auch weiterhin der Mission zur Verfügung stehen zu können.

Es war ihr in diesen nunmehr fast zehn Jahren Tag für Tag schwergefallen, nur noch im Abseits – bei den Kochtöpfen und hinter der Essensausgabe – am Kasernenleben teilzuhaben, statt zusammen mit den Kameraden auf dem Exerzierplatz, in den Wachstuben und im Kommando.

Aber sie hatte eisern durchgehalten ... tagtäglich, jahrein, jahraus ihre heilige Soldatenpflicht getan; wenn auch hinter der Maske der Kantinenleiterin.

Herta Kowska tätschelte die Hand des Unteroffiziers. »Aber hin und wieder kann man dann ja doch mal eine Ausnahme machen. Für Kameraden, die es sich wirklich verdient haben, mein Lieber. Kommen Sie nur mal nach Wachablösung direkt zu mir hinter die Theke. Ich mach Ihnen dann 'ne schöne Portion Rühreier mit 'nem Berg Speck. Das schmeckt Ihnen doch immer so gut.«

»Ach, das ist doch nicht nötig, Frau Kowska«, tat er ab, aber man sah ihm an, dass sie seinen Appetit angeregt hatte und dass ihm die versprochene Sonderbehandlung schmeichelte.

»Doch, doch«, sagte sie. »Für unsere Besten nur das Beste. Und 'ne schöne Tasse Bohnenkaffee dazu. Mit echter Kondensmilch, nicht diesem komischen Pulverkram oder dieser ... dieser *Haltbaren.*« Sie zog angewidert die Mundwinkel nach unten.

»Da kann ich natürlich nicht nein sagen«, feixte er, so als hätte sie mit ihm geflirtet, und er begleitete sie zu einem kleinen Transporter, der sie und die anderen Bediensteten zu ihren auf dem Kasernengelände verteilten Arbeitsplätzen fahren würde.

Er half ihr beim Einsteigen.

Sie tätschelte ihm noch mal die Hand.

Der Transporter setzte sich in Bewegung, und Henning winkte ihm hinterher.

»Ach, die Alten sind aber auch wirklich zu drollig«, sagte einer seiner Wachkameraden.

»Da sachste was«, bestätigte Henning mit einem Lachen. »Aber du hättest die Kowska mal früher erleben sollen, als sie noch eine von uns war. Ich sag dir, die war hart wie Kruppstahl, das kannste aber glauben. Noch ganz vom alten Schrot und Korn. Da gab's nix zu lachen. Die hatte nicht umsonst den Spitznamen *Terrier.*«

»Ja, früher, das waren noch Zeiten«, sagte der andere mit melancholischer Sehnsucht in Stimme und Blick. »Na ja, vielleicht kommen die ja bald wieder, die guten alten Zeiten … wenn's erst mal Krieg gibt. Da weiß man dann wieder, warum man überhaupt Soldat geworden ist.«

»Aber is schon komisch«, sagte Henning mit Blick zum Dämmerungsstreifen im Osten. »Als ich noch Kind war, hab ich immer gedacht, wir kämpfen ganz bestimmt mal an der Seite der Russen gegen den Westen. Sieht wohl ganz so aus, als wär's jetzt umgekehrt. Wirklich seltsam, wie die Dinge sich entwickeln.«

»Wart nur mal ab«, gab sein Kamerad zurück. »Noch is nicht aller Tage Abend. Wer weiß, wie sich die Dinge noch entwickeln.«

»Ja, wer weiß das schon?«

Keiner der beiden konnte schließlich ahnen, dass es für sie persönlich gar keine Rolle mehr spielte, wie sich die Dinge letztendlich entwickeln würden.

Von-Hardenberg-Kaserne, Unterkunftsblock 22. G

Lance Corporal Ian Taylor von der britischen Armee saß in der karg eingerichteten Sechserstube an dem einzigen Tisch in der Ecke vor seinem geöffneten Notebook. Die Beleuchtung des Monitors war die einzige im Raum und tauchte sein noch beinahe jugendliches Gesicht in ein fahles bläuliches Licht. Die Vorhänge waren zugezogen, seine fünf Kameraden schliefen noch in ihren Etagenbetten. Der junge Lance Corporal hatte über Skype eine Videotelefonverbindung zu seiner Freundin Claire in Long Eaton bei Nottingham hergestellt. Sie arbeitete als Drogeriefachverkäuferin in einem 24/7 in West Bridgford, und die frühe Stunde noch vor Sonnenaufgang war die einzige Zeit des Tages, in der sie miteinander sprechen konnten.

Es war ein erschreckendes und zugleich erfüllendes Gefühl, wie sehr man einen einzelnen Menschen derart vermissen konnte. Heimweh war eine Sache; das eigene Mädchen noch mal eine ganz andere.

Claire trug riesige pinkfarbene Lockenwickler und einen leicht verschlissenen, ebenfalls pinken Frotteemorgenmantel mit kleinen Mickymäusen drauf. Aber sein Mädchen hätte auch einen Müllsack tragen können – Ian Taylor fand sie wunder-wunderschön. Trotz ihrer noch leicht vom Schlaf verquollenen und ungeschminkten Augen und dem leicht speckigen Glänzen ihrer Wangen. Oder vielleicht auch gerade deshalb. Das Glänzen kam von den Resten der Nachtcreme, die sie jeden Abend auftrug, wusste er, und er erinnerte sich mit einem sehnsuchtsvollen Ziehen in der Brust an deren leicht talgigen und nur ganz dezent parfümierten Duft.

Ian Taylor wünschte sich so sehr, jetzt bei ihr sein zu können, um seine Nase an ihr Gesichtchen schmiegen und ihn real einatmen zu können, diesen unvergleichlichen, verheißungsvollen Duft.

Da wo das ausgefranste Revers des Mickymaus-Morgenmantels durchs Sitzen auseinanderklaffte, konnte Ian Taylor den Ansatz von Claires kleinen, aber festen Brüsten erkennen. Der Rest war bedauerlicherweise hinter einem riesigen Kaffeebecher mit Hello-Kitty-Motiv verborgen, den sie mit beiden Händen hielt, wie um sich die Finger daran zu wärmen.

»Stell die Tasse zur Seite«, sagte er leise und lockend und beugte sich zum Monitor vor, so als könne er auf diese Weise um die Tasse herumlinsen.

Sie musste spontan lächeln. Ian Taylor liebte es, wie leicht und schnell ihr das Lächeln immer auf die Lippen sprang – und ganz besonders, dass es ihm galt. Es fühlte sich jedes Mal an wie eine Belohnung … wie ein kleiner, zärtlicher Kuss.

»Das hättest du jetzt wohl gerne«, sagte sie und zog neckisch den Ausschnitt des Morgenmantels noch ein Stück auseinander, wohl wissend, dass die Tasse jeden weiteren Einblick verhinderte. »Und wärst du allein, könnte ich mich glatt dazu hinreißen lassen.«

»Nur für einen winzigen Moment«, bettelte er. »Das Bild hilft mir über den Tag.«

»Ist es so schlimm da bei den Krautfressern?«, fragte sie.

»Die andauernde Ungewissheit ist das Allerschlimmste«, gestand er. »Die ganze Zeit fragt man sich: Sind wir nur zur Einschüchterung hier, oder geht's bald wirklich ans Eingemachte, und wir ziehen in den Krieg gegen Russland? Wir haben keine verdammte Ahnung, und man sagt uns auch nichts.«

Das Lächeln verschwand aus ihrem Gesicht und wich

einem Ausdruck tiefer Besorgnis. »Meinst du wirklich, es könnte zu einem echten Krieg kommen?«

Er zuckte mit den Schultern und seufzte. »Das ist verdammt schwer zu sagen.«

»Könntest du nicht ganz einfach den Dienst quittieren und wieder zurück nach Hause kommen?«, fragte Claire. »Ich meine, schließlich wolltest du nur eine militärische Ausbildung und nicht wirklich in einen Krieg ziehen.«

Er seufzte noch einmal, jetzt um einiges schwerer. »Wenn das mal so einfach wäre, Süße! Aber lass uns mal für den Moment davon ausgehen, dass wir nur hier sind, um ein bisschen mit dem Säbel zu rasseln, wie man so schön sagt.«

Ihr Lächeln kehrte zurück, aber er kam nicht umhin zu bemerken, dass es dieses Mal ein klein wenig gezwungen wirkte. »Na gut«, sagte sie. »Dann will ich dich mal ein bisschen auf andere Gedanken bringen, Soldat. Aber nur weil du es bist … und auch nur für einen kleinen Moment.«

»Du bist so gut zu mir.«

»Achtung. Bist du bereit?«

Jetzt grinste er. »Allzeit!«

Sie nahm schnell noch einen Schluck, stellte den Kaffeebecher zur Seite, griff mit beiden Händen an die Säume des Revers und zog es nach den Seiten weit auseinander, sodass Ian Taylor ihre nackten Brüste jetzt ganz sehen konnte.

»Jaaa!«, entfuhr es ihm, ohne dass er es hätte verhindern können, und er spürte ein wohliges Zucken zwischen seinen Schenkeln. Am liebsten hätte er sich spontan berührt, aber wie Claire schon richtig festgestellt hatte: Er war dummerweise nicht allein. Das war mit das Schlimmste am Dienst als Soldat. Die fehlende Privatsphäre; die Unmöglichkeit, sich einfach mal komplett zurückzuziehen. Auch, um sich hin und wieder zu erleichtern. Manchen Kameraden machte es nichts aus, dass man hören konnte, wie sie nachts wichsten, für Ian Taylor aber war allein schon die Vorstellung ein Graus.

Oh, wie gerne wäre er jetzt mit Claire und dem Notebook alleine gewesen. Er war sich sicher, er hätte sie noch zu viel mehr verführen können, als nur ihre köstlichen Brüste zu entblößen. Ganz bestimmt! Der Gedanke daran machte ihn noch härter.

»Yeah!«, rief plötzlich eine Stimme von hinter ihm, und Ian Taylor erschrak bis ins Mark. Auch Claire zuckte heftig zusammen, raffte eilig ihren Morgenmantel vor der nackten Brust zusammen, stieß dabei zu allem Übel auch noch ihren Kaffeebecher um und fluchte gleich eine ganze Batterie unheiliger englischer Schimpfwörter, von denen »Fuck« noch das harmloseste war.

Sie griff zur Tastatur ihres Notebooks und trennte die Verbindung. Der Monitor wurde blank.

Ian Taylor wirbelte wütend herum. Puls hundertachtzig. Hinter ihm stand Sergeant Ryan O'Hara. Nicht viel älter als er selbst, aber sein Gruppenführer.

Ian Taylor musste sich mit aller Gewalt beherrschen, seinen Wutanfall zu unterdrücken, nicht augenblicklich aufzuspringen und ihm ungebremst aufs Maul zu hauen.

»Easy, easy!«, sagte O'Hara, der wohl an Taylors Blick ablesen konnte, was der gerade dachte.

Ian Taylor hatte die Kiefer so fest aufeinandergepresst, dass es schmerzte.

»Wollte nicht stören, Mann«, sagte Sergeant Ryan O'Hara. »Aber du musst zugeben: Die Aussicht war einfach zu fucking verlockend. Was für ein Gerät! Geile Figur – und die Möpschen erst; prall wie Äpfel! Kann man doch keinem Mann verdenken, da auch mal seine Begeisterung zum Ausdruck zu bringen. Sag ihr beim nächsten Mal, es tut mir leid. Oder besser noch: Gib ihr meine Skype-Nummer, dann kann sie ihre Schätzchen mal 'nem echten Kerl zeigen.«

»Du gehst entschieden zu weit, Sergeant«, warnte Ian Taylor und merkte, dass er die Hände bereits zu Fäusten geballt hatte. Nur die Aussicht auf ein Disziplinarverfahren hielt ihn noch auf seinem Stuhl.

Ryan O'Hara machte eine beschwichtigende Geste mit beiden Händen. »Man wir ja wohl mal 'nen Spaß machen dürfen, Kamerad. War nicht so gemeint, echt nicht. Also reg dich gefälligst ganz schnell wieder ab. Und weck die anderen. Es geht gleich rüber in die Kantine zum Frühstückfassen.«

Von-Hardenberg-Kaserne, Mannschaftsheim IV, Fitnessraum

Capitaine-commandant Alain Wissembourg, Stabshauptmann der belgischen Streitkräfte aus Braine-l'Alleud bei Waterloo – ebenjenem Waterloo mit der berühmten Schlacht –, war am allerliebsten bereits am frühen Morgen vor Sonnenaufgang hier im Studio, wenn es schön leer war und es noch nicht so sehr nach altem Schweiß und ungewaschenen Soldatenfüßen stank. Er hatte den Stepper auf höchsten Widerstand gestellt und legte sich voll ins Zeug, bis ihm die Brühe in kleinen Bächen über den in vielen Jahren durch und durch gestählten Körper lief.

Er keuchte wie eine Dampflokomotive, und sein Herz schlug hart und regelmäßig im Takt seiner Schritte.

Wenn Vater mich jetzt bloß so sehen könnte, dachte er verbittert und hatte augenblicklich Bilder seines Erzeugers vor dem geistigen Auge. *Aber der perverse Sack ist ja leider kre-*

piert, ehe ich es ihm zeigen und heimzahlen konnte. Geschieht ihm aber in jedem Fall ganz recht, dem Pisser! Kann er wenigstens niemanden mehr triezen und quälen. Elender Sadist. Verfickter Hurensohn!

Wie jeden Morgen gaben Alain Wissembourg die Erinnerungen an seinen missbrauchenden Vater zusätzliche Energie, sich selbst hart und härter zu machen; gefeit gegen alles, was da draußen noch auf ihn lauern konnte.

Nie wieder würde er Opfer sein, nie wieder hilflos! So viel war klar.

Er wünschte sich lediglich, er hätte es dem Alten noch gebührend heimzahlen können. Auge um Auge, Zahn um Zahn! Das war der eigentliche Grund dafür, dass er vor mehr als zehn Jahren zur Armee gegangen war – um stark genug zu werden … um sich endlich zur Wehr setzen zu können.

Jetzt war Alain stark genug, aber der Alte hatte sich mit Lungenkrebs mir nichts, dir nichts völlig unerwartet binnen nur weniger Monate aus dem Staub gemacht, ohne jemals seine gerechte Strafe für all das erhalten zu haben, was er Alain Wissembourg, seinem kleinen Bruder François und ihrer Mutter Geraldine angetan hatte.

Die drei Monate, die er elend an den Geschwüren und den Metastasen verreckt war, waren einfach nicht genug.

Bei Weitem nicht!

Doch das war für den belgischen Stabshauptmann kein Grund, sein Starkwerden zu vernachlässigen. Wenn er schon sich selbst und seine Familie nicht mehr rächen konnte, dann konnte er seine Kraft wenigstens dazu einsetzen, andere Übeltäter ihrer gerechten Strafe zuzuführen.

So wie die Russen, die Millionen von Menschen in der Ukraine in Angst und Schrecken versetzten.

Die Schweine hatten es sich redlich verdient, dass man sie

mit aller Macht bekämpfte! Sie mussten um jeden Preis aufgehalten und ihre Untaten geahndet werden!

Ganz besonders bezahlen lassen wollte er die Russen für dieses menschenverachtende Video; die Ermordung des Deutschen vor laufender Kamera und die Bedrohung der NATO!

Es war dabei völlig egal, dass die Medien davon sprachen, dass die Hintermänner des Ultimatums noch nicht identifiziert waren; Alain Wissembourg war sicher, dass niemand anderes als die russische Regierung dahintersteckte.

Wer auch sonst? Sie hatte durch die Mobilmachung der NATO kalte Füße bekommen und kämpfte jetzt mit unlauteren Mitteln. Heimtückisch, schäbig, unter dem Deckmantel der Verschwiegenheit – ganz so wie sein Vater all die Jahre lang.

Doch anders als sein dreimal verfluchter Vater würden die Russen nicht ungestraft davonkommen. Nicht, solange Alain Wissembourg etwas zu melden hatte!

Der Stabshauptmann überprüfte die Uhr auf der Anzeige des Steppers. Eine Stunde. Das war genug.

Jetzt erst einmal ausgiebig unter die Dusche und dann zum Frühstück in die Kantine!

Wer kämpfen will, braucht Energie!

Von-Hardenberg-Kaserne, Poliklinik, Zimmer 248

Caporal Maggiore Capo Scelto Salvatore Usai aus Guspini auf Sardinien setzte sich auf die Kante seines Krankenbetts und schaute aus einem der Saalfenster gen Osten, wo gerade die erste Dämmerung ihren hellen Kranz auf den spärlich bewaldeten Horizont setzte.

Die anderen Patienten schliefen noch tief und fest, aber Salvatore Usai hatte die ganze Nacht kein Auge zugetan in Erwartung seiner heutigen Entlassung.

Gleich am ersten Tag nach seiner Ankunft hier in Strausberg hatte er sich auf dem Exerzierplatz bei einem dummen Sturz die Hand verstaucht und den kleinen Finger gebrochen.

Es war der peinlichste Moment seines ganzen jungen Lebens gewesen. Definitiv!

Noch sehr viel peinlicher als damals bei dem Segeltrip mit Daniela vor Sant'Antioco im Südwesten der Insel, als er sich beim Halsen mit dem herumschwingenden Baum selbst über Bord katapultiert und anschließend beim Zurückklettern die Badehose an der Reling aufgerissen hatte.

Das Schlimmste dabei war gar nicht gewesen, dass Daniela sich nicht mehr einkriegen konnte vor Lachen, sondern dass sie mit ihrem iPhone ein Foto gemacht hatte, ehe er überhaupt nur versuchen konnte, es zu verhindern, und es dann auch noch über WhatsApp an all ihre Freunde geschickt hatte.

Das war mit ein Grund gewesen, warum Salvatore Usai sich zu dem NATO-Einsatz freiwillig gemeldet hatte – um Gras über die Sache wachsen zu lassen.

Und dann das!

Morgenappell. Beim Antreten. Der verdammte Schnürsenkel seines linken Stiefels hatte sich gelöst, ohne dass er es gemerkt hatte. Er war draufgetreten und gestolpert. Steif wie ein Brett nach vorn. Ungebremst. Beim Versuch, sich mit der Hand abzufangen, hatte er sie sich verstaucht und den kleinen Finger gebrochen.

Und alle hatten sie gelacht – so als ob das nicht jedem hätte passieren können!

Der Vorfall hatte ihm unter den Kameraden den Spitznamen *Mignolo* eingebracht. Das war Italienisch für *Kleiner Finger*, und Salvatore ahnte, dass er diesen Spitznamen nie wieder loswerden würde.

Nicht auszudenken, was seine Freunde in der Heimat daraus machen würden, wenn sie diesen Vorfall hier in der deutschen Kaserne mit dem Foto von ihm ohne Badehose in Verbindung brachten. Bei dem Gedanken wurde ihm übel.

Wenn die Größe eines Penis keine Rolle spielte, warum hatte Daniela dann so gelacht? Und warum musste sie dieses Foto machen und verschicken?

Vielleicht sollte er nach seinem Einsatz hier in die Fremdenlegion gehen oder nach Amerika auswandern?

Sardinien war zu klein, um eine solche Peinlichkeit hinter sich lassen zu können.

Er konnte sich nur zu gut vorstellen, wie man ihn künftig in der Bar oder am Strand begrüßen würde.

Ciao, Mignolo!

Come stai, Mignolo?

Tutto va bene, Mignolo?

Sie würden ihre Hände hochhalten und mit dem kleinen Finger winken – und sie würden dabei lauthals lachen und sich vielsagende Blicke zu werfen.

Die Mädchen würden kichern. Und keines würde sich mehr mit ihm einlassen. Nicht, weil sein Schwanz etwas kleiner geraten war – manchen Frauen schien das, wie er aufgrund seiner geringen, aber durchaus vorhandenen Erfahrungen glaubte, beurteilen zu können, wirklich nichts auszumachen –, sondern weil alle jetzt wussten, dass er kleiner war als normal und das Mädchen, das sich auf ihn einließ, dann mit Sicherheit dem gleichen kindischen Spott ausgesetzt sein würde wie er. Wer will sich so etwas schon antun?

Die Mischung aus Heimweh und der Angst, jemals wieder in seine Heimat Sardinien zurückzukehren, schnürte ihm die Brust zu, und er seufzte schwer, während er in sein Hemd schlüpfte und es dank der Schiene an der Hand nur schwerfällig zuknöpfte.

Eins nach dem anderen, sagte er sich.

Jetzt wollte er erst einmal in die Kantine zu einem ordentlichen Frühstück.

Er hatte den Krankenhausfraß so satt!

Nur wenige Stunden später sollte Caporal Maggiore Capo Scelto Salvatore Usai aus Guspini sich wünschen, dass er die Poliklinik niemals verlassen hätte!

Von-Hardenberg-Kaserne, Stabsgebäude

Oberstleutnant Lars-Fokke Beker stand in der schmucklos grau gestrichenen Tür und betrachtete den vor ihm liegenden kleinen und ebenso schmucklosen Saal. Er hatte die morgendliche Stabsbesprechung gründlich vorbereitet und überprüfte dennoch sicherheitshalber noch einmal, ob auch wirklich alles auf seinem ordnungsgemäßen Platz war.

Notizblöcke, frische Stifte, Kartenmaterial, Tagungsgetränke, die vertraulichen Dossiers vom GTAZ – über die akute Bedrohung durch biologische Waffen.

Alle erdenklichen Vorsichtsmaßnahmen waren getroffen worden. Das Gelände hatte man gründlich durchsucht; die Wachmannschaften waren verdoppelt – an kritischen Positionen verdreifacht und hier um das Stabsgebäude herum sogar vervierfacht.

Oberstleutnant Beker fragte sich, was hinter der ganzen Sache wohl stecken mochte; wer außer natürlich den Russen ein Interesse daran haben könnte, die Mobilisierung der NATO in der Nähe des deutsch-polnischen Grenzgebiets zu stoppen.

Die von-Hardenberg-Kaserne galt in dem vom GTAZ entwickelten Krisenszenario als besonders gefährdet, eben wegen ihrer Nähe zu Polen und der Stationierung der ersten NATO-Truppen. Daher hatte Beker besonders das Stabsgebäude, in dem sich in nur zwei Stunden die Kommandeure der multinationalen Truppenteile treffen würden, besonders durchsuchen und absichern lassen.

Dennoch hatte er ein flaues Gefühl in der Magengegend, das er auch durch alle Gründlichkeit nicht abschütteln konnte.

Innerer Sabotage – oder in diesem Fall einem terroristischen Anschlag – war noch um einiges schwerer zu begegnen als einem Feind auf offenem Feld.

Vielleicht würde er sich besser fühlen, wenn er den beiden Tassen Kaffee, die er schon intus hatte, endlich ein richtiges Frühstück folgen lassen würde.

Er warf einen Blick auf die Uhr an seinem Handgelenk. Das Offizierskasino war jetzt noch geschlossen, aber die Kantine würde gleich öffnen.

Oberstleutnant Beker beschloss, entgegen seinen Gewohnheiten seine Mahlzeit heute einmal zusammen mit den einfachen Mannschaften einzunehmen.

Von-Hardenberg-Kaserne, Mannschaftsheim, Kantine

Herta Kowska hatte sich wie jeden Morgen in aller Ruhe in der Personalumkleide umgezogen und trug jetzt einen blütenweißen Kittel und eine Haarhaube aus blauem Plastik.

Danach hatte sie ihren üblichen Rundgang gemacht, um ihre Leute zu begrüßen und zu prüfen, ob auf den Stationen auch alles in Ordnung war. Jetzt fuhr sie mit dem Lastenaufzug in die Kelleretage des Mannschaftsheims, wo sich die Lagerräume der Kantine befanden.

Sie hatte keinerlei Sorge, dass man bei der Durchsuchung der Kaserne ihr Geheimnis entdeckt hatte. Keine Durchsuchung der Welt konnte so gründlich sein.

Wäre ich dafür verantwortlich gewesen, hätte ich sämtliche Bestandsvorräte an Lebensmitteln restlos vernichtet und jeden einzelnen Neuzugang aufs Gründlichste bis ins Mark durchleuchtet, sagte sie sich mit einem unverständigen Kopfschütteln und war doch zugleich heilfroh, dass niemand so sorgfältig vorgegangen war.

Unten angekommen, wuchtete sie die doppelte Fahrstuhltür auf. Sie war so alt, dass sie manchmal ein wenig klemmte, und Herta Kowska musste sich richtig ins Zeug legen.

Sie nahm sich einen der sieben Etagenrollwagen aus Edelstahl, die in dem Gang davor standen, und schob ihn den glatt betonierten Gang entlang, bis zur Tür des Hauptlagers. Nur sie und drei ihrer Teamleiter hatten einen Schlüssel dazu.

Sie sperrte die Tür auf und fuhr den Wagen hinein.

Die Halle war genau zehn Meter breit und fünfzehn Meter lang. Dreieinhalb Meter hoch. Die hohen Metallregale waren in Längsrichtung aufgebaut. Acht an der Zahl, bis hoch zur Decke, die Gänge dazwischen gerade breit genug für den Rollwagen. Sie waren bestückt mit Konserven und Eimern in Fünf- bis Zehn-Liter-Einheiten, Packungen mit Trockenware wie Kartoffelpulver, Reis und Nudeln, Flaschen und Dosen mit Öl, Essig, Maggi, Leinen- und Plastiksäcken mit Gewürzen und Gewürzmischungen, Eimern mit Senf und so weiter.

Herta Kowska lief die Regale ab und nahm der Reihe nach einen Fünf-Kilo-Sack Haferflocken, einen ebenso großen Sack Zucker, ein paar Gläser Honig, diverse Pappdosen mit Trockenpflaumen, Rosinen, Bananenchips, drei große Packungen Trockenei, einen Eimer Salz und zwei Säckchen Leinsamen und Sesamkörner.

Das Trockenei und das Salz waren für die Rühreier, der Rest für das Müsli – »Hasenfutter«, wie Herta es immer verächtlich nannte; aber der von der zentralen Bundeswehrverwaltung erstellte Speiseplan bestand nun einmal darauf.

Sie schob den Wagen zum mittleren Regal, wo ein Dreierstapel Papppaletten zu je vierundzwanzig Dosen Kondensmilch stand.

Sie nahm die oberen beiden Paletten nacheinander herunter und holte dann aus der letzten Reihe der untersten die beiden mittleren Dosen hervor. Wenn man etwas verstecken wollte, dann war es am besten, man tat das in aller Offenheit.

Herta Kowska hatte in all der Zeit, die sie jetzt hier arbeitete, peinlich jeden einzelnen Tag darauf geachtet, dass jederzeit zwei frische Paletten obenauf standen, weil sie wusste, dass ihre Kolleginnen und Kollegen sich immer bequem von den oberen bedienten. Der einzige Zusatzaufwand, den Emil und sie hatten betreiben müssen, war, die Etiketten regelmäßig aufzufrischen, damit das abgelaufene Haltbarkeitsdatum die beiden Dosen nicht auffällig machte.

Sie stellte sie mit beinahe schon andächtiger Vorsicht auf den Wagen und fuhr dann vom Trockenlager aus hinüber zu den Kühlhäusern, wo sie zweimal zwölf Liter Milch und einen Fünf-Liter-Eimer Sahne auf die untere Etage des Rollwagens wuchtete.

Dadurch war sie ein wenig außer Puste geraten und musste

erst einmal ein paar Sekunden innehalten und verschnaufen, ehe sie sich wieder auf den Rückweg machte.

Der Lastenaufzug brachte sie unter monotonem Sirren zurück nach oben in die Kantinenküche, in der ein halbes Dutzend ihrer Kollegen auf ihren Posten bereits emsig mit den Vorbereitungen für das Frühstück beschäftigt waren.

Es roch nach gebratenem Speck und Würstchen und nach frisch gebrühtem Kaffee. Das Zischen der Pfannen und das Gurgeln der Kaffeemaschinen waren durchdrungen vom schnatternden Klatsch der Kollegen.

Ganz so, als wäre das ein völlig normaler Morgen; als wäre es ein Tag wie jeder andere.

Herta Kowska ließ all die so lange vertrauten Eindrücke auf sich wirken und verspürte eine seltsame Melancholie, als ihr klar wurde, wie klein der Schritt war von der Banalität hin zur Katastrophe. Sie fuhr den Rollwangen mit mehr Bedacht als sonst, nirgends anzustoßen und dabei vielleicht ihre wertvolle Fracht zu beschädigen, an ihre wie immer peinlich saubere Arbeitstheke an der hinteren Wand und sammelte sich dort für einen Moment. Ein wenig Angst hatte sie schon. Es wäre gelogen gewesen, wenn sie das abgestritten hätte. Aber sie wusste, Angst war immer nur eine kleine Hürde, die es zu überwinden galt, um das zu erreichen, was man wollte.

Ein Schritt nach dem anderen.

Sie hob den Plexiglasdeckel des noch leeren Zehn-Liter-Dispensers ab, der auf der Theke stand, kippte drei Packungen Milch hinein und öffnete die erste der beiden Dosen. Etwa die Hälfte des milchig weißen Inhalts kippte sie ebenfalls in den Dispenser zu der Milch.

Es stand außer Frage, dass sie alleine dadurch bereits ausreichend von den giftigen Sporen eingeatmet hatte, dass sie den heutigen Tag nicht überleben würde.

Dann kippte sie noch sechs weitere Milchpackungen hinein und legte den Deckel wieder obenauf. Den vollen Dispenser stellte sie auf einen zweiten, leeren Rollwagen. Anschließend nahm sie drei große Messbecher aus durchsichtigem Plastik, füllte jeden davon mit anderthalb Litern Milch und verteilte die zweite Hälfte des Inhalts der geöffneten Giftdose darauf. Es war nicht wichtig, genau zu arbeiten. Sobald die Sporen mit der Flüssigkeit in Berührung kamen, würden sie nach jahrzehntelangem Schlaf zu neuem Leben erwachen und sofort damit beginnen, sich zu vermehren.

Auch die Messbecher stellte sie anschließend auf den Rollwagen.

»Jürgen!«, rief sie einen ihrer Kollegen herbei – einen tumben, aber fleißigen Burschen, der schon seit drei Jahren als Gehilfe für sie hier in der Kantine arbeitete.

»Ja, Frau Kowska«, sagte er dienstbeflissen und kam mit schnellen Schritten zu ihr.

Er war schlaksig und voller Sommersprossen im sonst blassen und ein wenig mondförmigen Gesicht. Er lächelte immer, egal wie hart die Arbeit manchmal war.

Ein bisschen tat es Herta Kowska schon leid, dass auch er zu den Opfern dieses schicksalsträchtigen Tages zählen würde. Doch große Taten verlangten nun einmal Opfer.

»Sei so lieb und stell den Dispenser auf das Buffet«, bat sie ihn. »Und füll mit den Messbechern die Milchkännchen auf den Tischen voll. Pass aber ja auf, dass du nichts verschüttest.«

»Mach ich, Frau Kowska«, antwortete er mit einem eifrigen Nicken, schnappte sich den Rollwagen und fuhr damit davon. »Und verschütten werd ich nichts. Nicht einen Tropfen. Versprochen!«

»Guter Junge«, flüsterte Herta ihm mit einem schwermütigen Lächeln hinterher, obwohl sie wusste, dass er sie nicht mehr hören konnte. Sie verspürte den plötzlichen Impuls, ihn doch noch irgendwie retten zu wollen, doch dafür war es inzwischen längst zu spät. Auch er hatte mit Gewissheit schon zu viele der Sporen eingeatmet.

Jetzt holte sie eine große Metallschüssel, maß mit einem Aluscheffel großzügig Haferflocken hinein, gab anschließend zwei Pakete Zucker, vier Tüten Rosinen, zwei Glas Honig und großzügig Sahne darüber und öffnete dann die zweite der Giftdosen. Sie kippte die Hälfte davon über den Haferbrei und vier Liter Milch darüber, um am Ende alles gut durchzurühren.

Sie füllte die Masse mit einer Kelle in vier große Glasschalen ab und stellte sie zur Seite, um sie noch ein wenig ziehen zu lassen, ehe auch sie später auf das Buffet kamen. Nach den Informationen, die sie hatte, würde das den Giftsporen ermöglichen, sich noch besser zu vermehren und weiter zu verteilen.

Sie stellte sich das ein wenig so vor, als würde man einen Hefeteig ansetzen, bei dem sich die Hefe binnen kürzester Zeit vervielfachte und schließlich die ganze Masse durchdrang.

Nun waren die Rühreier an der Reihe.

Herta Kowska mischte das Trockenei mit Wasser und Milch mithilfe eines Handrührgeräts auf, brachte den halbflüssigen Brei zum großen Bräter hinüber, heizte ihn auf, gab Öl hinein und wartete etwa eine halbe Minute, bis es heiß genug war. Erst dann schüttete sie das Ei dazu.

Es zischte.

Sie rührte schnell und gründlich mit einem großen hölzernen Löffel, damit nichts anbrannte, und scheffelte schon nach Kurzem das fertige Rührei in drei Warmhalteschalen aus

Edelstahl, über die sie den Rest der letzten Dose gleichmäßig verteilte und ihn noch einmal sorgfältig unterrührte.

Zu guter Letzt brachte sie die Müsli-Schalen und das Rührei nach draußen auf das Kantinenbuffet.

Der Tod war angerichtet!

Der weitläufige und schmucklose Raum war bereits gut über die Hälfte mit Soldaten gefüllt, und nicht wenige von ihnen standen schon ungeduldig Schlange am Buffet.

Herta Kowska wusste, dass ihre Arbeit getan war – und spürte das erste Ziehen in den Eingeweiden. Jahrelang hatte sie auf diesen Tag gewartet. Jetzt war er endlich da. Die Dinge – vor einer kleinen Ewigkeit eingefädelt – nahmen nun endlich ihren Lauf.

Das Ziehen in ihrem Bauch wurde zu einem Stechen. Sie musste sich zusammenreißen, sich nicht vor Schmerzen zu krümmen.

Emil und sie hatten im Lauf der vergangenen Jahre oft darüber gesprochen, ob sie in diesem Moment ihrem Leben ein schnelleres und schmerzloseres Ende bereiten sollten; aber das durfte sie nicht. Das war zu riskant. Falls ihr Tod und dessen Ursache zu früh entdeckt wurden, wären die anderen alarmiert, und man würde die Kantine schließen und noch versuchen, die bereits Vergifteten zu behandeln.

Herta Kowska fühlte, wie ihre alten Augen feucht wurden, und um sich von den Schmerzen abzulenken, begann sie mit Blick auf die Soldaten, leise vor sich hin zu singen.

»Die Arbeit ruht,
der Tag klingt aus.
weit ist der Weg,
der Weg nach Haus …«

»Oh, das ist aber schön«, ertönte plötzlich Jürgens Stimme von schräg hinten. »Traurig, aber wunderschön.«

»Ja«, antwortete sie. »Das ist es.«

»Was ist das für ein Lied, Frau Kowska?«

»Das, mein lieber Jürgen, sind die ›Abendglocken‹.«

»›Abendglocken‹«, sagte er. »Was für ein bezaubernder Name. Bringen Sie mir das mal bei, wenn Sie Zeit haben?«

Sie drehte sich langsam zu ihm um und erwiderte sein Dauerlächeln. Durch den Schleier ihrer Tränen konnte sie sein Gesicht kaum noch erkennen.

»Mach ich, mein Junge«, sagte sie und musste dagegen ankämpfen, nicht heftiger zu weinen. »Versprochen!«

Lance Corporal Ian Taylor von der britischen Armee nahm sich zwei große Löffel von dem Rührei und suchte vergeblich nach Speck oder Würstchen. Die beiden Schalen waren durch die Kameraden vor ihm bereits leer gefressen. Feine Kameraden waren das! Es würde bestimmt eine Viertelstunde dauern, bis Nachschub kam. Bis dahin wäre dann auch das Ei kalt. Auch Hash Browns gab es keine; aber die gab es ja hier nie – und warme Tomaten ebenfalls nicht. War das denn zu viel verlangt? Er aß die Eier noch im Gehen auf dem Weg zu dem Samowar mit heißem Wasser. Das Zeug schmeckte schal und so gar nicht wirklich nach Ei. Trotzdem schlang er die ganze Portion herunter, ehe er einen Beutel Schwarztee in einen der Porzellanbecher neben dem Samowar gab und Wasser darüberfließen ließ.

Auch hier vermisste er etwas.

»Gibt es hier denn nicht einmal Milch?«, fragte er einen der Weißkittel hinter dem Buffet – einen blassgesichtigen Kerl mit Sommersprossen und einem dämlichen Dauergrinsen.

»Steht auf den Tischen«, bekam er zur Antwort.

Ian Taylor bedankte sich mit einem knappen Nicken und ging in Richtung seines Sitzplatzes.

Hoffentlich taugt wenigstens die Milch etwas, dachte er bei sich.

Capitaine-commandant Alain Wissembourg, Stabshauptmann der belgischen Streitkräfte aus Braine-l'Alleud bei Waterloo schöpfte drei gut gefüllte Kellen Haferbrei, den sie hier großspurig *Müsli* nannten, in seinen Suppenteller und streute je einen Teelöffel Leinsamen und Sesamkerne darüber, ehe er ein paar Bananenchips obenauf legte. Er hatte gut trainiert; die Kalorien würden ihm nichts ausmachen. Er hielt den Teller unter den Zapfhahn des Milchdispensers und gab noch eine nicht gerade kleine Portion Milch dazu, in der Hoffnung, dass dadurch auch die Bananenchips wenigstens ein bisschen weicher würden. Zu Hause aß er sehr viel lieber Käse zum Frühstück, aber das, was sie einem hier als Käse anboten, war so tot und geschmacksneutral wie ein Stück Kerzenwachs. Dann doch lieber *Müsli*.

Caporal Maggiore Capo Scelto Salvatore Usai aus Guspini verwarf seinen Plan, der Fremdenlegion beizutreten, um in der Heimat seinem Spitznamen zu entgehen, als er das Kantinen-Buffet sah. Das hier war schon scheiße genug; aber nach allem, was er so gehört hatte, war es bei der Fremdenlegion noch schlimmer. Die Vorstellung, sich jeden Morgen für den Rest seines Lebens mit solchem Schrott zu ernähren, ging ihm derb gegen den Strich.

Dabei hatte er so sehr gehofft, dass das Essen hier besser sein würde als im Krankenhaus der Kaserne.

Er vermisste die Biscotti seiner Tante Sarah, nahm stattdessen eine Scheibe Weißbrot und einen Löffel von dem Zeug aus dem Zwei-Liter-Glas, vor dem ein Aufsteller behauptete, es sei Nutella. Schon die Farbe der Schokopaste verriet, dass der Aufsteller log.

Er zapfte aus dem Dispenser einen Becher halb voll mit Milch und fragte sich, warum man hier keine Möglichkeit anbot, sich die Milch heiß zu machen. Sie mit der Plörre aufzugießen, die in Thermoskannen auf den Tischen stand und die sie hier unverschämterweise *Kaffee* nannten, würde maximal einen lauwarmen Trunk ergeben.

Aber man geht ja nicht zur Armee, weil man's gerne schön und komfortabel hat.

Nein, Salvatore Usai entschied, während er an einem der Tische Platz nahm und versuchte, Zucker in der kalten Milch zu verrühren, dass er etwas anderes finden musste, um der Heimat fernzubleiben. Vielleicht sollte er Schreiner werden; er konnte ganz gut mit Holz umgehen – hatte ein natürliches Gespür dafür. Oder vielleicht auch Dachdecker. Dachdecker war ein Beruf mit Zukunft. Egal wo, die Leute würden immer Dächer brauchen.

Er schüttete die Brühe namens *Kaffee* in die Milch und nahm einen großen Schluck.

Irgendetwas schmeckte falsch – aber das tat es jeden Morgen. Also zuckte er nur mit den Schultern und leerte den Becher in einem Zug. Hauptsache, es würde ihn nach der schlaflosen Nacht einigermaßen wach halten.

Ja, Dachdecker, das war eine gute Idee!

Er würde jeden Tag an der frischen Luft verbringen können, unter freiem Himmel.

Salvatore Usai, den seine Kameraden *Mignolo* nannten, konnte nicht ahnen, dass er nie wieder einen freien Himmel sehen würde.

Oberstleutnant Lars-Fokke Beker bereute seine Entscheidung, nicht gewartet zu haben, bis das Offizierskasino öffnete. Hier in der Mannschaftskantine war es laut und trotz der frühen Stunde schon stickig. Die langen Schlangen am beinahe schon leer gefutterten Buffet waren ebenfalls wenig vielversprechend.

Er beschloss, seinen Rang auszunutzen und an der Schlange vor dem Rührei einfach vorbeizugehen und sich gleich vorn anzustellen. Keiner der Soldaten beschwerte sich, und Lars-Fokke Beker sah in den drei Wärmeschalen, dass seine Entscheidung richtig gewesen war: Sie waren beinahe leer, und er musste aus allen dreien zusammenkratzen, um überhaupt noch eine halbwegs anständige Portion zu ergattern. Die missmutigen Stimmen hinter sich ignorierte er, holte sich noch eine Schale Müsli, setzte sich an den Tisch, goss sich Kaffee ein und einen ordentlichen Schluck Milch.

Noch einmal fiel ihm auf, wie stickig es hier drin war. Es roch nach Hunderten von Fürzen. Hatte es gestern Abend vielleicht Kohlsuppe gegeben oder Bohneneintopf?

Allein bei dem Gedanken drehte sich dem Oberstleutnant der Magen um, und er spürte einen leichten Stich in den Eingeweiden.

25

Strausberg
Fünfzig Kilometer westlich der Grenze zu Polen
Von-Hardenberg-Kaserne

Herta Kowska schaffte es gerade noch in den hintersten der Kühlräume im Kellergeschoss unter der Kantine.

Sie durfte nicht zu früh gefunden werden!

In ihrem Brustkorb und tief in ihren Eingeweiden riss es so schmerzhaft, als hätte sie meterweise Stacheldraht geschluckt. Kaum hatte sie strauchelnd die Tür hinter sich zugezogen, spie sie einen weiten Strahl Blut auf das Obst in dem Regal vor ihr. Dabei verkrampfte sie sich so heftig, dass ihr Schließmuskel dem inneren Druck nicht länger standhalten konnte. Ihr eigener Kot und noch mehr Blut flossen ihr über die Schenkel, die Strümpfe und die Schuhe.

Sie stieß einen verzweifelten und lange anhaltenden Schmerzensschrei aus und versuchte, sich mit zittrigen Händen an dem Regal festzuhalten, doch auch wenn ihre Finger noch zugriffen, ihre Muskeln versagten ihr den Dienst.

Sie stolperte hilflos zu Boden.

Sie spürte über den beißenden Schmerz in ihren sich heiß anfühlenden Gedärmen hinweg, wie ihr noch mehr dickflüssiges Blut aus dem jetzt ebenfalls stark schmerzenden After strömte und sich unter ihr auf den weißen Kacheln verteilte.

Der Raum stank binnen weniger Sekunden nach faulig zersetzten Exkrementen.

Herta Kowska hatte ihre heilige Pflicht getan.

Schon bald würde sie Emil wiedersehen.

Er würde stolz auf sie sein, das wusste sie ganz sicher; auch wenn er selbst am Ende gezaudert hatte. Aber sie hatte die Sache erledigt. Sie bis zum Ende durchgezogen. Bis zum bitteren Ende. Für sie beide.

Das Einzige, was sie in diesem Moment aufrichtig bedauerte, war, dass sie die neue Welt, deren Geburt sie gerade mit eingeleitet hatte, nicht mehr erleben würde.

Sie erbrach sich noch einmal in einem Strahl, der so kraftvoll aus ihr herausbrach, dass er ihr durch den Druck die dritten Zähne mitnahm und sie klappernd über die Fliesen rutschten.

Der Versuch, anschließend etwas zu verschnaufen, um sich zu erholen, schlug fehl, weil ihr das Blut jetzt auch in die Luftröhre drang. Ihr Atem wurde röchelnd. Je mehr sie nach Luft schnappte, desto stärker schmerzte jetzt auch ihr Brustkorb. Mit fahriger Hand griff sie in die Außentasche ihres schon lange nicht mehr weißen Kittels und packte den Griff des kleinen Obstmessers, das sie extra für diesen Zweck aus der Küche mitgebracht hatte.

Sie wusste, dass sie ihr Leiden nur um ein paar Minuten verkürzen würde, aber bei derartigen Schmerzen wären diese paar Minuten eine Ewigkeit.

Als sie die frisch geschärfte Klinge mit zittrigen Fingern am Hals ansetzte, dachte sie noch einmal an ihren Sohn … und die Enkel … und ihre beiden Wellensittiche, denen sie kurz vor ihrer Fahrt hierher das Genick gebrochen hatte, um sie davor zu bewahren, elend zu verhungern. Es überraschte sie, wie klar ihre Erinnerungen plötzlich waren; wie wenig sie jetzt von ihrer Krankheit spürte, die sie all die Jahre lang so unbarmherzig geplagt hatte.

Sie und den lieben Emil. Diesen unvergleichlichen Schatz … der all das auf sich genommen hatte. Der Gute!

»Bis gleich!«, flüsterte sie.

Sie lächelte mit blutverschmierten Lippen, schnitt sich die Kehle auf – und starb strampelnd. Der Takt ihrer Füße brachte eine weitere Erinnerung zurück.

Oh, wie sie getanzt hatten in jener Nacht in Kiew!

In der im Grunde genommen korrekten Annahme, er hätte etwas Falsches gegessen, eilte Lance Corporal Ian Taylor mit fest zusammengekniffenen Arschbacken auf die Toilette seiner Stube, öffnete hektisch die Koppel seiner Uniform, riss sich die Hose mitsamt der Unterhose herunter und setzte sich auf die Klobrille.

Noch ehe er sie berührte, ging es schon los.

Es brach aus ihm schlimmer heraus als der heftigste Durchfall, den er je in seinem Leben gehabt hatte. Er schiss und schiss und schiss – und er wunderte sich, wo zur Hölle das alles herkam. So viel hatte er heute Morgen und gestern Abend doch gar nicht gegessen. Und es wollte einfach nicht aufhören!

Sein Herz begann zu rasen, und Schweiß trat ihm auf die Stirn.

Dann kam ein Stück, das so groß war, dass er das Gefühl hatte, es würde ihm den Schließmuskel aufreißen.

Er presste.

Es tat so weh, dass er die Zähne aufeinanderbeißen musste, um sich selbst daran zu hindern, laut aufzuschreien. Der Atem stockte ihm, und er hatte Angst, dass ihm die Adern im Kopf platzen würden vor Anstrengung. Er erinnerte sich daran, dass Tante Francis – eigentlich die Tante seiner Mutter – eine Hirnblutung erlitten hatte, weil sie auf der Toilette zu fest gepresst hatte, und daran noch am selben Tag gestorben war.

Mit einem Mal löste sich der Druck, und es klatschte unter ihm laut ins Wasser der Schüssel.

Er stöhnte befreit auf und erhob sich, um sich das Monsterei einmal genauer zu betrachten. Dabei spürte er, wie etwas die Rückseiten seiner Schenkel berührte. Etwas Warmes, Glitschiges.

Er drehte sich um, und hinzu kam ein quatschendes Geräusch aus der Schüssel und von deren Rand.

Und dann sah er seinen eigenen, blutverschmierten Darm … der zwischen seinen Arschbacken herab bis hinab in die Schüssel hing wie eine fette Wurst.

Er schrie sein Entsetzen in die Leere der Kabine …

… doch die wenigen, die ihn überhaupt noch hören konnten, hatten ganz mit sich selbst zu tun.

Capitaine-commandant Alain Wissembourg, Stabshauptmann der belgischen Streitkräfte aus Braine-l'Alleud bei Waterloo kauerte auf allen vieren auf dem Rasen vor der Kantine und kotzte sich mehr als nur die Seele aus dem Leib.

Um ihn herum taten das noch mindestens vier Dutzend weitere Soldaten.

Das Müsli, das er wieder von sich gab, war dunkelrot, und seine Hose war auf der Rückseite nass und warm. Kalter Schweiß floss ihm über die Stirn, und sein Blick wurde mit jeder Sekunde mehr und mehr verschwommen.

Seine frisch trainierten Muskeln zitterten wie bei Schüttelfrost, und er fiel vornüber in seine eigene Kotze.

Das Stöhnen und die Schmerzensschreie der Kameraden um ihn herum wurden in seinen Ohren immer dumpfer – ebenso wie die Alarmsirenen, die jetzt gerade einsetzten.

Alain Wissembourg wollte sich umschauen, doch er konnte sich nicht mehr aus eigener Kraft bewegen.

Er wusste plötzlich, dass er sich nie wieder von dem Rasen erheben würde. Dass er hier sterben würde. Völlig sinnlos. Seine Chance, es der Welt anstelle seines Vaters zeigen zu können und sich für die Schwachen einzusetzen, war vertan.

Für immer.

Caporal Maggiore Capo Scelto Salvatore Usai aus Guspini nahm die Welt um sich herum nur noch wie durch einen Schleier wahr.

Zu seiner eigenen Überraschung war er zu Hause – auf Sardinien; genauer gesagt in Montevecchio, in den Bergen westlich seiner Heimatstadt Guspini. Er lag an einem steilen Hang im dichten Gras, im Schatten der Pinien, und blickte auf das schon lange verlassene Gelände der Erzmine unter sich.

Verfallene Ziegelgebäude und windschiefe Bretterbaracken. Morsche Holztreppen, rostige Eisenbahnschienen, die Schwellen von Unkraut überwachsen.

Er wusste, dass das alles nur ein Traum sein konnte – ein Traum, in den sein Geist vor den schrecklichen Schmerzen geflüchtet war. Schmerzen in seiner Kehle und in seinen Eingeweiden … die zum Glück jetzt nur noch Erinnerung waren.

Das Traumbild veränderte sich inmitten des nebligen Schleiers, durch den Salvatore Usai seine Umgebung wahrnahm. Wie eine Überblendung in einem Film. Das Unkraut und die wuchernden Pflanzen verschwanden, so auch der Rost und der überall herumliegende Unrat. Die Schienen und die Gebäude erhielten ihren alten Glanz zurück, und plötzlich waren da überall Menschen. Eifrig umhereilende Männer und Frauen; in Kleidung aus einem anderen, einem früheren

Jahrhundert. Grob aus Leinen gewebte aschgraue Hemden und Blusen, noch gröbere schwarze Hosen mit ledernen Hosenträgern bei den Männern, die zudem eine ebenso schwarze Mütze auf dem Kopf trugen und schwere dunkelbraune Lederschuhe. Die Frauen trugen weite Röcke, die bis zum Boden reichten und beim Gehen über den staubigen Grund streiften und ihn zu kleinen Wölkchen aufwirbelten.

Die Männer hatten Spitzhacken, Schaufeln und große, schwere Hämmer in ihren schwieligen Fäusten, und selbst die Gesichter und die nackten Unterarme derjenigen, die ihre Schicht unter Tage erst im Begriff waren anzutreten, starrten vor Schmutz.

Die Frauen trugen Weidekörbe mit Wäsche und frisch gebackenem sardischem Brot. Salvatore Usai konnte den mehlig gerösteten Duft bis hier hoch riechen, und das Wasser lief ihm im Mund zusammen – aber es schmeckte seltsam nach Blut.

Vor dem Eingang der eigentlichen Mine stand ein junger Mann mit einem Eselchen – einem *Sardignolo*. Über dessen grauen Rücken waren zweimal zwei aufrecht hängende Holzfässer gespannt. Oben offen und mit langen Blechkellen darin. Frisches Quellwasser. Die Männer, die aus der Mine kamen, standen in einer kleinen Schlange davor, und wer an der Reihe war, drückte dem jungen Mann eine Münze aus Aluminium in die Hand und nahm mit einer der Kellen einen großen, gierigen Schluck von dem Wasser.

Salvatore Usai merkte, dass er jetzt selbst ebenfalls furchtbaren Durst hatte, obwohl doch sein Mund mit der nach Blut schmeckenden Flüssigkeit gefüllt war.

Er erkannte den jungen Mann mit dem Eselchen – obgleich er nur einmal ein Foto von ihm gesehen hatte. Nur ein einziges. Ein uraltes. Ein Foto, auf dem er als Greis abgebildet gewesen war. Sein Name lautete ebenfalls Salvatore Usai, und er war *Caporal Maggiore Capo Scelto Salvatores* Urgroßvater.

Der junge Soldat fühlte im Traum, wie er lächeln musste, und schaute sich unter den Frauen um. Wenn sein Urgroßvater hier war, musste irgendwo auch seine Urgroßmutter sein: Rosa.

Er brauchte nicht lange, um sie zu entdecken. Mit drei der anderen Mädchen zusammen hängte sie gerade Wäsche auf. Sie war die schönste von allen. Hochgewachsen und schlank wie eine phönizische Prinzessin, seidiges, streng zurückgekämmtes Haar von der Farbe einer glänzenden Rabenschwinge, Augen wie polierte Kohle, die Lippen so voll und so rot wie die erste Rose des Sommers.

Rosa!

Salvatore sah von seinem Platz am Hang aus, wie sie immer wieder zu dem jungen Mann mit dem Eselchen hinüberlinste – und wie jener auf diese Blicke mit simmernder Sehnsucht wartete, nur um sie dann jedes Mal mit einem kessen Lächeln zu erwidern.

Selbst auf die Entfernung konnte Salvatore erkennen, wie dieses Lächeln Rosa immer wieder ein wenig erröten ließ, und wenn das Rot allmählich abklang, frischte sie es durch einen weiteren Blick in seine Richtung auf.

Ja, hier bei der Mine von Montevecchio hatten die beiden sich kennen und lieben gelernt, seine Urgroßeltern, erinnerte sich Salvatore Usai, und die Zärtlichkeit dieses Moments zauberte dem jungen Soldaten ein wehmütiges Lächeln ins Gesicht.

Er hatte immer gehofft, dass auch er irgendwann einer Frau wie Rosa begegnen würde; auf eine ähnlich romantische Weise. Der Wasserjunge und das Wäschereimädchen. Stattdessen hatte er eine Daniela gefunden, die ein Foto von seinem zu kleinen Schwanz ins Internet stellte, um ihn der Lächerlichkeit preiszugeben.

Er fühlte einen Stich im Herzen, und dann fiel plötzlich ein Schatten über sein Blickfeld.

Die Sonne über ihm wurde verdunkelt.

Von einer Figur mit einem schrecklich großen Kopf!

War das der Sensenmann, der gekommen war, ihn zu holen?

Salvatore Usai spürte eine verwirrende Mischung aus Erleichterung und Angst. Wie gelähmt lag er da und musste hilflos mit ansehen, wie die Figur sich zu ihm herabbeugte und die Hand nach ihm ausstreckte.

Was da an Hoffnung war, den Schmerz völlig hinter sich zu lassen und all seine Lieben im Himmel wiederzusehen, wich der Furcht. Er schrie auf … das heißt, er wollte aufschreien, doch seiner Kehle entrang sich nur ein gurgelndes Röcheln, und sein eigenes Blut floss ihm über das Kinn. Jetzt roch es auch nicht mehr nach frisch gebackenem Brot, Waschlauge, Piniennadeln und in der Sonne Sardiniens blühendem Rosmarin. Es roch nach Scheiße. Strenger, als er es jemals zuvor gerochen hatte.

Und dann sah er den Kopf über sich immer deutlicher. Er spiegelte sich in dem seltsam glänzenden Gesicht – sah sein eigenes darin; blutverschmiert, blass, ausgemergelt, die Augen mit einem vor Schmerzen beinahe schon wahnsinnigen Schimmer überzogen. Erst jetzt merkte er, dass er tatsächlich auf eine Art Glasscheibe starrte … eine Scheibe in einer haubenförmigen Maske aus weißem Kunststoff … und dass hinter dieser Scheibe, hinter dem Spiegelbild seines eigenen Gesichts ein anderes war … das Gesicht einer Frau.

Sic hatte dunkle Augen und wunderschön volle Lippen,

und für einen Moment dachte Salvatore Usai, es sei Rosa, seine Urgroßmutter, die als Engel gekommen war, ihn zu holen. *Aber Engel tragen keine Schutzanzüge,* dachte er bei sich.

Oder?

Wer konnte schon wissen, was Engel wirklich trugen?

»Mein Name ist Doktor Lysann Benningsen«, sagte die Frau. »Ich bin hier, um Ihnen zu helfen, Soldat.«

Eine Welle der Erleichterung überflutete ihn. Doch dann sah er in ihren dunklen, wunder-wunderschönen Augen die tiefe Traurigkeit …

… und erkannte, dass die einzige Hilfe, die sie ihm noch würde leisten können, jene war, sein Sterben so schmerzlos wie möglich zu machen.

26

Strausberg
Fünfzig Kilometer westlich der Grenze zu Polen
Von-Hardenberg-Kaserne – Poliklinik

Das dreistöckige Krankenhaus der Kaserne quoll förmlich über von Infizierten, Sterbenden und bereits Toten. Sämtliche der über zweihundert Betten waren belegt, und dennoch lagen viele der Soldaten einfach auf Rolltragen in den Fluren und sogar auf dem Boden, weil es keinen anderen Platz mehr für sie gab.

Dr. Lysann Benningsen, ihr Team und das wenige Personal der Klinik, das den Anschlag überlebt hatte, trugen ihre Schutzanzüge. Sie wuschen, verabreichten Medizin – in der

Hauptsache schmerzlindernde – und putzten immer wieder Blut, Erbrochenes und Fäkalien von den Fliesen und Kacheln.

Dr. Benningsen selbst hatte sich mit zwei Assistenten ins wissenschaftliche Labor zurückgezogen. Ihre Hilfe war hier sehr viel mehr vonnöten als draußen bei den Ärzten und Pflegern, denn die grausame Wahrheit war, dass sie dort nichts mehr auszurichten vermochte, hier drin aber sehr wohl.

Dass die Leiterin der auf Bundeskanzler Wagners Befehl hin frisch gegründeten *Zentralen Seuchenbekämpfung* aufgrund der Informationen, die das GTAZ von Marina Marinova erhalten hatte, wusste, wonach sie zu suchen hatte, erleichterte die Identifikation der biologischen Waffe, die hier zum Einsatz gekommen war, ungemein.

Sie stand vor einem Labortisch voller Zentrifugen, Mikroskope, Batterien von Reagenzgläsern und Petrischalen und betrachtete durch die Scheibe ihrer Schutzmaske hindurch die Monitore vor sich. Schweiß lief ihr von der Stirn hinter die Brille in die Augen, aber sie hatte jetzt keine Möglichkeit, ihn wegzuwischen. Er brannte, und sie blinzelte den Schmerz weg, so gut es eben ging.

Auf einem der Bildschirme war die Übertragung aus einem der Mikroskope in mehr als tausendfacher Vergrößerung zu sehen. Die Aufnahme war unscharf, und Dr. Benningsen justierte sie, bis sie schließlich erkennen konnte, womit sie es zu tun hatte.

Zwischen den herkömmlichen Zellen bewegten sich stäbchenartige Gebilde. Gebilde, die auf bizarre Weise durch ihre symmetrische Form beinahe schon künstlich wirkten. Sie traten einzeln auf und in Ketten von drei bis vier der Stäbchen.

An ihrer Identität bestand keinerlei Zweifel. Sie bestätigten den Verdacht, den die Forscherin bereits durch die Symptome der Soldaten gefasst hatte.

»Bacillus anthracis«, sprach sie klar und deutlich in das Headset, das sie unter der Haube ihres Schutzanzugs trug. Durch die Maske hörte sie ihr eigenes Echo.

»Anthrax«, antwortete Patrizia Hardts elektronisch verzerrte Stimme entsetzt.

»Ja«, bestätigte Lysann Benningsen nüchtern. »Wenn auch nicht herkömmlich.«

»Was meinen Sie?«

»Es handelt sich dabei um einen mir bislang völlig unbekannten Bakterienstamm, Frau Hardt«, erklärte sie.

»Spezifizieren Sie bitte.«

»Soweit ich dazu in der Lage bin«, sagte sie. »Der hier vorliegende Stamm weist zwar auffällige Ähnlichkeit mit Anthrax 836 auf, das damals für die Katastrophe in Swerdlowsk 1979 verantwortlich war, aber dieser hier wirkt noch um einiges schneller. Sogar sehr viel schneller. So etwas habe ich noch nicht gesehen.«

»Wie schnell?«

»Die Inkubationszeit und die Pathogenität haben scheinbar einen Schwellenwert von nur wenigen Minuten«, antwortete die Seuchenspezialistin.

»Das ist verflucht schnell!«

»Ja, wie gesagt: Ich habe so etwas auch noch nie gesehen«, wiederholte Benningsen. »Auffällig ist außerdem, dass der Erreger und das von ihm abgesonderte Gift nicht primär die Lunge oder die Haut angreifen, sondern zuerst die Verdauungsorgane. Wir haben es also eindeutig mit Darmmilzbrand zu tun.«

»Was bedeutet das?«, fragte Patrizia Hardt.

»Zunächst zwei Dinge«, antwortete die Ärztin. »Zum einen können wir mit relativer Sicherheit ausschließen, dass es über die Luft übertragen wurde. In hoher Konzentration kann es zwar durchaus auch eingeatmet werden und schaden, aber unter normalem Luftdruck ist diese Konzentration nahezu unmöglich aufrechtzuerhalten, wenn man sich nicht gerade in sagen wir einem oder zwei Meter Abstand von einem Behälter mit Sporen aufhält.«

»Also haben wir es nicht mit einem Gemisch aus Gas und Schwebeteilchen zu tun?«

»Nein«, sagte Lysann Benningsen. »Anders als das ursprüngliche Anthrax 836 ist es mit hoher Wahrscheinlichkeit nicht als Aerosol verbreitet worden.«

»Sondern?«

»Sehr viel wahrscheinlicher wurde es stattdessen über die Nahrung verabreicht. Dafür spricht auch, dass das Zentrum der Todesfälle die Kantine ist. Befragungen der bisher überlebenden Infizierten bestätigen das.«

»Dann besteht keine Ansteckungs- oder Verbreitungsgefahr?«

»Nur nicht über die Luft«, schränkte die Ärztin ein. »Sehr wohl aber über Kontakt zu Körperflüssigkeiten der Infizierten. Blut, Speichel. Auch Anhusten kann die Bakterien übertragen.«

»Zum Zweiten?«, fragte Patrizia Hardt.

Dr. Lysann Benningsens Gesicht wurde noch ernster. »Von allen Anthraxformen, die uns bisher bekannt sind, ist Darmmilzbrand bei Weitem die gefährlichste. Selbst bei einer raschen präventiven Behandlung mit Breitbandantibiotika liegt die Letalität bei weit über fünfzig Prozent. Bei Patienten, die bereits Symptome zeigen, wie blutigen Stuhl oder Blut im Auswurf durch Husten und Erbrechen, ist die Ausbreitung des Gifts, also der Milzbrandtoxine, schon so weit fortgeschritten, dass sie nicht mehr zu retten sind. Wir können nur noch versuchen, ihre Schmerzen zu lindern.«

»Wie viele Opfer?«

»Bereits Tote: einhundertsiebenundsechzig. Infizierte, die Symptome aufweisen: noch einmal mehr als doppelt so viele. Darüber hinaus haben wir rund fünfhundert weitere Soldaten, die sich im näheren Umfeld der Kantine aufhielten, unter Quarantäne gestellt und behandeln sie vorbeugend mit Antibiotika. Aber unsere Vorräte gehen trotz intensiver Hilfestellung durch das Robert Koch-Institut schnell zur Neige.«

»Bitte tun Sie, was Sie können.«

27

GTAZ
Kommandozentrale

Es dauerte nicht einmal bis zum späten Vormittag, ehe die Nachricht von dem Anschlag auf die Kaserne in Strausberg durch die Medien ging wie ein Steppenbrand.

Anti-NATO-Demonstranten hatten mit ihren Smartphones und Camcordern durch die Zäune hindurch das Sterben der Soldaten im Umfeld der Kantine gefilmt. Es waren schlechte Aufnahmen von mehr als mangelhafter Qualität, aus weiter Entfernung geschossen, aber man konnte darauf durchaus erkennen, dass auf dem Kasernengelände etwas Schreckliches passierte.

Es hatte im Anschluss an die ersten Clips im Internet naturgemäß nicht mehr sehr lange gedauert, und es waren echte Reporter bei der Von-Hardenberg-Kaserne aufgetaucht, mit wesentlich besserer Ausrüstung, die um einiges klarere Bilder machte.

Bilder, die jetzt nicht nur im Internet gezeigt wurden, sondern auch in den nationalen Nachrichten.

Es lief auf allen Kanälen.

GIFTGASANSCHLAG AUF DIE NATO!

DEUTSCHE KASERNE UNTER BESCHUSS!

KATASTROPHE IN STRAUSBERG!

BIOLOGISCHE WAFFEN AUF DEUTSCHEM BODEN!

TERRORATTACKE AUF DEUTSCHE KASERNE!

HAT DER KRIEG BEREITS BEGONNEN?!

Für die Medien spielte es ganz offensichtlich überhaupt keine Rolle, dass sie noch nicht auch nur die geringste Ahnung davon hatten, was sich in der Kaserne in Wahrheit abgespielt hatte und wer dafür verantwortlich war; sie taten das, was sie immer taten: Sie schlugen ihre Zeilen, und sie schlugen sie unter dem Deckmantel der Informationsfreiheit gnadenlos mitten hinein ins Herz der Furcht der ahnungslosen Bevölkerung. Einer Furcht, die nach den Terroranschlägen des vergangenen Jahres nie ganz verklungen war.

Tausende Bürger Strausbergs verließen die Stadt Hals über Kopf in ihren Autos, auf Fahrrädern und zu Fuß.

Der Bahnhof war binnen weniger Minuten lahmgelegt. Er war so vollgestopft mit Menschen, die in der Masse auch immer wieder auf die Gleise gestoßen wurden, dass es unverantwortlich gewesen wäre, auch nur noch einen Zug hineinzulassen.

Auf den Straßen rund um Strausberg kam es zu Auffahrunfällen und kilometerlangen Staus.

Den in Windeseile veranlassten Versicherungen der Behörden, dass für die Bevölkerung keinerlei direkte Gefahr bestand, wollte niemand Glauben schenken.

Patrizia Hardt, die die Nachrichten mit den Bildern von der Kaserne und der in Panik geratenen und flüchtenden Bevölkerung auf den Monitoren der Kommandozentrale verfolgte, konnte es den Menschen nicht einmal verdenken.

Solange die Karten über das, was in der Kaserne tatsächlich geschehen war, nicht offen auf den Tisch gelegt werden konnten, war eine vernünftige Aufklärung undenkbar.

Aber selbst dann, das wusste sie sicher, würde alleine die Erwähnung der Worte ANTHRAX oder MILZBRAND zu wahrscheinlich noch sehr viel größerer Panik führen als schon die bisher eher inkohärenten Vermutungen, dass der Anschlag irgendetwas mit der im Internet durch die Terroristen angekündigten Maßnahme gegen die Mobilmachung der NATO zu tun haben musste.

»Und Doktor Benningsen ist sich absolut sicher, dass es sich nicht um ein Aerosol handelt?«, fragte Bundeskanzler Wagner über ihr Headset.

»Ja«, bestätigte Patrizia Hardt. »Die Sporen waren in den Lebensmitteln in der Kantine verteilt.«

»Also keine direkte Bedrohung für das Umland?«, hakte der Bundeskanzler nach.

»Nein«, antwortete Patrizia Hardt. »Es besteht zwar eine extrem hohe Ansteckungsgefahr bei direktem Kontakt mit infizierten Personen und wenn man sich ohne Schutzanzug zu nah an den vergifteten Lebensmitteln aufhält, aber keine für die Bevölkerung in der Umgebung der Kaserne. Dennoch sind natürlich die Evakuierungsprotokolle in Kraft, um die ausgebrochene Panik nicht zu einer noch größeren Katastrophe werden zu lassen. Auch wenn es sich im Moment so anfühlt, als sei das ein Tropfen auf den heißen Stein.«

»Es ist wahrlich nicht auszudenken, was passiert wäre, wenn die Terroristen das Gift als Gas eingesetzt hätten«, sagte Wagner. »Bitte verstehen Sie mich nicht falsch. Nicht, dass die aktuelle Situation nicht schon schlimm genug wäre …«

»Ich weiß genau, was Sie meinen«, erwiderte sie, und die Vorstellung einer Vergiftung durch ein Aerosol, das sich weit über die Grenzen der Kaserne verteilt hätte, ließ ihr einen kalten Schauer über den Rücken laufen. »Ich denke, die Terroristen wollten damit ganz klar einen weiteren Warnschuss setzen.«

»Einen Warnschuss?«, fragte der Bundeskanzler ungläubig. »Das war eine ausgewachsene Attacke!«

Patrizia Hardt schüttelte den Kopf, obwohl sie wusste, dass Wagner das nicht sehen konnte.

»Nicht in den Augen der Terroristen«, sagte sie schnell. »Bitte stellen Sie sich einmal vor, sie hätten nicht räumlich relativ beschränkten Darmmilzbrand in seiner schnell wirkenden Variante eingesetzt, sondern stattdessen Lungenmilzbrand, Lassafieber, Ebola oder gar die Beulenpest. Inkubation und Pathogenität wären so langsam und unbemerkt vonstattengegangen, dass sich die Epidemie weit ausgebreitet hätte, ehe sich überhaupt die ersten Symptome gezeigt und wir es gemerkt hätten. Nein, ich denke, es war kein Zufall, dass sich die Terroristen mit dem ersten Anschlag auf ein kleines Gebiet und auch direkt auf einen NATO-Stützpunkt konzentriert haben.«

»Sie sind also der Überzeugung, es geht weiter?«

»Ja.«

»Und die Attentäter heben sich die noch schwereren Kaliber für später auf?«

»Da bin ich mir absolut sicher, Herr Bundeskanzler«, antwortete sie. »Wenn wir und die NATO nicht nachgeben und die Mobilmachung nicht stoppen, werden mit an Sicherheit grenzender Wahrscheinlichkeit schon bald weitere Anschläge folgen.«

»Wir müssen herausfinden, wer dahintersteckt«, sagte er. »So schnell wie nur möglich.«

»Das Team arbeitet unermüdlich daran«, versicherte sie. »Wir gehen alle Identifizierungsprotokolle durch, die uns zur Verfügung stehen.«

»Ich weiß, dass Sie und Ihre Leute Ihr Bestes geben«, sagte der Bundeskanzler, »aber die Umstände zwingen mich dazu, Sie aufzufordern, Ihre Bemühungen zu verstärken.«

»Verstanden, Herr Bundeskanzler.«

»Melden Sie sich, sobald es neue Erkenntnisse gibt.«

»Bitte verlassen Sie sich darauf«, sagte Patrizia Hardt. »Und auch auf uns.«

Sie hatten das Gespräch gerade beendet, als Special Agent Jennifer Rodriguez die Kommandozentrale betrat. Ihre hektischen, weit ausholenden Schritte und der finstere Ausdruck auf ihrem Gesicht verhießen nichts Gutes.

»Es wird Zeit, die Karten auf den Tisch zu legen, Frau Hardt!«, sagte sie schneidend. »Meine Vorgesetzten und ich lassen uns nicht länger an der Nase herumführen!«

Patrizia Hardt atmete tief ein, um sich zu sammeln. »Worauf wollen Sie hinaus, Special Agent?«, fragte sie ausweichend, um in der gerade auf sie zukommenden Konfrontation so wenig angreifbar wie nur möglich zu bleiben.

»Worauf ich hinauswill?«, fragte die CIA-Agentin aufgebracht. »Ich weiß nicht, worüber ich mich mehr entrüsten soll, Frau Hardt: Über Ihre Geheimnistuerei oder Ihren Glauben, ich sei zu dumm, Ihr Spielchen zu durchschauen.«

»Geheimnistuerei gehört zu meiner Job-Beschreibung«, erwiderte Patrizia Hardt, ohne jeglichen Anflug von Ironie oder

Zynismus. »Ich gehe davon aus, Sie haben dafür Verständnis. Aber ich kann Ihnen versichern, dass ich Sie ganz bestimmt nicht für dumm halte. Die Lage, in der wir uns befinden, ist prekär; das ist der einzige Grund, der mich dazu zwingt, einzelne Informationen in der Schwebe zu halten. Für uns – damit meine ich mein Land – steht einfach sehr viel mehr auf dem Spiel als für Sie – und damit meine ich das Ihre. Partnerschaft hin oder her.«

»Partnerschaft?«, fragte die Amerikanerin. »Sie wagen es, noch von Partnerschaft zu sprechen? Wir werden sehen, was Aaron Rothchild und SACEUR Hendersen dazu sagen!«

Damit drehte sie sich um und verließ die Zentrale noch schneller, als sie sie betreten hatte.

»Was zur Hölle …?«, sprach Patrizia Hardt entgeistert vor sich hin.

»Ich befürchte, ich weiß, was sie meint«, sagte Martin Curtze von hinter seinem Schreibtisch und fügte ein wütendes »Fuck!« hinzu.

28

Bundeskanzleramt
Büro des Bundeskanzlers

»Verbinden Sie mich mit Präsident Dragomirov«, sagte Bundeskanzler Wagner über das Mikrofon seines Tischtelefons zu ChefBK Adrian Richter.

»Ich fürchte, das muss warten«, antwortete der. »Ich habe SACEUR Hendersen in der Leitung.«

»Scheiße«, entfuhr es Wagner. Hendersen war in etwa der Letzte, mit dem er jetzt sprechen wollte. Aber es hatte keinen Sinn, das Unvermeidbare auf die lange Bank zu schieben. Soldaten der NATO waren auf deutschem Boden, also unter seiner Wache, umgebracht worden, und noch mehr würden der Krankheit in den folgenden Stunden erliegen. Es gab für Wagner keine Alternative, als dafür gegenüber dem Oberbefehlshaber des Verbunds geradezustehen. »Stellen Sie ihn bitte durch.«

Er wartete mit einem quälenden Ziehen in den Eingeweiden das leise Klicken in der Leitung ab und meldete sich so höflich er dies in Anbetracht der jetzigen Situation nur konnte. »Commander Hendersen, was kann ich für Sie tun?«

»Herr Bundeskanzler, wir müssen reden!«

»Natürlich, Commander.«

»Ich habe gerade über CIA-Sektionschef Aaron Rothchild und seine Mitarbeiterin Special Agent Rodriguez in Erfahrung gebracht, dass die Mannschaft, die mit der Untersuchung der Kantine in der Kaserne beauftragt war, im Keller derselben die Leiche einer gewissen Herta Kowska gefunden hat.«

Wagner fluchte in sich hinein.

Wie konnte der SACEUR das nur vor ihm erfahren haben? Da er sich nicht vorstellen konnte, dass Patrizia Hardt schlampig gearbeitet hatte, war die einzige Erklärung dafür, dass ein Mitglied der Untersuchungsmannschaft, die aus deutschen, englischen, italienischen und amerikanischen NATO-Soldaten bestand, die CIA noch vor dem GTAZ informiert hatte.

»Diese Information ist bisher noch nicht zu mir durchgedrungen, Commander«, sagte Wagner vorsichtig und wahrheitsgetreu. »Welche Relevanz besitzt sie?«

»Das will ich Ihnen gerne sagen, Herr Bundeskanzler«, antwortete SACEUR Hendersen. Seine Stimme war kühl, beinahe feindselig. »Alles deutet darauf hin, dass es diese Herta Kowska war, die den Anschlag auf unsere Soldaten verübt hat. Und das stellt in vielfacher Hinsicht ein Problem dar.«

»Ich würde es begrüßen, wenn Sie zum Punkt kämen, SACEUR Hendersen«, sagte Wagner und musste sich mehr und mehr zwingen, angesichts Hendersens oberlehrerhaften Tons die Höflichkeit in seiner Stimme zu wahren. »Von welchem Problem reden Sie?«

»Ich denke, das Grundproblem ist, dass wir nicht länger einschätzen können, auf welcher Seite Sie und Ihr Land eigentlich stehen, Herr Bundeskanzler«, antwortete der SACEUR.

»Auf welcher Seite?«

»Ja, auf welcher Seite«, wiederholte der Commander. »Auf der Seite der NATO oder auf der Seite Russlands. Oder vielleicht spielen Sie auch Ihr ganz eigenes Spiel.«

»Das ist eine ziemlich schwere Anschuldigung, Hendersen«, erwiderte Wagner.

»Noch ist es keine Anschuldigung, Herr Bundeskanzler. Lediglich ein Ausdruck unserer Verwirrung.«

»Vielleicht werden Sie einfach konkreter, damit wir beide wissen, wovon Sie eigentlich reden.«

»Diese Herta Kowska ist deutsche Staatsbürgerin«, sagte Hendersen. »Sie war bei der Nationalen Volksarmee und nach der Wiedervereinigung bei der Bundeswehr. Das bedeutet, eine Lesart der Ereignisse ist, dass es eine deutsche Soldatin war, die das Attentat auf die NATO und damit auch auf amerikanische Soldaten verübt hat.« Er ließ die Worte im Raum stehen.

Wagner wusste, dass er etwas erwidern musste, um diesen unterschwelligen und in der augenblicklichen Lage äußerst gefährlichen Vorwurf zu entkräften.

Der SACEUR hatte damit eindeutig signalisiert, dass er dazu bereit war, ein Szenario zu entwickeln, in dem Deutschland die Rolle eines Feindes der NATO einnahm.

Die Konsequenzen waren nicht auszudenken! Führten Wagners Bemühungen, die Balance zwischen Westen und Osten und damit den Frieden zu wahren, jetzt dazu, dass der Westen sich auch gegen Deutschland wandte?

»Sie haben noch mehr herausgefunden«, sagte Wagner. »Sonst würden wir dieses Gespräch nicht führen. Stattdessen hätten Sie eine NATO-Konferenz einberufen und ein Veto gegen Deutschland ausgesprochen oder uns gleich den Krieg erklärt.«

»Das ist wahr, aber was nicht ist, kann durchaus noch werden, Herr Bundeskanzler.«

»Ich warne Sie, gehen Sie nicht zu weit, Hendersen«, sagte Wagner. »Europa würde ein derart aggressives Verhalten der USA nicht tatenlos hinnehmen.«

»Sie sind nicht in der Position, mich vor irgendetwas zu warnen, Herr Bundeskanzler«, gab der SACEUR zurück. »Unter den Opfern waren Soldaten sämtlicher Mitgliedsstaaten der NATO. Das Szenario wäre nicht ›USA gegen Europa‹; es wäre ›Die freie Welt gegen eine Allianz zwischen Russland und Deutschland‹. Sie erinnern sich sicher, es gab diese Allianz schon einmal – zu Beginn des Zweiten Weltkriegs. Und die Furcht davor sitzt der Welt noch immer in den Knochen.«

»Ich versichere Ihnen, dass eine solche Allianz nicht existiert, und ich werde …«

»Wie erklären Sie es sich dann, dass besagte Herta Kowska

und ihr Mann Emil jahrzehntelang auch von Russland bezahlt wurden?«, unterbrach der SACEUR ihn.

»Ich nehme an, das ist bereits des Rätsels Lösung«, sagte Wagner. »Die beiden müssen russische Spione gewesen sein.«

Er merkte zu spät, dass er in seinem Versuch, Deutschland aus der Schusslinie zu ziehen, gerade Russland mitten ins Fadenkreuz geschoben hatte.

Hendersen hatte ihm eine Falle gestellt, und er war mitten hineingetreten.

Der SACEUR reagierte wie erwartet. »Aha! Also sind Sie mit mir einer Meinung, dass es die Russen waren, die das unverzeihliche Attentat auf unsere Soldaten verübt haben? Dass sie uns damit unmissverständlich den Krieg erklärt haben und dass es darauf nur eine einzige mögliche Reaktion geben kann!«

Wagner wusste, dass seine einzige Chance jetzt eine harte Linie war. »Nein, Commander, ich bin nicht davon überzeugt, dass es die Russen waren. Ich denke nach wie vor, dass wir es hier mit einem terroristischen Anschlag zu tun haben.«

»Nach wie vor?«

»Ja, nach wie vor.«

»Und Sie sind bereit dazu, damit den Eindruck zu vertiefen, dass Sie und Ihr Land mit Russland unter einer Decke stecken?«

»Alles, wozu ich bereit bin, Commander, ist, mit allen Mitteln zu versuchen, den Frieden zu wahren.«

»Ich fürchte, das ist ein Luxus, den weder wir noch Sie sich in der gegenwärtigen Situation leisten können, Herr Bundeskanzler«, sagte der SACEUR. »Sie sollten entscheiden, auf welcher Seite Sie stehen, und ich lege Ihnen ans Herz, diese

Entscheidung durch Taten zu untermauern, sonst sehe ich Ihre Position in unserer Allianz mehr als gefährdet. Ich werde umgehend eine Konferenz einberufen lassen.«

Wagner sah ein, dass er Deutschland mit seinem Kurs trotz oder gerade wegen seiner Vorsicht letztendlich mitten in die Zwickmühle manövriert hatte – genau zwischen die Fronten.

»Commander, geben Sie mir und meinen Leuten achtundvierzig Stunden«, sagte er. »Wir werden beweisen, dass das Attentat von Terroristen verübt wurde, und wir werden diese Terroristen zur Strecke bringen.«

»Herr Bundeskanzler, ich muss Ihnen gegenüber nicht besonders betonen: Wir haben eine Verpflichtung unseren Völkern gegenüber. Sie können nach diesem schrecklichen Angriff, nach diesem heimtückischen Mord an unseren Soldaten nicht erwarten, dass die Bürger unserer Länder Untätigkeit hinnehmen würden. Sie wollen Rache für den Tod ihrer Söhne, Töchter, Brüder, Schwestern!«

»Rache ist nicht unsere Aufgabe, Commander«, hielt Wagner dagegen. »Aber wir werden die Verantwortlichen zur Rechenschaft ziehen. Wenn achtundvierzig Stunden zu viel sind, geben Sie uns wenigstens vierundzwanzig, ehe Sie die Konferenz einberufen.«

Der SACEUR zögerte hörbar. »In Ordnung«, sagte er schließlich. »Vierundzwanzig Stunden, Herr Bundeskanzler. Keine Minute länger!«

29

GTAZ
Kommandozentrale

Bundeskanzler Wagner schilderte Patrizia Hardt per Telefon das Ultimatum, das SACEUR Hendersen ihm gestellt hatte, mit wenigen, klaren Sätzen und endete mit: »Wir haben also nur noch vierundzwanzig Stunden. Wenn wir die Terroristen und die Information über die Standorte der Depots nicht aufspüren, wird es aller Wahrscheinlichkeit nach zu einem Krieg kommen. Und nach den neusten Entwicklungen ist nicht mehr eindeutig absehbar, ob die NATO uns dabei als Verbündeten oder als Gegner auf der Seite Russlands einordnet.«

»Das kann unmöglich deren Ernst sein«, kommentierte Patrizia Hardt überrascht.

»Ich fürchte schon«, sagte der Bundeskanzler. »Im Versuch, der Situation Herr zu werden, sind wir ganz offenbar einen zu wenig eindeutigen Kurs gefahren. Wir müssen uns durchaus auf das Schlimmste gefasst machen. Verteidigungsminister Ney erarbeitet mit seinem Stab bereits im Geheimen Szenarien für den Fall, dass wir zwischen die Fronten geraten. Aber besonders vielversprechend sehen die Optionen hier nicht aus.«

»Ganz zu schweigen davon, dass die Terroristen weitere Anschläge verüben werden«, ergänzte Patrizia Hardt.

»Dessen sind Sie sich nach wie vor sicher?«

»Absolut«, sagte sie entschieden. »Und der nächste wird unter Garantie noch schwerer ausfallen als die Anthrax-Attacke auf die Kaserne in Strausberg.«

»Gibt es irgendetwas, Frau Hardt, was ich Ihnen als Unterstützung noch zukommen lassen kann, um Ihnen bei der schnelleren Aufklärung behilflich zu sein?«, fragte Wagner.

»Nein«, sagte sie, auch wenn sie wünschte, es wäre anders. »Alle Posten arbeiten mit Volldampf, die Vernetzung zu den übrigen Behörden und auch den ausländischen Agenturen läuft so gut, wie sie nur laufen kann, und Doktor Benningsen und ihr Team sind neben dem Einsatz in der Kaserne in Zusammenarbeit mit dem Robert Koch-Institut voll damit beschäftigt, so viel Breitbandantibiotika auf Vorrat herzustellen wie nur irgend möglich, um im Falle einer weiteren Attacke die Bevölkerung zu schützen.«

»Wie kommt sie voran?«

»Nicht so gut, wie es wünschenswert wäre.«

»Werden Sie bitte konkreter.«

»Die Zahlen sind nicht besonders vielversprechend«, gab Patrizia Hardt zu. »Ich lasse Ihnen die genauen Daten per Intranet zukommen, aber zusammenfassend kann man sagen: Die Menge, die an Antibiotika hergestellt werden kann, ist durch die zur Herstellung benötigten Grundstoffe und die zur Verfügung stehende Zeit extrem begrenzt, und die bestehenden Vorräte sind durch den Angriff auf Strausberg bereits stark angegriffen.«

»Das heißt?«

»Was in der Kürze der Zeit produziert werden kann, ist nicht mehr als ein Tropfen auf den heißen Stein; aber wir sind bereits an der Kapazitätsgrenze.«

»Das klingt nicht gut«, sagte der Bundeskanzler.

»Ganz und gar nicht«, bestätigte Patrizia Hardt. »Niemand ist auf einen solchen Härtefall vorbereitet.«

»Die Gesundheitsminister hätten früher auf Doktor Benningsen hören sollen.«

»Absolut.«

»Ich werde mit Außenminister Weiß und Verteidigungsminister Ney sprechen, damit sie unsere Nachbarstaaten und die Mitglieder der NATO darum bitten, uns bei der Versorgung mit Antibiotika zu unterstützen«, versprach Wagner.

»Ich fürchte, das wird nichts oder zumindest nicht besonders viel bringen, Herr Bundeskanzler«, sagte Patrizia Hardt offen. »Doktor Benningsen hat sich bereits mit der WHO, der Weltgesundheitsbehörde, und über alle möglichen internationalen Kontakte des Robert Koch-Instituts mit unseren Nachbarn und den NATO-Mitgliedsstaaten in Verbindung gesetzt.«

»Und?«

Sie seufzte. »Unsere Nachbarn sind durch das Attentat auf unseren Stützpunkt in Strausberg dermaßen eingeschüchtert, dass sie ihre Vorräte für sich selbst beanspruchen. Nachvollziehbarerweise. Für unsere Partner bei der NATO – auch die, die nicht unsere direkten Nachbarn sind – gilt das Gleiche. Sie alle rechnen entweder mit einer Epidemie oder Attacken auf ihre eigenen Länder. Einzig die WHO setzt sich ein, aber auch deren Vorräte sind im Vergleich zum möglichen Bedarf erschreckend gering.«

»Was ist mit den Pharmakonzernen?«, fragte Wagner.

»Die unsrigen unterstützen uns bereits, wo sie nur können«, antwortete sie. »Und das, obwohl die Nachfrage nach Antibiotika auf dem Weltmarkt und damit auch die Preise jetzt natürlich in völlig neue Höhen geschossen sind.«

Ihre eigenen Worte lösten einen Gedankenblitz bei Patrizia Hardt aus. »Einen kleinen Augenblick bitte, Herr Bundeskanzler.«

Konnte es möglicherweise so einfach sein?

Sie schaltete Wagner auf stumm und wandte sich an die

Analystin Saskia Schäfer: »Sassi! Bitte nehmen Sie sich Schenk und gehen Sie die Bewegungen der Aktienmärkte der vergangenen Tage durch – ganz besonders Auffälligkeiten im Bereich Pharmaindustrie.«

Saskia schaute sie fragend an.

»Mir kam gerade der Gedanke: Vielleicht ist das Interesse der Terroristen gar kein politisches«, erklärte Patrizia Hardt, »sondern ein rein materielles. Sie allein wussten vorab, was sie anrichten würden und wie sehr sich das auf die Aktien der Pharmaindustrie der ganzen Welt auswirken würde. Überprüfen und katalogisieren Sie bitte alle größeren und vor allem ungewöhnlichen Datenschwankungen.«

Saskia nickte. »Machen wir. Und wir sollten außerdem auch alle scheinbar zufälligen Schwarmkäufe kleinerer Chargen ins Auge fassen, um zu prüfen, ob sie irgendwo im Hintergrund an einer Stelle wieder zusammenlaufen«, rief sie ihrem Kollegen Schenk zu.

Patrizia Hardt nickte und bewunderte wieder einmal, wie schnell Saskia mitdachte. »Ja. Falls die Terroristen es auf Geld abgesehen haben, ist es nicht ausgeschlossen, dass sie über Strohmänner agiert haben, um ihre Spuren zu verwischen.«

Sogleich nachdem Saskia und Schenk sich an die Arbeit gemacht hatten, berichtete Patrizia Hardt Bundeskanzler Wagner von ihrer Überlegung.

»Sie meinen wirklich, dass es so einfach sein könnte?«, fragte Wagner zweifelnd.

»Wenn man ihnen erst einmal auf die Spur gekommen ist, sind im Grunde genommen alle Motive sämtlicher Terroristen recht einfach«, antwortete sie.

»Dann lassen Sie uns hoffen, dass es die richtige Spur ist«, sagte er. »Die Zeit drängt!«

30

GTAZ
Kommandozentrale

Etwas mehr als eine Stunde später hatte Saskia Schäfer tatsächlich etwas gefunden. »Wir sind mit der Suche durch und haben, anders als erwartet, keine Auffälligkeiten in der Pharmaindustrie gefunden«, berichtete sie. Sie stand aufgeregt auf beiden Füßen wippend mit dem Tabletrechner in ihren kleinen Händen neben Patrizia Hardts Station und schickte die Daten mit hektischen Wischern über das Glasdisplay auf den großen Monitor gegenüber.

Patrizia Hardt konzentrierte ihren Blick darauf. Ihre Augen waren angestrengt vom stundenlangen Lesen am Computer und brannten, obwohl sie gerade Augentropfen genommen hatte. Außerdem hatte sie Kopfschmerzen. Sie sah nur haufenweise Zahlenkolonnen und komplizierte Grafiken, die ebenso gut chinesische Schriftzeichen hätten sein können.

Sassis triumphierendes Lächeln gepaart mit einem begeisterten Blick ließ jedoch darauf schließen, dass sie nicht nur etwas, sondern etwas Entscheidendes entdeckt hatte. Ihr gespanntes Schweigen wiederum gab Anlass zu der Vermutung, dass die junge Analystin wohl davon ausging, dass Patrizia Hardt sofort erkennen musste, was es war, was sie ihr da zeigte.

»Sassi«, sagte Patrizia Hardt ungeduldig und rieb sich mit den Fingerspitzen den Haaransatz über Stirn und Ohren. »Reden Sie bitte mit mir. Ich kann das, was Sie mir da zeigen, ohne wenigstens ein paar Hinweise ebenso wenig lesen wie Ihre Gedanken. Also klären Sie mich freundlicherweise auf.«

»Waffenindustrie«, sagte die junge Analystin – als würde das die Dinge klarer machen.

»Sassi!«, sagte Patrizia Hardt mit mahnendem Unterton. Sie musste sich ernsthaft zusammenreißen, die Kollegin nicht anzubrüllen, auch wenn ihr klar war, dass Saskia nichts dafür konnte, dass sie so gereizt war. »Das ist wirklich nicht die Zeit für Ratespielchen.«

Saskia Schäfers Lächeln verschwand, und sie blickte Patrizia Hardt verstört an.

Die Leiterin des GTAZ kannte diesen Blick – nicht zuletzt von sich selbst. *So sieht ein Spezialist aus, der verwirrt ist darüber, dass niemand anderes die Dinge sehen kann, die ihm selbst doch so offensichtlich erscheinen.*

»Was Sie hier sehen, ist eine gewaltige Aktienmarkt-Singularität«, erklärte Saskia Schäfer schließlich.

»Singularität im Sinne von beispiellos oder eigentümlich, sonderbar?«, fragte Patrizia Hardt.

»Ob beispiellos, habe ich nicht überprüft«, antwortete Saskia. »Aber auf jeden Fall hochgradig sonderbar. Doch wie gesagt: nicht im Bereich Pharmaindustrie, sondern *ukrainische Waffenindustrie* und *Rohstoffe*.«

Patrizia Hardt horchte auf.

»Wie Sie mit Sicherheit wissen, war die Ukraine schon immer der Hauptlieferant für Waffen und Waffensysteme an Russland«, fuhr die junge Analystin jetzt sprudelnd fort. »Mit dem Konflikt zwischen den beiden Ländern und den damit einhergehenden Wirtschafts- und Handelssanktionen hat die Ukraine sämtliche Lieferungen von Waffen an Russland unterbunden.«

»Ich nehme an, ein weiterer Grund war, dass man seinem

Feind einfach keine Waffen liefert«, ergänzte Patrizia Hardt mit einer Spur Ironie, erstaunt über Saskias rein objektive Einschätzung der beschriebenen Situation.

»Oh, natürlich«, sagte Saskia sofort. »Das dürfte freilich auch eines der Motive gewesen sein. Logisch. Auf jeden Fall haben die ukrainische Waffenindustrie und in der Folge auch die Rohstoffindustrie extrem darunter gelitten, den einzigen wirklich nennenswerten Kunden verloren zu haben. Die Aktienkurse sind von einer Stunde auf die nächste in den Keller gefallen. Sie waren, wie man so schön sagt, nicht einmal mehr das Papier wert, auf das sie gedruckt waren.«

Sie machte wieder ein paar hektische Bewegungen mit dem Finger auf der Glasoberfläche ihres Tabletrechners, und Patrizia Hardt konnte auf dem großen Monitor sehen, dass sie damit die Tiefstwerte optisch markierte.

Und dann sah auch sie es!

»Jemand hat sie aufgekauft«, bemerkte sie.

»Massenweise«, bestätigte Saskia. »Zu Spottpreisen.«

»Und Sie haben natürlich auch herausgefunden, wer sie aufgekauft hat«, vermutete Patrizia Hardt.

Saskia nickte. »Der Aufkauf fand zwar über eine ganze Reihe von Strohmännern und Scheinfirmen statt, war aber zeitlich eindeutig orchestriert.«

»Wie eindeutig?«

»Das Zeitfenster war so unnatürlich eng, dass es Grund genug gab für die Annahme, dass alles zentral organisiert war. Also haben Schenk und ich nach Querverbindungen zwischen den Käufern gesucht.«

»Und?«

»Die Käufe laufen tatsächlich alle zusammen«, sagte Saskia und wischte über das Tablet. »Sowohl vertikal als auch horizontal.«

Auf dem großen Monitor erschien eine Serie von Fotos von immer wieder ein und demselben Mann: Schnappschüsse von luxuriösen Partys in Villen und auf Jachten, Bilder von ihm auf der Bärenjagd, auf einem Staatsbegräbnis gleich in der ersten Reihe hinter dem Sarg, vor der Freiheitsstatue.

Der Mann war auffällig klein gewachsen, aber selbst durch die maßgeschneiderten Anzüge hindurch erkannte man leicht, dass er gedrungen war und muskulös. Seine Glatze hatte er stets makellos rasiert. Er war Anfang vierzig – und Patrizia Hardt kannte ihn. Zumindest wusste sie, wer er war. Wie mit ihr vermutlich die halbe Welt.

»Viktor Federenko«, sagte sie.

Saskia Schäfer nickte. »Ukrainischer Oligarch. Wirtschaftsmagnat. Hat seine Finger mehr oder weniger überall mit im Spiel: Erdöl, Gas, Wasserkraftwerke, Pharmaindustrie, Telekommunikation und Internet, Ackerbau und Viehzucht, Immobilien, Reedereien, Kosmetik, Textil, Unterhaltungselektronik, Fahrzeugbau und Tourismus. Also das volle Programm – mit Ausnahme von Waffen. Damit hatte er bis vor Kurzem überhaupt nichts zu tun.«

»Woher dann jetzt das plötzliche Interesse?«, fragte Patrizia Hardt mehr sich selbst als Saskia.

»Ich habe keine Ahnung«, gestand die junge Analystin. »Aber fest steht, dass er die Aktienmehrheit der ukrainischen Waffenhersteller und Rohstoffförderer direkt vor der Ausstrahlung des Videos von Böllings Ermordung erworben hat – und dass der Wert der Aktien sich seitdem mehr als verhundertfacht hat.«

»Was?! Wieso steigen die Aktien?«, fragte Patrizia Hardt. »Das ergibt keinen Sinn.«

Saskia Schäfer zuckte mit den Schultern. »Ich kann es Ihnen nicht sagen.«

Stefan Schenk schaltete sich von seinem Platz aus ein: »Auf jeden Fall haben wir jetzt, nachdem wir wussten, wonach wir zu suchen hatten, herausgefunden, dass Viktor Federenko zur gleichen Zeit wie Bölling und Kuznetsov in Macao war.«

»Und wir haben Sprachaufnahmen von ihm mit der Stimme auf dem Video von Böllings Ermordung verglichen«, fügte Saskia Schäfer hinzu, wischte über ihr Tablet und warf damit weitere Grafiken auf den großen Monitor.

Sie zeigten Frequenzmuster.

Ein weiteres Wischen, und sie überlappten.

Zu hundert Prozent.

Saskia kommentierte das Offensichtliche trotzdem noch einmal: »Sie sind identisch!«

Patrizia Hardt holte tief Luft. Ein wichtiger Schritt war getan. Sie hatten tatsächlich endlich entdeckt, wer hinter den Anschlägen steckte!

Jetzt mussten sie ihn nur noch finden, ihn ausschalten und die gestohlenen Daten zu den Depots mit den biologischen Waffen sicherstellen.

»Kennen wir Viktor Federenkos aktuellen Aufenthaltsort?«, fragte sie Saskia.

»Wir arbeiten daran!«

31

Moskau – Großer Kremlpalast
Sitz des russischen Präsidenten

Pyotr Anatolyevich Dragomirov schaute aus den Fenstern seines Büros. Draußen regnete es in Strömen. Die Wolkendecke hing dicht und bedrohlich tief über dem Roten Platz. Dahinter verschmolz sie mit dem Horizont hinter der Hauptstadt Russlands. Ein tiefgrauer, beinahe schon schwarzer Schleier hing dazwischen. Ein Trauerschleier. Es war, als würde selbst der Himmel die in Deutschland gestorbenen NATO-Soldaten beweinen.

Stumm verfluchte Dragomirov alle seine Vorgänger, die von dem Projekt GIFT gewusst und nichts dagegen unternommen hatten. Sie hatten in ebenjenem mit edlen Hölzern verkleideten Büro gesessen, in dem er jetzt gerade stand – die Hände hinter dem Rücken verschränkt, die Schultern gebeugt –, und sie hatten entweder gegen jegliche reelle Chance darauf gehofft, dass die Depots mit den biologischen Waffen irgendwann einmal völlig in Vergessenheit geraten oder aber im Fall der Fälle willkommen und nützlich sein würden.

Wenn Kuznetsov nicht schon tot wäre, würde er ihn auf der Stelle hinrichten lassen!

Dragomirov musste gestehen, dass er die Angst, die den älteren Generationen noch tief in den Knochen steckte, nur äußerst abstrakt nachvollziehen konnte – die schrecklichen Dinge, die in den beiden großen Kriegen begangen worden waren, lagen einfach zu weit zurück. Entsprechend war auch der durch die Untaten geschürte Hass, den Kuznetsov und seine Zeitgenossen empfunden haben mussten, schwer nachvollziehbar.

Doch keine Angst der Welt – und auch kein Hass – rechtfertigte etwas so Unmenschliches wie das Projekt GIFT.

Auch Dragomirov hatte Familienangehörige verloren beim Angriff der Deutschen auf seine Heimat; aber das war etwas, das vor sehr, sehr langer Zeit geschehen war; etwas, das er nur aus Erzählungen seiner Großmutter und ihrer beiden Schwestern wusste – dazu hatte er selbst keinen realen emotionalen Bezug mehr.

Natürlich waren diese grausamen Verbrechen geschehen, ganz gleich, welchen Bezug er dazu hatte oder was er wie gut nachvollziehen konnte, aber kein heute noch Lebender war dafür verantwortlich zu machen oder hatte deswegen Rache verdient.

Zumal das, was heute Morgen in Strausberg in der Von-Hardenberg-Kaserne passiert war, mit Rache nicht das Geringste zu tun hatte.

Das war eiskalter, heimtückischer Mord!

Das Werk von Terroristen.

Dragomirov konnte immer noch nicht glauben, dass all die Anstrengungen des FSB noch immer keine brauchbare Spur zutage gebracht hatten, wer dahinterstecken könnte. Das war mehr als ungewöhnlich. Der FSB gehörte mit zu den effektivsten Geheimdiensten der Welt.

Der Präsident betrachtete im Spiegel der regennassen Fensterscheibe Mikhail Wassiljewitsch Mischin, den Chef des FSB, der hinter ihm in einem der Ohrensessel saß und an einem Tässchen Mokka nippte – erstaunlich gelassen in Anbetracht der Krisensituation. Ganz so, als würde er die lauernde Gefahr nicht sehen, die die Anschläge auf Bölling und die NATO-Soldaten für Russland und sein Volk darstellten.

Dabei lag sie auf der Hand, und Dragomirov wunderte sich offen gestanden nicht wenig darüber, dass die NATO ihnen nicht schon vor Stunden den Krieg erklärt hatte.

Übelkeit machte sich in seinen Eingeweiden immer breiter und zog schmerzhaft bis in die Hoden. Er hatte das Bedürfnis, sich zu übergeben, und trotz der Kälte in dem ungeheizten Raum lief ihm Schweiß über das Rückgrat herunter.

Er verfluchte den unheiligen Tag, an dem er sich entschieden hatte, das höchste politische Amt seines Landes anzustreben. Er hatte in die Geschichte eingehen wollen als der Mann, der Russland in eine glorreiche Zukunft führte, ihm seinen alten Glanz zurückgab … es mit den Ländern der Welt versöhnte und vereinte, um anschließend gemeinsam mit ihnen die wahren Probleme unserer Zeit anzugehen: Umweltverschmutzung, globale Verschwendung der Ressourcen, Überbevölkerung, Unterernährung …

Jetzt war er dabei, in die Geschichte einzugehen als der Präsident, unter dem Russland in den Dritten Weltkrieg gestürzt wurde – als fast schon irrsinnig logische Folge des Zweiten; so wie der Zweite aus den Nachwehen des Ersten entstanden war. Eine Kettenreaktion, die scheinbar nicht aufzuhalten war.

So als sei die Welt dazu verflucht, niemals dazuzulernen!

Das Klingeln des Telefons riss ihn aus seinen Gedanken.

Mischin reckte sich aus seinem Sitz hoch und las die Nummer vom Display ab.

Dragomirov, der die wenigen Meter vom Fenster zu seinem Schreibtisch in großen, eiligen Schritten zurücklegte, glaubte, für einen winzigen Augenblick ein Lächeln über die schmalen Lippen seines Geheimdienstchefs huschen zu sehen.

»Bundeskanzler Wagner«, informierte Mischin, kurz ehe Dragomirov selbst das Telefon erreicht hatte.

Der Präsident nahm den Hörer in die Hand und hob ihn ans Ohr.

»Hallo, Herr Bundeskanzler«, sagte er zögerlich. Er fürchtete, sein Mitgefühl für den Mord an den Soldaten in Strausberg auszudrücken würde nach all dem, was geschehen war, unglaubwürdig erscheinen und nur noch mehr Öl ins Feuer gießen.

»Hallo Pyotr«, erwiderte der deutsche Staatschef den Gruß. »Wir brauchen deine Hilfe. Und zwar schnell.«

Dragomirov wäre vor Überraschung beinahe das Telefon aus der Hand gefallen. Er hatte mit allem gerechnet: mit Vorwürfen, mit Drohungen, wüsten Beschimpfungen ... einer Kriegserklärung; aber nicht damit. Eine Woge der Erleichterung strich über ihn hinweg, und er spürte, wie der Druck auf seiner Brust, der sich, ohne dass er es gemerkt hatte, in den wenigen Sekunden, die das Telefon klingelte, aufgebaut hatte, mit einem langen Ausatmen von ihm wich.

»Selbstverständlich«, sagte er und musste unwillkürlich lächeln. »Was kann ich tun, Simon?«

»Wir wissen, wer hinter den Anschlägen steckt«, sagte der Bundeskanzler. »Aber nur du und deine Leute können ihn ausschalten.«

Diese Überraschung war noch größer als die erste – und auch die Erleichterung. Es war kaum zu glauben. Die Deutschen hatten herausgefunden, wer für die Anschläge verantwortlich war.

»Das sind gute Nachrichten, Simon«, sagte Dragomirov. »Das sind sogar ganz außerordentlich gute Nachrichten. Mit mir im Raum ist Mikhail Wassiljewitsch Mischin, der Chef unseres FSB. Gestattest du, dass ich unser Gespräch auf *laut* stelle?«

Bundeskanzleramt
Büro des Bundeskanzlers

»Natürlich«, beantwortete Bundeskanzler Wagner die Frage des russischen Präsidenten. »Es ist besser, Mischin hört direkt mit. Denn die Zeit drängt.« Dass ihnen nur noch etwas mehr als zweiundzwanzig Stunden blieben, ehe SACEUR Hendersen die NATO-Konferenz einberief, mit dem Ziel, Russland den Krieg zu erklären, fügte er nicht hinzu. Das war ein militärisches Geheimnis, und es Dragomirov anzuvertrauen wäre Hochverrat.

»In Ordnung«, sagte Dragomirov, begleitet von einem kaum hörbaren Klicken in der Leitung. »Er kann unser Gespräch jetzt mitverfolgen. Wer ist der Terrorist, Simon?«

»Er ist dir sicher bekannt«, sagte Wagner. »Sein Name ist Viktor Federenko.«

»Federenko?!« Der russische Präsident klang ernsthaft überrascht. Ja schockiert.

»Ja.«

»Das ist eine ziemlich schwere Anschuldigung, Simon, gegen einen unserer angesehensten Bürger. Auch wenn er von Geburt Ukrainer ist, waren er und seine Unternehmungen Russland stets wohlgesonnen. Ich kann mir nicht …«

»Wir haben Beweise, Pyotr«, unterbrach Wagner Dragomirov. »Stichhaltige Beweise.«

Er berichtete in knappen Sätzen, was Patrizia Hardt und ihre Kollegen herausgefunden hatten.

»Das ist unfassbar«, sagte Dragomirov.

»Lass deine eigenen Leute es noch einmal überprüfen«, erwiderte Wagner. »Tonaufnahmen auf dem Video von Böllings Ermordung und die Reisedaten für Macao. Wir sind absolut sicher.«

»Aber welches Motiv könnte er haben?«, fragte Dragomirov. »Er ist doch bereits einer der reichsten Männer des Landes.«

»Wir wissen beide, dass es wirklich reichen Männern selten bis nie nur um Geld geht«, sagte Wagner. »Für sie ist alles nur noch ein Spiel – und die Welt ihr Spielplatz. Aber es ist ganz gleich, was Federenkos Motive nun sein mögen. Er muss unbedingt aufgehalten werden. Von euch! Und sobald ihr die Daten über die Depots gesichert habt, übergebt ihr uns die Informationen darüber umgehend, damit wir sie finden und eliminieren können.«

Der russische Präsident zögerte deutlich; dann aber sagte er scheinbar naiv: »Ich weiß nicht, von welchen Daten oder Depots du sprichst, Simon.«

»Natürlich weißt du das nicht, Pyotr«, lenkte Wagner ein. Ihm war klar, dass Dragomirov wusste, dass das Gespräch protokolliert wurde und er deswegen weiterhin den Ahnungslosen spielen musste. »Aber ich denke, wir haben einander verstanden. Nur mit deiner uneingeschränkten Unterstützung kann ich eine größere … eine internationale Katastrophe verhindern.«

»Ja, ich verstehe«, sagte Dragomirov. »Du kannst auf mich zählen. Darauf gebe ich dir mein Wort. Aber zunächst müssen wir herausfinden, wo Viktor Federenko sich aufhält.«

»Das haben wir bereits«, sagte Wagner. »Zurzeit befindet er sich in seinem Hofgut in der Oblast Wologda, am Rand der Höhenzüge des Nordrussischen Landrückens. Etwas mehr als fünfhundert Kilometer nordöstlich von Moskau.«

»Ja, ich weiß, wo das ist«, sagte Dragomirov. »Wir werden uns umgehend darum kümmern.«

»Denk dran: Wir haben nur noch zweiundzwanzig Stunden«, betonte Wagner.

»Wir werden uns beeilen«, sagte Dragomirov. »Und vielen Dank, Simon. Ich und mein Volk stehen in deiner Schuld.«

Wagner spürte, dass der Präsident Russlands die letzte Bemerkung unbedacht gemacht und sich schon im nächsten Moment dafür wohl auf die Zunge gebissen hatte.

»Betrachte sie als – zumindest teilweise – beglichen, sobald wir die Daten in unserem Besitz und die Depots entschärft haben«, sagte Wagner. »Dass wir wegen eurer Attacken auf unsere Leute in Bukarest und eurer Mitverantwortung für den Anschlag auf Strausberg noch reden werden, bleibt davon selbstverständlich unbenommen, wie du sicher verstehen wirst.«

»Bedenke bitte, wir helfen euch dabei, eine terroristische Bedrohung auf euer Land und eure Bündnispartner abzuwehren«, sagte Dragomirov ausweichend.

»Wir sprechen von einer terroristischen Bedrohung durch einen eurer Landsleute, wenn ich dich daran erinnern darf«, hielt Wagner entschieden dagegen.

»Viktor Federenko ist Ukrainer.«

»Was, wie du und deine Regierung zu betonen nicht müde werden, ein und dasselbe ist«, stellte Wagner lakonisch fest. »Zumal die ganze Welt weiß, dass Federenko *pro Russland* ist.«

»Selbst wenn er das ist, machen seine Taten ihn zum Verräter, und er wird entsprechend bestraft werden.«

»Ich bin froh, dass wir uns in dieser Sache einig sind«, sagte Wagner. »Viel Erfolg dabei. Es steht jede Menge auf dem Spiel.«

»Ich weiß, Simon. Ich melde mich umgehend, sobald die Operation abgeschlossen ist.«

»Danke, Pyotr«, sagte Wagner und beendete das Gespräch.

Der Bundeskanzler Deutschlands konnte nur hoffen, dass

der Präsident der Russischen Föderation sein Versprechen auch in die Tat umsetzen würde.

32

Moskau – Großer Kremlpalast

Präsident Dragomirov legte den Hörer auf und schaute FSB-Chef Mischin ungläubig, aber zugleich erleichtert an. Er dankte heimlich dem Himmel für den Tipp des deutschen Bundeskanzlers.

»Wir haben keine Zeit zu verlieren«, sagte er. »Nicht eine Minute. Stellen Sie auf der Stelle einen Trupp zusammen, der sich um die Sache kümmert. Oberste Priorität. Viktor Federenko und seine Leute müssen gefasst werden. Ich will sie lebend. Ich will wissen, was Federenko vorhatte und ob er im eigenen Auftrag gehandelt hat oder im Verbund mit anderen. Falls Letzteres, dann natürlich, mit wem und mit welchem Ziel. Und denken Sie an die Daten. Wir müssen ihrer habhaft werden … und sie endlich an die Deutschen übergeben, damit sie die Depots vernichten können. Vielleicht kommt unser Land aus der Sache doch noch einigermaßen glimpflich heraus.«

Mikhail Wassiljewitsch Mischin blieb seelenruhig in seinem Ohrensessel sitzen. Er hatte während des ganzen Telefonats mit dem deutschen Bundeskanzler so gut wie keine Regung gezeigt.

»Was ist?«, fragte Dragomirov ungeduldig. »Worauf warten Sie? Wir müssen augenblicklich zuschlagen.«

Jetzt zeigte Mischin eine Regung – und sie überraschte Dragomirov noch mehr als schon die Nachricht, dass Viktor Federenko für den Diebstahl der Daten, den Mord an Bölling und Kuznetsov und das Attentat auf die NATO-Truppen in der Von-Hardenberg-Kaserne in Strausberg verantwortlich war: Er schmunzelte.

Er schmunzelte nicht nur, sondern verschränkte auch noch die Hände vor der Weste seines Anzugs. »Wir werden nichts dergleichen tun, Genosse Dragomirov«, sagte er leise.

Der Präsident fühlte sich, als hätte jemand ihn mit einem Hammer geschlagen. Ein Dutzend Fragen schossen ihm gleichzeitig durch den Kopf. Absurderweise drängte sich eine von ihnen ganz besonders in den Vordergrund und beinahe im selben Moment auch über seine Lippen: »Haben Sie mich gerade *Genosse* genannt?«

Mischin lachte zynisch auf. »O Verzeihung. Ich meinte natürlich *Herr Präsident.*«

»Und was soll das heißen: *Wir werden nichts dergleichen tun?*« Außer einem augenblicklich in die Höhe schießenden Puls spürte der Präsident plötzlich eine gefährliche Spannung im Raum. »Ich habe Ihnen einen klaren Befehl gegeben, Mischin!«

Mischin nickte. »Ja, das haben Sie wohl. Und wie Sie unschwer erkennen, verweigere ich ihn gerade.«

»Was hat das zu bedeuten?«

»Sie würden es sowieso nicht verstehen.«

»Ich denke, *Sie* verstehen nicht«, brauste Dragomirov auf. »Wenn Sie noch immer glauben, wir könnten das Projekt GIFT irgendwie unter den Teppich kehren, täuschen Sie sich. Die Katze ist aus dem Sack! Zumindest Wagner und seine Leute wissen inzwischen davon.«

»Ja, das ist bedauerlich.«

»Bedauerlich?«, fragte der Präsident. »Das ist eine Katastrophe in sich selbst! Aber vor allem ist es nicht mehr rückgängig zu machen; nicht mehr ungeschehen. Jetzt müssen wir alles – und damit meine ich wirklich alles – daransetzen, Viktor Federenko daran zu hindern, noch mehr Schaden anzurichten mit den Daten, die er hat. Sie haben Wagners Ultimatum gehört. Auch wenn er es natürlich nicht deutlich aussprechen durfte: Ich bin mir sicher, dass er uns damit vor einer offiziellen Kriegserklärung seitens der NATO warnen wollte.«

»Das sehe ich ganz genauso.«

»Dann wissen Sie auch, dass wir handeln müssen! Schnell handeln müssen! Die USA warten doch nur darauf, die Verantwortung für die Attacke auf die Kaserne in Strausberg offiziell uns in die Schuhe schieben zu können, um einen Krieg vom Zaun zu brechen.«

Mischin neigte den Kopf zur Seite – sein Schmunzeln wurde immer breiter und dabei auch zunehmend hässlicher. Die Narbe in seinem Gesicht schien plötzlich von innen heraus zu leuchten.

»Und davor hast du natürlich Angst, kleiner Pyotr«, sagte Mischin leise und mit einer Kälte in der Stimme, die Dragomirov eine Gänsehaut über den Körper jagte. »Ich sagte doch, du verstehst es nicht. Ganz und gar nicht, sosehr du dich auch anstrengst. Du hast keine Ahnung, was hier passiert; was alles auf dem Spiel steht.«

Dragomirov sah die dunkle Leidenschaft in den Augen seines Geheimdienstchefs und spürte, dass er tatsächlich mit einem Mal Angst hatte.

Aber es war nicht nur Angst vor einem möglichen Krieg zwischen Ost und West oder davor, dass er trotz seiner Position nicht die Spur einer Ahnung hatte, was hier gespielt wurde und wer mit wem zu welchem Zweck unter einer Decke steckte. Er hatte ganz einfache und sehr direkte Angst vor dem Mann selbst, der ihm gegenübersaß. Angst vor dem Soldaten in ihm, dem mehrfach im Kampf dekorierten »Helden der Russischen Föderation«.

Dragomirov war plötzlich froh darüber, dass Mischin hier drin keine Waffe tragen durfte. Doch diese Erleichterung hielt nur für ein paar Sekundenbruchteile an, denn ihm wurde klar, dass der Chef des FSB, obwohl er um einiges älter war, überhaupt keine Waffe brauchte … dass er ihn aufgrund seiner Ausbildung und Kampferfahrung durchaus auch mit bloßen Händen töten konnte.

Der Präsident zwang sich – wenn auch nur äußerlich – zur Ruhe. Er musste die Ruhe und vor allem einen klaren Kopf bewahren, um der unerwarteten Bedrohung zu begegnen.

»Dann erklären Sie es mir, General«, sagte Dragomirov, während er sich so unauffällig wie möglich – einen kleinen Seitwärtsschritt nach dem anderen – zu der Seite seines Schreibtischs bewegte, an der der Alarmknopf für seine Leibwächter angebracht war. »Weihen Sie mich ein. Was genau steht auf dem Spiel? Was passiert hier gerade?«

Mischin rührte sich auch weiterhin nicht vom Fleck. Er erweckte plötzlich den Eindruck einer auf der Lauer liegenden Raubkatze, die ihre Beute fixierte, ehe sie angriff. Er folgte Dragomirov mit dem Blick, ohne auch nur ein einziges Mal zu blinzeln.

»Alles, was du wissen musst, wirst du noch früh genug erfahren«, sagte Mischin mit beinahe schon nervenaufreibender Gelassenheit. Als er die Hände vor seinem Bauch löste, zuckte Dragomirov unwillkürlich zusammen – doch der General griff lediglich nach der Mokkakanne auf dem Stövchen vor sich, um sich eine weitere Tasse einzuschenken. In aller Seelenruhe löffelte er etwas braunen Rohrzucker hinein, rührte geduldig um, legte den Löffel beiseite und nahm einen Schluck, ohne Dragomirov aus den Augen zu lassen.

»Du bist dabei, Geschichte zu schreiben, Pyotr«, fügte er schließlich hinzu. »Das heißt, vorausgesetzt, dass du dich für die richtige Seite entscheidest. Falls nicht, bist du schon nächstes Jahr vergessen. Vielleicht sogar schon nächste Woche.«

Dragomirov hatte endlich den Knopf an der Schreibtischseite erreicht und drückte ihn eilig.

Schon eine Sekunde später flog die Tür zu seinem Büro auf, und zwei seiner Leibwächter stürzten herein; ihre Pistolen in den Händen.

Dragomirov deutete auf Mischin. »Nehmen Sie ihn augenblicklich in Gewahrsam!« Er wandte sich an den FSB-Chef selbst. »Mikhail Wassiljewitsch Mischin, ich verhafte Sie hiermit wegen Befehlsverweigerung und Landesverrat!«

Wieder lachte Mischin auf – und Dragomirov erstarrte. Die beiden Leibwächter richteten ihre Waffen nicht auf den Chef des Geheimdienstes, sondern auf ihn, den Präsidenten!

»Was?!«, entfuhr es Dragomirov. »Was geht hier vor sich?!«

»Ich sagte doch, du verstehst es nicht, Pyotr«, erwiderte Mischin, trank seinen Mokka leer und erhob sich schließlich von seinem Platz. Er sprach zu den beiden Leibwächtern: »Präsident Dragomirov steht bis auf Weiteres unter Hausarrest. Sorgen Sie dafür, dass er seine Bürosuite nicht verlässt, und kappen Sie sämtliche Kommunikationstechnik. Bis auf den Fernseher. Lassen Sie ihm den Fernseher. Er soll in den Nachrichten verfolgen können, wie sich die Dinge entwickeln.«

Er selbst trat an Dragomirov heran und fischte dessen Smartphone aus der Brustinnentasche seines Jacketts.

»Lassen Sie ihm auch ansonsten jedwede Annehmlichkeit zukommen, die ihm als Präsidenten unseres Landes zusteht, und behandeln Sie ihn auch weiterhin mit höchstmöglichem Respekt. Schließlich brauchen wir ihn noch.« Er ging in Richtung Tür und fügte leise hinzu: »Zumindest vielleicht.«

ZWISCHEN SKYLLA UND CHARYBDIS

33

Moskau – Großer Kremlpalast

Präsident Dragomirov benötigte all seine mentale Kraft, um wenigstens nach außen hin ruhig zu bleiben, während er die beiden Männer, die er bis eben noch für seine treuen Leibwächter gehalten hatte, dabei beobachtete, wie sie ganz methodisch eine Telefon- und Internetleitung nach der anderen kappten und anschließend mit respektvollem Nicken den Raum verließen und die Tür hinter sich absperrten.

Der Präsident der Russischen Föderation war jetzt Gefangener in seinem eigenen Büro.

In meinem eigenen gottverdammten Palast!

Noch immer konnte er nicht fassen, was gerade geschehen war.

Was hatte der Chef des russischen Geheimdienstes mit den Terroristen zu tun?

Steckte Mischin mit Viktor Federenko, so wie es den Anschein hatte, tatsächlich unter einer Decke, oder nutzte er dessen Verbrechen für seine eigenen Zwecke?

Falls ja, welche Zwecke waren das?

Wollte der FSB-Chef einen Krieg gegen den Westen, oder war er der Meinung, die Depots in den Händen der Terroristen würden einen solchen gerade verhindern und die NATO in die Knie zwingen?

Wollte er vielleicht sogar, dass Federenko noch weitere der Depots aktivierte?

Dragomirov schob die Spekulationen beiseite. Sie waren in diesem Augenblick alles andere als förderlich und warfen in der Summe sehr viel mehr Fragen auf, als sie beantworteten.

Viel wichtiger war jetzt, die beiden zu stoppen, ganz gleich, ob sie gemeinsame Sache machten oder nicht.

Er wartete, bis die Schritte vor der versperrten Tür in der Ferne des Flurs verklungen waren, und ging dann von seinem Büro aus in die daran anschließenden Privaträume seiner Suite.

Auch hier waren von den Leibwächtern sämtliche Kabel bis auf die des Fernsehers durchtrennt oder einfach aus den Wänden gerissen worden. Man hatte ihn sogar gezwungen, die beiden Safes im Büro und im Schlafzimmer zu öffnen, um sicherzugehen, dass sich darin nichts befand, womit er sich mit der Außenwelt in Verbindung setzen konnte.

Aber so gut der Geheimdienst und seine Bodyguards sich in der insgesamt vierhundert Quadratmeter großen Präsidentensuite auch auskannten, alles wussten sie nicht.

Zum Glück!

Als sein Amtsvorgänger ihn seinerzeit in die Geheimnisse der Suite eingeweiht hatte, hatte Dragomirov ihn zunächst für völlig paranoid gehalten. Inzwischen war er froh, dass ein wenig der Paranoia im Lauf der vergangenen Jahre auf ihn abgefärbt hatte. Sie gehörte wohl zu dem Job dazu.

Dragomirov lauschte noch einmal nach draußen, um ganz sicherzugehen, dass er nicht gestört wurde, und ging dann zu dem Doppelbett hinüber. Er rechnete jeden Moment damit, dass Mischin oder seine Leute zurückkehrten, und die Anspannung jagte trotz seiner langsamen Bewegungen den Puls in seinen Adern in schon bedenkliche Höhen.

Seine vorsichtigen Schritte machten auf dem dicken Teppich kaum ein Geräusch.

Das Schlafmöbel war ein riesiges Vierpfostenbett mit Baldachin – ein Erbstück aus der Hinterlassenschaft von Katharina der Großen. Die Pfosten waren vom Boden ab bis hoch zu ihren Spitzen rundherum mit geschnitzten Dämonenfiguren bestückt – mit nackten Inkuben und Sukkuben, viele von ihnen mit nur zum Teil menschlichen Körpern.

Körpern, die in allen möglichen und unmöglichen Positionen und Geschlechterkombinationen Sex miteinander hatten. Eine Referenz an den sagenhaften sexuellen Appetit der mächtigen Kaiserin.

Dragomirov trat an den rechten Pfosten an der Wand heran, hielt noch einmal inne, um nach draußen zu lauschen, und erst als er überzeugt war, dass niemand kam, tastete er mit den Fingerspitzen über ein seltsam miteinander verschlungenes Trio von zwei weiblichen und einem männlichen der Dämonen. Seine Finger fanden, was sie suchten, und der Präsident drückte auf den Kopf der Frau, der zwischen den Schenkeln der anderen steckte.

Das alte, aber glänzend polierte Holz gab nach, und von unter dem Bett war ein leises Klicken zu vernehmen.

Dragomirov kniete sich auf den Boden und griff an dem Seitenbrett vorbei. Er fühlte den Griff der kleinen Schublade und zog sie nach draußen.

In dem Geheimversteck lagen mehrere Bündel Geldscheine unterschiedlicher Währungen, eine Automatikpistole vom Typ Jarygin PJa und ein nagelneues Smartphone.

Dragomirov entschied sich gegen die Jarygin.

Er wusste nur zu genau, dass es ein vollkommen aussichtsloses Unterfangen sein würde, sich den Weg nach draußen frei schießen zu wollen. Stattdessen nahm er das Telefon und betete, dass der Akku, den er regelmäßig auflud, nicht ausgerechnet jetzt leer war.

Doch ehe er es einschaltete, überlegte er, wen er überhaupt kontaktieren sollte.

Er wusste, dass er nur einen Versuch hatte. Der Große Kremlpalast, in dem sich die Suite des Präsidenten befand, war elektronisch so gut überwacht, dass sein Signal sofort aufgefangen und gemeldet werden würde.

Er hatte also maximal Zeit für einen einzigen Anruf.

Vielleicht noch nicht einmal für den.

Aber wen sollte er überhaupt anrufen?

Er ging in Gedanken die Mitglieder seines Stabs durch, seine Minister, die verantwortlichen Mitarbeiter seiner unterschiedlichen Sicherheitsdienste.

Aber wem von ihnen konnte er jetzt überhaupt noch trauen? Bei wem konnte er wirklich und ohne jeden Zweifel sichergehen, dass er oder sie nicht mit Mischin und gegebenenfalls auch Viktor Federenko unter einer Decke steckte?

Wenn selbst seine eigenen Leibwächter ihn verraten hatten …

Für einen Moment überlegte er, ob er vielleicht eine SMS verfassen und sie an alle in seiner Adressenliste schicken sollte, aber damit würde er nur zu leicht eine Krise auslösen … eine Krise, die sich durch mit einer solchen Aktion unter seinen Kabinettsmitgliedern ganz gewiss gesätes Misstrauen im Handumdrehen in einen Bürgerkrieg verwandeln konnte.

Das würde nicht helfen – ganz im Gegenteil.

Ihm fiel nur einer ein, dem er vertrauen konnte. Nun ja, nicht vertrauen im herkömmlichen Sinne; aber sie verfolgten zumindest in einer Sache das gleiche Ziel.

Bundeskanzler Simon Wagner!

Der Deutsche würde ihm zwar mit seinem Problem hier

vor Ort nicht weiterhelfen können – zumindest nicht unmittelbar –, aber er könnte selbst vom Westen aus aktiv werden, um die Terroristen zu stoppen und damit Viktor Federenkos und auch FSB-Chef Mischins Pläne zu durchkreuzen; welche auch immer das sein mochten.

Die gemeinsamen Gegner und damit die unsägliche Bedrohung für Europa und den trotz der Ukraine-Krise nach wie vor herrschenden Frieden zu stoppen wäre ein erster Schritt – alles andere musste man sich danach überlegen.

Dragomirov atmete tief ein und aus, ging im Kopf noch einmal sämtliche anderen Optionen durch, die ihm einfielen; aber das war die einzig sinnvolle – selbst wenn das heißen mochte, dass er das eigene Leben dafür ließ.

Was in der gegenwärtigen Situation eine nicht einmal besonders unrealistische Chance war.

Seine Hände zitterten immer stärker, und er versuchte, sich zur Ruhe zu bringen, was ihm aber nicht wirklich gelingen wollte. Es stand einfach zu viel auf dem Spiel.

Er wusste, dass er sich beeilen musste, sein Vorhaben in die Tat umzusetzen, wenn es gelingen sollte – und dass er alles an Vorkehrungen treffen musste, was ihm möglich war, um die Nachricht an Wagner auch absetzen zu können.

Doch es war zu riskant, wenn er versuchte, den Bundeskanzler direkt anzurufen. Das konnte viel zu leicht schiefgehen. Sobald sein Smartphone sich ins Netz einloggte, würde die elektronische Überwachung des Palast-Sicherheitsdienstes es augenblicklich melden. Wenn dann auf der anderen Seite der Leitung in Deutschland nicht direkt jemand dranging, ehe die Leibwächter die Suite stürmten und ihm das Telefon entrissen, war seine einzige Chance vertan.

Blieb nur eine SMS.

Aber auch die zu formulieren würde Zeit in Anspruch nehmen. Allerdings wäre sie nicht mehr aufzuhalten, wenn sie erst einmal gesendet worden war.

Dragomirov kehrte in das Büro nach vorn zurück, steckte das Smartphone in die Tasche und schob den Ohrensessel hinüber zur Tür und kippte ihn, um die dick gepolsterte Lehne unter der Türklinke zu verkeilen.

Für einen Moment überlegte er, auch den gewaltigen Schreibtisch vor den Sessel zu schieben, um das Öffnen der Tür noch schwerer zu machen, aber das würde vermutlich zu viel Krach machen und die Wachen alarmieren.

Also kehrte er zurück ins Schlafzimmer, drehte den Schlüssel in jedem Schloss auf dem Weg dorthin und keilte auch hier einen Sessel unter die vergoldete Klinke.

Anschließend wischte Dragomirov sich die schweißnassen Handflächen gründlich an seinen Hosenbeinen trocken und holte das Smartphone aus der Tasche hervor.

Seine Finger zitterten immer stärker.

Er hatte Angst, das Gerät fallen zu lassen, also setzte er sich an den Tisch unter dem Fenster, legte das Telefon darauf und sammelte sich noch einmal.

Dragomirov konnte sich nicht daran erinnern, wann er das letzte Mal so nervös gewesen war; so sehr darauf bedacht, jetzt auch ja nichts falsch zu machen.

Er fühlte sich wie ein kleines, hilfloses Kind und musste sich zusammenreißen, sich selbst daran zu erinnern, dass er verdammt noch mal der Präsident der Russischen Föderation war – und damit einer der mächtigsten Menschen der Welt. Aber es fiel ihm schwer, das unter den gegebenen Umständen auch zu glauben.

Was um alles in der Welt ist Macht überhaupt, wenn deine Werkzeuge nicht nur nicht richtig funktionieren, sondern sich sogar direkt gegen dich wenden?

Er pustete noch einmal die Fingerspitzen trocken, schaltete das Telefon dann ein und wartete, während es hochlud, mit immer heftiger werdendem Puls.

Die elektronische Überwachung würde das Gerät zwar erst anzeigen, sobald er die PIN eingegeben hatte, aber das bedeutete nicht, dass Mischin oder die Leibwächter nicht schon vorher zurückkamen und ihn unterbrachen.

Endlich war das Gerät zur PIN-Eingabe bereit!

Dragomirov atmete noch einmal tief durch, dann ein weiteres Mal ein und hielt anschließend die Luft an – wie wenn er sich als Kind aufs Tauchen im See vorbereitet hatte.

Er tippte die vier Ziffern auf der gläsernen Fläche des Smartphones, bestätigte mit OK und wartete, ohne zu atmen, bis es sich ins Netz eingeloggt hatte.

Jetzt!

Er rief die Mobilnummer des Bundeskanzlers auf, aktivierte das Message-Menü und tippte um sein Leben.

Geheimer Putsch durch Mischin.

Von draußen hörte er einen ersten Schlag an der Bürotür. Doch er ließ sich nicht ablenken.

Macht vielleicht gemeinsame Sache mit Federenko. Weigert sich, ihn aufzuhalten.

Das Bersten von Holz draußen im Büro, kurz darauf aufgeregte Stimmen vor der Schlafzimmertür!

Meine Hände sind gebunden.

Der Versuch, die Tür zu öffnen.

Rütteln an der Klinke.

Das wütende Rufen seines Namens.

Ihr müsst handeln! Viel Glück! P. A. D.

Auch dieses Holz krachte jetzt, und die Tür flog auf. Der Sessel wurde durch den Raum geschleudert.

Die beiden Leibwächter stürmten herein.

Dicht gefolgt von Mischin.

Dragomirov drückte auf *Send*, packte das Telefon und schob es mit Schwung über den Teppich unter das schwere Bett.

Mischin war mit vier schnellen Schritten bei ihm, riss ihn vom Stuhl hoch … und ohrfeigte ihn. Er schlug ihm nicht etwa mit der Faust ins Gesicht. Nein, er ohrfeigte den Präsidenten Russlands wie einen kleinen Jungen.

Einmal, zweimal, dreimal!

Dragomirov versuchte, ihn abzuwehren, doch der FSB-Chef war schneller und stärker.

Einer der Leibwächter hatte sich zu Boden fallen lassen und robbte unter das Bett.

Mischin schlug noch einmal zu.

Dragomirovs Wangen glühten, als hätte man ihn mit einem Büschel Brennnesseln geschlagen.

»Ich habe es!«, rief der Leibwächter und kam wieder unter dem Bett hervor.

»Und?«, fragte Mischin, ohne Dragomirov aus den wütend funkelnden Augen zu lassen.

»Die Nachricht ist gesendet«, meldete der Leibwächter. »An den deutschen Bundeskanzler!«

Dragomirov lachte spontan im Triumph auf. Mischin stieß einen unartikulierten Laut aus und schlug erneut zu – wieder mit der flachen Hand, aber noch fester als eben.

»Du dreckiger Bastard«, kreischte er mit überschnappender Stimme, packte Dragomirov am Kragen und zwang ihn unter weiteren Schlägen in die Knie.

Dragomirov spürte, wie ihm das linke Trommelfell platzte und ihm Blut aus dem Ohr lief.

»Du verfickter Hurensohn!« Mischin kickte ihm mit dem Knie voll gegen das Jochbein.

Dragomirov ging zu Boden.

Mischin hatte vollkommen die Beherrschung verloren und trat mit den Füßen weiter zu. Immer und immer wieder. Gegen die Brust des Präsidenten, in den Bauch, zwischen die Beine.

Dragomirov begann, winselnd zu schreien.

Mischin kickte ihm dafür voll auf den Mund.

Dragomirov spürte, wie einige seiner Zähne brachen, und verschluckte sich am eigenen Blut.

Mischin hob den Schuh. Er wollte Dragomirov von oben auf den Kopf trampeln.

Dragomirov spürte, wie er sich in die Hosen schiss, während er die Arme nach oben riss, um den Tritt abzufangen.

Die Leibwächter packten Mischin und zogen ihn gerade noch rechtzeitig nach hinten weg.

»Lasst mich los!«, schrie Mischin. »Ich mach ihn tot, diesen dummen Stümper. Ich tret ihm die Fresse ein! Ihr sollt mich loslassen, hab ich gesagt!«

Er befreite sich und trat noch einmal zu; aber er hatte nicht sehr gut gezielt und traf daher Dragomirov, der jetzt versuchte, unter den Tisch an der Wand zu kriechen, nur zwischen den Schulterblättern.

Die Wächter ergriffen Mischin erneut und zogen ihn weg.

»Sie haben gesagt, wir brauchen ihn möglicherweise noch lebend, General«, sagte der, der das Telefon unter dem Bett hervorgeholt hatte.

»Verdammt, ist ja schon gut«, fluchte Mischin und stieß die beiden wütend von sich. Er nahm das Smartphone zur Hand und las die Nachricht laut vor.

»Geheimer Putsch durch Mischin. Macht vielleicht gemeinsame Sache mit Federenko. Weigert sich, ihn aufzuhalten. Meine Hände sind gebunden. Ihr müsst handeln! Viel Glück! P. A. D.«

Er schmetterte das Gerät mit aller Gewalt seines Zorns gegen die Wand, wo es in seine Einzelteile zersplitterte. »Fuck!«

Auf dem Weg zur zertrümmerten Tür befahl er den beiden Leibwächtern mit abfälliger Geste in Richtung des am Boden kauernden Präsidenten: »Versorgt ihn und macht ihn sauber. Wischt ihm den Arsch ab! Und holt einen Zahnarzt, damit er ihm das Gebiss wieder richtet.«

Dragomirov wollte sich zusammenreißen, aber er konnte nicht verhindern, dass er weinte wie ein kleines Kind.

34

Berlin
Bundesstraße 96 a

Die aus vier schwarzen Limousinen bestehende Wagenkolonne raste unter grellem Blaulicht und kreischenden Sirenen die Bundesstraße entlang in Richtung Südosten.

Steffen Mayerhofer, Staatssekretär im Bundesministerium des Innern, hatte sich gegen einen Flug mit dem Helikopter entschieden. Boarding, Start und Landung hätten insgesamt einiges mehr an Zeit in Anspruch genommen als die Fahrt mit dem Auto vom Bundeskanzleramt zur GTAZ-Kaserne.

Die Informationen, die er zu übermitteln hatte, waren zu sensibel, um sie einer Telefon- oder Datenleitung anzuvertrauen. Die CIA war bereits zu tief involviert, und der FSB war nicht länger nur der Geheimdienst eines politischen Gegners, sondern möglicherweise im Verbund mit den Terroristen.

Die aufzuhalten hatte jetzt oberste Priorität.

Mayerhofer bemerkte, dass er schwitzte, und bat den Fahrer, die Klimaanlage herunterzuschalten. Er hatte seit Beginn der Krise längst aufgegeben, Hemd und Krawatte zu wechseln, und entschieden, dass dafür wieder Zeit war, sobald die Bedrohung abgewendet war. Er hatte einfach Angst, dass noch irgendetwas Schreckliches geschehen würde, während er duschte oder sich umzog.

Wie die Katastrophe heute Morgen in Strausberg. Die Nachricht hatte ihn ereilt, während er gerade halb nackt in dem kleinen Wohnraum hinter seinem Büro dabei war, seinen Anzug aufzubügeln.

Den peinlichen Moment, als plötzlich ChefBK Richter vor ihm gestanden hatte, würde er niemals wieder vergessen können.

Aber jetzt war nicht länger die Zeit für Äußerliches und Eitelkeiten, und er fragte sich, wie Bundeskanzler Wagner es schaffte, in all dem Chaos stets makellos gekleidet zu erscheinen. Ganz offenbar waren er und sein Stab krisenerprobter, und Mayerhofer begann daran zu zweifeln, dass er wirklich geschaffen war für den Job, den er machte. Diese eine Krise machte ihn schon vollkommen fertig. Zu Recht, wie er fand. Vielleicht würde er mit der nächsten ebenfalls »erprobter« umzugehen wissen; aber war das wirklich etwas Erstrebenswertes?

Ein Schritt nach dem anderen, ermahnte er sich stumm. Ein Schritt nach dem anderen! Wenn wir diese nicht gemeistert kriegen, braucht es keine nächste … gibt es keine nächste!

Vor seinem geistigen Auge spielten sich die Horrorszenarien ab, die Dr. Lysann Benningsen mit ihren Berichten von den beiden großen Beulenpestkatastrophen der Vergangenheit in seinem Kopf provoziert hatte.

Fünfzig Millionen Tote im Römischen Reich!

Ein Drittel der gesamten Weltbevölkerung Anfang des vierzehnten Jahrhunderts!

Nicht auszudenken, was ein Ausbruch der Beulenpest im Herzen des heutzutage so viel dichter besiedelten Europas bedeuten würde! Sicher, anders als früher war die Beulenpest mithilfe von Antibiotika zu bekämpfen – wenn man auch nur ansatzweise genügend davon für ganz Europa zur Verfügung hatte …

Aber kein Land der Welt hatte das!

Und wenn es nicht die Beulenpest werden würde, die die Terroristen als Nächstes einsetzten, sondern gar Lassafieber oder Ebola …?

Oder wenn sie Viktor Federenko nicht aufhalten konnten, ehe das Ultimatum, das SACEUR Hendersen gestellt hatte, abgelaufen war, und die NATO Deutschland in einen Angriffskrieg gegen Russland treiben würde …?

Mayerhofer fühlte sich wie zwischen Skylla und Charybdis, den beiden Meeresungeheuern aus der griechischen Mythologie, und er trug sich ernsthaft mit dem Gedanken, das Land, ja den Kontinent zu verlassen. Er wollte sich für seine Feigheit verfluchen, aber er fragte sich zugleich, ob es wirklich etwas mit Mut zu tun hatte, sich der sie alle umgebenden Gefahr auszusetzen.

Nach dem Bekanntwerden des Anschlags auf die Von-Hardenberg-Kaserne war es unter der Bevölkerung zu einer Massenflucht aus den ostdeutschen Gebieten in Richtung Westen gekommen. Die Zustände auf den Straßen und Autobahnen glichen beinahe schon denen im vergangenen Jahr, als der Terrorist *Prometheus* das Trinkwasser mit radioaktivem Müll verseucht hatte.

Mayerhofer hätte nur zu gerne gewusst, wieso er mehr Mut

beweisen oder auch nur demonstrieren sollte als der gemeine Mann aus der Bevölkerung. Nur weil er Volksvertreter war?

Aber im Grunde genommen kannte er die Antwort auf die Frage, warum er nicht einfach in den Sack haute und nach Übersee verschwand: Er war in der Lage zu helfen. Er konnte daran mitwirken, die Katastrophe vielleicht noch abzuwenden – und damit Tausende, Hunderttausende, wenn nicht gar Millionen und Abermillionen Menschenleben zu retten.

Weil es keinen Sinn ergeben würde, irgendwo in zweifelhafter Sicherheit vor einer Epidemie weiterleben zu wollen in dem klaren Bewusstsein, so viele andere im Stich gelassen zu haben.

Mayerhofer hatte sich ganz gewiss nie selbst als Held empfunden, aber er wusste, dass er eine Aufgabe zu erledigen hatte. Trotzdem wurde er die Schreckensbilder vor seinem geistigen Auge von Millionen Toten auf den Straßen einfach nicht los.

35

GTAZ
Böllings Büro

Patrizia Hardt wollte ihren Ohren nicht trauen, als Staatssekretär Mayerhofer ihr die aktuelle Entwicklung der Ereignisse in Russland schilderte.

»Der Chef des FSB hat im Geheimen gegen Präsident Dragomirov geputscht und weigert sich, Viktor Federenko auszuschalten?«, fragte sie daher noch einmal ungläubig nach.

Der Staatssekretär nickte. »Das ist im Großen und Ganzen die Zusammenfassung.«

»Und die SMS, die Bundeskanzler Wagner erhalten hat, stammt zweifelsfrei von Präsident Dragomirov?«

»Mit Sicherheit kann man das natürlich nie sagen«, stellte Mayerhofer fest, während er nervös in dem Büro auf und ab ging, das einmal Böllings gewesen war. »Aber all unseren Möglichkeiten zur Authentifizierung zufolge stammt sie mit an Sicherheit grenzender Wahrscheinlichkeit von ihm persönlich.«

»Das heißt, er bittet uns, die Sache selbst in die Hand zu nehmen?«

»Ja.«

»Aber offen können wir das nicht tun, solange Dragomirov de facto entmachtet ist.«

»Ganz genau«, bestätigte Mayerhofer. »Ein offizielles Eingreifen unserer Leute auf russischem Gebiet könnte als offensiver kriegerischer Akt interpretiert werden.«

Patrizia Hardt schüttelte nachdenklich den Kopf. Krieg stand auf der Schwelle. Überraschend viele Beteiligte schienen ihn zu wollen, und dennoch war ihnen daran gelegen, nicht die Schuld daran zu tragen, die Verantwortung für seinen Beginn zu übernehmen; zumindest nicht nach außen hin. Als ob es eine Rolle spielen würde, was *nachher* in den Geschichtsbüchern stand. Die Vergangenheit zeigte, dass die ohnehin von jeder involvierten Partei so verfasst wurden, dass die jeweilige im besten Licht erschien.

Völlig absurd! Besonders in einer Zeit wie der heutigen, in der der Informationsfluss dank Internet so gewaltig war, dass Propaganda einfach nicht mehr so funktionierte wie früher einmal.

»Ganz zu schweigen davon, dass, wenn Mischin mit Federenko tatsächlich gemeinsame Sache macht oder ihn zumindest – zu welchem Zweck auch immer – deckt, unsere Leute in einer offiziellen Operation erst gar nicht bis zu Federenko in seinem Hofgut im Oblast Wologda vordringen würden.«

Mayerhofer nickte. »Die Operation muss auf jeden Fall verdeckt durchgeführt werden. Und uns bleiben nicht sehr viel mehr als gerade einmal zwanzig Stunden.«

Patrizia Hardt drückte eine Kurzwahltaste auf der Tisch-TK-Anlage.

Schon nach dem ersten Freizeichen meldete sich: »Lietzmann.«

»Schicken Sie bitte umgehend Major Löw und Leutnant Marinova in die Kommandozentrale!«

36

GTAZ
Kommandozentrale

»Schließen Sie bitte die Tür ab«, bat Patrizia Hardt Sven Lietzmann, nachdem Gernot Löw und Marina Marinova die Kommandozentrale betreten hatten. »Wir können nicht riskieren, dass unsere Freunde von der CIA Wind bekommen von dem, was ich Ihnen jetzt zu sagen habe.«

Martin Curtze, Rami Al-Omar, Saskia Schäfer, Alena Messner und Stefan Schenk blickten alarmiert von ihren Stationen auf. Lietzmann und Löw nahmen Platz, Marina Marinova blieb stehen.

»Was ich Ihnen jetzt anvertraue, ist streng geheim«, begann Patrizia Hardt. Sie wartete, bis sie sicher war, dass alle Anwesenden genickt hatten, und fuhr dann erst fort: »Bundeskanzler Wagner hat Präsident Dragomirov darüber informiert, dass es Viktor Federenko ist, der hinter den Anschlägen steckt, damit die russische Regierung sich um ihn kümmert und die Daten zu den Depots an sich bringt, um sie umgehend an uns weiterzuleiten, damit wir die biologischen Waffen aufspüren und unschädlich machen können.«

»Sie müssten schon längst zugeschlagen haben«, bemerkte Major Löw. »Wann bekommen wir die Daten?«

»Es ist ein unvorhergesehenes Problem aufgetaucht«, sagte Patrizia Hardt. »Ein Problem, das uns zwingt, selbst tätig zu werden.«

»Was ist passiert?«, fragte Lietzmann.

»Präsident Dragomirov ist entmachtet worden«, antwortete Patrizia Hardt.

»Was?!«, fragte Marina Marinova ungläubig.

»Zumindest vorübergehend und vorläufig noch ohne dass die Öffentlichkeit darüber informiert ist«, erklärte Patrizia Hardt. »Und das muss auch so bleiben, wenn wir verhindern wollen, dass SACEUR Hendersen augenblicklich die NATO-Konferenz noch lange vor Ablauf des Ultimatums einberuft und darauf drängt, Russland sofort den Krieg zu erklären.«

»Undenkbar, sich vorzustellen, wie die Terroristen darauf reagieren würden«, sagte Lietzmann.

»Wer hat Präsident Dragomirov gestürzt?«, fragte Marina Marinova.

»FSB-Chef Mischin«, antwortete Patrizia Hardt. »Er steckt entweder mit Federenko unter einer Decke oder verfolgt seine ganz eigenen Ziele damit, ihn nicht unschädlich zu machen. Das ist die Aufgabe, die wir jetzt übernehmen müssen – und zwar schnell: Viktor Federenko ausschalten und die Daten zu den GIFT-Depots an uns bringen.«

»Verdeckt, nehme ich an«, sagte Major Löw.

Patrizia Hardt nickte und schaltete eine Landkarte vom Nordwesten Russlands auf die Monitorwand. Sie umkreiste mit dem Mauszeiger ein Gebiet nordöstlich von Moskau.

»Das Versteck Federenkos«, sagte Marina Marinova. »Ein Hofgut im Hochland. Nach allem, was wir wissen, stark bewacht.«

»Wir gehen davon aus, dass er die Daten zu den Depots bei sich hat«, sagte Patrizia Hardt.

»Uns fehlt die Zeit, undercover zu infiltrieren«, stellte Löw klar. »Es kommt nur ein militärischer Zugriff infrage.«

»Wie wollen wir das bewerkstelligen auf russischem Gebiet?«, fragte Lietzmann. »Wir kriegen niemals einen Trupp, der groß genug wäre für einen effektiven Schlag, unbemerkt da rüber.«

»Das nicht«, stimmte Patrizia Hardt dem zu, »aber noch sind die Grenzen offen, und Major Löw und Leutnant Marinova könnten ungehindert einreisen. Unter falschen Identitäten, versteht sich.« Sie warf Alena Messner einen Blick zu.

»Ich kümmere mich augenblicklich darum«, sagte die junge Analystin und begann, auf der Tastatur ihres Rechners zu tippen.

»Nehmen Sie für mich *Edgar Heller*«, sagte Löw. »Eine meiner Undercover-Personae. Die Legende zu ihm existiert bereits: Liechtensteiner Waffenhändler aus Vaduz, offiziell unabhängiger Kunsteinkäufer. Machen Sie Leutnant Marinova zu meiner Assistentin aus …«

»Partnerin«, wandte die Russin ein. »*Irina Galleschko* aus Sankt Petersburg. Import und Export. Auch ihre Legende existiert bereits. Ich brauche lediglich einen neuen Pass.«

»Keine gute Idee«, sagte Löw. »Der FSB kennt all Ihre Undercover-Personae. Wenn Irina Galleschko jetzt nach Russland einreist, alarmiert das System Mischin sofort.«

Marina Marinova nickte mit ernstem Gesicht. »Sie haben recht. Also doch Assistentin, aber dann auf keinen Fall aus Russland. Wir können uns jetzt keine möglichen Diskrepanzen mit den Datenbanken meiner Heimat leisten.«

»Riga in Lettland?«, fragte Alena Messner.

»Das passt«, sagte Marina Marinova.

»Moment«, meldete sich Lietzmann zu Wort. »Selbst wenn wir Major Löw und Leutnant Marinova unter falschen Identitäten nach Russland einschleusen … zwei Leute sind zu wenig, um Federenkos Versteck zu stürmen.«

Statt direkt auf Lietzmanns Bemerkung einzugehen, fragte Patrizia Hardt Marina Marinova: »Kennen Sie Grigori Iwanowitsch Orlow?«

Marina Marinova zog verächtlich die Mundwinkel nach unten. »Privater Unternehmer«, sagte sie, wobei sie das zweite Wort missbilligend betonte. »Reiche Familie mit tiefen Wurzeln in der Geschichte unseres Landes. Orlow selbst war vormals hochdekorierter Offizier der russischen Streitkräfte. Heute macht er sein Geschäft mit Söldnern, die er an die Meistbietenden vermietet. Sitz in Sankt Petersburg.«

»Bestehen Ihren Informationen zufolge irgendwelche tiefer gehenden Loyalitäten zum FSB?«, fragte Patrizia Hardt.

Marina Marinova schüttelte den Kopf. »Wie gesagt: Orlow arbeitet für die Meistbietenden. Er kennt keine Loyalitäten. Soweit ich informiert bin, hat Mischin ihn noch nie eingesetzt. Mischin ist Vollblutsoldat; er hält nichts von Söldnern.«

»Dann ist Orlow unser Mann«, sagte Löw.

»Staatssekretär Mayerhofer hat im Auftrag Bundeskanzler

Wagners auf einem internationalen Konto zehn Millionen Euro für Waffen, Männer und Transport zur Verfügung gestellt«, teilte Patrizia Hardt mit.

»Wir fliegen über Helsinki«, sagte Löw. »Wenn wir aus Finnland anreisen, sind wir weniger verdächtig. Es dürfte kein Problem sein, auch Thieme und Wieger unterzubringen.« Er wandte sich wieder an Alena Messner. »Thieme müsste ebenfalls noch brauchbare Legenden haben.«

»Und wollen Sie wirklich auch Wieger dabeihaben?«, fragte Patrizia Hardt. »Nach Rumänien?«

»Ich an seiner Stelle würde es mir extrem verübeln, wenn man mir die Chance verwehrt, die Mission zu beenden, für die mein Bruder sein Leben gelassen hat«, sagte Löw.

»Persönliche Gefühle ...«, begann Lietzmann in tadelndem Ton.

»... betrachte ich eher als Vorteil«, unterbrach Löw ihn, »denn als Risiko. Ein Mann, der weiß, wofür er kämpft, ist zehnmal wertvoller als ein Soldat, der nur seinen Job macht.«

»In Ordnung«, bestätigte Patrizia Hardt in Richtung Alena Messner. »Schaffen Sie für Wieger ebenfalls eine Legende.« Sie drehte sich zurück zu Löw und Marinova. »Nehmen Sie die Global, mit der Sie auch nach Bukarest geflogen sind.«

»Geht klar.« Löw erhob sich und ging mit schnellen Schritten in Richtung Tür.

Marina Marinova folgte ihm.

»Warten Sie!«, rief Lietzmann und sah Patrizia Hardt eindringlich an.

»Was ist?«

»Wir wollen wirklich das Schicksal unseres Landes in die Hände von Söldnern legen?«, fragte Lietzmann skeptisch. »Und obendrein auch noch russischen?«

»Von *wollen* kann nicht die Rede sein«, räumte Patrizia Hardt ein, »aber ich sehe keine Alternative dazu. Zumindest nicht in der Kürze der Zeit, die uns jetzt noch zur Verfügung steht. Wenn Sie allerdings eine sehen, ich bin ganz Ohr.«

Lietzmann zögerte, und Patrizia Hardt konnte sehen, dass er verschärft nachdachte.

»Wir könnten versuchen, einen ganzen Trupp in kleine Teams und Paare aufzuteilen und inkognito über die Grenze zu schicken«, überlegte er laut. »Sie könnten sich dann vor Ort wieder sammeln und gruppieren.«

»Mit jedem Mann mehr, den wir lossenden, steigt die Gefahr der Entdeckung«, hielt Patrizia Hardt dagegen. »Im harmlosesten Fall bedeutet das, einzelne Mitglieder fallen weg, und dem Team fehlen am Ende wichtige Schlüsselleute. Im schlimmsten Fall enttarnt der FSB einen oder mehrere der Männer und folgt ihnen bis zum Treffpunkt; damit wäre dann der ganze Trupp geliefert. Aber selbst wenn sie alle unerkannt nach drüben kämen, bräuchten sie immer noch Waffen und Ausrüstung. Die zu beschaffen würde erneut Aufmerksamkeit auf sie lenken oder doch zumindest eine Schwachstelle bilden, weil wir nicht wissen, welcher der Waffenhändler vor Ort Verbindungen zum FSB hat und mit der Information, dass er an uns verkauft hat, sein Einkommen aufbessern will. Orlow hingegen arbeitet hermetisch. Er ist an der Geheimhaltung ebenso interessiert wie wir.«

»Orlow ist die beste Wahl«, sagte Marina Marinova an Lietzmann gewandt.

Lietzmann sah sie an. »Es wundert mich, dass Sie das sagen. Ich hatte den Eindruck, Sie verachten ihn eher.«

»Ja, das tue ich«, gab die Russin zu. »Aber auch wenn ich die Vorstellung hasse, dazu gezwungen zu sein, mit jemandem zusammenzuarbeiten, der ausschließlich für Geld kämpft, ist es jetzt genau diese Qualität, die ihn zum perfekten Partner für uns macht. Er ist ein Vollprofi und seit über zwanzig Jahren im Geschäft. Das bedeutet, er ist zuverlässig und macht keine krummen Sachen – zumindest nicht mit seinen Geschäftspartnern.«

»Ein loyaler Söldner?«, fragte Lietzmann zweifelnd.

»Loyal seinem Geschäft und seinem Ruf gegenüber, ja«, erwiderte Marina Marinova. »Die Orlows sind Söldner seit dem Sturz Peters III. im Jahr 1762.«

»Wir sind die nächsten drei bis vier Stunden auf Reise«, sagte Löw zu Lietzmann. »Wenn Sie bis dahin eine bessere Idee haben, bleibt uns immer noch Zeit, den Plan zu ändern.«

Lietzmann nickte schließlich.

»In der Zwischenzeit setze ich mich mit Orlow in Verbindung«, sagte Patrizia Hardt, »und mache einen Termin.« Auch ihr war ganz und gar nicht wohl bei der Vorstellung, mit Söldnern zusammenarbeiten zu müssen, aber sie hatten keine Wahl.

Löw und Marinova eilten davon.

37

Sankt Petersburg

Nach Moskau, Istanbul und London ist Sankt Petersburg mit über fünf Millionen Einwohnern noch vor Berlin die viertgrößte Stadt Europas. Von 1924 bis 1991 hieß sie – nach dem Gründer der Sowjetunion – Leningrad. Hier hatte im Zweiten Weltkrieg die Heeresgruppe Nord in Zusammenarbeit mit finnischen Truppen durch eine über zwei Jahre anhaltende Blockade mehr als eine Million Menschen zum Massensterben durch Verhungern verurteilt. Eines der größten Kriegsverbrechen aller Zeiten.

Sankt Petersburg, vor über dreihundert Jahren von Peter dem Großen gegründet, liegt am Finnischen Meerbusen und damit nur etwas mehr als eine Flugstunde von Helsinki entfernt.

Wie geplant waren Gernot Löw, Marina Marinova, Daniel Thieme und Ulf Wieger mit der Global 5000 von Berlin nach Helsinki geflogen und hatten dort getrennt voneinander mit ihren falschen Pässen zum nächsten Linienflug nach Sankt Petersburg eingecheckt.

Bei ihrer Ankunft dort war es später Nachmittag, beinahe schon früher Abend, und bis zum Ablauf des Ultimatums, das SACEUR Hendersen Bundeskanzler Wagner gestellt hatte, verblieben nunmehr nur noch etwa sechzehn Stunden.

Lietzmann war es nicht gelungen, einen Alternativplan zu der Zusammenarbeit mit den Söldnern zu entwickeln, weswegen Gernot Löw und Marina Marinova nun unter ihren Tarnidentitäten *Edgar Heller* und *Zaiga Bertholde* mit einer Limousine auf dem Weg zu ihrem Termin mit Orlow waren, während Thieme und Wieger in zwei verschiedenen Hotels in der Nähe auf ihren Zimmern auf den Einsatz warteten.

»Zaiga Bertholde?«, fragte Marina Marinova ungläubig. Sie trug ein petrolfarbenes Businesskostüm, darunter eine enge weinrote Bluse aus Seide.

»Ein guter lettischer Name«, sagte Löw mit einem Schmunzeln. »Man könnte meinen, Sie hätten sich inzwischen an ihn gewöhnt.«

»Und dieses … dieses Kostüm!« Sie zupfte an der Bluse,

die über ihren Brüsten spannte. »Wer zur Hölle trägt heutzutage noch so etwas? Man kann sich darin nicht bewegen, geschweige denn atmen.«

»Wenn alles glattgeht, tragen Sie in weniger als einer Stunde schon wieder eine Kampfmontur«, sagte Löw beschwichtigend. Im Gegensatz zu seiner russischen Kollegin empfand er seinen locker fallenden Anzug als äußerst willkommene Abwechslung.

Die Limousine fuhr am Südufer der Newa entlang in Richtung Osten, wo sie schließlich die Ausläufer der riesigen Stadt erreichte und von der Straße weg auf die Einfahrt zum parkähnlichen Gelände einer prachtvollen Villa aus der Zarenzeit einbog. Offenbar lief Orlows Geschäft mit dem Krieg ausgezeichnet.

An dem schwarzen schmiedeeisernen Tor mussten sie stoppen und wurden von zwei bewaffneten Wachen überprüft. Sie wurden aufgefordert auszusteigen und mussten den Wagen mitsamt Fahrer draußen zurücklassen, während sie selbst durch eine Tür neben dem Tor auf das Grundstück geführt und von dort aus mit einem Golf-Caddy hinauf zu der auf einem Hügel liegenden Villa gefahren wurden, die mehr den Namen *Palast* verdient hätte.

Hier wurden Löw und Marinova am Eingang von zwei weiteren Wachen, die ihnen professionellen Respekt entgegenbrachten, erneut gründlich gefilzt und mit Metalldetektoren abgetastet.

Einer von ihnen nickte schließlich und bat sie mit einer einladenden Geste, ihm ins Innere der Villa zu folgen.

Die barocke Pracht hier drin verschlug Löw fast den Atem. Sie war dermaßen übertrieben, dass sie beinahe schon abstoßend wirkte. Heller und schwarzer Marmor, grell vergoldete Bilderrahmen an wandhohen Ölgemälden, Kronleuchter und

Kerzenständer, Büsten und Statuen, ausgestopfte Tiere, darunter ein weißer Tiger und ein Nashorn … von allem zu viel.

Marina Marinova schien ähnlich zu empfinden wie Löw. Sie schüttelte den Kopf. »So endet es wohl, wenn man mehr Geld hat, als man in zehn Leben ausgeben kann.«

»Sie sollten erst einmal meinen Winterpalast in Moskau sehen«, ertönte eine leise, tiefe, aber durchaus freundliche Stimme. Sie kam von hinter einer der Säulen zu ihrer Rechten, und schon im nächsten Moment trat der Mann hervor, zu dem sie gehörte.

»Grigori Iwanowitsch Orlow«, sagte Löw zur Begrüßung.

Der Söldner war etwas über eins achtzig groß und stämmig. Seine Haut war hell, der Schädel kahl rasiert, die Augen eisblau, und um die schmalen Lippen herum trug er einen rötlich schimmernden Kinnbart, der bereits mit zahlreichen weißen Haaren durchsetzt war. Löw schätzte ihn auf Ende vierzig. Er war in eine altmodische russische Uniform aus der Zarenzeit gekleidet und hatte damit eine erstaunliche Ähnlichkeit mit dem Mann auf dem Gemälde neben ihm, nur dass er keine weiß gepuderte Perücke auf dem Kopf trug.

»Herzlich willkommen!«, sagte er, ging auf sie zu und reichte beiden die Hand. »Verzeihen Sie bitte den Pomp. Familienerbe, was will man machen? Und entschuldigen Sie bitte auch den Aufzug.« Er deutete an seiner Uniform herab. »Wir bereiten gerade die Jahresfeier zum Sturz Peter III. durch meinen Urahn vor.« Er zeigte auf das Gemälde. »Dem Moment, der den Grundstein für den Wohlstand meiner Familie gelegt hat. Der Anruf Ihrer … Freundin … kam etwas unerwartet. Ich konnte die Planung nicht mehr verschieben.«

Löw merkte, dass Marina Marinova etwas sagen wollte,

und entnahm ihrem Gesichtsausdruck, dass es bestimmt nichts Freundliches gewesen wäre. Wie er sie in der kurzen Zeit, die er sie jetzt kannte, einschätzte, war sie wahrscheinlich drauf und dran, dem Söldner ins Gesicht zu sagen, dass es unmöglich sein konnte, dass er nach der sozialistischen Revolution vor beinahe einhundert Jahren, welche die Aristokratie und deren Vermögen abgeschafft hatte, noch im Besitz des Erbes seiner Vorväter war. Also beeilte Löw sich, ihr zuvorzukommen.

»Wir sind froh und dankbar, dass Sie überhaupt so kurzfristig für uns Zeit finden konnten, Graf Orlow«, sagte er. Sein Gegenüber als maßlosen Egozentriker einzuschätzen war weiß Gott nach diesem Auftritt nicht mehr schwer, also hatte Löw beschlossen, den Adelstitel zu verwenden, um ihm zu schmeicheln und damit den Boden für die bevorstehenden Verhandlungen zu ebnen. Ganz gleich, wie vielen Egomanen dieser Kategorie er in all den Jahren, die er nun schon undercover arbeitete, begegnet war, es war jedes Mal aufs Neue schwer zu glauben, dass es sie wirklich gab … dass sie nicht einem Film entsprungen waren oder irgendeinem kitschigen Roman. Es war vermutlich mittlerweile nicht mehr nachvollziehbar, ob das Klischee durch Menschen wie Orlow entstanden war oder ob sie in Ermangelung eigener Vorstellungen vom Ausleben großer Macht und schier unbegrenzten Reichtums der Einfachheit halber das Klischee erfüllten. Es war wie die Frage nach Huhn oder Ei.

»Für gute Geschäfte muss immer Zeit sein«, erwiderte Orlow mit einem Lächeln und bat sie mit einer Geste, ihm an der Säule vorbei in den Raum zu folgen, aus dem er auf den Gang getreten war.

Hier drin erinnerte überraschenderweise nichts mehr an die Pracht der Eingangshalle – außer vielleicht die Größe des saalähnlichen Zimmers. Es war topmodern eingerichtet und hatte durchaus Ähnlichkeit mit der Kommandozentrale des GTAZ: Monitore an den Wänden, Rechnerstationen, modernste Telekommunikationsanlagen; viel Glas, poliertes Metall, kein überflüssiger Schmuck und jede Menge kalt leuchtender Halogenstrahler.

»Ich würde Ihnen gerne eine Erfrischung anbieten«, sagte Orlow, während er den vier Männern und zwei Frauen, die an den Stationen saßen, mit einer knappen Geste befahl, den Raum zu verlassen, »aber man hat mich informiert, dass die Zeit drängt. Also kommen wir am besten gleich zur Sache.«

»Das würden wir begrüßen«, erwiderte Löw. »Ich nehme an, Sie kennen die Eckdaten.«

Orlow nickte und betätigte einige Tasten des vor ihm in den Glastisch eingelassenen Keyboards. Auf dem zentralen Monitor an der Wand gegenüber erschien die Luftaufnahme einer weit angelegten Gutsanlage mit einem Dreiseithof im Kern.

»Der Landsitz Viktor Federenkos«, sagte Orlow. »Unserer Aufklärung zufolge hat er dort vierzehn Mann unter Waffen, mittel bis schwer. Ich empfehle daher Artillerie. Ballistische Kurzstreckenraketen. Reichweite bis zu achthundert Kilometer. Genau das Richtige von hier bis Wologda. Ich habe drei Iskander SS-26 Stone hinten im Garten. Die müssten den Job spielend erledigen. Ein Knopfdruck, und Federenko ist Geschichte.«

Löw schüttelte den Kopf. »Artilleriebeschuss ist zu grob«, sagte er. »Wir müssen vor Ort, um wichtige Daten an uns zu bringen, die Federenko in seinem Besitz hat.«

»Aaah!«, stieß Orlow mit einem Lächeln aus. »Ein eher chirurgischer Eingriff also.«

»Ja«, bestätigte Löw. »Ich brauche zwanzig Mann – nur

um ganz sicherzugehen. Ebenfalls mittlere bis schwere Bewaffnung. MPs, MGs, Sniper. Keine Sprengsätze oder Granaten. Die Daten sind zu empfindlich und müssen unbedingt sichergestellt werden. Außerdem benötigen wir Ausrüstung für mich, meine Partnerin und zwei weitere Männer, die ich mitgebracht habe.«

»Inklusive Transport nach Wologda und wieder zurück, nehme ich an?«, kalkulierte Orlow.

»Korrekt.«

»Ist machbar«, sagte Orlow. »Ich brauche zwei Stunden, und der Preis beträgt …«

»Acht Millionen Euro«, unterbrach Löw ihn. »Nicht verhandelbar. Dafür sind Ihre Leute und der Transport in einer Stunde bereit.«

Orlows Lächeln wurde breiter.

»Fünfzig Prozent vorab«, sagte Löw. »Der Rest nach Abschluss der Mission.«

»Unabhängig vom Ausgang«, forderte Orlow.

»Unabhängig vom Ausgang«, bestätigte Löw. »Bei Erfolg gibt es eine Prämie von noch einmal zwei Millionen.«

»Der Kunde ist König. Also gut, eine Stunde.«

38

Russland

Gernot Löw, Marina Marinova, Daniel Thieme und Ulf Wieger legten die etwas mehr als siebenhundert Kilometer lange Strecke zur Oblast Wologda in einem Konvoi aus fünf nagelneuen, unauffällig weiß lackierten Mercedes-Benz Sprintern zurück. Obwohl sie mit dem Flugzeug oder Hubschraubern vermeintlich schneller gewesen wären, war die Gefahr zu groß, durch die Luftüberwachung entdeckt und abgefangen zu werden.

Die Autobahn brachte sie in etwas mehr als acht Stunden von Sankt Petersburg bis Wologda selbst, der Stadt, nach der die Oblast benannt war.

Von da aus nahmen sie die Landstraße, die kurvig und zunehmend steiler in die Hochlandausläufer des Nordrussischen Landrückens führte. Das dauerte noch einmal gute zwei Stunden.

Löw nutzte die meiste Zeit der langen Fahrt, sich anhand von Kartenmaterial und Luftaufnahmen von Viktor Federenkos Versteck, die zum Teil Orlow und zum anderen Patrizia Hardt organisiert hatten, mit dem Terrain vertraut zu machen und eine Handvoll Strategien für den Zugriff zu entwickeln.

Den Rest der Zeit verwandte er dazu zu schlafen, um sich von den vergangenen Strapazen zu erholen und auf die kommenden besser vorbereitet zu sein.

Die Waffen, die Orlow geliefert hatte, waren makellos und auf dem neusten Stand der Technik, die Söldner hart trainierte und äußerst disziplinierte Männer aus aller Herren Länder. Letzteres beruhigte Löw ungemein. Es schloss Loyalitätskonflikte bei der Erfüllung ihrer Mission aus.

Die Männer dienten nur einem Herrn: Orlow. Und natürlich dem, an den Orlow sie vermietete.

Außer den zwanzig Soldaten hatte Orlow ihnen zehn Fahrer mitgegeben, die nichts anderes zu tun hatten, als sie – einander alle drei Stunden abwechselnd – an ihr Ziel zu bringen, damit die Söldner selbst ausgeruht dort ankamen.

Sie hatten ausreichend Sprit in den Tanks und in mitgeführten Kanistern, um nicht auf Stopps an Tankstellen angewiesen zu sein. Gegessen wurde an Bord.

Bei jedem Fahrerwechsel hatten die Männer Gelegenheit, sich zu erleichtern und sich zu strecken und zu dehnen, damit sie von der langen Fahrt nicht zu steif wurden.

Sie alle trugen Zivilklamotten; einfache Jeans und T-Shirts oder Pullover – damit wer auch immer auf sie aufmerksam werden mochte, sie für einen Trupp von Land- oder Bauarbeitern hielt, auf dem Weg zum nächsten Großprojekt. Das war in diesem Teil Russlands wegen der hohen Arbeitslosigkeit ein durchaus gewohnter Anblick.

Die ganze Zeit über kam Löw nicht umhin, die gelassene Professionalität der Söldner zu bewundern. Das war kein Haufen tumber Rohlinge, die Spaß daran hatten, ihren Lebensunterhalt mit dem Töten von Menschen zu verdienen oder ihren Urlaub mit dem Ausleben ihres Sadismus – wie man es von vielen Söldnertrupps oder Freischärlern gewohnt war.

Orlow hatte nur echte Profis rekrutiert und ausgebildet.

Jetzt erreichten sie ein Waldstück, von dessen Rand aus es zu Fuß weitergehen musste, damit Viktor Federenko nicht zu früh von ihrer Ankunft erfuhr.

Die Nacht war schon lange angebrochen – auch das war mit ein Grund, warum Löw sich letzten Endes gegen Flieger oder Hubschrauber entschieden hatte: Die Chancen bei einem nächtlichen Zugriff waren erheblich höher als bei Tageslicht.

Die Männer waren instruiert. Sie kletterten eilig aus den Transportern, sortierten ihre Ausrüstung mit geübten Handgriffen und halfen einander dabei, ihre Kampfanzüge auszupacken und anzuziehen.

Keiner von ihnen sprach auch nur ein Wort.

Thieme und Wieger halfen einander ebenfalls beim Ausrüsten, und Löw bildete ein Team mit Marina Marinova.

Es war erstaunlich, wie gut er sich mit ihr auch schweigend verstand. Er nahm an, es war die soldatische Natur, die sie miteinander verband, auch wenn sie vor nicht allzu langer Zeit auf gegnerischen Seiten gekämpft und Kameraden getötet hatten.

Abartig, dachte er.

Löw erkannte die Perversion dahinter – und konnte doch zugleich die pragmatische Logik darin nicht leugnen.

Das gleiche Ziel zu verfolgen machte sie zu Verbündeten.

Es war ihre Aufgabe, das Sterben von vielleicht Millionen von Menschen zu verhindern; da war kein Raum für Patriotismus oder politische Dogmen.

Da war nicht einmal mehr Raum für den Hass der Russin auf die Deutschen wegen des grausamen Mordes an ihren Vorfahren und über einer Million anderen Bürgern bei der Belagerung Leningrads.

Allerdings blieb es Löw auch nicht verborgen, dass Ulf Wieger Marina Marinova immer wieder mit feindseligen Blicken bedachte. Der Verlust seines Bruders war noch so frisch. Aber Löw baute darauf, dass der Mann sich im Griff hatte.

Er hoffte, er würde es nicht bereuen, ihm die Möglichkeit gegeben zu haben, sich für den Mord an seinem Bruder an den wirklichen Drahtziehern zu rächen.

Er verließ sich auf Thieme, mit ihm zusammen ein Auge auf Wieger zu haben.

In weniger als drei Minuten waren sie alle bereit.

Die Grundausrüstung waren Maschinenpistolen, Sturmgewehre, Automatikpistolen und Messer.

Statt echter Granaten – wegen der Gefahr, die Daten zu

den Depots zu zerstören – trugen sie alle nur Rauch- und Blendgranaten. Drei der Söldner führten außerdem mit langen Schalldämpfern versehene Scharfschützengewehre mit sich.

Vier weitere der Männer trugen die Ausrüstung für insgesamt zwei Standmaschinengewehre.

Da er trotz ausgiebiger Aufklärung über Satellitenbilder nicht abschätzen konnte, ob es auch in dem Waldstück zwischen hier und dem Hofgut Wachposten Federenkos gab, entschied Löw sich gegen den Einsatz von Lampen.

Die Männer aktivierten ihre Nachtsichtgeräte.

Löw führte sie zum Rand des dichten Baumbestands. Außer im tiefsten Harz hatte er noch nie einen so urwüchsigen Wald gesehen. Der steil nach oben führende Boden war über und über bedeckt mit Gebüsch und heckenartigem Bewuchs.

Sie kamen nur langsam voran, stets darauf bedacht, so wenig Lärm wie nur möglich zu machen.

Löw ging an der Spitze, Marina Marinova neben ihm. Thieme und Wieger bildeten die Flanken, die Söldner kamen dahinter.

Der Mond stand hoch, und der Himmel war kaum bewölkt. Die Nachtsichtgeräte ließen daher die Umgebung beinahe taghell erscheinen. Nicht weit entfernt schrie eine Eule auf ihrer nächtlichen Jagd.

Die Bäume um sie herum waren dick und verwachsen, dicht mit Moos bedeckt, und nicht wenige der knorrigen Stämme waren umrankt von Schlingpflanzen. Es war wie in einem uralten Zauberwald, in dessen Mitte es leicht vorstellbar war, dass einstmals in Europa alle Wälder so ausgesehen hatten.

Urig, unberührt, wild.

Löw wusste, dass es hier auch Bären gab und Wölfe, aber er ging davon aus, dass ihre Instinkte sie von der großen Gruppe Menschen fernhalten würden.

Löw hatte absolute Funkstille befohlen, doch über die Kameras an ihren Helmen waren er, Leutnant Marinova, Thieme und Wieger mit der Kommandozentrale des GTAZ verbunden.

Sie brauchten für die zwei Kilometer, die das Waldstück hier breit war, fast eine Dreiviertelstunde, doch dann hatten sie endlich den Rand erreicht.

Vor ihnen lag eine weite Hochebene; Viktor Federenkos Hofgut etwa achthundert Meter entfernt. Bis dahin freie Fläche. Ein gezackertes, jedoch unbestelltes Feld.

Drüben brannten nur wenige Lichter.

Löw befahl die Männer mit Gesten in Reih und Glied hinter sich, damit sie eine Schlangenlinie bildeten, während sie den Weg über die Ebene zurücklegten. So war die Chance verringert, dass man sie vom Gut aus sehen konnte – oder dass man sofort herausfand, wie viele sie waren, falls sie doch entdeckt wurden.

Sie liefen in gebückter Haltung, und nachdem sie die Hälfte der Strecke zurückgelegt hatten, gab Löw den drei Scharfschützen ein Zeichen, sich zu verteilen.

Ihre Aufgabe war es, sich Positionen zu suchen, von denen aus sie vermutlich patrouillierende Wachposten dank ihrer Schalldämpfer nahezu lautlos ausschalten konnten.

Löw sah auf die Uhr.

Für das Erreichen ihrer Positionen und das In-Stellung-Gehen hatten die Scharfschützen bei der Einsatzbesprechung drei Minuten einkalkuliert. Erst als die verstrichen waren, führte er den Trupp weiter nach vorn, um nach weiteren zweihundert Metern den vier Mann mit den beiden Maschinengewehren zu signalisieren, ebenfalls ihre vorab verabredeten Stellungen einzunehmen.

Ihre Aufgabe war es, von der offenen Seite des Gutes her den Hof zu sichern. Für die Installation der Gewehre auf ihren Stativen und das Einlegen der Munitionsketten waren vier Minuten veranschlagt.

Mit den Snipern war verabredet, dass sie erst fünf weitere Minuten später in Aktion traten.

Die Maschinengewehrschützen wiederum hatten den Befehl, nur einzugreifen, wenn Federenkos Wachen aus den Seitenflügeln über den Hof ins Haupthaus vordringen wollten.

Das Haupthaus war das eigentliche Ziel der Operation. Hier hielt sich Viktor Federenko selbst auf. Und mit ihm zusammen vermutlich auch die Daten über die Depots.

Löw gab seinen Leuten einen Wink, und sie kurvten nach rechts – um den Hof herum. Dabei fächerten sie so aus, dass sie nebeneinander liefen und jetzt erneut von den Gebäuden aus betrachtet eine Linie von Menschen bildeten, deren Zahl schwer bis gar nicht abzuschätzen war.

Der Zweck der weiten Halbkreiskurve war, von der dem Innenhof abgewandten Seite her das Haupthaus zu stürmen.

Gegenüber angekommen, gab Löw das Zeichen zum Sammeln. Die Männer legten sich in der Deckung einer breiten Ackerfurche flach auf den Boden.

Löw sah wieder auf die Uhr.

Noch etwas mehr als eine Minute bis zum geplanten Einsatz der Scharfschützen.

Er lauschte in die Nacht. Es war still. Totenstill.

Zu still!

»Etwas stimmt hier nicht«, raunte er Marina Marinova zu, die neben ihm lag.

Sie nickte grimmig. »Ich sehe nicht eine einzige Wache.«

Löw aktivierte sein Headset.

»Bravo eins an Adler eins!« Adler war der Codename für die Sniper. »Adler eins, bitte kommen!«

»Hier Adler eins«, antwortete der Scharfschütze flüsternd.

»Erkennen Sie ein Ziel?«

»Negativ«, antwortete Adler eins.

»Adler zwei, Adler drei, bitte kommen!«

»Hier Adler zwei!«

»Hier Adler drei!«

»Irgendwelche Ziele?«

»Negativ«, antworteten beide wie aus einem Mund, und Adler drei fügte hinzu: »Nicht ein Mensch zu sehen.«

»Sie wissen, dass wir kommen«, sagte Marina Marinova leise.

Löw nickte. »Alle Adler: Warten auf weitere Befehle. Ich wiederhole: Warten auf weitere Befehle!«

Nachdem die Scharfschützen das Kommando bestätigt hatten, wechselte Löw die Frequenz. »Zero, bitte melden!«

»Zero hier«, antwortete Patrizia Hardt über das Headset. »Warum brechen Sie die Funkstille, Bravo eins?«

»Hier stimmt etwas nicht«, meldete Löw.

»Was?«

»Kann ich noch nicht sagen«, antwortete er offen. »Ich fürchte, wir werden erwartet. Was sagen die Satellitenbilder des Abends? Wie sind die feindlichen Truppen in den Gebäuden verteilt?«

»Das Ziel ist mit einem seiner Männer im Haupthaus«, berichtete Patrizia Hardt. »Die Übrigen sind zu gleichen Teilen auf die beiden Nebengebäude verteilt.«

»Aber wir können davon ausgehen, dass die Gebäude im Innern verbunden sind«, überlegte Löw.

»Durchaus wahrscheinlich«, bestätigte Patrizia Hardt. »Wir haben zurzeit keinen Satelliten in Position. Nur Radar.«

»Nicht nötig«, sagte Löw und schaltete sein Nachtsichtgerät auf Infrarot. Er hob den Kopf über den Rand der Ackerfurche und richtete den Blick auf das vor ihnen liegende Haupthaus.

Sowohl das Erdgeschoss als auch der niedrige Speicher darüber wimmelte geradezu von Hitzesignaturen von Männern.

»Fuck!«, fluchte Löw. »Sie sind alle im Haupthaus. Sie erwarten uns tatsächlich.«

»Rückzug?«, fragte Thieme.

Löw musste nicht lange überlegen, um zu verneinen. Sie brauchten die Daten.

»Meinen Sie, Orlow hat Sie ans Messer geliefert?«, fragte Patrizia Hardt.

Löw sagte noch einmal: »Nein.«

»Was macht Sie so sicher?«

»Seine Leute hätten auf der Fahrt hierher ausreichend Gelegenheit gehabt, uns aufzuhalten oder gar auszuschalten«, antwortete Löw. »Wir müssen eher davon ausgehen, dass Mischin Dragomirovs Nachricht gelesen und Federenko gewarnt hat.«

»Dann wissen wir spätestens jetzt, dass die beiden zusammenarbeiten«, stellte Patrizia Hardt fest. »Wie wollen Sie weiter vorgehen?«

»Angreifen«, sagte Löw. »Wegen der Daten und wegen des Ultimatums, das der SACEUR gestellt hat. Es läuft in wenigen Stunden ab.«

Aus dem geplanten *chirurgischen Eingriff* war binnen weniger Sekunden eine bevorstehende Schlacht geworden.

»Warten Sie«, sagte Marina Marinova. »Hier stimmt noch etwas nicht.«

Löw sah sie fragend an.

»Wir befinden uns schon seit geraumer Zeit in Schussweite«, erklärte sie. »Und ich mache jede Wette, dass auch Federenkos Leute Nachtsichtgeräte haben. Wenn sie uns also tatsächlich erwarten – wovon wir inzwischen ausgehen können –, warum haben sie dann nicht schon längst das Feuer eröffnet?«

Das war eine verdammt gute Frage! Löws Hirn jagte nach einer Antwort darauf.

Was zur Hölle wurde hier gespielt?

GTAZ
Kommandozentrale

Lietzmann sprang vom Stuhl seiner Station auf und rief Patrizia Hardt zu: »Löw und seine Leute sollen sich sofort zurückziehen! Auf der Stelle! Rückzug! Rückzug!«

»Was ist?«, fragte Patrizia Hardt drängend.

Lietzmann deutete auf einen der kleineren Monitore am Rand der Wand.

»Das ist die Peripherie des Zielgeländes«, rief er. »Schauen Sie nach Südwesten!«

Patrizia Hardt brauchte einen Moment, doch dann erkannte sie es. Der Radar zeigte drei kleine, sich in Richtung Nordosten bewegende Punkte. Und die Signaturen, die jetzt daneben auftauchten.

»Rückzug, Major Löw«, rief sie ins Headset. »Ziehen Sie sich und Ihre Männer sofort zurück! Drei Mi-8 Kampfhubschrauber mit direktem Kurs auf Sie! Entfernung zehn Kilometer! Anflug in Höchstgeschwindigkeit! Sie sind in weniger als zwei Minuten bei Ihnen!«

»Verstanden!«, antwortete Löw, und sie hörte, wie er seinen Leuten eilig den Befehl zum Rückzug gab.

Lietzmann deutete noch einmal auf den Radarmonitor. »Das ist russisches Militär! Das sind Mischins Leute!«

Patrizia Hardt verstand sofort, was er damit sagen wollte. »Hören Sie, Major Löw! Lietzmann bestätigt, dass die ankommenden Kampfhubschrauber sehr wahrscheinlich direkt von Mischin auf Sie abkommandiert wurden! Sie wissen, was das heißt!«

Hochland von Wologda

Ja, Gernot Löw wusste nur zu gut, was das bedeutete!

Er und seine Leute rannten gebückt über das Feld zurück in Richtung Waldrand.

»Wenn Mischin deutsche GTAZ-Soldaten bei einer militärischen Aktion auf russischem Boden erwischt«, rief er Marina Marinova zu, die neben ihm rannte, »hat er jeden Vorwand, den er braucht, um Deutschland und damit auch der NATO in den Augen der Weltöffentlichkeit einen kriegerischen Akt vorzuwerfen und mit Gegenmaßnahmen zu reagieren. Er wird das alte Bild der Deutschen als Aggressoren wieder heraufbeschwören, die Erinnerung an den Überfall auf Russland, und er wird nicht eine Sekunde zögern, in einem Gegenschlag die Depots einzusetzen.«

»Das wagt er nicht«, widersprach Marina Marinova. »Schließlich würde ein solcher Schlag nach wie vor gegen die Biowaffenkonvention verstoßen, und er würde damit den Rest der Welt gegen sich aufbringen!«

»Nicht unbedingt«, entgegnete Löw. »Er muss der Welt lediglich verkaufen, die Waffen seien von Terroristen deponiert worden, er hat die Kontrolle über sie erlangt und er hat sie nur in einem Akt der Verzweiflung als Verteidigung seines Volkes vor den Angreifern eingesetzt, ehe sich die grausamen Verbrechen des Zweiten Weltkriegs gegen sein Land und dessen Bürger wiederholen. Nach dem Säbelrasseln der NATO in den letzten Wochen und Monaten könnte es ihm durchaus gelingen, den Westen in den Augen der Welt als den Buhmann dastehen zu lassen.«

Sie rannten um sehr viel mehr als nur um ihr Leben! Und sie waren noch etwa vierhundert Meter vom Waldrand entfernt.

»Sie kommen!«, rief Daniel Thieme.

In der Ferne waren jetzt die Rotoren und die Turbinentriebwerke der russischen Kampfhubschrauber zu hören.

»Lauft!«, brüllte Löw.

»Sie feuern Raketen auf Sie ab!«, rief Patrizia Hardt über das Headset.

»Verteilen!«, schrie Löw. »Incoming!«

Die Männer stoben auseinander – aber die Hauptlaufrichtung blieb der Wald.

Die erste der Raketen schlug ein! Eine gewaltige Detonation erschütterte den Boden, ein riesiger Feuerball explodierte. Löw wurde von dem Druck nach vorn geschleudert.

Er rollte über die rechte Schulter ab, verlor sein Nachtsichtgerät und rannte weiter.

Der Rücken seines Kampfanzugs war heiß von dem Flammenschwall. Erdschollen und Feldsteine prasselten um ihn herum zu Boden. Einer davon streifte ihn am Arm und hätte ihm beinahe die Maschinenpistole aus der Hand gerissen. Der Schmerz zuckte bis nach hinten in die Wirbelsäule.

Von irgendwoher hörte er durch das Rauschen in seinen Ohren gellende Schmerzensschreie.

Er wirbelte herum. Sah, dass Thiemes Kampfanzug Feuer gefangen hatte.

Löw sprang zu ihm hin, warf sich auf ihn und riss ihn mit zu Boden. Genau in dem Moment schlug die zweite Rakete ein. Löw drückte sich und Thieme so fest er konnte gegen den Grund. Die Explosion presste ihm die Luft aus der Lunge, und er kämpfte gegen den Drang an, sofort neue schlucken zu wollen, weil er wusste, sie war heiß und ohne Sauerstoff. Er hätte sich die Lunge verbrannt.

Ein erneuter Regen von Erde und Steinen prasselte auf sie herab.

Löw wälzte sich auf Thieme hin und her, bis die Flammen erstickt waren, und schnappte erst dann nach Luft.

Auch Thieme atmete tief ein.

»Alles klar!«, rief er von unter ihm, und Löw sprang auf, dem Kameraden auf die Füße helfend.

»In Bewegung bleiben!«, rief er – und schon im nächsten Moment peitschten die 12,7-mm-Geschosse der Bug-MGs der drei Mi-8 Kampfhubschrauber um sie herum in den erdigen Boden.

Löw sah, wie zwei von Orlows Söldnern getroffen und förmlich in Stücke gerissen wurden.

»Sie schneiden Ihnen den Weg ab, Löw!«, rief Patrizia Hardt ihm über das Headset zu. »*HIP eins* setzt sich genau zwischen Ihre Position und den Wald!« HIP war der NATO-Codename für den Mi-8.

Löw schaute auf und sah, wie der Hubschrauber sie seitlich überholte, sich vor dem Waldrand mit der Schnauze in ihre Richtung stellte und auf der Stelle zu schweben begann.

Seine grellen Scheinwerfer blendeten Löw, und er feuerte instinktiv eine Salve in Richtung des Helis. Doch die Panzerung war viel zu stark für die Kugeln aus seiner Maschinenpistole. Sie schlugen Funken stiebend in alle Richtungen von der Front ab.

Der Hubschrauber erwiderte das Feuer.

Löw warf sich zur Seite und die Maschinenpistole von sich. So schnell er konnte, nahm er noch im Wegrollen aus der Schussbahn das Sturmgewehr vom Rücken.

Er sprang auf die Füße zurück und rannte seitlich, aus der Hüfte auf den Helikopter feuernd. Doch auch wenn die Munition des Sturmgewehrs schwerer war als die der Maschinenpistole, richtete sie nicht viel aus. Aber Hauptsache, er lenkte damit den Hubschrauber von den Kameraden ab.

Die Geschosse aus dem Bug-MG kamen immer näher.

Lange würde Löw ihnen nicht mehr ausweichen können.

Doch gerade einmal zwei oder drei Sekunden, ehe sie ihn schließlich erreicht hätten, geschah etwas, womit niemand gerechnet hatte!

Aus dem Wald heraus schoss eine Feuerschlange hervor, zog eine enge, aber lang gestreckte Spirale … und schlug von hinten in den Kampfhubschrauber ein!

Der explodierte in einem gewaltigen Feuerball!

Löw warf sich zu Boden, um der Druckwelle und den umherwirbelnden Splittern so wenig Angriffsfläche wie möglich zu bieten.

Eine Boden-Luft-Rakete! Allen Anzeichen nach eine Stinger.

Aber wer um alles in der Welt hatte sie abgefeuert?

Löws Trupp war damit nicht ausgerüstet, dessen war Löw sich absolut sicher. Sie hatten nicht einmal Panzerfäuste dabei. Außerdem war außer den Fahrern auch niemand zurückgeblieben, der ihnen nun aus dieser Richtung hätte Feuerschutz geben können.

Aber das konnte er auch noch später herausfinden. Er rappelte sich eilig auf. Jetzt galt es erst einmal, sich und den Rest seiner Leute in Sicherheit zu bringen.

Der zweite der drei Kampfhubschrauber wendete in der Luft und feuerte eine Serie seiner ungelenkten Luft-Boden-Raketen dahin in den Wald, von wo aus die Stinger gekommen war.

Bäume zersplitterten krachend, flogen hoch in die Luft, gingen in Flammen auf.

Und schon im nächsten Moment kam von etwa zwanzig Metern seitlich der angerichteten Verwüstung eine zweite Stinger vom Waldrand aus in die Höhe geschossen – und traf den Helikopter frontal. Auch er wurde umgehend von einer gewaltigen Explosion in Stücke gefetzt.

Noch einmal warf Löw sich zu Boden und hoffte, dass er von keinem der brennenden Trümmer getroffen wurde.

Er rechnete damit, dass der dritte und letzte Hubschrauber nun auch das Feuer auf den Waldrand eröffnen würde, doch stattdessen drehte er ab und raste in Richtung des Hofguts davon.

Löw sprang auf. »Wer war das?«, bellte er ins Mikro seines Headsets. »Wer hat die Helis aus der Luft geholt?«

»Ich habe keine Ahnung«, gestand Patrizia Hardt. »Es war ganz gewiss niemand von uns.«

Löw gab das Signal zum Sammeln seines Trupps. Auch wenn die Schüsse aus dem Wald ihnen das Leben gerettet hatten, musste das noch lange nicht bedeuten, dass ihnen die Schützen auch freundlich gesonnen waren.

Thieme war zügig bei ihm. Er hatte den Helm verloren, und sein Haar war verbrannt, auch sein Kampfanzug hatte unter dem Feuer gelitten, aber ansonsten schien er relativ unverletzt zu sein. Auch Marina Marinova kam dazu. Ihr alarmierter Blick wechselte zwischen Hofgut und Waldrand hin und her. Offenbar hatte sie auch keine Ahnung, wer eingegriffen hatte und ob sie für den Moment in Sicherheit waren oder damit rechnen mussten, dass die nächste Stinger direkt auf sie abgefeuert werden würde.

Wieger hatte die Attacke ebenfalls zum größten Teil unverwundet überstanden. Er humpelte ein wenig, aber es war nur eine leichte Verstauchung, wie er versicherte.

Von den ursprünglich zwanzig Söldnern Orlows hatten sechs den Angriff der Kampfhubschrauber nicht überlebt.

Die übrigen bauten sich um Löw herum auf – sowohl in Richtung Hof als auch zum Waldrand hin absichernd.

Im Feuer der brennenden Bäume sah Löw ein Dutzend schwarz gekleideter Gestalten aus dem Wald kommen. Sie waren ähnlich bewaffnet wie er und seine Leute.

»Nicht schießen!«, ertönte eine weibliche Stimme auf Deutsch mit einem Akzent, den Löw im ersten Moment nicht zuordnen konnte. Aber das verwirrte ihn weniger, als dass ihm die Stimme vertraut vorkam. Nicht wirklich vertraut im Sinne von öfter gehört, sondern eher wie ein- oder zweimal gehört. Sie stammte von der Gestalt, die den fremden Trupp anführte.

Die Söldner hielten ihre Waffen auf die Neuankömmlinge gerichtet.

Löw rief: »Weiter sichern, aber nicht schießen.« Er schaltete seine Lampe ein und leuchtete der Anführerin ins Gesicht. Jetzt erkannte er, wieso ihm ihre Stimme vertraut war.

»Special Agent Rodriguez!«, rief Patrizia Hardt, die das Gesicht offensichtlich über Löws Helmkamera gesehen hatte. »Wie zur Hölle …?«

»Wie zur Hölle kommen Sie hierher?«, stellte Löw die Frage laut und befahl seinen Männern, die Waffen nun doch zu senken.

»Sie und Frau Hardt haben scheinbar vergessen, dass Sie es mit der CIA zu tun haben, Major Löw!«, antwortete sie. »Und ich glaube, was Sie eigentlich sagen wollten, war: ›Danke schön, Special Agent Rodriguez!‹«

»Dafür ist später noch Zeit«, erwiderte Löw stoisch. Er war viel zu überrascht, um sich mit ihr auf eine Diskussion darüber einzulassen, wie die CIA von ihrer Mission erfahren und es geschafft hatte, ihnen hierherzufolgen. »Jetzt müssen wir zunächst Viktor Federenko schnappen und gewisse Daten an uns bringen!« Er ahnte, dass er ihr mit dem Namen nicht mehr verriet, als sie inzwischen wohl selbst bereits wusste, ging aber ganz absichtlich nicht näher auf die Natur der Daten ein.

Sie nickte. »Sie haben das Kommando, Major Löw«, sagte sie. »Aber im Anschluss sind Sie und Frau Hardt mir eine Erklärung schuldig. Ich denke, das haben wir uns verdient.«

»Einverstanden«, sagte er. »Aber zuerst müssen wir uns überlegen, wie wir das Hofgut stürmen. Da Federenkos Leute wissen, dass wir hier sind, knallen sie uns aus der Deckung heraus ab wie die Fliegen, sobald wir wieder in Schussnähe sind.«

»Ich fürchte, diese Überlegung können wir uns sparen«, sagte Marina Marinova, die durch das Zielfernrohr ihres Gewehrs hinüber zum Hofgut schaute. Von dahinter erhob sich gerade der dritte Hubschrauber.

Special Agent Rodriguez sprach in ihr Headset: »Stinger eins …«

»Halt!«, unterbrach Marina Marinova sie eilig. »Federenko sitzt in dem Hubschrauber …«

»… und die Daten, die er bei sich hat, dürfen auf keinen Fall vernichtet werden«, vollendete Löw ihren Satz voller Wut.

»Befehl rückgängig, Stinger eins«, rief Rodriguez in ihr Headset. »Nicht schießen! Ich wiederhole: Nicht schießen!«

»Scheiße!«, fluchte Löw und sah hilflos dabei zu, wie der Hubschrauber in Richtung Südwesten verschwand.

39

An Bord des Mi-8

Viktor Federenko und seine rechte Hand Alexej saßen in der Passagierkabine des Kampfhubschraubers. Federenko blickte durch das Fenster nach draußen, zurück auf sein Hofgut, das im Feuer des Waldrands gespenstisch lange Schatten warf.

»Sie haben mein Zuhause angegriffen!«, brüllte er wütend. Speichel flog ihm in Tropfen von den Lippen gegen die Scheibe des Helikopters. Sein Gesicht war rot, und an Stirn und Hals traten ihm die Adern hervor. »Sie haben es gewagt, mich heimtückisch in meinem eigenen Haus zu überfallen! Mich! Viktor Federenko! Gib mir das Notebook, Alexej!«

»Beruhig dich wieder, Viktor«, sagte Alexej. »Sie haben es versucht. Aber sie sind gescheitert.«

Federenko fuhr auf seinem Sitz zu Alexej herum. »Sag mir nicht, dass ich mich beruhigen soll, sondern tu, was ich dir gesagt habe, und gib mir das gottverdammte Notebook!«

»Es ist nichts passiert, womit wir nicht gerechnet haben, Viktor«, versuchte Alexej noch einmal, ihn zu beschwichtigen. »Sie können dir nichts anhaben. Kein Grund, jetzt etwas Unüberlegtes zu tun. Kein Anlass überzureagieren.«

»Überreagieren?!«, schrie Viktor Federenko. »Sie sind nicht

einfach nur unerlaubterweise und in tödlicher Absicht in unser Land eingedrungen, Alexej! Sie haben eines der Güter meiner Familie unter Beschuss nehmen wollen! Sie haben heiligen Boden betreten! Du verstehst die Tragweite dessen nicht, was sie sich angemaßt haben! Ihr Verbrechen muss geahndet werden! Und jetzt gib mir endlich das Notebook, oder ich schwöre, ich reiße dir dein verfluchtes Herz mit bloßen Händen raus und gebe es dir zu fressen! Hast du mich verstanden?«

»Schon gut, schon gut!«, antwortete Alexej, griff nach einem großen Rucksack an seiner Seite, öffnete ihn und holte daraus ein Laptop hervor.

Viktor Federenko riss es ihm aus den Händen und klappte es auf. Er schaltete es ein und wartete ungeduldig darauf, dass es hochfuhr. Als das endlich so weit war, signalisierte ihm der Bildschirm, dass er hier kein Netz, keine Internetverbindung hatte.

»Was ist das für ein Scheiß?«, fluchte Federenko, packte einen der Kopfhörer, die von der Decke hingen, setzte ihn auf und aktivierte das Mikrofon. »Wieso habe ich hier kein Netz, Pilot?«, bellte er hinein. »Ich brauche ein Netz!«

»Bedaure, Sir«, kam die Antwort aus dem Cockpit über die Kopfhörerlautsprecher. »Die Maschine ist isoliert.«

»Dann schalt mich auf das Netz des Hubschraubers, du Idiot!«, forderte Federenko.

Statt darauf einzugehen, sagte der Pilot: »Ich habe General Mischin für Sie in der Leitung.«

»Ich will jetzt nicht mit ihm reden«, antwortete Federenko. »Ich will eine Internetverbindung. Sofort!«

»General Mischin besteht auf dem Gespräch, Sir!«

Federenko stieß ein verächtliches Schnauben hervor, sagte dann jedoch: »Na gut, stellen Sie ihn durch!«

»Viktor!«, kam gleich darauf Mischins Stimme über den Kopfhörer. »Gut, dass du unverletzt bist.«

»Was heißt hier unverletzt?!«, brüllte Federenko in das Mikrofon vor seinem Mund. »Die Scheißdeutschen haben mich überfallen! Auf russischem Hoheitsgebiet! Wie zur Hölle konnte das passieren, Mikhail? Sag mir, wie war das möglich? Was taugt dein beschissener FSB überhaupt?«

»Bitte beruhig dich wieder, alter Freund«, sagte Mischin. »Es war …«

»Sag du mir nicht auch noch, ich soll mich beruhigen, Mikhail, oder ich verspreche dir, ich setze die ganze verfickte Welt in Flammen«, schrie Federenko heiser. »Das kostet mich einen einzigen gottverfluchten Knopfdruck!«

»Erinnere dich bitte, Viktor«, sagte Mischin beschwichtigend. »Die Deutschen bis zu dir vordringen zu lassen war Teil des Plans. Wir wollten sie unschädlich machen und der Welt als Aggressoren präsentieren, und dann …«

»Und habt ihr sie unschädlich gemacht?«, unterbrach Federenko ihn erneut.

»Nein«, gab Mischin zu. »Bedauerlicherweise nicht. Eine dritte Gruppe ist dazwischengekommen.«

»Anhänger Dragomirovs?«

»Nein, gewiss nicht«, sagte Mischin. »Niemand hier in Russland weiß von seiner Gefangenschaft. Ich vermute, es war die CIA.«

»Die CIA?« Federenkos Stimme schnappte erneut über. »Die CIA tanzt dem FSB auf russischem Boden auf der Nase herum?!«

»Wir waren zu sehr auf die Deutschen allein fixiert«, räumte Mischin ein, »und haben nicht mit ihnen gerechnet.«

»Was taugt dann unser Kontakt zu dem Amerikaner?«, fragte Federenko. »Er hätte uns informieren müssen!«

»Ich vermute, er wusste davon nichts«, meinte Mischin. »Sonst hätte er uns selbstverständlich gewarnt.«

»Vielleicht«, erwiderte Federenko. »Eine andere Lesart ist, er wusste Bescheid, konnte es nicht mehr verhindern und hat es verschwiegen, damit wir nicht auch noch amerikanische Agenten auf russischem Gebiet abfangen!«

»Die Möglichkeit besteht durchaus, Viktor«, sagte Mischin. »Ich werde es in Erfahrung bringen.«

»Das hat später noch Zeit! Jetzt werden wir zunächst unseren Gegnern eine Lektion erteilen!«

»Was?! Was hast du vor, Viktor?«

»Ich werde sie lehren, dass es Konsequenzen hat, die Grenze zu überschreiten«, sagte Viktor Federenko, und in seiner Stimme schwang Triumph.

»Wenn du meinst, was ich fürchte, dass du meinst, tu es nicht, Viktor«, verlangte Mischin. »Nicht jetzt. Es ist zu früh! Warte, bis der Westen uns den Krieg erklärt oder zumindest mit weiteren Sanktionen droht.«

»Die Zeit des Wartens ist vorüber«, entgegnete Federenko. »Was jetzt kommt, haben sie sich selbst zuzuschreiben!«

»Nimm doch Vernunft an!«, rief Mischin. »Es war alles ganz anders abgesprochen mit dem Amerikaner. Wir müssen …«

»… handeln!«, schnitt Federenko ihm das Wort nun zum dritten Mal ab. »Egal, was wir mit dem Amerikaner abgesprochen haben. Wenn er seine eigenen Leute nicht unter Kontrolle hat, muss er mit neuen Spielregeln leben. Es herrscht jetzt ein neuer Wind, Mikhail, und du entscheidest dich besser schnell, ob du mit an Bord bist oder nicht!«

»Verdammt, Viktor!«

»Entscheide dich JETZT, Mikhail!«, rief Federenko. »Wie gerade schon gesagt: Die Zeit des Zauderns und des zögernden Taktierens ist vorüber. Wir schreiben Geschichte, und wir schreiben sie noch heute!«

»Viktor …«

»Ich sagte *jetzt*, Mikhail!«

»Du sitzt in einem meiner Hubschrauber, Viktor«, rief Mischin. »Mit meinen Soldaten. Was lässt dich glauben, dass du der Einzige bist, der hier Bedingungen stellen kann?«

Viktor Federenko lachte auf. »Was mich das glauben lässt, fragst du? Wer von uns beiden ist der Milliardär und wer der Befehlsempfänger? Ein einziger Knopfdruck von mir, und die Daten sind gelöscht – oder auch nach Deutschland übertragen; ganz so, wie *ich* es für richtig erachte. Und du? Du wanderst schon in der nächsten Stunde wegen Hochverrats vor das Erschießungskommando. Also sprich nie wieder zu mir in der Annahme, dass du und ich gleichgestellte Partner sind – in dieser Sache oder in irgendeiner anderen. Habe ich mich klar genug ausgedrückt, General?«

Für einen Moment lang herrschte absolute Stille in der Leitung. Schließlich aber gab Mischin klein bei. »Also gut«, sagte er. »Ganz wie du willst.«

»Kluge Entscheidung, Mikhail«, lobte Federenko. »Und jetzt sag deinem Piloten, er soll mir Zugang zum Netz verschaffen.«

Mischin tat wie geheißen, und Federenko loggte das Notebook ein.

»Sag mir wenigstens, wo die nächste Attacke stattfinden wird«, bat der General.

Viktor Federenko betrachtete die Karte von Deutschland, die jetzt auf dem Monitor erschien. »Sie haben mit mir einen Zivilisten angegriffen, also werde ich jetzt auch Zivilisten angreifen.« Sein Blick wanderte über die Karte, auf der die verschiedenen Depots eingezeichnet waren – zusammen mit den biologischen Waffen, die in ihnen gelagert waren, und den Daten der Schläfer.

Er sah ein Feld mit der Aufschrift *ICD-10 A20.0* und suchte im rechts auf dem Monitor unter dem Titel *International Statistical Classification of Diseases* aufgeführten Index danach.

Er lachte noch einmal auf. Dieses Mal aber nicht zynisch, sondern beinahe schon amüsiert.

»Pestis fulminans«, sagte er leise vor sich hin. »Beulenpest. Ja, das gefällt mir. Das dürfte sie nicht nur beschäftigen, sondern komplett aufhalten.«

»Die Beulenpest?«, fragte Mischin ungläubig. »Wenn du sie zum Ausbruch bringst, kann keine Macht der Welt sie aufhalten! Wie sollen wir unsere eigenen Völker davor schützen?«

»Wie immer denkst du nicht weit genug, Mikhail«, sagte Federenko. »Du musst lernen, das große Bild zu sehen.«

»Was ist das große Bild?«

»Ganz einfach«, sagte Federenko. »Du wirst die Deutschen und die NATO warnen. Du wirst sie darüber informieren, dass und wo ich, der böse, böse Terrorist, die Beulenpest zum Ausbruch gebracht habe. Das festigt deine Position ihnen gegenüber, bringt dir außerdem Sympathiepunkte ein, und zugleich wird es sie durch die Quarantänemaßnahmen und die Panik in der Bevölkerung lähmen und von weiteren Aggressionen Russland gegenüber abhalten.«

»Was macht dich da so sicher?«

»Weil ihr eigenes Volk sich gegen sie erheben wird, wenn sie ihre offensive Haltung nicht aufgeben und damit den nächsten Anschlag ganz ohne Warnung und Möglichkeit zur rechtzeitigen Quarantäne provozieren.«

»Die Risiken sind zu groß«, wandte Mischin ein. »Das ist nicht gut genug durchdacht. Lass uns noch einmal darüber reden, wenn du hier in Moskau bist.«

»Zu spät, Mikhail«, erwiderte Federenko. Er hatte gerade per Knopfdruck den Schläfer aktiviert! »Die Würfel sind gefallen.«

»Wo?«, fragte Mischin, ohne das Entsetzen in seiner Stimme verbergen zu können.

Federenko schmunzelte. »Das werde ich dir in ein paar Minuten verraten, keine Sorge«, sagte er. »Aber zuerst muss ich der Welt noch einen Guten Morgen wünschen!«

40

GTAZ
Kommandozentrale

»Der Zugriff auf Federenko ist fehlgeschlagen«, meldete Patrizia Hardt über das Telefon Bundeskanzler Wagner.

»Federenko lebt?«, fragte der.

»Ja«, bestätigte sie. »So wie es aussieht, ist er auf dem Weg nach Moskau. Nach den aktuellen Ereignissen müssen wir davon ausgehen, dass er tatsächlich gemeinsame Sache mit Mischin macht.«

»Die Daten zu den Depots?«

»Hat er mit ziemlicher Sicherheit bei sich.«

»Unsere Leute?«

»Verluste unter den Söldnern«, sagte sie. »Löw, Thieme, Wieger und auch Leutnant Marinova sind mehr oder weniger unversehrt. Aber ohne das Eingreifen der CIA wären sie jetzt alle tot.«

»Die CIA?«

»Ja. Special Agent Rodriguez hat mit einem Trupp eigener Leute unsere gerade noch rechtzeitig aus einer Falle gerettet. Mischin muss von Dragomirovs Nachricht an Sie erfahren und Federenko vorgewarnt haben.«

»Wie zum Teufel hat die CIA davon erfahren?«

Patrizia Hardts Blick wanderte automatisch zu Martin Curtze. Doch alle ihre Instinkte sagten ihr, dass er nichts damit zu tun hatte. Daher sagte sie, was sie wirklich glaubte, auch wenn es ihr schwerfiel, das zuzugeben: »Die CIA ist uns um Lichtjahre voraus, was Informationsbeschaffung und Geheimhaltung betrifft. Sie waren nicht nur über unsere Operation informiert, sondern haben es obendrein geschafft, dass wir von der ihren nicht das Geringste mitbekommen haben, obwohl Rodriguez von hier aus gestartet sein muss.«

»Unfassbar!«

»Es tut mir leid, Herr Bundeskanzler«, sagte sie, »und dann auch wieder nicht. Wäre sie nicht gewesen, wären unsere Leute jetzt tot. Aber ich kann durchaus verstehen, wenn Sie jetzt verlangen, dass ich meinen Posten räume und jemand anderes übernimmt.«

»Unsinn!«, sagte er barsch. »Wir werden später – falls es ein Später gibt – eingehend darüber diskutieren, ob Sie etwas falsch gemacht haben oder wie man hätte anders vorgehen können. Wie Sie selbst sagten: Die CIA ist uns um Lichtjahre voraus. Soweit ich das beurteilen kann, haben Sie sich nichts vorzuwerfen. Sie genießen weiterhin mein volles Vertrauen, Frau Hardt.«

»Danke, Herr Bundeskanzler.«

»Aber wenn ich das psychologische Profil Federenkos richtig interpretiere, wird unser Zugriffsversuch Konsequenzen haben.«

»Das fürchte ich ebenfalls«, gestand sie, und das Gefühl,

mit dafür verantwortlich zu sein, drehte ihr den Magen um.

»Egal, was er tut, er hätte es in ein paar Stunden ohnehin getan, wenn er von der NATO-Konferenz erfahren hätte«, sagte der Bundeskanzler. »Denken Sie daran: Wir haben versucht, ihn aufzuhalten. Sie haben sich nichts vorzuwerfen.«

Wenn es so einfach wäre, dachte sie bei sich, wusste aber, dass Wagner recht hatte. Niemand von ihnen war für die grausamen Taten Federenkos verantwortlich. Niemand außer er selbst. Was immer er glaubte, das man ihm angetan hatte oder er zu erreichen bezweckte – nichts rechtfertigte sein Vorgehen.

»Wir werden weiterhin mit allen uns zur Verfügung stehenden Mitteln versuchen, ihn zu stoppen«, sagte sie. Das war ein Schwur, den sie sich selbst geleistet hatte. Ihr ganz persönlicher Hass auf Federenko hatte längst die Grenze der Professionalität überschritten; so wie er mit seinen Taten jetzt schon allen Anspruch, noch länger mit den Rechten eines Menschen behandelt zu werden, verspielt hatte – ganz gleich, welche Taten er den vergangenen noch folgen lassen würde.

Ehe sie das Gespräch beenden konnte, sprang plötzlich Sassi Schäfer von ihrem Platz auf und riss den Arm in die Höhe, um Patrizia Hardt auf sich aufmerksam zu machen.

Patrizia Hardt schaute neugierig auf und folgte mit dem Blick dem Fingerzeig der jungen Analystin auf den großen Zentralmonitor. Darauf war ein Standbild zu sehen – von einem Mann im Passagierraum eines Hubschraubers; der Kopf war verpixelt, aber Patrizia Hardt erkannte sofort, dass es Viktor Federenko war.

»Warten Sie, Herr Bundeskanzler«, sagte sie ins Telefon – und zu Saskia Schäfer: »Schicken Sie den Link bitte direkt ins Bundeskanzleramt!«

»Schon geschehen!«, informierte Lietzmann dienstbeflissen. »Müsste jetzt da sein.«

»Herr Bundeskanzler, wir haben Ihnen gerade einen Internetlink geschickt«, meldete Patrizia Hardt. »So wie es aussieht, eine neue Botschaft Federenkos.«

»Moment«, sagte der Bundeskanzler. »Ja, ich habe ihn. Läuft!«

Patrizia Hardt gab Sassi einen Wink, und die drückte per Fernbedienung auf *Start*. Sofort begann der Clip zu laufen.

»Guten Morgen, Welt«, begann Viktor Federenko. »Dies ist der aktuelle Weckruf! Vor nur wenigen Minuten haben Vertreter der Regierungen Deutschlands und der Vereinigten Staaten einen Anschlag auf mein Leben verüben wollen. Auf russischem Grund und Boden! Ohne vorherige Kriegserklärung. Da ich mich als Soldat meiner Länder Russland und Ukraine verstehe, betrachte ich diesen Anschlag auf mich und mein Heim als ein Kriegsverbrechen. Ein Verbrechen, das geahndet werden muss … und geahndet werden wird! Ohne Gnade! Und sofort! Ich habe daher gerade zur Strafe in einer deutschen Großstadt den Erreger der Beulenpest freigesetzt, damit Deutschland ein für alle Mal begreift, dass wir einen heimtückischen Überfall auf unsere Heimat, so wie er im Zweiten Weltkrieg geschehen ist, nie wieder zulassen werden! Damals haben Millionen unserer Bürger aufs Grausamste ihr Leben lassen müssen. Nun seid ihr Deutschen an der Reihe! Und mit euch alle, die euch zur Seite stehen. Weiteren Übergriffen seitens Deutschlands und/oder der NATO wird ebenfalls mit weiteren Anschlägen begegnet – und ihr werdet euch wünschen, dass es bei der Beulenpest geblieben wäre!«

Damit war die Übertragung zu Ende, und der Clip wurde abgelöst von einer Diashow von erschreckenden Bildern mittelalterlicher Gemälde von der Beulenpest im vierzehnten Jahrhundert.

»Verdammt!«, fluchte Bundeskanzler Wagner. »Er hat Großstadt gesagt!«

Patrizia Hardt warf einen Blick auf die Deutschlandkarte. »Das kann relativ sein«, meinte sie. »Gehen wir davon aus, dass er eine Stadt mit mindestens einhunderttausend Einwohnern meint. Das wären in den neuen Bundesländern der Reihenfolge ihrer Größe nach Berlin, Leipzig, Dresden, Chemnitz, Halle, Magdeburg, Erfurt, Rostock, Potsdam, Cottbus, Jena und Gera.«

»Wir müssen sofort die Evakuierungsprotokolle in Kraft setzen«, sagte Bundeskanzler Wagner.

»Nein!«, widersprach Patrizia Hardt. »Ganz im Gegenteil. Federenko hat in seiner Nachricht davon gesprochen, dass er den Erreger der Beulenpest bereits freigesetzt hat. Wir müssen die Städte unverzüglich unter Quarantäne stellen!«

»Zehn Städte mit insgesamt über sechs Millionen Menschen?«, fragte der Bundeskanzler. »Das ist vollkommen unrealistisch!«

»Ich habe Dr. Benningsen in der Leitung«, rief Lietzmann dazwischen.

»Schalten Sie sie dazu«, ordnete Wagner eilig an.

»Rufen Sie sofort den inneren Notstand aus, Herr Bundeskanzler«, sagte Dr. Benningsen ohne ein Wort der Begrüßung. »Wir müssen Handhabe haben, der Polizei und der Bundespolizei Streitkräfte zur Seite zu stellen. Tun Sie es bitte sofort!«

»Wir haben das bereits diskutiert«, sagte Wagner. »Der Notstand …«

»Bei allem gebührenden Respekt, Herr Bundeskanzler«, unterbrach Dr. Benningsen ihn. »Wir hatten uns gegen ihn als reine Präventivmaßnahme entschieden. Jetzt haben wir es mit dem Ernstfall zu tun. Mit der Beulenpest. Jede Minute zählt. Jede Sekunde!«

»Aber Doktor …«

Sie ließ ihn nicht zu Wort kommen. »Sie haben mich mit der Leitung des Krisenmanagements beauftragt. Vertrauen Sie bitte auf meine Einschätzung! Wir müssen die Städte augenblicklich abriegeln. Alle. Zumindest so lange, bis wir herausgefunden haben, in welcher er den Erreger freigesetzt hat. Flughäfen, Bahnhöfe und Bahnlinien, Wasserwege, Straßen. Es muss alles gesperrt werden. Flüge ins Ausland müssen außerdem deutschlandweit gesperrt werden! Sonst werden binnen weniger Tage Millionen Menschen tot sein, in wenigen Wochen Hunderte Millionen, wenn nicht gar Milliarden!«

»Das ist völlig utopisch«, sagte Wagner. »Es wird uns niemals auch nur im Ansatz gelingen, zehn Städte abzuriegeln und alle internationalen Flughäfen Deutschlands.«

»Wir müssen es zumindest versuchen«, sagte Patrizia Hardt.

»Sonst haben wir es in nur wenigen Stunden mit der größten Epidemie der Weltgeschichte zu tun«, fügte Dr. Benningsen hinzu.

»Und nach Strausberg wissen wir, dass Federenko nicht blufft«, ergänzte Patrizia Hardt. »Die Pest ist da draußen, und mit jedem Moment, den wir zögern, wird sie sich verbreiten.«

41

Bundeskanzleramt
Büro des Bundeskanzlers

»Sie haben Frau Hardt und Doktor Benningsen gehört«, sagte Bundeskanzler Wagner zu Verteidigungsminister Ney, Innenministerin Reese und ChefBK Richter. »Ich rufe augenblicklich den Inneren Notstand aus. Bereiten Sie bitte alles für eine nationale Ausstrahlung vor, Herr Richter.«

Der Chef des Bundeskanzleramtes sprang von seinem Platz auf und eilte zur Tür. »Ist in drei Minuten so weit!«

»Danke.« Wagner wandte sich an Ney und Reese: »Koordinieren Sie sofort den Einsatz von Polizei, Bundespolizei und Streitkräften über Frau Hardt und Herrn Lietzmann.«

»Das ist Wahnsinn«, sagte der Verteidigungsminister. »Die Panik wird unmöglich im Zaum zu halten sein. Es wird zu Revolten kommen.«

»Dessen bin ich mir bewusst, Herr Minister«, gab Bundeskanzler Wagner zurück. »Tun Sie es trotzdem.«

Während auch die beiden Minister nach draußen eilten, klingelte das Telefon. Wagner sah Richters Nummer. Er drückte auf *Freisprechen*. »Sind Sie schon so weit?«

»Nein«, sagte der ChefBK. »Ich habe SACEUR Hendersen in der Leitung.«

»Verflucht!«, entfuhr es Wagner. »Nicht jetzt!«

»Er betont, es sei äußerst dringend.«

Wagner sah auf die Uhr. »Das Ultimatum ist noch nicht abgelaufen. Nicht, dass das jetzt noch eine Rolle spielen würde. Sagen Sie ihm, ich rufe zurück, sobald ich kann.«

»Sehr wohl.«

Fünfzehn Sekunden später klingelte das Telefon erneut.

Wagner ballte die Hände zu Fäusten, ging dann aber doch dran.

»Er sagt, es geht um Leben und Tod!«, rief Richter, ehe Wagner überhaupt etwas sagen konnte. »Und er klingt ernst. Extrem ernst.«

»Stellen Sie ihn durch!« Es klickte in der Leitung. »Wagner hier. Commander Hendersen, Sie können sich vorstellen …«

»Ich weiß, wo der Anschlag stattgefunden hat, Herr Bundeskanzler«, unterbrach Hendersen Wagner. »In Leipzig! Federenko hat die Beulenpest in Leipzig freigesetzt!«

»Woher wissen …?«

»Erkläre ich Ihnen sofort«, sagte Hendersen. »Aber zuerst sollten Sie alles Nötige veranlassen.«

»Wie zuverlässig ist die Information?«, fragte Wagner.

»Ich schätze sie nach eingehender Überprüfung als absolut zuverlässig ein«, sagte der SACEUR, »auch wenn ich noch nicht einschätzen kann, was ich davon halten kann.«

»Bleiben Sie bitte in der Leitung, Commander!«

»Ja, ich warte.«

Bundeskanzler Wagner betätigte einen Knopf, der ihn direkt mit ChefBK Richter verband. »Informieren Sie bitte Verteidigungsminister Ney, Innenministerin Reese, Patrizia Hardt, Doktor Benningsen und Herrn Lietzmann, dass es sich um Leipzig handelt!«

»Mache ich«, sagte Richter. »Die nationale Sendung ist im Besprechungsraum vorbereitet. Wir sind bereit, wenn Sie es sind.«

»Danke, Herr Richter!«

Wagner schaltete zurück zu SACEUR Hendersen. »Hier

bin ich wieder. Ich habe alles Nötige veranlasst. Danke für die schnelle Information. Eine Stadt ist sehr viel leichter unter Quarantäne zu stellen als gleich zehn. Woher stammt die Information?«

»Von General Mischin«, antwortete der SACEUR. »Dem Chef des FSB.«

Wagner zuckte innerlich zusammen. Mischin?

Er wusste nicht, inwieweit der SACEUR inzwischen darüber informiert war, dass Mischin mit dem Terroristen gemeinsame Sache machte, und entschied sich daher, es nicht anzusprechen. Die wichtigeren Fragen waren: Konnte er dieser Information trauen? Was, wenn Mischin sie absichtlich auf die falsche Fährte führen wollte? Was, wenn sie sich jetzt nur auf Leipzig konzentrierten und die Pest gerade in Wahrheit ganz woanders ausbrach und Gelegenheit fand, sich auszubreiten, bis es zu spät war, sie noch stoppen zu können?

Nicht einmal Mischin wäre so verrückt, entschied er. Federenko vielleicht – der war in Wagners Augen völlig übergeschnappt und hatte jedweden Sinn für die Realität verloren; aber nicht Mischin. Ganz gleich, wie korrupt, intrigant, heimtückisch und grausam der Chef des FSB auch sein mochte, er würde niemals riskieren, eine Epidemie so nah an seinem eigenen Land zu entfesseln. Die Gefahr war viel zu groß, dass sie über die Grenzen schwappte und dann auch Russland mit aller Gewalt treffen würde.

»Verfügen Sie über irgendwelche Informationen, dass Russland die Grenzen dichtgemacht und die Flughäfen gesperrt hat?«, fragte er sicherheitshalber den SACEUR.

»Negativ«, sagte der.

»Dann ist Mischins Nachricht vermutlich Glauben zu schenken«, sagte Wagner. »Vielen Dank für die Warnung,

Commander. Wie wirken sich die aktuellen Ereignisse aus auf Ihre Entscheidung, die NATO-Konferenz einzuberufen?«

»Wir müssen uns neu beraten«, antwortete Hendersen. »Die gerade eingetretene Situation hat einiges verändert.«

Wagner schickte ein stummes Dankgebet zum Himmel. Nicht, dass er froh darüber war, dass die konkrete aktuelle Katastrophe eine mögliche andere abgewandt hatte – oder zumindest aufgeschoben; er war lediglich dankbar dafür, dass er sich nicht beiden gleichzeitig stellen musste.

»Bitte informieren Sie mich umgehend, sobald Sie herausgefunden haben, ob die Terroristen den Erreger tatsächlich freigesetzt haben oder nur bluffen«, sagte Hendersen. »Entsprechend müssen wir entscheiden, ob wir die Mobilmachung auf deutschem Gebiet stoppen oder nicht.«

Wagner fiel sofort der Kern der Aussage auf: *auf deutschem Gebiet!*

Damit signalisierte Hendersen ziemlich unzweideutig, dass die NATO respektive die USA an ihrem Kurs festhalten würden, sich auf keinen Fall von Terroristen erpressen zu lassen. Der SACEUR wollte lediglich sicherstellen, dass die NATO-Truppen – vor allem nach der Attacke auf Strausberg – nun nicht auch noch durch die Beulenpest in Gefahr gerieten und er die Verantwortung dafür in den Augen der Öffentlichkeit zu tragen hatte.

Wagner war sich daher sicher: Hendersen würde die Mobilmachung auf deutschem Gebiet nur stoppen, wenn Federenko nicht geblufft hatte. Ansonsten würde er seinen Hardliner-Kurs beibehalten; auch auf die Gefahr hin, damit dann einen weiteren wirklichen Anschlag zu riskieren.

Wenn es sich jedoch herausstellte, dass Federenko die Wahrheit gesagt hatte – und davon war Wagner absolut überzeugt –, würde Hendersen die NATO-Truppen aus Deutschland abziehen, aber nur um sie in Sicherheit zu bringen und anderswo mobilzumachen.

Deutschland wäre dann völlig auf sich allein gestellt.

Der Bundeskanzler fragte sich, ob der SACEUR in seine Überlegungen miteinbezogen hatte, dass es, wenn es ihnen nicht gelingen würde, die Epidemie zu verhindern, schon sehr bald keinen Ort mehr gäbe, an dem die Truppen in Sicherheit wären …

… oder überhaupt irgendjemand.

Aber er war sich gewiss, dass schon bald damit zu rechnen war, dass die USA ihre Grenzen, Flughäfen und Häfen dichtmachen würden, um zu verhindern, dass die Seuche auch bis zu ihnen vordringen konnte. Dass sie die Welt, in deren Angelegenheiten sie sich schon immer so gerne und massiv einmischten, im Stich lassen würden …

… um sich dann – am Ende – gütlich zu halten an dem, was von ihr übrig blieb.

Bundeskanzler Simon Wagner konnte sich des Gefühls nicht erwehren, dass er von einem Moment auf den anderen vom Offizier auf dem Schachbrett internationaler Politik zu einem Bauern degradiert worden war … einem Bauern, den man ruhig opfern konnte.

42

Hochland von Wologda

Gernot Löw und sein Trupp begleiteten CIA Special Agent Rodriguez und ihre Leute zum noch immer brennenden Waldrand, wo die zwei Stinger-Schützen zu ihnen stießen.

»Wir müssen davon ausgehen, dass Mischin uns schon bald seine Truppen auf den Hals hetzt, um uns mit allen Mitteln daran zu hindern, das Land zu verlassen«, sagte Löw.

»Ja«, bestätigte Rodriguez. »Sie sind mit Sicherheit schon auf dem Weg hierher. Mischin will uns der Öffentlichkeit als Aggressoren vorführen. Ich fürchte, der Weg heraus aus Russland wird um einiges schwerer als der Weg hinein.«

»Ich weiß, wie wir von hier wegkommen«, schaltete sich Marina Marinova ein.

»Wie?«, fragte Löw. Der bisherige Extraktionsplan war hinfällig, jetzt, wo Mischin genau wusste, wo sie waren. Rodriguez hatte recht: Gewiss waren russische Truppen nicht nur auf dem Weg hierher, sondern auch dabei, jede erdenkliche Fluchtroute zu blockieren. Sie hatten nicht nur ihre Mission nicht erfüllt; sie saßen in der Falle. Einer Falle, mit der der Chef des FSB der Welt vormachen konnte, dass Deutschland und die USA die Aggressoren waren. »Wenn Sie eine Idee haben, nur immer raus damit, Leutnant Marinova.«

»Ich glaube nicht, dass wir in dieser Lage ausgerechnet ihr vertrauen sollten«, wandte Special Agent Rodriguez ein.

»Ich auch nicht«, stimmte Ulf Wieger mit finsterem Blick zu. »Woher sollen wir wissen, dass nicht in Wahrheit sie es war, die uns ans Messer geliefert hat?«

Löw zögerte für einen Moment und schaute der Russin in die Augen. Sie hielt seinem Blick stand.

»Ich vertraue ihr«, sagte er schließlich. »Wenn sich hier jemand auskennt und einen Ausweg findet, dann sie.«

»Danke, Major Löw«, entgegnete Marina Marinova. »Ich bringe uns hier heraus. Das verspreche ich. Aber ich brauche dazu die absolute Befehlsgewalt über Orlows Söldner.«

»Geht in Ordnung«, sagte Löw und wandte sich an die Söldner: »Ab jetzt hat Leutnant Marinova das Kommando.«

Die Söldner bestätigten den Kommandowechsel durch Nicken.

»Also?«, fragte Löw. »Was ist der Plan?«

Marina Marinova ignorierte ihn. Sie sprach zu den Söldnern: »Entwaffnet sie! Alle!«

»Was?«, rief Löw aus – aber es war zu spät. Die Söldner hatten bereits ihre Waffen auf ihn, Thieme und Wieger gerichtet – sowie auf Special Agent Rodriguez und ihre Leute.

»Ergeben Sie sich, Major Löw!«, rief Marinova. »Und auch Sie, Rodriguez. Oder ich gebe meinen Leuten augenblicklich den Befehl zu schießen! Ich zähle bis drei. Eins …«

»Was soll das, Marina?«, rief Löw aufgebracht.

»Das siehst du doch, Mann«, knurrte Ulf Wieger. Man konnte ihm ansehen, dass er drauf und dran war, die Maschinenpistole nach oben zu reißen und das Feuer zu eröffnen.

»Das ist meine Chance«, sagte Marina Marinova, »auf meinen alten Platz, Löw. Die Gelegenheit, mich zu rehabilitieren und meinem Land zu dienen. Wenn ich Sie und die Amerikaner an Mischin ausliefere, nimmt er mich nicht nur zurück; ich bin mir sicher, dann ist auch eine Beförderung drin.«

»Aber …«

»Zwei!«, sagte sie eiskalt. »Ich garantiere Ihnen, ich habe

auch kein Problem damit, Sie als Leichen bei ihm abzuliefern. Das reicht für seine Zwecke vollkommen aus.«

»Löw! Mann!«, rief Wieger und riss tatsächlich die Waffe nach oben. Doch Marina Marinova war schneller. Sie wirbelte herum und schlug ihm den Kolben ihres Gewehrs seitlich gegen den Kiefer.

Wieger ging benommen zu Boden. Einer der Söldner sprang hinzu und entwaffnete ihn.

»Lasst die Waffen fallen!«, rief Löw und warf sein Sturmgewehr auf die Erde. »Alle! Sofort! Sie auch, Rodriguez!«

»Löw!«, begehrte die CIA-Agentin auf. »Sie können unmöglich …«

»Sofort«, sagte Löw, »wenn Ihnen Ihr Leben und das Leben Ihrer Leute etwas bedeutet!«

Rodriguez zögerte und atmete tief ein, doch schließlich ließ sie ihre Waffe fallen und nickte ihren Männern zu, ihrem Beispiel zu folgen. Sie taten es, und auch Daniel Thieme warf sein Gewehr weg.

»So ist es gut«, sagte Marina Marinova und wandte sich an ihre Söldner. »Bringt sie rüber zu Federenkos Leuten auf das Hofgut.«

Die Söldner trieben die anderen zusammen und zwangen sie mit vorgehaltenen Gewehren, die Hände über den Köpfen zu verschränken und sich zum Hofgut hin in Bewegung zu setzen.

»Ich habe Ihnen vertraut!«, zischte Löw die Russin wütend an.

Sie schmunzelte grimmig. »Ja, das mit dem Vertrauen ist so eine Sache, Major Löw.«

DER SCHWARZE TOD

43

GTAZ
Kommandozentrale

Wenn es in dieser Situation überhaupt etwas gab, worüber man froh sein konnte, dann war es wohl die Tatsache, dass die Terroristen zu so früher Stunde den Anschlag auf Leipzig verübt und Federenkos Botschaftsvideo ins Internet gestellt hatten. Die Panik unter der Bevölkerung und das Chaos auf den Straßen wären sonst noch um einiges katastrophaler ausgefallen als auch so schon.

Patrizia Hardt fühlte sich, als würde ein riesiger Eiszapfen in ihren Eingeweiden stecken.

Sie hatte es nicht für möglich gehalten, aber sie fürchtete sich in diesem Moment noch stärker als bereits die ganze vorangegangene Zeit, seit der Hubschrauber sie von ihrem Hausboot auf der Havel bei Ketzin abgeholt hatte.

In ihr keimte die Gewissheit, dass ihr Job sie niemals abgebrüht machen würde. Man sollte annehmen, dass nach den Terroranschlägen im vergangenen Jahr oder dem Verlauf der jetzigen Katastrophe ein gewisser Grad an Abgeklärtheit zur Abstumpfung führen würde, aber dem war nicht so – und Patrizia Hardt fragte sich, ob das eher ein gutes Zeichen war oder ein schlechtes. Nicht, dass sie nicht gut und gerne darauf verzichten würde, sich zu fürchten – aber sie begriff, dass es unter anderem diese Furcht war, die sie wach und aufmerksam hielt und ihr dabei half, unter diesen Umständen überhaupt noch zu funktionieren.

Die Angst als ganz natürlich, ja als etwas Gutes zu begrüßen ist der einzige Weg, mit ihr fertigzuwerden, dachte sie bei sich, während sie auf den großen Monitor starrte, auf dem gerade die Übertragung von Bundeskanzler Wagners Rede an die Nation begonnen hatte.

Sie sah, dass die Maskenbildner des Bundeskanzleramts wie gewöhnlich einen guten Job gemacht hatten, aber sie kannte Wagner gut genug, um an seinen Augen zu erkennen, dass er müde war.

Verdammt müde!

Wahrscheinlich hatte er seit Beginn der Bedrohung noch weniger Schlaf gefunden als sie.

Er trug wie immer einen dunklen, dreiteiligen Anzug und ein blütenweißes, frisch gestärktes Hemd. Auch die makellos zum Windsorknoten gebundene Seidenkrawatte war entweder frisch gebügelt oder brandneu. Und er lächelte – auf eine väterlich beruhigende Weise. Patrizia Hardt konnte sich nicht einmal im Ansatz vorstellen, wie er das in diesem Moment nur bewerkstelligen konnte; aber sie bewunderte ihn dafür.

Vermutlich oder zumindest hoffentlich würde allein schon dieses beruhigende Lächeln Dutzende, wenn nicht gar Hunderte von Menschenleben retten.

»Guten Morgen, sehr geehrte Bürgerinnen und Bürger«, begann er – mit festem Blick in die Kamera.

Um Patrizia Hardt hielten ihre Leute in ihrer Arbeit inne und konzentrierten sich wie sie auf die Übertragung.

Wagners Stimme war angenehm tief, fest und freundlich. Sie flößte Vertrauen ein. »Ich wende mich heute Morgen an Sie mit einem Versprechen!«

Gewagte Formulierung, dachte Patrizia Hardt, aber sie wusste, dass es die einzig richtige war – dem Volk etwas zu geben, statt etwas von ihm zu fordern … wie etwa mit einer Bitte um Mithilfe oder Unterstützung.

»Ich verspreche Ihnen«, fuhr Wagner fort, »dass wir die Bedrohung für unser Land – für Sie, die Männer und Frauen und Kinder unseres Landes – abwehren werden. Dass wir absolut Herr der Lage sind.«

Das war gelogen. Aber Patrizia Hardt wusste, dass es in diesem Moment nicht die Aufgabe des Bundeskanzlers war, die Wahrheit zu sagen. Sein Job war es, die Katastrophe zu verhindern – oder zumindest ihre Auswirkungen so klein wie nur irgendwie möglich zu halten –, nicht, sie noch mehr durch absolute Offenheit zu verschärfen. In dem Moment wurde ihr klar, warum sie selbst niemals für eine politische Karriere taugen würde.

»Die Terroristen behaupten, sie hätten eine unserer Großstädte mit Erregern der Beulenpest verseucht«, sagte Wagner, »und natürlich nehmen wir diese Drohung ernst. Ausgesprochen ernst, das versichere ich Ihnen. Ebenso wie ich Ihnen versichere, dass es keinen Grund gibt für landesweite Panik. Unsere Aufklärung und die unserer Verbündeten hat ergeben, um welche Stadt es sich dabei handelt.«

Patrizia Hardt fiel auf, dass Wagner Strausberg nicht erwähnt hatte, um zu unterstreichen, wie gerechtfertigt es war, die Drohung ernst zu nehmen. Er tat alles, um der Bevölkerung die Angst zu nehmen. Die Angst, die sehr leicht noch zu einer viel, viel größeren Katastrophe führen konnte.

»Es ist Leipzig«, sprach Wagner weiter. »Alle anderen Städte sind sicher, das müssen Sie mir glauben, aber auch die Gefahr für Leipzig ist lange nicht so groß, wie die Terroristen Sie glauben machen wollen, darauf können Sie sich verlassen.«

Geschickt, wie er beide Bevölkerungsgruppen – sowohl die Bewohner Leipzigs als auch alle anderen – in einen Satz gepackt hat, erkannte Patrizia Hardt. Und dass er *mir glauben* verwendet hat statt einfach nur *glauben.* Das eine zusätzliche Wort machte seine Ansprache noch wesentlich persönlicher; vertrauenerweckender.

»Zum einen gibt es zu diesem Zeitpunkt noch keine Beweise dafür, dass die Drohung auch wirklich in die Tat umgesetzt wurde«, sagte Wagner. »Es besteht die Chance, dass alles nur Panikmache der Terroristen ist …«

Autsch, dachte Patrizia Hardt. *Das war unklug – weil jetzt natürlich doch jeder an Strausberg denkt und entsprechend assoziiert, dass die Drohung mit Sicherheit kein Bluff ist.*

»… eine Chance, die uns aber nicht dazu verleitet, die Bedrohung auf die leichte Schulter zu nehmen.«

Gerade noch mal die Kurve gekriegt.

»Wenn die Verseuchung in Leipzig tatsächlich stattfand«, fuhr der Bundeskanzler fort, »dann ist es gut, dass dies passierte, als die meisten von Ihnen noch friedlich in ihren Betten schliefen. Daher möchte ich alle Leipzigerinnen und Leipziger bitten, vorerst auch noch in Ihren Wohnungen und Häusern zu bleiben, um das Risiko einer Ansteckung so gering wie möglich zu halten. Im Zuge des sofortigen Eintritts des inneren Notstandes werden wir an zahlreichen zentralen Punkten Versorgungsstationen einrichten für Wasser, Lebensmittel und andere Produkte des täglichen Bedarfs, damit Sie Ihre Wohnungen auch nie für lange verlassen müssen.«

Wow!, dachte Patrizia Hardt. *Er hat die Ausrufung des Inneren Notstands ganz nebenbei erwähnt – zudem in einem Satz, mit dem er klarmacht, dass die Regierung sich durch Versorgung um ihre Bürger kümmern will, ohne darauf einzugehen, dass er ihre Rechte auf ein Minimum beschnitt.*

»Bevor ich auf die Einzelheiten eingehe, die allesamt zu Ihrem Schutz dienen, noch ein paar wichtige Informationen zu der Beulenpest«, sagte Wagner, ohne dabei auch nur eine Sekunde sein zuversichtliches Lächeln zu verlieren. »Sie ist heutzutage bei Weitem nicht mehr so gefährlich wie noch im Mittelalter oder in der Antike. Das kann ich Ihnen nach eingehender Diskussion mit den Wissenschaftlern unserer bundesweiten Zentrale zur Abwehr und Bekämpfung von Seuchen und vom Robert Koch-Institut garantieren.«

Gut, dass er nicht erwähnt hat, dass es diese Zentrale erst seit ein paar Stunden gibt.

»Sie ist durch den Einsatz von Antibiotika sehr einfach zu heilen.«

Wenn man genug davon hat …

»Entsprechend versorgen wir gerade sämtliche Krankenhäuser in Leipzig damit und richten zudem im Umfeld der Stadt weitere Behandlungszentren ein. Nur vorsichtshalber«, fügte er hinzu, so als seien diese Zentren gar nicht nötig. »Wichtig ist in allererster Linie, dass Sie die Ruhe bewahren. Es besteht kein Anlass zur Panik. Erste Symptome für eine Infektion können sein: Schmerzen und Anschwellen der Lymphknoten, erhöhtes Fieber, Muskelkrämpfe und unkontrollierbare Zuckungen. Falls diese Symptome bei Ihnen auftreten, halten Sie sich bitte von anderen Menschen fern und suchen Sie unverzüglich eines der Krankenhäuser oder eines der Behandlungszentren auf – deren Lage wir stadtweit ausschildern. Aber ich wiederhole: Es besteht kein Anlass zur Panik. In unserer modernen Zivilisation ist durch die vorherrschende Hygiene und die Sauberkeit unserer Städte die Chance auf eine Infektion äußerst gering. Die Beulenpest wird vornehmlich durch den Biss eines Parasiten mit Namen *Rattenfloh* übertragen, und es sind bereits Mannschaften ausgesandt, um die wenigen Ratten, die es in der Kanalisation Leipzigs überhaupt noch gibt, zu eliminieren.«

Er hat eine ganze Menge an Informationen unterschlagen:

dass es in der Leipziger Kanalisation nach wie vor Millionen von Ratten gab; so viele, dass sie nicht selten sogar am helllichten Tag über die Straßen rannten,

dass Rattenflöhe bei Weitem nicht nur auf Ratten lebten, sondern auch auf anderen Nagetieren und sehr wohl auch auf Menschen,

dass sie das Hundertfache ihrer eigenen Körpergröße mit einem einzigen Sprung zurücklegen konnten,

dass auch herkömmliche und überall lebende Kleiderflöhe die Beulenpest übertrugen,

dass die Beulenpest bedingt auch durch Körperflüssigkeiten und Hautkontakt übertragen werden konnte,

vor allem aber, dass die Beulenpest sich in der Regel in den Körpern der Infizierten im Verlauf der Pestsepsis radikal schnell zur Lungenpest entwickelte und die Erreger sich dann in der Folge durch einfaches Husten und damit über die Luft verbreiten würden.

Aber wie schon gesagt: Es war nicht die Aufgabe des Bundeskanzlers, die Angst noch zu schüren. Das hatten die Terroristen bereits zur Genüge erledigt.

»Um eine mögliche, wenn auch sehr unwahrscheinliche Ausbreitung der Krankheit auf andere Gebiete unseres Landes zu verhindern«, sprach Wagner weiter, »haben wir Leipzig mit sofortiger Wirkung unter Quarantäne gestellt. Sämtliche Zufahrtsstraßen, die Bahnhöfe, der Flughafen Leipzig/Halle und sämtliche Privatflughäfen und auch die Wasserstraßen sind ab dieser Sekunde gesperrt. Das Recht auf Freizügigkeit ist hiermit aus Gründen der öffentlichen Ordnung,

Sicherheit und Gesundheit außer Kraft gesetzt. Das ist, wie ich denke, ein recht kleiner Preis für die Chance, der Lage auch Herr zu bleiben und Ihrer aller Sicherheit und Gesundheit zu gewährleisten. Wir werden uns von den Terroristen weder einschüchtern lassen noch ihnen klein beigeben. Wir werden gemeinsam und Seite an Seite mit unseren Verbündeten Ihre Freiheit verteidigen und Ihr Wohlergehen, meine lieben Mitbürgerinnen und Mitbürger! Wenn Sie meinen Rat befolgen, in Ihren Wohnungen bleiben und die Ruhe bewahren, garantiere ich Ihnen, dass diese schweren Stunden schon sehr bald hinter uns liegen werden.«

Die Sendung endete mit einem Film-Clip, in dem die Deutschlandfahne immer wieder mit schönen, sonnigen Szenerien deutscher Landschaften verblendet wurde. Begleitend dazu spielte die Nationalhymne.

»Okay«, sagte Patrizia Hardt an ihre Kollegen gerichtet. »Alle wieder an die Arbeit! Wir haben alle Hände voll zu tun.« An Sven Lietzmann gewandt, fragte sie: »Gibt es Neuigkeiten von Major Löw?«

Lietzmann schüttelte mit ernster Miene den Kopf. »Nach wie vor nichts Neues.«

Patrizia Hardt machte sich Sorgen um Major Löw und seine Leute. Sämtliche Kommunikation war abgebrochen, und sie hatte keine Ahnung von ihrem derzeitigen Aufenthaltsort. Auch die beiden CIA-Agenten, die Jennifer Rodriguez hier in der Kaserne zurückgelassen hatte, hatten keinerlei Kontakt mehr zu ihrer Chefin, und Orlow war ebenso wenig dazu in der Lage gewesen, ihr weiterzuhelfen – hatte jedoch auf Zahlung der zweiten Hälfte des ihm versprochenen Honorars bestanden.

Sie hatten zu diesem Zeitpunkt keine Möglichkeit, mehr über den Verbleib ihrer Leute herauszufinden, deshalb durfte sie das jetzt umso weniger von den konkreten Aufgabenstellungen ablenken, die die Quarantäne Leipzigs in Koordination mit Dr. Lysann Benningsen, dem Innen- und dem Verteidigungsministerium erforderlich machte.

Dr. Benningsen bekam mit jeder weiteren Stunde, die verging, immer mehr Unterstützung von anderen Ärzten und Forschern; Menschen, die helfen wollten.

Auch das Bundesgesundheitsministerium hier in Berlin und die Gesundheitsministerien der Länder stellten ihr in Koordination mit dem GTAZ jede mögliche Hilfe zur Verfügung; auch wenn das unter den akuten Umständen nicht besonders viel war.

Wofür die Epidemiologin jahrelang vergeblich gekämpft hatte, wurde jetzt versucht, in die Tat umzusetzen. Jetzt, wo das Kind bereits im Brunnen lag! Aber Patrizia Hardt wusste, dass das im Verlauf der Menschheitsgeschichte schon immer so war und wohl auch immer so bleiben würde: Die Dinge kamen erst so richtig in Gang, wenn ein Notfall es erforderlich machte.

Sie hoffte nur, dass dieser Notfall nicht so groß werden würde, dass es für die Zukunft nichts mehr brachte … weil es im schlimmsten aller Fälle keine Zukunft mehr geben würde …

… zumindest nicht für die Menschheit!

44

Leipzig

Falls die Rede des Bundeskanzlers an die Nation etwas gebracht hatte, war das auf den frühmorgendlichen Straßen der Stadt nicht zu erkennen.

Jedes verfügbare Auto schien unterwegs. Die Verkehrswege waren binnen weniger Minuten allesamt verstopft. Auf nahezu jeder Kreuzung kam es zu Unfällen, weil die Menschen in ihrer Panik einfach bei Rot über die Ampeln fuhren.

Rettungsdienste von Feuerwehr und Sanitätern kamen erst gar nicht mehr durch, und schon weniger als eine Stunde nach der Botschaft des Terroristen waren beinahe einhundert Menschen auf den Straßen aufgrund ihrer Verletzungen gestorben, noch ehe überhaupt auch nur eine einzige Pestinfektion gemeldet war.

Die Bürgersteige waren voll von Leuten, die sich Taschentücher, Geschirrhandtücher und Schals vor Nase und Mund gewickelt hatten. Sie hatten Rollkoffer bei sich, Plastiktüten und Rücksäcke. Jeder wollte so schnell wie möglich aus der Stadt heraus, ganz gleich, wie oft im Verkehrschaos feststeckende Lautsprecherwagen ihnen versicherten, dass die Stadt unter Quarantäne stand und es niemandem erlaubt war, Leipzig zu verlassen.

Das Chaos und die rein physikalische Unfähigkeit der Behörden vor Ort, ihm Herr zu werden, war Nährboden für noch eine ganz andere Art von rasend um sich greifender Seuche: Mit Knüppeln und Messern bewaffnete Gruppen entstanden und zogen marodierend durch die Straßen. Sie schlugen Bürger in aller Öffentlichkeit nieder und raubten sie aus; nahmen ihnen Geld, Schmuck und alles an Wertsachen ab, was sich leicht davontragen ließ.

Geschäfte wurden aufgebrochen, überfallen und geplündert.

Niemand war mehr seines Hab und Gutes sicher – und auch nicht seines Lebens. Dutzende, die sich wehrten, wurden einfach niedergeknüppelt oder abgestochen.

Apotheken wurden überfallen und ihrer gesamten Vorräte an Antibiotika beraubt.

Weder die Polizei noch die rasch herbeigeeilten Hilfstruppen der Bundeswehr waren dazu in der Lage, in der nötigen Eile und in ausreichender Stärke in den Kern der Stadt vorzudringen, um den Plünderern Einhalt zu gebieten.

Vor den Krankenhäusern standen die Menschen in dichten, ungeordneten Schlangen und prügelten sich um die vorderen Plätze. Obwohl es noch viel zu früh dafür war, klagten sie über die von Bundeskanzler Wagner in seiner Rede aufgelisteten Symptome. Sicherheitspersonal versuchte, für Ordnung zu sorgen. Vergeblich!

Was immer seine weiteren Ziele sein mochten, Viktor Federenko hatte eines davon bereits erreicht: Terror!

45

Flughafen Leipzig/Halle
Direkt beim Schkeuditzer Kreuz

Der Flughafen liegt nordwestlich der Stadt und war bereits vor der Ausstrahlung der Rede des Bundeskanzlers komplett gesperrt worden. Ankommende Flüge wurden nach Berlin umgeleitet.

Bereits bestiegene Flieger, denen eilig die Starterlaubnis verweigert worden war, standen voll besetzt auf den Rollbahnen, weil noch niemand Gelegenheit gefunden hatte, ihnen einen neuen Platz auf dem Gelände zuzuweisen.

Die Wartehallen und Gates quollen trotz der frühen Stunde bereits über von Menschen, die in den Urlaub wollten oder zu ihrem Freund oder der Freundin, dem Ehemann, der Ehefrau oder den Kindern; von Menschen, die noch kurz vor der Drohung hier nur zwischengelandet waren und jetzt feststeckten – ohne einen Ort, zu dem sie gehen konnten.

Nachrichten vom Chaos in der Stadt waren schnell bis hierhin vorgedrungen, und auch die Leipziger zogen es vor, lieber hierzubleiben, als ausgerechnet jetzt dorthin zurückzukehren.

Dr. Lysann Benningsen hatte sich entschieden, den Flughafen zu ihrer Operationsbasis zu machen. Er war von außen relativ leicht über die Autobahnen 9 und 14 und die Bundesstraße 6 erreichbar und bot auf den Start- und Landebahnen ausreichend Platz für den Aufbau ihrer Laboratorien und einer riesigen Feldklinik aus Bundeswehrzelten.

Nach eingehender Diskussion mit Patrizia Hardt und Sven

Lietzmann war sie zu dem Schluss gekommen, dass es sehr unwahrscheinlich war, dass die Terroristen den Erreger der Beulenpest hier draußen am Flughafen freigesetzt hatten. Was auch immer Federenko und Mischin vorhatten, ihnen konnte nicht daran gelegen sein, die Seuche auf diese Weise gleich und unkontrollierbar freizusetzen; denn sie hätten davon ausgehen müssen, dass erste unwissentlich Infizierte den Flughafen noch vor Federenkos letztem Internetvideo auf dem Luftweg in alle möglichen Richtungen verließen und damit die Seuche überallhin trugen. Gegebenenfalls auch nach Russland hinein.

Patrizia Hardt hatte zwar noch keine Hinweise darauf, was letztendlich Federenkos und Mischins Ziele waren, aber sie war felsenfest davon überzeugt, dass es nicht das Ende der Welt war; sonst hätten sie von Anfang an gleich alle Depots einfach ganz ohne Warnungen aktiviert.

Daher war der Flughafen relativ sicher.

Gleich eine ganze Kompanie des Landeskommandos des Freistaats Sachsen war auf dem Gelände stationiert worden, kümmerte sich um die Fluggäste und das Personal, sicherte den Flughafen an seinen Grenzen und hatte bereits mit dem Aufbau der Zelte für die Klinik und die Labors begonnen.

Lysann Benningsen blickte aus dem riesigen Fenster eines Raums des Sicherheitsdiensts hinaus auf den Platz, wo die Zelte entstanden. Dass sie schwer atmete, lag nicht daran, dass sie sicherheitshalber schon wieder einen Schutzanzug trug – ihr war das Herz schwer; schwer davon zu beobachten, wie ihre Vision einer zentral koordinierten Seuchenbekämpfung jetzt gerade wahr wurde – als ein einziger nicht enden wollender Albtraum.

46

Leipzig
Autobahn

Leipzig ist durch die Autobahnen 9, 14 und 38 wie von einem leicht dreieckig geformten Ring umgeben. Zufahrten zu diesem Ring sind das Schkeuditzer Kreuz, die Parthenaue und das Kreuz Rippachtal. Die Bundesstraßen, die außerdem vom Ring und jenseits davon in die Stadt und entsprechend aus ihr herausführen, sind die B 181, B 6, B 184, B 87, B 2 und B 186. Darüber hinaus führen über ein Dutzend weitere Straßen in die Stadt und hinaus.

Also insgesamt um die zwanzig Zu- und Abfahrten.

Ein logistisches Desaster!

Sven Lietzmann hatte alle Hände voll damit zu tun, sie alle – und das Land dazwischen – durch Truppen der Bundespolizei und der Bundeswehr komplett absperren zu lassen.

Dem Ernst der Lage entsprechend, wurden Panzerfahrzeuge und Panzer eingesetzt, um die Straßen zu blockieren.

Niemand durfte die Stadt verlassen – nicht ein einziger Mensch; aber viele versuchten es trotzdem.

Dem modernen Menschen ist es schwer klarzumachen, dass es Situationen gibt, in denen seine Freiheit beschnitten werden muss. Dass es ihm dann eben nicht mehr gestattet ist zu gehen oder zu fahren, wohin er will. Die Mannschaften waren daher zur Anwendung von Waffengewalt im Notfall autorisiert.

Kampfhubschrauber patrouillierten die Abschnitte zwischen den Straßen und waren zudem damit beauftragt, Medienhelikopter daran zu hindern, in die Stadt zu fliegen. Damit sollte nicht die Berichterstattung unterbunden werden, sondern die Gefahr, dass einer dieser Helikopter möglicherweise in Leipzig landete, versehentlich den Erreger mit an Bord nahm und dann wieder herausflog, um ihn unwissentlich zu verbreiten.

In alle aus der Stadt herausführenden Richtungen waren die Autoschlangen kilometerlang. Die Angst vor der Pest war einfach sehr viel größer als das Vertrauen in die Versicherungen des Bundeskanzlers.

Die Soldaten hatten Anweisung, so freundlich mit den Bürgern umzugehen, wie es nur möglich war – aber auch den klaren Befehl, jeden einzelnen von ihnen daran zu hindern, die Stadt zu verlassen oder den Soldaten zu nahe zu kommen.

Letzteres erwies sich als beinahe noch schwerer: Die vorderen Soldaten waren zwar alle mit Schutzmasken ausgerüstet, aber wirkliche Schutzanzüge gab es nicht in der benötigten Menge. Daher waren weiter weg vor den Panzern Barrikaden aus Stacheldraht errichtet worden, um jene auf Abstand zu halten, die flüchten wollten. Damit sollte verhindert werden, dass möglicherweise Infizierte auch die Soldaten ansteckten und die dann wiederum die Krankheit nach außen trugen.

Natürlich verstanden das die Menschen in ihrer Panik, dem Schwarzen Tod zu entkommen, nicht. Natürlich versuchten sie, aus ihren stecken gebliebenen Wagen zu steigen und trotz mehrfach ausgesprochener Warnung über die Absperrung zu klettern.

Sie konnten sich einfach nicht vorstellen, dass Soldaten ihrer eigenen Armee auf sie schießen würden … weil, sie waren doch ganz sicher nicht krank … sie fühlten sich gesund … sie waren rechtzeitig aus der Stadt gelangt und hatten sich unter Garantie nicht infiziert. Sie waren doch harmlos – und außerdem, sie zahlten doch ihre Steuern, was also sollte den Soldaten das Recht geben, gegen sie vorzugehen? Das Recht, sie daran zu hindern, sich selbst einfach nur in Sicherheit bringen zu wollen?

Die Warnungen wurden immer lauter; sie wurden über Megafone und die Lautsprecher der Panzerfahrzeuge und Panzer ausgerufen – immer und immer wieder.

Dennoch warfen die Menschen Decken und Fußmatten aus ihren Autos über die Barrikaden aus Stacheldraht sowie Mäntel und Jacken … und sie begannen damit, auf die andere Seite zu klettern.

Und die Soldaten, die sich ebenfalls bis eben nicht hatten vorstellen können, dass sie jemals dazu gezwungen sein könnten, auf Bürger ihres eigenen Volkes zu schießen, mussten weinend erkennen, dass sie sich geirrt hatten …

47

Leipzig
Nikolaikirche

Die Nikolaikirche ist nicht nur die größte, sondern auch die bekannteste Kirche Leipzigs. Anno 1989 war sie mit eines der wichtigsten Zentren, von denen aus die friedliche Revolution der DDR ausgegangen war; eine Revolution, die eben gerade durch ihre Friedlichkeit zum Fall der Mauer am 9. November führte und am 3. Oktober des Folgejahres zur Wiedervereinigung Deutschlands.

Die Kirche ist in ihren Ursprüngen beinahe eintausend

Jahre alt; man kann sagen, sie ist das Herz der Stadt. Hier hatten sich schon zu Beginn der Achtzigerjahre des vergangenen Jahrhunderts aus den *Montagsgebeten* Montagsdemonstrationen entwickelt; friedliche Demonstrationen gegen die Regierung der DDR. Woche für Woche waren hier Zehntausende, ja manchmal sogar mehr als einhunderttausend Menschen zusammengekommen, um in Eintracht für eine echte Demokratie und die Deutsche Einheit einzustehen.

Heute war hier nichts mehr friedlich – und ganz gewiss auch nicht einträchtig.

Wieder waren Tausende zusammengeströmt; wieder zum Gebet. Einem Gebet an eine höhere Macht, bei der sie Schutz suchten vor dem Schwarzen Tod … der ihnen aus dem Osten gebracht worden war wie einst die sozialistische Diktatur.

Es war, als würden sie daran glauben, dass die Mauern des Gebäudes sie schützen konnten; und sie schlugen aufeinander ein wie Tiere, um über die Schwelle der Pforte in das alte Gemäuer zu kommen. Die Angst, die im Mittelalter überhaupt erst zu der enormen Ausbreitung der Pest beigetragen hatte, hatte die Menschen der Neuzeit in alten Aberglauben zurückgestürzt.

Betagte Männer und Frauen, aber auch Kinder wurden rücksichtslos niedergetrampelt bei dem Versuch, in die längst überquellende Kirche zu gelangen.

Was keines dieser sich wie Wölfe verhaltenden Lämmer wissen konnte: Sie waren auf dem Weg zur Schlachtbank.

Als Oleksandr Dmitrievich Kuznetsov in den Achtzigerjahren unter Hochdruck an dem Projekt GIFT arbeitete, waren ihm ganz besonders die Montagsdemonstrationen ein Dorn im Auge, denn sie waren – wie er nur zu gut wusste – in Wahrheit nicht allein Demonstrationen gegen das Regime der DDR, sie waren Demonstrationen gegen Russland, seine

Heimat. Die Heimat, die mit allen Mitteln zu verteidigen er geschworen hatte.

Ja, mit allen Mitteln!

Deswegen war es die Nikolaikirche, die er in seinem Projekt für die Freisetzung des Erregers der Beulenpest vorgesehen hatte.

Und Viktor Federenko hatte diesen Angsttraum nun wahr gemacht!

Hier, im Zentrum Leipzigs, zwischen dem Hauptbahnhof, dem Markt und der Oper, lauerte der Schwarze Tod in Altardeckchen und Kniekissen, in Vorhängen, in scheinbar achtlos auf den Kirchentreppen liegen gelassenen Lumpen, in Decken, die von den Kirchenmitarbeitern vor Einbruch des Chaos an frierende Schutzsuchende verteilt worden waren.

Im Angesicht des heiligen Nikolaus, dem Spender der Mitgift, dem Stiller des Sturms, dem Nährer der Hungernden und dem Heimführer des verschleppten Kindes, schlug die Seuche ihre unbarmherzigen Klauen mitten hinein in das Herz des Volkes.

48

Deutschland

Wie bereits nach dem Anthrax-Attentat auf die NATO-Truppen in der Von-Hardenberg-Kaserne in Strausberg machte die Panik innerhalb der Bevölkerung nicht Halt an den hermetisch abgeriegelten Stadtgrenzen Leipzigs.

Natürlich schürten die Medien im Namen der Aufklärung

und vor allem die Oppositionen der Regierungspartei mit ihren ganz eigenen politischen Zielen die Panik. Sie berichteten ausgiebig und immer wieder in rasend schnellem Takt nicht nur über die Drohung der Terroristen, sondern auch und vor allem über die schreckliche Geschichte der Beulenpest, über die Epidemiekatastrophen im Römischen Reich und im vierzehnten Jahrhundert.

Sie feuerten aus allen Rohren; übertrugen im Fernsehen, Radio und Internet, wie im Detail der Schwarze Tod sich binnen kürzester Zeit über die damals bekannte Welt verbreitet hatte, wie viele Millionen von Leben ihm zum Opfer gefallen waren, und sie rechneten diese Zahlen in anschaulichen, leicht verständlichen Grafiken auf die heutige Zeit hoch – und kamen dabei, wie zu erwarten war, selbstverständlich auf Ergebnisse, die noch sehr viel erschreckender waren als die in den Worst-Case-Szenarien von Dr. Lysann Benningsen prognostizierten.

Ob nun Medienvertreter oder Mitglieder der regierungsgegnerischen Parteien, sie alle unterstellten Bundeskanzler Wagner vor laufenden Kameras und Mikrofonen, dass er die Situation in seiner Rede an die Nation fahrlässig, wenn nicht gar verbrecherisch schöngeredet und maßlos untertrieben hatte, was die tatsächliche Gefährlichkeit der Bedrohung betraf.

Was er in seiner Ansprache wohlweislich verschwiegen hatte, brachten sie sensationslüstern zutage.

Plötzlich hatten sie alle *genaue* und durch wissenschaftliche Untersuchungen belegte Informationen zu dem massiven Rattenproblem in deutschen Städten – bei Weitem nicht nur in Leipzig. Sie zeigten Aufnahmen von Ratten, die in Berlin und auch in München am helllichten Tag über die Straßen rannten.

Sie machten aufmerksam auf die Tatsache, dass der Rattenfloh, der als Hauptüberträger der tödlichen Seuche galt, sich durchaus auch und überhaupt nicht selten Menschen als Wirt aussuchte.

Sie sendeten anschauliche Computeranimationen davon, wie weit und wie schnell er sich bewegen konnte, dieser Floh. Eine dieser Animationen übertrug die Dimensionen auf den Menschen und suggerierte damit, dass ein Mensch, der mit einem Sprung das Hundertfache seiner Körperlänge zurücklegen könnte, in nur wenigen Minuten die Entfernung von Leipzig nach Berlin oder von Leipzig nach Frankfurt am Main hinter sich zu bringen in der Lage wäre. Dass dieser hanebüchene Vergleich überhaupt keine Bedeutung hatte, änderte nichts an seiner furchtbaren Wirkkraft unter der Bevölkerung.

Sie klärten darüber auf, dass nicht nur Rattenflöhe, sondern auch ganz normale und sehr viel weiter verbreitete Kleiderflöhe den Erreger in sich tragen und Menschen infizieren konnten.

Sie zeigten – untermalt mit grässlichen Bildern von Erkrankten und Toten – medizinische Berichte davon, dass die Ansteckungsgefahr sich vervielfachte, sobald die Beulenpest sich in den Körpern der Infizierten zur Lungenpest ausbildete.

Vor allem aber machten die Medien und die Opposition die Bevölkerung darauf aufmerksam, dass man vielleicht die Bürger der Stadt zur Quarantäne in Leipzig einsperren konnte – niemals aber die Ratten und andere Nagetiere!

»Mit anderen Worten«, fasste einer der Oppositionsführer zusammen, »die Seuche kann allen Gesetzen der Vernunft nach unmöglich eingedämmt werden, ganz gleich, was die aktuelle Regierung uns vorzumachen versucht!«

Die Menschen flohen in langen Autoschlangen von Rostock und Wismar nach Hamburg, von Berlin, Potsdam und Brandenburg nach Hannover, von Halle nach Kassel und Marburg, von Dresden und Chemnitz nach Würzburg, Nürnberg und München. Sie wollten auch nach Polen fliehen und in die Tschechische Republik, aber die beiden Ländern verriegelten bereits nach kürzester Zeit die Grenzen.

Die Flughäfen quollen über vor Menschen, die ins Ausland abhauen wollten. So auch die Häfen in Lübeck, Hamburg und Bremen.

Auch Österreich und die Schweiz schlossen kurz darauf die Grenzübergänge …

… und als in den Nachrichten die Meldung bekannt gegeben wurde, dass es in Leipzig tatsächlich zum Ausbruch der Pest gekommen war, wurde alles noch viel schlimmer.

49

Moskau – Großer Kremlpalast
Präsidentensuite

Präsident Dragomirov dachte immer wieder an die Pistole in dem Versteck in seinem Bett. Er zündete sich eine Zigarette an – jetzt schon die siebte oder achte; obwohl er das Rauchen schon vor Langem aufgegeben hatte. Vielleicht war es auch die neunte, er hatte keine Ahnung – und es spielte auch keine Rolle. Er überlegte, ob er die Pistole dazu benutzen sollte, sich eine Kugel durch den Kopf zu jagen. Was machte da eine Zigarette mehr oder weniger schon aus?

Im Fernsehen liefen Berichte über die Katastrophe in Deutschland.

Natürlich gab man außer der deutschen Regierung vor allem Russland die Schuld.

Niemand kannte die Hintergründe; schließlich wusste die Öffentlichkeit nichts von Kuznetsov und seinem verfluchten Projekt GIFT. Aber der Öffentlichkeit war das egal. Wie immer. Sie quakte dem nach, der am lautesten vorquakte; die Wahrheit interessierte nicht. Die Terroristen hatten sich zum Aushängeschild Russlands erklärt, und das war alles, was zählte.

Russland war schuld.

Nichts würde sich jemals ändern. Daher war der Gedanke an die Kugel im Kopf so verlockend. Dragomirov konnte förmlich hören, wie die Pistole nach ihm rief.

Aber das, was in ihm war und ihn dazu getrieben hatte, Präsident seines Landes zu werden, ließ nicht zu, dass er es sich einfach machte. Er stellte sich vor den Spiegel und sah sich selbst tief in die Augen. Sein Gesicht war malträtiert von den Tritten Mischins, und sein Kiefer war noch immer geschwollen von den Behandlungen des Zahnarztes. Er konnte mit jedem tiefen Zug an der Zigarette spüren, wie das Nikotin seinen Weg an den Schmerzmitteln vorbei suchte, um ihm tief in die Kiefer zu zucken.

»Warum machst du nicht einfach Schluss?«, fragte er sein Spiegelbild. Die Worte waren verzerrt – außer seinem Kiefer war auch seine Zunge geschwollen, und er hörte sich an wie ein Dorfdepp. Aber seine Augen waren klar; sie waren müde, ja, das waren sie, aber nicht lebensmüde. Seine Augen erklärten ihm auch ohne Worte, warum er nicht aufgab … nicht aufgeben durfte.

Sie erzählten ihm nichts von Hoffnung – er war schon viel zu lange in der Politik, um noch an Hoffnung zu glauben. Sie rieten ihm auch nicht auszuharren, weil es seine Pflicht war, seinen Posten nicht so einfach zu verlassen. Und sie redeten ihm auch kein schlechtes Gewissen ein … dass es feige war, einfach so abzutreten und als einer der größten Verlierer in die Geschichte seines Landes einzugehen.

Nein, es war simpler.

Viel simpler.

Seine Augen verlangten Rache!

Rache an Mischin.

Rache an Viktor Federenko.

Nicht für das, was sie Russland angetan hatten, und auch nicht für Deutschland, für die NATO-Soldaten, die dem Anthrax-Anschlag zum Opfer gefallen waren, oder für die Bewohner Leipzigs. Nein, Rache für die ganz persönliche Demütigung.

Es war nicht länger Politik, die zählte. Kein Wettkampf um Macht oder Position, kein Ringen um die Oberhand. Es war sehr viel archaischer, sehr viel animalischer.

Alles in ihm konzentrierte sich auf diesen einen Gedanken; dieses eine Gefühl. Er wollte die vernichten, die ihm dermaßen übel mitgespielt hatten – und wenn es das Letzte sein sollte, was er tat. Danach könnte er sich beruhigt die Kugel geben; nicht aber davor.

Doch da war nichts, was er jetzt hätte tun können – außer abzuwarten, bis sich eine Gelegenheit bieten würde.

Er hörte, wie draußen die Tür seines Büros geöffnet wurde, ließ sich davon aber nicht stören. Wenn sie was von ihm wollten, wussten sie, wo sie ihn finden würden. Er rauchte in aller Ruhe weiter und behielt seinen eigenen entschlossenen Blick im Auge.

Irgendwer klopfte an die Schlafzimmertür.

Dragomirov ignorierte es.

Es klopfte noch einmal.

Als er darauf immer noch nicht reagierte, wurde die Tür einfach geöffnet.

Dragomirov drehte sich nicht um. Im Spiegel sah er Mischin. Dicht hinter ihm stand Viktor Federenko.

»Wir müssen reden, Genosse«, sagte Mischin.

»Ich bin Ihr Präsident, nicht Ihr Genosse.« Dragomirov sagte die Worte leise, aber bestimmt.

»Du bist ein Stück Scheiße«, schaltete Viktor Federenko sich ein. »Das ist alles, was du bist. Also beweg deinen Arsch hier heraus ins Büro, sonst zerr ich dich an deinem Schwanz aus dem Zimmer. Ganz allein deine Entscheidung … Herr Präsident!«

Dragomirov drehte sich noch immer nicht um, sondern fixierte Mischin über den Spiegel. »Sie lassen es zu, Mischin, dass ein Zivilist hier im Kremlpalast so mit Ihrem Präsidenten spricht? Damit dürfte sich wohl zumindest eine Frage erübrigt haben, die mich die ganze Zeit beschäftigt hat, nämlich wer von Ihnen beiden die treibende Kraft hinter den Terroranschlägen ist.«

»Es sind Akte des Patriotismus«, begehrte Mischin mit vor Stolz geschwellter Brust auf.

»Machen Sie sich das nur ruhig weiter vor«, sagte Dragomirov, »wenn Sie das besser schlafen lässt.«

»Glaubst du Spinner eigentlich, ich mache nur leere Drohungen?«, fragte Viktor Federenko mit knurrendem Unterton. »Nennt es, wie ihr wollt; es ist nichts weiter als gutes, altes Geschäft. Ein Geschäft, das jetzt zum Abschluss kommen wird und von dem wir alle profitieren werden. Von dem noch unsere Kindeskinder profitieren werden.«

Ich verhandle nicht mit Terroristen, wollte Dragomirov einem ersten Impuls folgend sagen, aber er überlegte es sich anders. Um eine Gelegenheit für seine Rache zu finden, musste er auf Zeit spielen und so viel wie möglich über die Pläne Federenkos und Mischins herausfinden. Daher zog er neugierig die Augenbrauen nach oben – auch wenn ihm die Bewegung seines zerschlagenen Gesichts starke Schmerzen bereitete.

»Ein Geschäft?«, fragte er und gab sich Mühe, wirklich interessiert zu klingen.

»Ja, ein Geschäft«, sagte Federenko, mit einer Miene, die verriet, dass er den Präsidenten wenn schon nicht am Haken, dann doch zumindest bereits am Köder hatte.

»Für Geschäfte bin ich immer zu haben.« Dragomirov wandte sich an den Chef des FSB. »Das müssten Sie doch wissen, General Mischin. Warum haben Sie nicht von Anfang an gesagt, dass es um Geschäftliches geht?«

»Weil es nicht ums Geschäft geht«, sagte Mischin indigniert. »Es geht um die Zukunft unseres Landes und die Sicherheit unseres Volkes.«

Viktor Federenko schmunzelte selbstzufrieden. »Ja, ja, ja. Das natürlich auch. Schließlich bin ich von uns dreien der allergrößte Patriot. Wieso tun nur immer alle so, als würde das eine das andere ausschließen? Unser Mütterchen Russland ist schließlich groß geworden durch Geschäfte. Es ist überhaupt erst entstanden durch Geschäfte. Geschäfte, die unsere Vorfahren, die Rus, aus dem hohen Norden mit ihren Schiffen hierherbrachten. Es sind nicht Geschäfte, die unser Land an den Rand des Ruins gebracht haben. Es war dieser verdammte Sozialismus. Und das Einzige, was uns während dieser irrsinnigen Herrschaft des Proletariats wenigstens einigermaßen über Wasser gehalten hat, war der Kalte Krieg mit dem Westen. Ohne ihn wären wir schon spätestens in den Sechzigerjahren des vergangenen Jahrhunderts den Bach runtergegangen.«

»Der Sozialismus liegt lange hinter uns, Federenko«, sagte Dragomirov. »Sie selbst und Ihr Reichtum sind der lebende Beweis dafür. Russland gehört inzwischen wieder zu den größten Volkswirtschaften der Welt.«

»Mit unserem Reichtum an natürlichen Ressourcen und Bodenschätzen müssten wir längst an Nummer eins stehen«, sagte Federenko. »Die Welt hungert nach unserem Öl, unserem Erdgas, unserem Stahl, unserer Kohle, unserer Chemie, ja unserem Strom und allem, was wir zu bieten haben. Und wir geben es ab zu Schleuderpreisen, weil man uns für schwach hält. Nein, weil wir schwach sind – und diese Schwäche zeigen. Weil wir die Rolle des Buhmanns, in die uns der Westen gedrängt hat, nie wirklich abgelegt haben. Weil man uns ein schlechtes Gewissen macht und uns an jeder Ecke mit Sanktionen droht und Feindseligkeit. Es ist an der Zeit, uns unserer wahren Größe bewusst zu werden … unserer Macht; und sie der Welt zu demonstrieren.«

»Und zu diesem Zweck attackieren Sie Deutschland?«, fragte Dragomirov. Er achtete darauf, nicht zu anklagend zu klingen, sondern vielmehr neugierig.

»Du musst lernen, das Gesamtbild zu sehen, Präsident«, sagte Federenko und machte eine einladende Geste in Richtung Büro.

Dragomirov folgte ihm nach draußen.

»Es ist ganz einfach«, fuhr Viktor Federenko fort. »So wie Großes immer ganz einfach ist. Die Welt hasst uns, aber sie fürchtet uns nicht länger. Zu viel Friede nach außen, dafür aber zu viele Rangeleien in den eigenen Reihen. Indem wir nahezu tatenlos zugelassen haben, wie sich viele unserer Gebiete von uns abgespalten haben – Estland, Lettland, Litauen, die Ukraine –, haben wir unser Gesicht verloren bei dem Versuch, der Welt zu zeigen, wie ungeheuer zivilisiert und fortschrittlich wir geworden sind. Um uns anzubiedern wie eine gealterte Hure!«, betonte er knurrend und schlug dabei mit der Faust auf den Schreibtisch.

»Das hat uns freien Handel eingebracht«, sagte Dragomirov. »Wie schon gesagt: Wir alle haben davon profitiert. Nicht zuletzt Sie selbst.«

»Freier Handel«, rief Federenko. »Genau das ist das Problem! Wer will denn in einer Welt, deren Rohstoffe zur Neige gehen, einen *freien* Handel, wenn er das Monopol haben kann?! Wir haben, was die Welt braucht! Wir haben es im Überfluss, und wir können es zu den Preisen verkaufen, die *wir* bestimmen; nicht zu denen, die sie uns aufdiktiert.«

Dragomirov verstand allmählich, worauf der Oligarch hinauswollte. »Sie reden von einer Verschmelzung von Wirtschaft und Politik.«

Federenko lachte auf. »Als ob die wirklich voneinander zu trennen wären! Aber sprich weiter. Ich denke, du beginnst zu begreifen.«

»Wenn es Ihnen nichts ausmacht, fahren *Sie* bitte fort«, sagte Dragomirov. »Das Bild, das ich wahrnehme, ist noch zu verschwommen. Sie scheinen sehr viel klarer zu sehen.«

Federenko fixierte ihn mit einem forschenden Blick, dann aber grinste er wieder selbstzufrieden. Wie jedem Egomanen schien es ihm zu gefallen, wenn man ihm schmeichelte.

»Es ist wirklich simpel«, betonte Federenko noch einmal. »Wir hören auf, gehasster Handelspartner der Welt zu sein, und werden ganz einfach gefürchteter Anbieter. Wir bestimmen, was wir verkaufen und zu welchen Konditionen. So wie es sein sollte.«

»Aber die Sanktionen …«

»Scheiß auf die Sanktionen, Präsident!«, stieß Federenko enthusiastisch aus. »Es gibt nichts, aber auch gar nichts, was die Welt uns vorenthalten kann! Wir haben alles, was wir brauchen, innerhalb unserer Grenzen – und damit haben wir auch alles, was *sie* brauchen. Wir leben in einem Absatzmarkt, Mann. Der Verkäufer bestimmt, nicht der Käufer!«

»Dann werden sie sich zusammenschließen und uns mit Krieg drohen.«

»Und davor hast du Angst, Präsident? Das tun sie doch ohnehin die ganze Zeit – und ganz besonders jetzt. Das darf dich nicht einschüchtern. Du lässt ja auch niemanden so einfach in deinen Obstgarten, nur weil er dir Prügel androht, wenn du ihm deine Äpfel nicht schenkst. Nein, du krempelst die Ärmel hoch und haust ihm aufs Maul. Aber ganz gehörig! Ich sag doch, die Welt ist einfach. Es seid ihr Politiker, die sie so verflucht kompliziert zu machen versucht. Wenn sie Krieg wollen, geben wir ihnen Krieg!«

»Krieg darf keine Option sein«, sagte Dragomirov. Er durfte nicht zu einvernehmlich erscheinen, wenn er keinen Verdacht erregen wollte. »Wenn er eskaliert … Der Westen verfügt über ebenso viele nukleare Sprengköpfe wie wir!«

»Nuklear?« Federenko bedachte ihn mit einem fast schon mitleidigen Lächeln. »Du meinst, der Westen greift zu solchen Mitteln, riskiert einen Gegenangriff oder zerstört damit selbst all die Rohstoffe, die er so dringend braucht? Nein, davor brauchst du keine Angst zu haben. Auch wenn die Öffentlichkeit das seit Jahrzehnten glaubt, keine Regierung der Welt würde das heutzutage noch in Kauf nehmen. Menschenleben mögen ihnen vielleicht egal sein – es gibt ohnehin schon zu viele davon, das ist ja Teil des Problems –, aber nicht Bodenschätze und Rohstoffe. Sie wissen, dass sie darauf angewiesen sind. Außerdem habe ich die Versicherung meiner amerikanischen Partner.«

»Amerikanische Partner?«

Federenkos Grinsen wurde noch breiter. Er erinnerte Dragomirov an einen Jungen auf dem Schulhof, der glaubte, den größten Schwanz von allen zu haben.

»Natürlich«, sagte der Oligarch. »Die sind ebenso an der Rückkehr der alten Feindseligkeiten interessiert wie wir. Auch sie sind dabei, ihre Stellung in der Welt zu verlieren, und sie wollen sie zurück. Das alte Säbelrasseln, *Weltpolizei* und der ganze Kram, du verstehst.«

»Sie haben einen Deal mit der amerikanischen Regierung?« Dragomirov musste sein Erstaunen nicht spielen. Er ließ sich auf den Stuhl hinter seinem Schreibtisch plumpsen.

»Mit der Regierung?«, fragte Federenko ebenso ungläubig. »Wieso das denn? Ich sag ja, ihr Politiker überschätzt euch total. Nein, ich habe Deals mit den wirklich wichtigen Leuten. Leuten, die wie ich extrem profitieren werden, wenn erst einmal wieder anständig aufgerüstet wird.«

»Das heißt, den Amerikanern werden wir unsere Rohstoffe dann zu niedrigeren Preisen verkaufen?«

»Quatsch!«, sagte Federenko. »Dann würde die Welt schnell merken, dass wir in einem Boot sitzen. Nein, die Amis werden – wie auch früher schon – ihr Geld mit der Rüstung verdienen und all dem, was die Staaten, die sie vor uns beschützen, an sie abdrücken.« Bei dem Wort *beschützen* machte er mit den Fingern beider Hände Anführungszeichen in die Luft.

»Und Sie verdienen währenddessen fleißig an dem Geschäft mit den Rohstoffen«, schlussfolgerte der Präsident.

»Nicht nur, mein Lieber«, sagte Federenko. »Warum sich auf eines beschränken?« Er holte einen Umschlag aus der Innentasche seines Sakkos, öffnete ihn und entfaltete einen kleinen Stapel Papiere, der darin gesteckt hatte.

»Was ist das?«, fragte Dragomirov.

»Ein Vertrag«, sagte Federenko. »Ein Vertrag zwischen Russland und meinen Waffenfabriken in der Ukraine. Ein Hundertjahresvertrag. Man denkt ja schließlich langfristig. Wir werden Waffen brauchen, um den alten Status quo wiederherzustellen. Jede Menge Waffen.«

Er breitete den Vertrag vor Dragomirov auf dem Schreibtisch aus.

Ohne ihn sich anzuschauen, sagte Dragomirov. »Ich sehe hier zwei Haken.«

»Oh, ihr Politiker. Ihr seht immer Haken. Und wenn ihr keine seht, macht ihr welche.«

»Nun, zum einen bin ich selbst als Präsident nicht dazu berechtigt, einen solchen Vertrag allein ohne Zustimmung des Parlaments abzuschließen«, sagte Dragomirov. »Zum anderen gehört die Ukraine nicht zu Russland, und sie hat den Waffenhandel mit uns unterbunden.«

»Formalitäten, mein Lieber«, sagte Federenko amüsiert. »Der Westen hat jetzt gerade mit sich selbst alle Hände voll zu tun. Die NATO hat mit Deutschland vorübergehend ihren wichtigsten Brückenkopf verloren, und auch wenn SACEUR Hendersen so tut, als hätte er alles im Griff, wird die NATO Ewigkeiten brauchen, bis sie neue Standorte zur Mobilmachung gefunden hat. In der Zeit haben wir uns die Ukraine zehnmal wieder einverleibt – zumal du meinen Einfluss dort nicht vergessen darfst. Die meisten Ukrainer, die wirklich etwas zu melden haben, denken genau wie ich: Wir gehören zusammen, haben schon immer zusammengehört. Die Nähe zum Westen hat das ganze Bild in den Augen der einfachen Bevölkerung vielleicht ein wenig verrückt, aber spätestens jetzt werden auch die erkennen, dass der Westen ihnen nicht länger die Annehmlichkeiten zu bieten hat, mit denen er versucht hat, sie auf seine Seite zu ziehen. Mit der Zeit werden auch Polen und die Tschechische Republik wieder in unseren Schoß zurückkehren; ganz zu schweigen von Estland, Lettland und Litauen. Ich sage ja: Großes Bild, Präsident. Alles ganz einfach.«

»Das ändert nichts daran, dass ich nicht berechtigt bin, einen Vertrag mit Ihnen abzuschließen«, sagte Dragomirov, der zugeben musste, dass ihn die Komplexität des Plans nicht nur erstaunte, sondern auch bis ins Mark erschreckte.

»*Diesen* Vertrag schon«, sagte Federenko und setzte sich auf die Schreibtischkante. »Das ist ein Vertrag ganz allein zwischen dir und mir. Er beteiligt dich persönlich mit fünf Prozent an all meinen Gewinnen aus meinen künftigen Geschäften mit dem Rest der Welt und den Erlösen aus der ukrainischen Waffenindustrie. Das soll gewährleisten, dass du dich in meinem Interesse einsetzt …«

»… und als Beweis dafür dienen, dass ich gemeinsame Sache mit Ihnen mache«, erkannte Dragomirov.

»Das natürlich auch«, gab Federenko mit einem Schulterzucken zu. »Aber lies erst mal das Kleingedruckte! Es sieht vor, dass du aufgrund der gegenwärtigen Krise und der Bedrohung durch die NATO den Ausnahmezustand ausrufst und in der Folge eine Notstandsdiktatur. Auf Lebenszeit, mein Lieber! Keine halben Sachen! Und dafür werde ich deine Regierung komplett finanzieren! Das ist noch mal on top zu den fünf Prozent, versteht sich. Und wiederum im Gegenzug wirst du mir im Lauf der Zeit landesweit sämtliche Schürf- und Bohrrechte übertragen, und so weiter und so weiter. Den Rest kannst du dir ausmalen.«

»Und ich bleibe für die gesamte Dauer der Regierung Chef des FSB«, schaltete sich nun endlich auch wieder Mischin ein, »und werde obendrein Verteidigungsminister und Vizepräsident.« Er deutete auf den Vertrag. »Steht alles da drin.«

»Mein Kompliment, meine Herren«, sagte Dragomirov. »Sie haben wirklich an alles gedacht.«

Federenko nahm einen Füllhalter vom Tisch auf, schraubte den Deckel ab und hielt ihn Dragomirov hin.

»Aber ich kann das nicht unterschreiben«, fuhr Dragomirov mit einem Kopfschütteln fort.

Sofort verfinsterte sich Federenkos Gesicht wieder.

Dragomirov sah die aggressive Wildheit darin. Die aufkommende Wut eines Mannes, der es nicht gewohnt war, dass man sich ihm und seinen Zielen widersetzte. Er ahnte, wie jähzornig der Ukrainer war, und wusste, dass er nicht zu lange zögern durfte, wenn er vermeiden wollte, dass Federenko ihn einfach tötete und seine Pläne neu justierte.

»Nicht für lächerliche fünf Prozent«, fügte Dragomirov daher eilig hinzu und sah, wie Federenkos Miene sich sofort wieder aufhellte. »Zwanzig müssen drin sein.«

Wieder lachte Federenko laut auf.

Dragomirov fand es erstaunlich, wie gerne und wie oft ein solches Monster lachte.

»Der Mann gefällt mir«, stieß Federenko glucksend hervor. »Ist nicht bereit, sich unter Wert zu verkaufen. Zehn! Und keinen Prozentpunkt mehr.« Er ergriff den Kosakendolch, den Dragomirov als Brieföffner verwendete, zog ihn aus der fein verzierten Scheide und hielt ihm die kalte und rasiermesserscharfe Klinge an den Hals. »Sonst schlitz ich dir jetzt und hier die Kehle auf und mach mir einen neuen Präsidenten. Haben wir uns verstanden?«

Dragomirov tat unbeeindruckt, nahm den Füller und nickte. »Zehn Prozent ist ein guter Deal.«

Federenko nahm den Dolch von seinem Hals weg und schob ihn zurück in die Scheide. Dann holte er einen Kugelschreiber und änderte die *Fünf* am Anfang des Vertrags auf *zehn*. Zum Zeichen, dass die Änderung von ihm abgesegnet und damit gültig war, paraphierte er sie mit seinem Kürzel und dem heutigen Datum. Anschließend schob er Dragomirov den Vertrag wieder hin.

Es klopfte an der Tür.

»Nicht ablenken lassen«, sagte Federenko. »Erst unterschreiben. Auf jeder Seite, wenn es nichts ausmacht.«

Dragomirov wusste, dass ihm für den Moment keine andere Wahl blieb. Er signierte jede einzelne Seite des Papiers, ohne es überhaupt gelesen zu haben.

Es klopfte noch einmal.

»Herein!«, rief FSB-Chef Mischin.

Federenkos rechte Hand Alexej betrat das Büro.

»Was ist?«, fragte Federenko. »Ich habe ausdrücklich gesagt, dass ich nicht gestört werden will. Wir haben hier etwas zu feiern.«

»Verzeih, Viktor«, sagte Alexej betreten. »Aber Leutnant Marinova ist inzwischen mit den Gefangenen eingetroffen.«

»Sie meinen, *Major* Marinova«, sagte Mischin mit einer guten Portion Stolz in der Stimme.

»Die Persona non grata?«, fragte Dragomirov überrascht.

»Sie ist jetzt wieder eine Persona grata«, sagte Mischin.

»Sie hat den Deutschen vom Projekt GIFT erzählt.« Dragomirov war überrascht.

»Ja, das hat sie«, gab Mischin zu. »Aber sie hat sich rehabilitiert und den Schaden mehr als wettgemacht. Sie ist unter unsere Schwingen zurückgekehrt – mit einem unbezahlbaren Geschenk.«

»Was für einem Geschenk?«, wollte Dragomirov wissen.

»Die deutschen und amerikanischen Agenten, die es gewagt haben, mich auf meinem Hofgut zu überfallen«, klärte Federenko ihn auf. »Wir werden sie zwingen, vor laufender

Kamera ihre Verbrechen zu gestehen, und sie dann hinrichten.«

»Und damit die Welt noch mehr gegen uns aufbringen als schon durch die Anschläge auf Deutschland?«, fragte Dragomirov.

Federenko stieß einen ungeduldigen, ja verächtlichen Laut aus; ein Schnauben durch die Nase. »Das große Bild, Präsident! Das große Bild! Wann lernst du es endlich? Die Welt da draußen ist bereits gegen uns. Aber wir müssen unser eigenes Volk enger an uns binden, wenn unser Plan langfristig aufgehen soll. Die russische Bevölkerung – und mit ihr auch die der Ukraine – muss mit uns einer Meinung sein, dass der Westen nach wie vor der Feind ist. Dass er nach wie vor eine Bedrohung darstellt. Eine große Bedrohung. Dass wir uns verteidigen müssen, wenn wir verhindern wollen, dass solche Verbrechen wie der Überfall auf unser Land durch die Deutschen im Zweiten Weltkrieg sich wiederholen. Dass Deutschland und Amerika die Schwelle schon längst überschritten haben.« Er wandte sich an Alexej. »Bereite alles vor.«

Alexej verbeugte sich. »Es ist bereits alles vorbereitet, Viktor. Unten im Presseraum des Präsidenten. Der erste Gefangene wird gerade aus dem Arsenal abgeholt.«

»Sehr gut«, sagte Federenko. »Es läuft wirklich alles wie am Schnürchen. Ganz so, wie es sein soll.«

»In meinem offiziellen Presseraum?« Dragomirov konnte nicht fassen, was er da gehört hatte.

»Ganz recht«, sagte Federenko. »Die folgende Übertragung wird nicht von den Terroristen kommen, sondern direkt vom Präsidenten der Russischen Föderation.«

»Der Präsident der Russischen Föderation richtet keine Gefangenen, ob nun Kriegsgefangene oder nicht, vor laufender Kamera hin. Und schon gar nicht ohne ein ordentliches Verfahren!«

Federenko wedelte mit dem Vertrag in seiner Hand. »Der frühere Präsident ganz bestimmt nicht. Der Präsident, der das hier unterschrieben hat, schon. Er zeigt der Welt, was es bedeutet, sich mit Russland anzulegen!«

50

Moskau – Kreml
Arsenal

Das ehemalige Zeughaus des Kremls trägt den Namen *Arsenal* und dient neben einem Museum für Artillerie und der Unterbringung der Wachmannschaften als Militärgefängnis. Die Arrestzellen liegen im alten Gewölbekeller des Gebäudes.

Hierher hatte Marina Marinova mit Orlows Söldnern und Federenkos Leibgarde Gernot Löw und seine Leute sowie Special Agent Jennifer Rodriguez und ihr Team gebracht.

Das Licht der Neonröhren war grell, und die Luft stank modrig – und nach Urin und dem Schweiß der Gefangenen.

»Ich kann immer noch nicht glauben, dass du dieser falschen Schlange vertraut hast«, zischte Ulf Wieger von der morschen Holzpritsche, auf der er saß, in Richtung Löw, der vorn an der rostigen Gittertür der großen Zelle stand, in der sie alle gemeinschaftlich untergebracht waren. »Es war doch von Anfang an klar, dass sie uns früher oder später ans Messer liefern würde!«

Gernot Löw überlegte, ob er etwas darauf erwidern sollte, entschied sich aber dafür zu schweigen. Er konnte Ulf Wiegers Hass nur zu gut verstehen.

»Ruhe!«, rief der Wachsoldat, der vor der Zelle aufgestellt worden war. »Ihr werdet schon noch ausgiebig Gelegenheit zum Reden bekommen. Ihr dürft der ganzen Welt erzählen, warum ihr hierher nach Russland gekommen seid.«

»Warum machst du die Tür nicht auf, und ich zeig dir, warum wir hierhergekommen sind?«, knurrte Ulf Wieger gereizt, erhob sich von der Pritsche und stapfte angriffslustig zum Gitter vor.

Der russische Soldat lachte verächtlich; dann aber machte er plötzlich einen schnellen Sprung nach vorn, holte dabei mit seinem Gewehr aus und schlug den Kolben zwischen zwei Gitterstäben hindurch mit voller Wucht in Ulf Wiegers Bauch.

Wieger klappte zusammen wie ein Taschenmesser und ging stolpernd zu Boden.

Daniel Thieme eilte mit einem Satz zu ihm und kniete neben ihm nieder, um ihm aufzuhelfen.

Wieger stieß ihn wütend zur Seite und rappelte sich ganz allein, aber schwer hustend wieder auf die Füße.

Löw sah, dass jetzt auch Thieme ihn mit einem vorwurfsvollen Blick bedachte; aber das war jetzt ebenfalls nicht zu ändern. Er versuchte, seinen Kopf freizuhalten von allen Ablenkungen und sich auf das Wesentliche zu konzentrieren.

»Was geht hier vor sich?«, fragte Jennifer Rodriguez leise. Die CIA-Agentin war neben ihn getreten und stellte sich an seiner Seite an das Gitter.

»Was meinen Sie?«, fragte er zurück.

»Ich bin mir nicht sicher«, sagte sie. »Eine Art Instinkt. Irgendetwas stimmt hier ganz gewaltig nicht. Mit Ihnen, meine ich. Sie verhalten sich äußerst seltsam. Statt Ihren Kameraden Mut oder Trost zuzusprechen, ignorieren Sie sie völlig.«

»Worauf wollen Sie hinaus?«

»Ich bekomme mehr und mehr das Gefühl, dass Sie mit den Russen zusammenarbeiten.«

Er wandte ihr das Gesicht zu und sah sie ausdruckslos an.

Sie hielt seinem Blick mit forschender Miene stand. »Leutnant Marinova den Befehl über die Söldner zu geben war entweder dumm, oder es war Verrat, Major Löw.«

Er nickte bedächtig. »Ja, es scheint fast so.«

»Ruhe!«, rief der russische Soldat noch einmal und machte zwei schnelle Seitwärtsschritte zu ihnen hin an die Tür, das Gewehr wieder zum Schwung ausholend.

Löw und Rodriguez traten gleichzeitig von der Tür, und Löw hob in einer Geste der Unterwerfung beide Hände seitlich nach oben – die Handflächen nach vorn.

»Falls wir jemals lebend hier rauskommen«, flüsterte Rodriguez ihm ins Ohr, »rechne ich höchstpersönlich mit Ihnen ab. Das verspreche ich Ihnen!«

Löw drehte sich von ihr weg und ging an Thieme und Wieger vorüber zu einer der Pritschen, um sich zu setzen. Er senkte den Kopf, um nicht länger ihren misstrauischen Blicken ausgesetzt zu sein.

Von außerhalb des Zellengewölbes hörte er die eiligen Tritte schwerer Stiefel näher kommen. Aber er hielt den Kopf weiterhin gesenkt. Er durfte jetzt nicht riskieren, durch den Ausdruck auf seinem Gesicht alles zu gefährden.

Er sah auf seine Füße herab und bemerkte, dass sein rechter angefangen hatte, im Takt zu wippen – ganz im Takt der sich nähernden Schritte. Er zwang sich dazu, den Fuß wieder still zu halten. Löw war ganz gewiss kein besonders gläubiger Mensch, aber in diesem Moment betete er, dass seine Instinkte ihn nicht trogen. Er hatte eine Entscheidung fällen müssen, und er hatte sie im Bruchteil einer Sekunde fällen müssen. Er hoffte inständig, dass es die richtige gewesen war.

Um sich zu beruhigen, strich er sich über die Stoppeln an seinem Kinn. Er war nun schon seit mittlerweile zwei vollen Tagen nicht mehr dazu gekommen, sich zu rasieren. Beinahe hätte er laut aufgelacht, als ihm auffiel, wie scheißegal das gerade war. Hier, in der Höhle des Löwen.

»Ich bin gekommen, den ersten der Gefangenen für das Video abzuholen.« Es war die Stimme Marina Marinovas.

Löw hob nur leicht den Kopf, um unter den Augenbrauen hervor zu ihr hinüberzusehen. Sie trug jetzt die offizielle Uniform der Russischen Streitkräfte. An den Streifen auf ihren Schultern erkannte er, dass man sie zum Major befördert hatte. Links und rechts von ihr standen zwei weitere Soldaten, die Löw zuvor noch nicht gesehen hatte.

»Welchen zuerst?«, fragte der Wachsoldat.

»Den Kraut dahinten«, antwortete sie und zeigte auf Löw. Ihr Gesicht war kalt, und ihre Mundwinkel waren voller Verachtung für Löw nach unten gezogen.

Der Wachsoldat deutete mit der Mündung seines Gewehrs auf das Gitter und rief den Gefangenen zu. »Zurücktreten! Alle! Und du dahinten! Komm vor! Aber behalt deine Hände da, wo ich sie sehen kann! Eine falsche Bewegung und ich schieße. Das ist keine leere Drohung!«

Löw erhob sich langsam, breitete wieder die Hände aus und kam mit bedachten Schritten nach vorn. Dabei ließ er Marina Marinovas Gesicht keinen Moment lang aus den Augen.

Sie machte einen Schritt nach hinten, sodass sie jetzt ein kleines Stück hinter den Soldaten stand, die sie hierher begleitet hatten und ebenfalls die Mündungen ihrer Gewehre auf die große Zelle gerichtet hielten. Marina Marinovas Hand wanderte an den Griff ihrer Dienstpistole.

»Euch werd ich's zeigen!«, rief plötzlich Ulf Wieger und wollte nach vorn stürmen. Löws Hand zuckte hoch, packte ihn am Kragen und riss ihn zurück. Gerade noch rechtzeitig – die russischen Soldaten hatten die Finger bereits an den Abzügen, und Marina Marinova hatte eilig ihre Pistole gezogen.

Löw brachte sein Gesicht ganz dicht an das Wiegers heran. »Du hältst jetzt die Füße still, Soldat! Hast du verstanden?«

»Verräterschwein!« Wieger spuckte ihm ins Gesicht.

Löw stieß ihn zurück – direkt in Thiemes Arme. »Du sorgst dafür, dass er am Leben bleibt«, befahl er dem Kameraden. »So lange wie möglich, ist das klar?!«

Thieme sah ihn irritiert an, aber schließlich nickte er.

»Gut«, sagte Löw grimmig und setzte den Weg zur Zellentür fort. Erst als er davorstand, schloss der Wachsoldat sie auf.

Kaum war sie einen Spalt offen, rief Marina Marinova: »Löw! Jetzt!«

Im gleichen Moment schlug sie den Soldaten rechts von ihr mit dem Knauf ihrer Pistole nieder.

Löw reagierte sofort und trat so fest gegen die Gittertür, dass sie dem Wachsoldaten seitlich gegen das Gesicht geschleudert wurde und er benommen nach hinten torkelte.

Löw sprang aus der Zelle, entriss ihm das Gewehr und schlug ihn mit dem Kolben bewusstlos. Gleichzeitig hatte Marina Marinova dem zweiten Begleitsoldaten hart in die Kniekehle getreten, sodass er nach vorn einknickte. Löw machte einen Satz zu ihm hin und schickte ihn mit einem harten Kick seines Knies gegen die Schläfe ebenfalls ins Reich der Träume.

»Wieso hat das so lange gedauert?«, fragte er die Russin unwirsch. Aber innerlich war er froh, dass seine Instinkte ihn doch nicht im Stich gelassen hatten.

»Ich musste erst noch den hier besorgen«, antwortete sie und hielt mit der Linken einen Bund mit Schlüsseln und Magnetkarten in die Höhe. »Für die Waffenkammer.«

Löw drehte sich zur Zelle um. Seine Männer starrten ihn ungläubig an, ebenso wie Special Agent Rodriguez.

»Worauf wartet ihr noch?«, rief er ihnen zu und winkte sie nach draußen. Sie brauchten noch einen Sekundenbruchteil, um zu verarbeiten, was gerade passiert war, und kamen dann gelaufen.

Löw warf Thieme das Gewehr zu, das er dem Wachposten entrissen hatte, und Wieger das von dem Soldaten, dem er gegen die Schläfe getreten hatte. Dessen Pistole nahm er selbst an sich.

Rodriguez griff sich das dritte Gewehr. »Sie hätten uns einweihen können, Mann!«, sagte sie schroff.

»Und damit schon bei Federenkos Hofgut riskieren, dass alles auffliegt?«, fragte er. »Keine Chance!«

»Wenigstens ein Zeichen«, sagte Wieger.

Löw schüttelte den Kopf und wischte sich Wiegers Spucke mit dem Ärmel aus dem Gesicht. »Dann hättet ihr eure feindselige Rolle bei Weitem nicht so gut gespielt. Und das war von größter Wichtigkeit, damit Mischin und seine Leute glaubten, dass Marinova alles tun würde, um wieder nach Hause zurückkehren zu können.«

Thieme starrte ihn an – noch immer ungläubig. »Und ihr habt das vor unseren Augen abgesprochen, ohne es abzusprechen?«

Löw zuckte mit den Schultern. »Wir mussten davon ausgehen, vom Hofgut aus beobachtet zu werden. Es war also der einzige Weg, Federenko und den Daten hierher nach Moskau zu folgen.«

Marina Marinova sagte: »Geben Sie ruhig zu, Löw, dass Sie bis eben selbst nicht sicher waren, ob Sie mir wirklich vertrauen können.«

Das erste Mal seit Stunden schlich sich ein Lächeln auf sein müdes Gesicht. »Ich hatte da so ein Gefühl …«

Er wandte sich an Thieme und Wieger. »Fesselt die drei, knebelt sie gut und sperrt sie in die Zelle.«

Die beiden nickten, und Rodriguez bedeutete ihren Leuten, ihnen dabei zu helfen, ehe sie in Richtung Löw und Marinova fragte: »Also, was ist der Plan?«

Wieder hielt Marina Marinova den Bund in die Höhe. »Das sind auch die Schlüssel zur Wäschekammer.«

51

Moskau – Großer Kremlpalast
Presseraum

Präsident Dragomirov saß in einem Klappstuhl am Kopf des zweihundert Quadratmeter großen Salons und hielt gegen seinen inneren Aufruhr still, während zwei Maskenbildner des Pressebüros damit beschäftigt waren, die Schwellungen und Flecken in seinem Gesicht so gut es ging zu überschminken.

Mischin stand am Fenster und sah auf den Platz zwischen dem Palast und dem Arsenal hinaus. »Sie sind auf dem Weg hierher«, berichtete er. »Major Marinova bringt den Leiter des deutschen Trupps zuerst.«

Federenko, der auf einem Tisch in der Nähe saß und über sein Notebook die neuesten TV-Nachrichten vom Verlauf der Pestkatastrophe in Leipzig verfolgte, nickte abwesend. »Wird vermutlich hart zu knacken sein. Aber du machst das schon, Alexej.«

»Natürlich, Viktor«, sagte der. Er stand an einem anderen Fenster und sah ebenfalls auf den Hof. Auf einem Buffet neben ihm waren glänzende Zahnarzt- und Chirurgenbestecke aus Edelstahl penibel auf einem Tuch aus blauem Samt aufgereiht. Er hatte sie aus der Klinik des Palasts organisiert. Ebenso den Propangasbrenner und den großen Schädelbohrer. »Er wird kooperieren. So wie Bölling am Ende kooperiert hat. Ganz bestimmt.«

Viktor Federenko gluckste vergnügt.

»Meine Herren«, sagte Dragomirov, »ich bitte Sie, sich das noch einmal zu überlegen. Ein Geständnis, ja. Wenn es nicht anders geht, auch unter Folter. Aber eine Hinrichtung?«

»Angst«, sagte Federenko. »Alles dreht sich um Angst. Sie müssen dich fürchten, Präsident.«

»Wenn Furcht zu groß wird, wird sich der Westen erheben«, warnte Dragomirov.

Federenko zuckte mit den Schultern und deutete auf das Notebook. »Ich habe noch Dutzende Depots, die ich mit nur einem einzigen Klick freisetzen kann. Und das wissen sie – die Deutschen wie auch die Amerikaner. Sie werden sich empören, und sie werden Strategien entwickeln und Konferenzen abhalten. Sie werden drohen und sanktionieren. Aber letztendlich …«

»Das ist Wahnsinn!«, unterbrach Dragomirov ihn.

Federenko fuhr auf seinem Platz herum – sein Gesicht mit einem Mal eine hässliche, wütende Fratze: »Hör zu, Präsident: Alles, was zwischen uns beiden zu klären war, ist geklärt. Ab jetzt tust du ganz einfach, was ich dir sage! Ganz ohne *Mäh* und ohne *Muh*! Spar mir deine Bedenken und deine Überlegungen, und ich mache dich reicher als die Zaren! Also mach dein gottverdammtes Maul nur noch auf, wenn ich es dir befehle, um das zu sagen, was ich hören will, und kein Wort mehr! Ist das jetzt ein für alle Mal klar?«

Sosehr Dragomirov auch darüber nachdachte, wie er die Situation irgendwie entschärfen konnte, es fiel ihm nichts ein. Ihm waren die Hände gebunden, und er erkannte, dass der Psychopath keine Sekunde lang zögern würde, ihn zu opfern. Er nickte resignierend.

Federenkos Fratze wurde schlagartig wieder zu einem vergnügten Lächeln. »Sehr gut! Dann mögen die Spiele beginnen!«

Von draußen vom Flur hörte man die Schritte der Soldaten. Dragomirovs Eingeweide zogen sich unter Schmerzen zusammen.

Aber plötzlich waren auch laut gerufene Befehle zu hören und andere Geräusche. Geräusche, die an ein Handgemenge erinnerten … dann auch Schüsse … und Schreie.

»Was geht da vor sich?«, fragte Mischin aufgebracht und eilte zur Tür hinüber.

Federenko reagierte sehr viel ruhiger. Er begann, auf der Tastatur seines Notebooks zu tippen. Die TV-Übertragungen von Leipzig verschwanden, und die Deutschlandkarte mit den Depots poppte auf.

Die beiden Flügeltüren des Salons wurden nach innen aufgestoßen, und herein stürmten Marina Marinova, Major Löw, seine Kameraden Thieme und Wieger sowie Special Agent Rodriguez. Sie alle trugen Uniformen der Russischen Streitkräfte.

Mischin zog instinktiv seine Pistole.

»Waffe fallen lassen!«, brüllte Löw ihn an und richtete die Mündung seines Gewehrs auf Mischins Gesicht.

Mischin stand da wie gelähmt.

»Fallen lassen, habe ich gesagt!«, wiederholte Löw.

Für einen Moment wurde alles totenstill. So still, dass man eine einzelne Fliege summen hören konnte, die durch den Raum sirrte.

Doch schon einen kurzen Moment später wurde diese Stille unterbrochen – vom amüsiert leisen Lachen Federenkos.

»Ich schlage vor, *ihr* lasst die Waffen fallen«, sagte er mit unglaublicher Gelassenheit. Er hatte den Zeigefinger der rechten Hand auf der Eingabetaste seines Rechners. »Ein Knopfdruck von mir, und ich aktiviere sämtliche Depots im Osten Deutschlands. Noch ein paarmal Beulenpest, aber auch Lassafieber und natürlich Ebola … das volle Programm! Wisst ihr auch nur ansatzweise, wie viele Depots sich allein in Berlin befinden? Da reichen dann auch Antibiotika nicht mehr, und Europa ist in einem Monat nur noch eine menschenleere Wüste.«

»Das wagen Sie nicht«, sagte Marina Marinova. »Die Gefahr ist viel zu groß, dass die Seuchen auch hierhergelangen.«

Federenko schüttelte den Kopf. »Wir machen die Grenzen dicht. Hermetisch. Uns wird nichts geschehen.« Er wandte sich an Mischin: »Rufen Sie Ihre Leute, General. Genug mit dem Kasperletheater.«

Mischin ging zum Telefon hinüber. Ehe er dort ankam, sagte Federenko noch einmal in Richtung Löw und Marinova: »Waffen weg! Jetzt! Ich drücke schneller, als ihr schießen könnt.«

Mit einem Mal – schneller als irgendjemand im Raum reagieren konnte – war Alexej bei ihm. Er hatte Federenko beim Handgelenk gepackt, den Arm von der Tastatur gerissen und schlitzte ihm mit einem Skalpell die Kehle von einem Ohr zum anderen auf.

»Es reicht, Viktor!«, stieß er dabei mit einem gequälten Aufschrei hervor. »Genug ist genug!«

Federenko sah ihn mit geweiteten Augen völlig überrascht an und packte mit einer Hand nach seinem eigenen Hals, aus dem das Blut in pumpenden Strahlen hervorschoss. Er versuchte, etwas zu sagen, doch das Blut floss ihm auch aus dem Mund, und er röchelte nur noch unverständlich. Er wollte sich aufrichten und mit der freien Hand nach dem Notebook greifen, doch Alexej schob es zur einen Seite und stieß Federenko zur anderen, wo der Oligarch über seine vom Schock schwach gewordenen eigenen Beine stolperte und rückwärts zu Boden ging.

»Es tut mir leid, Viktor«, sagte Alexej, während Federenko auf dem dicken Teppich zusammen mit dem Blut sein Leben ließ, setzte sich das Skalpell selbst an den Hals, und noch ehe Löw, Marinova oder der Präsident eingreifen konnten, hatte er sich auch schon die eigene Kehle mit einem langen Schnitt aufgetrennt.

Er kniete sich neben Viktor auf den Boden und strich ihm über die Stirn. Dabei schüttelte er mit einem traurigen Gesichtsausdruck den Kopf. Viktor versuchte, ihn wegzustoßen, doch dazu hatte er nicht mehr die Kraft. Er röchelte ein letztes Mal nass und sackte dann tot zusammen.

Alles war so verdammt schnell gegangen, dass Gernot Löw erst jetzt zu Mischin herumwirbelte und rief: »Hände weg vom Telefon!«

Mischin hielt in der Bewegung inne.

»Machen Sie drei Schritte zurück!«, befahl Löw, während

er aus dem Augenwinkel heraus sah, wie nun auch Alexej zusammenbrach und regungslos auf Viktor Federenkos Leiche zu ruhen kam.

Präsident Dragomirov erhob sich von seinem Stuhl und ging humpelnd auf Mischin zu.

»Geben Sie mir Ihre Waffe, General«, sagte er. Noch immer waren sein Kiefer, die Lippen und die Zunge merklich geschwollen, aber die Worte waren klar und deutlich. Er streckte die Hand mit der Fläche nach oben fordernd aus.

Mischin zögerte.

»Der Präsident hat Ihnen einen Befehl erteilt, General«, sagte Marina Marinova schroff und nahm ihn ins Visier. »Befolgen Sie ihn, oder Sie zwingen mich, von der Schusswaffe Gebrauch zu machen.«

Mischins Schultern sackten nach vorn, und er ging dem Präsidenten mit kraftlos schlurfenden Schritten entgegen. Sein Gesicht schien binnen der vergangenen Sekunde um zwei Jahrzehnte gealtert. Als er vor Dragomirov angekommen war, erweckte er den Eindruck, als sei er zudem um gut eine Kopflänge geschrumpft.

Er reckte den Arm nach vorn und legte seine Waffe in die offene Hand des Präsidenten.

Dragomirov nickte bedächtig … hob die Pistole und schoss Mischin genau zwischen die Augen. Der Chef des FSB fiel zu Boden wie eine Marionette, der man die Schnüre durchgeschnitten hatte. Sein Gehirn an der Wand hinter ihm brauchte erheblich länger.

Dragomirov ließ die Pistole achtlos fallen und ging zur Leiche Viktor Federenkos hinüber. Es fiel ihm schwer, sich zu bücken, und er keuchte auf. Marina Marinova eilte an seine Seite und stützte ihn.

»ßpaßiba«, sagte er. *Danke*. Er griff an Alexejs Oberkörper vorbei in Federenkos blutverschmiertes Sakko und holte den Vertrag hervor. »Haben Sie Feuer, Major?«

Marina Marinova nickte, half ihm wieder aus der Hocke hoch und holte ein Zippo aus der Tasche ihrer Uniformhose. Sie wollte es ihm reichen.

Er schüttelte müde den Kopf. »Machen Sie es an.«

Sie drehte am Zündrädchen, und die rotgelbe Benzinflamme loderte nach oben. Dragomirov hielt den Vertrag darüber und wartete, bis er ordentlich Feuer gefangen hatte. Dann hielt er die Papiere noch eine Weile hoch, bis die Flammen sie beinahe völlig verzehrt hatten. Erst dann ließ er sie auf die Leichen Federenkos und Alexejs fallen, wo auch der Rest verbrannte.

Er richtete sich auf und atmete tief ein. Dann suchte sein Blick Gernot Löw. Er deutete auf das Notebook. »Mein schwacher Versuch der Wiedergutmachung, Major. Bitte richten Sie Bundeskanzler Wagner meine besten Grüße aus, meinen Dank – und vor allem mein allertiefstes Bedauern.«

Gernot Löw stand stramm und salutierte. »Das werde ich tun, Herr Präsident!« Dann ging er hinüber zum Tisch und nahm das Notebook an sich.

Dragomirov wandte sich an CIA Special Agent Jennifer Rodriguez. »Sie und Ihre Leute waren selbstverständlich niemals hier«, sagte er leise.

»Natürlich nicht, Herr Präsident«, antwortete sie und salutierte ebenfalls.

Dragomirov nickte knapp. »Aber auch für Sie habe ich etwas.«

52

Flughafen Leipzig/Halle

Der tatsächliche Ausbruch der Beulenpest in Leipzig hatte einen außerordentlich merkwürdigen Effekt auf die betroffene Bevölkerung: Das Chaos in der Stadt hörte beinahe schlagartig auf!

Die Plünderungen stoppten, die Wut und die Aggressionen gegeneinander versiegten fast augenblicklich. Die abstrakte Panik vor der Krankheit war zu einer realen Angst vor dem sicheren Tod geworden – anders als Panik schüchtert echte Angst die Menschen ein; macht sie demütig. Und in dieser Demut vereinte sie die Bürger Leipzigs zu einer beinahe schon gespenstischen Solidarität.

Als bei vielen in der Nikolaikirche die ersten Symptome aufgetreten waren, hatte man plötzlich angefangen, einander zu helfen, ließ Polizei und Rettungskräfte jetzt endlich durch und ihre Arbeit machen, unterstützte sie beim Transport der Infizierten zu den Krankenhäusern und der Notklinik am Flughafen.

Nur zu bereitwillig hielt man sich jetzt an die Quarantäneanweisungen.

Zu spät!, dachte Dr. Lysann Benningsen mit Blick auf die ersten Leichensäcke, die aus den Hospitalzelten an den Rand des Flughafens gebracht wurden, wo schwarze, dicke Rauchsäulen in den Himmel stiegen von den Feuern, in denen man die Leichen verbrannte.

Sie kehrte ins Hauptzelt zurück. Hier waren die besonders Gefährdeten untergebracht, ältere Menschen und Kinder.

Hätten die Menschen der Stadt die Anweisungen früher befolgt, wäre nur ein Bruchteil von ihnen überhaupt erst infiziert worden.

Jetzt aber war deutlich abzusehen, dass durch die schnelle und weite Verbreitung der Seuche die Vorräte an Antibiotika kaum noch etwas auszurichten vermögen würden.

Dutzende waren bereits tot, Hunderte zeigten deutliche Symptome, vermutlich waren schon mehrere Tausend angesteckt. Wenn nicht gar Zehntausende. Das waren Zahlen, die man sich einfach nicht vorstellen konnte – selbst wenn man, wie Dr. Benningsen, seit Jahren mit der Thematik befasst war.

Thematik! Das Wort lag ihr so quer in der Kehle, wie der gallige Geschmack in ihrem Rachen ihr sauer aufstieß. Das hier war keine Thematik, es waren Menschenleben!

Letztendlich waren sie es, die die Wirklichkeit immer ganz anders aussehen ließen als die graue Theorie. Das hier hatte nichts mehr mit *Szenarien* zu tun; es war die Hölle auf Erden!

Es war bedrückend ruhig auf den Flugfeldern … wenn man von den Schmerzensschreien absah, die aus den Zelten drangen; aber die machten die Stille nur umso deutlicher hörbar. Schweigend eilten die Ärzte und Helfer in Schutzanzügen zwischen den Krankenlagern hin und her und verabreichten das wenige, das an Medikamenten noch da war. Keiner von ihnen hatte kapituliert, aber mehr konnten sie einfach nicht mehr tun; außer die Kranken zu waschen und ihnen Trost zuzusprechen.

Die Ärztin nahm sich einen der Wagen und fuhr damit an das nächste Bett.

»Gernot Löw an Doktor Benningsen!« Als die Stimme in ihrem Headset erklang, zuckte sie erschrocken zusammen, und sie hätte beinahe die Spritze fallen lassen, die sie dem verschwitzten Mädchen, das vor ihr auf dem Bett lag, gerade verabreichen wollte.

»Benningsen hier«, antwortete sie. »Sprechen Sie, Major Löw.«

»Wir haben gute Nachrichten, Frau Doktor«, sagte der GTAZ-Soldat. »Wunderbare Nachrichten sogar!«

Es kam ihr abstrus vor, wie froh gelaunt er klang. Es schien ihr Ewigkeiten her, dass sie das letzte Mal eine frohe Stimme gehört hatte. Fast wie in einem anderen Leben.

»Wir haben Antibiotika«, meldete Löw. »So viel, wie Sie brauchen … und mehr!«

»W-w-was?«, fragte sie ungläubig. »Woher?«

»Viktor Federenkos Pharmakonzerne«, sagte Löw. »Präsident Dragomirov hat sie konfisziert. Und jetzt befinden wir uns gerade mit fünf Tupolew Tu-330 Transportflugzeugen und insgesamt nahezu einhundert Tonnen Medikamenten und mehreren Teams von Ärzten und Helfern auf dem Weg nach Leipzig. In weniger als drei Stunden sind wir bei Ihnen und landen direkt vor der Haustür! Halten Sie so lange aus, Doktor Benningsen?«

»Drei Stunden?«, fragte sie und begann unwillkürlich zu lächeln. Sie spürte, wie ihr eine Träne die Wange herablief. »Drei Stunden. Ja, das schaffen wir.« Sie drückte dem Mädchen, das vor ihr lag, die zierliche, schwache Hand. »Drei Stunden schaffen wir ganz bestimmt, Kleine. Meinst du nicht?«

Das Mädchen sah sie mit großen, fiebrig glänzenden Augen an und erwiderte hoffnungsfroh das Lächeln der Ärztin, um anschließend zu nicken.

Dr. Benningsen strich dem Mädchen durchs Haar. »Ich bin gleich wieder bei dir«, sagte sie und ging ein paar Meter von dem Krankenbett weg zur Tür des Zelts.

»Was ist mit den Depots?«, fragte sie leise.

»Die Daten sind gesichert und an Patrizia Hardt übertragen«, sagte Löw. »Spezialeinheiten sind zu den Standorten unterwegs, um die Waffen sicherzustellen, und bringen sie zur Kaserne, wo man auf sie wartet, um sie fachgerecht zu entsorgen.«

»Das sind ganz ausgezeichnete Neuigkeiten, Major Löw!« Zu der einen Träne auf ihrer Wange gesellten sich mehrere, und sie schämte sich ihrer nicht.

»Wir haben es geschafft«, sagte Major Löw. »Die Krise ist abgewendet.«

Sie spürte, dass ihm auf der Zunge lag zu fragen, wie die Lage in Leipzig war … wie viele Tote es inzwischen schon gegeben hatte und wie viele Menschen auch trotz des neuen Vorrats an Antibiotika nicht mehr zu retten sein würden.

Ihr Blick fiel auf die schwarzen Rauchsäulen.

»Kommen Sie gut und schnell nach Hause, Major«, sagte sie eilig, ehe er die Fragen stellen konnte. »Sie werden freudig erwartet.«

Es würde eine Zeit geben, die Opfer zu betrauern, und sie lag nicht weit entfernt; jetzt war endlich wieder Raum für Hoffnung – Hoffnung für all jene, die die nächsten Tage nun doch überleben würden.

Dr. Lysann Benningsen rief ihre Kollegen zusammen. Die gute Nachricht musste so schnell wie möglich verbreitet werden!

Epilog

Finnland – Helsinki

Die Botschaft der Vereinigten Staaten von Amerika hat ihren Sitz in der Itäinen Puistotie 14 B, direkt am Eingang des Südhafens von Helsinki. Der Blick auf das Meer hinaus und über die kleinen Inseln hinweg, die vor der Hafenbucht liegen, ist auf ewig ein atemberaubender.

CIA Special Agent Aaron Rothchild, Sektionschef für Europa und Russland, stand an der Kaimauer und blickte gen Osten, wo mit der Dämmerung die Nacht begann, hinauf an den Himmel zu kriechen. Trotz der Helligkeit der Stadt hinter ihm konnte er bereits erste Sterne über dem Horizont funkeln sehen.

Er zündete sich eine Zigarette an und sah zum wiederholten Mal auf die Uhr.

Nur nicht nervös werden, sagte er sich. Er hatte – wie immer – einen Plan B. Ohne Plan B brachte man es bei der CIA nicht so weit wie er.

Aber das Boot müsste schon seit einer Viertelstunde hier sein!

»Es wird nicht kommen, Aaron«, ertönte eine vertraute Stimme einige Schritte hinter ihm.

Er musste sich nicht erst umdrehen, um zu wissen, wem sie gehörte, aber er fühlte, wie ihm plötzlich ganz kalt wurde.

»Ich weiß nicht, wovon du sprichst, Jennifer«, sagte er, ohne den Blick vom Horizont zu wenden. Doch da war kein

Boot, und jetzt wusste er, dass auch keines mehr kommen würde, um ihn von hier fortzubringen. »Du und dein Team, ihr habt gute Arbeit geleistet in Moskau. Verdammt gute Arbeit. Ich werde dich für eine Beförderung vorschlagen.«

Noch immer drehte er sich nicht um. Er hatte Angst, dass er in ihrem Gesicht lesen würde, dass sie wusste, was sie nicht wissen durfte.

»Ich glaube kaum, dass du noch dazu in der Lage bist, jemanden für eine Beförderung vorzuschlagen«, erwiderte Special Agent Jennifer Rodriguez. Sie war inzwischen näher gekommen.

Aaron Rothchild wollte nach der .22er in seiner Manteltasche greifen.

»Würde ich nicht tun, wenn ich du wäre«, sagte sie, und das Klicken des Abzugs ihrer Automatik unterstrich ihre Worte.

Er nahm die Hand wieder von der Tasche weg.

»Ich weiß nicht, worauf du hinauswillst«, sagte er.

»Natürlich weißt du das nicht«, antwortete sie. »Aber ich bin mir sicher, es wird dir wieder einfallen.«

»Es gibt keine Beweise. Du hast nichts in der Hand, Jennifer.«

»Federenko hat geredet.«

»Federenko ist tot«, tat er dies ab. »Außerdem, wer glaubt schon dem Wort eines psychopathischen Terroristen? Und ich bin mir ziemlich sicher, dass er meinen Namen nicht mit einem einzigen Atemzug erwähnt hat.«

»Das musste er nicht«, konterte sie. »Als er Dragomirov ganz begeistert davon erzählt hat, dass er mit Amerika zusammenarbeitet, musste ich nur eins und eins zusammenzählen. Du in Macao zur gleichen Zeit wie Kuznetsov und Federenko – und dann auch noch mal in Bukarest. Das spricht für sich.«

»Das sind keine Beweise«, sagte Rothchild. »Das sind reine Spekulationen. Ich dachte, ich hätte dich besser ausgebildet.«

»Das sind keine Spekulationen, Aaron. Das sind Indizien. Und die reichen mir, um herauszufinden, was ich herausfinden will. Darauf kannst du dich verlassen.«

»An deiner Stelle wäre ich vorsichtig, was ich sage. Du weißt, wie groß mein Einfluss ist.«

»O ja«, sagte sie. »Das weiß ich. Deswegen werde ich dich zum Verhör auch nicht nach Guantanamo bringen. Du wärst schon innerhalb einer Stunde wieder auf freiem Fuß.«

Er lachte – selbstbewusster, als er sich fühlte. »Du mich irgendwohin bringen? Seit wann wedelt der Schwanz mit dem Hund? Mein Rat – wenn du dich wirklich traust, dich mit mir anzulegen: Erschieß mich gleich jetzt und hier.«

»Wie sollte ich dann noch herausfinden, mit wem in den Staaten du und Federenko gemeinsame Sache gemacht habt?«, fragte sie. »Nein, den Gefallen tue ich dir nicht. Ganz bestimmt nicht. Zuerst wirst du noch reden und mir jedes einzelne deiner schmutzigen Geheimnisse verraten; mir jeden deiner Hintermänner nennen.«

»Das wird nicht passieren, Jennifer. Du irrst dich, was Guantanamo betrifft.«

»Tue ich das?«

»Ja, das ist nicht der einzige Ort, wo ich schon nach einer Stunde wieder auf freiem Fuß wäre. De facto gibt es auf der ganzen Welt keinen Ort, an dem mein Einfluss nicht größer wäre als deiner.«

»O doch«, sagte sie. »Ich kenne da einen, Aaron. Wusstest du zum Beispiel, dass Präsident Dragomirov einen kleinen Sommerpalast in Sibirien hat? Er hat ihn uns freundlicherweise zur Verfügung gestellt. So lange wir wollen.«

»Oh, ein Masterplan«, spöttelte er, schnickte seine bis zum Filter verglühte Zigarette in einem hohen Bogen ins Meer hinaus. »Du kommst nicht mal bis zum Flughafen mit mir, Jennifer. Das weißt du doch. Ich brauche lediglich meinen Namen zu nennen, und du wirst das Licht des Tages niemals wiedersehen.«

»Wer hat denn etwas vom Flughafen gesagt?«, fragte sie, und die Amüsiertheit in ihrer Stimme machte ihn noch nervöser. »Schau mal, da kommt ja doch ein Boot. Oh, aber es ist ja gar nicht das, auf das du gewartet hast. Wie ärgerlich! Nein, halt! Doch gar nicht so ärgerlich. Das ist ja mein Boot. Sieh mal einer an. Kann es sein, dass das die Jacht des russischen Präsidenten ist?«

Aaron Rothchild sah, wie sich ihnen die Luxusjacht auf direktem Kurs näherte. Es war tatsächlich die Jacht Dragomirovs.

»Ich habe wohl ganz vergessen zu erwähnen, dass er uns die ebenfalls zur Verfügung gestellt hat«, sagte Jennifer Rodriguez. »Ganz schön großzügig der Mann.«

»Du machst gemeinsame Sache mit dem Feind?«

Sie lachte. »Das sagt ja wohl der Richtige. Aber falls es dich beruhigt: Unser Sommertrip ist auch vom Präsidenten der Vereinigten Staaten abgesegnet. Er ist nämlich mindestens ebenso sehr wie ich daran interessiert zu erfahren, wer bei uns zu Hause wohl so alles glaubt, über dem Gesetz und der vom Volk gewählten Regierung zu stehen, und außerdem bereit ist, Hunderte von Soldaten der NATO und Bürger Deutschlands zu opfern.«

Aaron Rothchild fror nicht mehr länger, oder wenn er noch fror, war ihm das nicht mehr bewusst, denn stattdessen war ihm jetzt so schlecht, dass er sich am liebsten übergeben hätte. Wie er es auch drehen und wenden mochte, sein Leben war keinen Pfifferling mehr wert. Wenn er redete, war er ein toter Mann, und dass er irgendwann reden würde, war sicher. Kein Mensch redete unter Folter nicht früher oder später. Aber einen Deal machen konnte er auch nicht. Die Männer und Frauen, deren Interessen er bei dem Geschäft mit Federenko vertreten hatte, waren so einflussreich, dass sie ihn überall auf der Welt finden würden, nachdem er erst einmal geredet hatte. Warum also überhaupt noch leben? Besser jetzt und schnell als später und langsam.

Die Jacht war bis auf wenige Meter heran. Im Bug hatte sich ein halbes Dutzend russischer Marinesoldaten bereitgestellt, um ihn und Rodriguez an Bord zu nehmen.

Aaron Rothchild griff nach der Manteltasche mit der .22er – und schrie im nächsten Moment schmerzerfüllt auf.

Rodriguez' mit Schalldämpfer versehene Automatik hatte nur einmal kurz gespuckt, und jetzt waren die Knochen seiner rechten Hand zerschmettert. Blut lief ihm über die zerfetzten Finger.

Er knurrte wütend und wirbelte nun endlich zu Rodriguez herum, versuchte dabei, mit der unverletzten Hand in die Manteltasche zu greifen.

Sie stand ungerührt drei Meter von ihm entfernt und schoss ihm in den Fuß. Mit einem weiteren Schmerzensschrei ging Rothchild stolpernd zu Boden und schlug mit dem Jochbein auf das Pflaster. Er fixierte Rodriguez mit hasserfülltem Blick.

Ihre Mundwinkel waren verächtlich nach unten gezogen. »Ich denke, das wird ein kurzer Sommer, Aaron.«

Berlin-Zehlendorf

Patrizia Hardt war so müde, dass sie beinahe schon auf der mehr als halbstündigen Taxifahrt von der Kaserne hierher nach Hause eingeschlafen wäre. Sie konnte sich nicht daran erinnern, wann sie das letzte Mal so erschöpft gewesen war. Deswegen hatte sie auch ein Taxi genommen.

Den ganzen verbleibenden Rest des Tages hatte sie, nachdem die Sicherstellung sämtlicher Depots erfolgreich abgeschlossen, die biologischen Waffen unter Aufsicht von Dr. Lysann Benningsen vernichtet und die Schläfer allesamt in Haft genommen worden waren, mit ihrem Team zusammen damit verbracht, die Operation zu protokollieren – mit Ausnahme dessen, was nach der Verabredung zwischen Marina Marinova und dem Bundeskanzler nicht im Protokoll auftauchen durfte.

Sie würde morgen noch einmal über alles gehen, um sicherzustellen, dass auch alles korrekt war – und dann würde sie ihren Rücktritt erklären. Sie hoffte, dass ihr Einsatz in der Federenko-Sache ausreichend war, dass Staatssekretär Mayerhofer und Innenministerin Reese oder vielleicht sogar der Bundeskanzler selbst ihr dabei helfen würden, eine neue Aufgabe zu finden. Eine, die sie weniger forderte … die ihr die Möglichkeit ließ, eine Zukunft mit Markus aufzubauen. Falls nicht, würde sie Markus beim Wort nehmen und erst einmal für eine ganze Zeit lang gar nichts machen. Sie hatte genug auf die hohe Kante gelegt, um das auch ohne finanzielle Unterstützung seitens Markus zu bewerkstelligen.

Außer vielleicht, er machte sein Versprechen mit der Weltreise wahr; dann würde ihr Erspartes nicht lange reichen. Der Gedanke brachte sie trotz ihrer Müdigkeit zum Schmunzeln, während sie dem Taxifahrer das Geld gab, das Kollege Lietzmann ihr freundlicherweise geliehen hatte, und die Quittung in die Tasche ihres Kostümblazers steckte.

Sie stieg aus dem Wagen, in der Hand eine Plastiktüte mit ihrem Stoffkleid und den Sneakers. Sie freute sich auf ein heißes Bad und ihr Bett, am meisten aber freute sie sich auf Markus. Bisher hatte sie ihn noch nicht erreicht, sie würde es von der Wanne aus noch mal versuchen.

Das alte Eisentor, das auf das Grundstück der Villa führte, in der sie die kleine Souterrainwohnung gemietet hatte, quietschte wie immer. Aber während sie das an jedem anderen Tag nervte, weil es einfach nicht abzuschalten war, ganz gleich wie oft ihr knausriger Vermieter es angeblich einfettete, empfand sie es heute als ein angenehmes Geräusch; wie ein: »Willkommen zu Hause!«

Sie schloss die Haustür auf, ignorierte den Briefkasten, ging vor der Treppe, die zu den luxuriöseren Wohnungen führte, nach rechts und öffnete ihre unscheinbare Wohnungstür.

Sie merkte sofort, dass etwas nicht stimmte, aber sie konnte nicht benennen, was es war. Vorsichtig fasste sie nach der Waffe an ihrem Gürtel – ehe ihr einfiel, dass sie überhaupt keine trug.

Für einen Moment überlegte sie, das Haus eilig wieder zu verlassen und Verstärkung zu rufen, entschied sich aber dagegen und griff stattdessen einen massiven Stockschirm aus dem Ständer. Bewusst flach und leise atmend, lauschte sie in die halbdunkle Stille.

Da war nichts.

So leise sie konnte, schlüpfte sie aus ihren Schuhen und schlich barfuß weiter. Noch immer war nichts zu hören, und in ihr wuchs die Gewissheit, dass außer ihr niemand in der Wohnung war.

Und dann fiel ihr auf, dass es genau das war, was nicht stimmte. Es war nicht nur niemand hier, sondern es fehlte etwas. Sogar mehr als etwas. Markus' Hausschuhe standen nicht da, wo sie immer standen, und an der Garderobe hing auch keine seiner Jacken mehr.

Patrizia Hardt merkte, dass sie angefangen hatte zu zittern. Sie ging den Flur entlang, an der Küche vorbei in das dahinterliegende Wohnzimmer. Es lagen Blumen auf dem Tisch … und ein Brief … und neben dem Brief ein Schlüssel. Ihr Schlüssel. Der Schlüssel, den sie Markus gegeben hatte.

Sie wusste, was es bedeutete, dass er da lag – und dass sie den Brief gar nicht erst lesen musste …

Sie ärgerte sich darüber, dass ihre Augen feucht geworden waren, legte dann die Plastiktüte mit dem Sommerkleidchen und den Sneakers auf den Tisch neben die Blumen und ging ins Bad, um sich eine Wanne einzulassen.

Während das Wasser lief, nahm sie das Telefon und wählte. Es klingelte drei- oder viermal, ehe am anderen Ende jemand dranging.

»Sven Lietzmann.«

»Hallo, Herr Lietzmann«, sagte sie. »Hier ist Patrizia Hardt. Entschuldigen Sie bitte, dass ich Sie zu Hause anrufe.«

»Kein Problem«, sagte er. »Ich bin gerade erst zur Tür rein.«

»Ich wollte Sie etwas fragen.«

»Was kann ich für Sie tun?«

»Es geht um das, was Sie zu Mayerhofer gesagt haben, als er Sie bei der Beförderung übergangen hat.«

»Ja?«

»Werden Sie wirklich Ihren Abschied nehmen?«

Er zögerte.

»Was ich sagen will, Herr Lietzmann … Also, ich werde weitermachen. Und ich hätte Sie dabei gerne weiterhin an meiner Seite. Wir sind ein gutes Team.«

»Ja, das sind wir. Und auch wenn es mir schwerfällt zuzugeben: Sie sind für die Leitung des GTAZ besser geeignet als ich. Sie haben einen verdammt guten Job gemacht, Frau Hardt. Herr Bölling wäre stolz auf Sie – so wie das ganze Land Grund hat, stolz auf Sie zu sein.«

»Danke, Sie haben Ihren Job aber auch ganz hervorragend gemacht«, erwiderte sie. »Ohne Sie hätten wir das nicht geschafft. Ich wollte, dass Sie das wissen, Herr Lietzmann … und, wie gesagt: Ich würde mir sehr wünschen, Sie blieben mit an Bord.«

Wieder zögerte er für ein paar Momente, ehe er sagte: »Ich denke, es gibt Dinge, die sind wichtiger als die Karriere. Wichtiger als eine leitende Position. Ja, wenn Sie mich immer noch haben wollen, bleibe ich.«

»Wunderbar«, sagte sie. »Das zu hören freut mich ausgesprochen. Dann sehen wir uns morgen. Genießen Sie Ihren Feierabend. Wir haben ihn uns verdient.«

»Danke. Sie auch. Bis morgen.«

Patrizia Hardt legte auf. Ihr Blick wanderte wieder zu den Blumen und dem Brief auf dem Tisch. Sie nahm beide und warf sie in den Papierkorb. Dann zog sie sich aus und ging in die Wanne.

Berlin Mitte
Sophien-Friedhof I

Die Beerdigung von Christian Wieger und Andreas Böhm war ein Begräbnis mit militärischen Ehren: Trommler, Trompeter, Träger mit den Kissen der Orden, die den beiden für ihren Einsatz postum verliehen worden waren.

Bundeskanzler Wagner war anwesend und ging mit Außenminister Weiß, Verteidigungsminister Ney und Innenministerin Reese zusammen mit den Familien der beiden gefallenen Soldaten hinter den beiden Särgen her.

Die Sonne schien so freundlich, als sei nicht das Geringste passiert. Doch trotz des schönen Wetters waren es dunkle Tage, und der Trost, dass es beinahe noch so viel schlimmer gekommen wäre, war nur ein schwacher. Wagner und seine Minister würden später noch zu einer sehr viel größeren Trauerfeier nach Strausberg fahren, um all den Opfern des Anthrax-Anschlags die letzte Ehre zu erweisen – und morgen war dann Leipzig an der Reihe. Aber er hatte es sich nicht nehmen lassen wollen, Wieger und Böhm das letzte Geleit zu geben. Das war das Mindeste, was er und das Land ihnen schuldig waren.

Nicht viel weiter hinter dem Bundeskanzler gingen Staatssekretär Mayerhofer, Patrizia Hardt, Gernot Löw, Sven Lietzmann, Daniel Thieme, Dr. Lysann Benningsen und Marina Marinova – dicht gefolgt vom Rest des GTAZ-Teams.

Die mit der Deutschlandfahne bedeckten Särge wurden an einem Spalier von Kameraden vorüber zu den prächtig geschmückten Gräbern getragen, und während sie nebeneinander in die Erde hinabgelassen wurden, sangen die Soldaten das »Lied vom guten Kameraden«.

Ich hatt einen Kameraden,
Einen bessern findst du nit.
Die Trommel schlug zum Streite,
Er ging an meiner Seite
In gleichem Schritt und Tritt.

Eine Kugel kam geflogen,
Gilt's mir oder gilt es dir?
Ihn hat es weggerissen,
Er liegt mir vor den Füßen,
Als wär's ein Stück von mir.

Will mir die Hand noch reichen,
Derweil ich eben lad.
Kann dir die Hand nicht geben,
Bleib du im ew'gen Leben
Mein guter Kamerad!

Ulf Wieger stand in Paradeuniform am Grab des Bruders und stützte zusammen mit seiner Mutter Andrea Christians junge Witwe Charleen, die ihren Tränen freien Lauf ließ.

Die Soldaten legten ehrfurchtsvoll die Kränze nieder, und einer nach dem anderen gingen Bundeskanzler Wagner und die Minister zu der Familie, um den Trauernden die Hände zu schütteln und ihnen Trost zuzusprechen.

Nach ihnen waren Mayerhofer und Patrizia Hardt an der Reihe.

»Wenn ich irgendetwas tun kann …«, sagte Patrizia Hardt, als sie Ulf Wieger die Hand schüttelte. Die Trauer schnürte ihr die Kehle zu, und sie musste sich zusammenreißen, nicht zu weinen.

Ulf Wieger drückte ihre Hand fester und lächelte dankbar. »Sie haben mehr als genug getan. Ohne Sie und das Team wären jetzt sehr viel mehr von uns da unten.« Er deutete mit dem Kinn auf das offene Grab.

»Dass es nicht so ist, haben wir Ihnen und Ihren Kameraden zu verdanken«, sagte sie mit brüchiger Stimme. »Und Christian und Andreas.«

Sie drückten einander noch einmal in stummer Herzlichkeit die Hand, und Patrizia Hardt machte Platz für Gernot Löw.

Gernot Löw hatte lange überlegt, was er in diesem Moment sagen sollte, doch die Mutter der beiden Wiegerbrüder kam ihm zuvor. Sie packte ihn an den Schultern und zog ihn in ihre Arme. Er fühlte ihre Tränen auf seiner Wange.

»Ich danke Ihnen, Major Löw«, sagte sie leise. »Dafür, dass Sie Ulf die Chance gegeben haben, mit dafür zu sorgen, dass Christians Tod nicht umsonst war.«

Löw wusste nicht, was er erwidern sollte. Christian Wieger war unter seinem Kommando gestorben. Er fühlte sich verantwortlich. Das war eine Last, die er zu tragen hatte – für den Rest seines Lebens.

»Ich wünschte …«, begann er mit belegter Stimme.

»Ich auch!«, unterbrach ihn Andrea Wieger und drückte ihn noch fester. »Ich auch.« Sie löste sich von ihm, legte ihre rechte Hand an seine Wange und zwang sich zu einem tapferen Lächeln, ehe sie zu schluchzen begann. »Ich auch, mein Junge.«

Ulf Wieger legte einen Arm um seine Mutter und hielt sie. Er sah Gernot Löw fest in die Augen. »Es war – und ist mir jederzeit wieder – eine Ehre, Major!«

Löw salutierte. »Die Ehre ist ganz die meine, Kamerad! Jederzeit!«

Sie reichten einander die Hände, und Löw ging zur Seite weg, wo Patrizia Hardt auf ihn wartete.

Für einen Moment schien die Zeit still zu stehen, als Marina Marinova an das Grab trat und eine lange Sekunde in stummer Andacht davorstand, ehe sie eine weiße Lilie hineinwarf.

Sie wollte schon gebeugten Hauptes weitergehen, als Ulfs

Mutter nach vorn trat und sie ebenfalls in ihre Arme zog. Patrizia Hardt sah, dass jetzt auch die Russin angefangen hatte zu weinen. Sie konnte nicht hören, was die ältere der beiden Frauen der jüngeren zuflüsterte, aber sie konnte sehen, dass sie beide unter ihren Tränen schmerzerfüllt zu lächeln begannen, ehe Andrea Wieger Marina Marinova auf beide Wangen küsste und sie aus ihren Armen entließ.

Ulf Wieger stand stramm und salutierte vor der Russin – sie fasste sich und erwiderte den Soldatengruß feierlich. Dann trat er nach vorn und küsste sie ebenfalls auf beide Wangen.

»Das Land hat ihr viel zu verdanken«, sagte Patrizia Hardt zu Löw.

Er nickte. »Mehr als die Öffentlichkeit jemals erfahren wird.«

»Ein abartiger Gedanke, sich vorzustellen, dass sie, falls es doch irgendwann einmal zu einem Krieg kommen wird, wieder auf der anderen Seite kämpft.«

»Die Krise hat den Konflikt zwischen Osten und Westen zwar um einiges entspannt«, sagte Löw. »Aber ein für alle Mal lösen konnten wir ihn nicht.«

»Ich fürchte, das ist auch nicht unsere Aufgabe«, sagte sie. »Sosehr ich auch wünschte, es wäre anders. Aber wir haben die Terroristen besiegt. Das ist unser Job. Für alles andere müssten wir Politiker werden.«

Gernot Löw lächelte grimmig und schüttelte den Kopf. »Nein, Frau Hardt. Nicht Politiker. Zauberer!«

Anmerkung des Autors

Dieses Buch ist ein Roman und damit reine Fiktion. Die Handlung und die handelnden und/oder beschriebenen Personen sind frei erfunden. Jede Ähnlichkeit mit tatsächlich lebenden und/oder verstorbenen Personen und/oder Ereignissen ist nicht beabsichtigt und wäre rein zufällig.

Danksagung

Mein tiefer Dank gilt zunächst natürlich vor allem Ihnen, liebe Leserin, lieber Leser – für Ihr Interesse; denn das erst gibt mir die Möglichkeit, Ihnen die Geschichten zu erzählen zu den Dingen, die mich bewegen und beschäftigen. Außerdem – ohne das jetzt über Gebühr dramatisieren zu wollen – hilft es mir durch manch dunkle Stunde, die ich bei meinen Recherchen erlebe. Denn obwohl auch *GIFT* (wie schon *H_2O* und auch meine Richard-Hagen-Krimis *Ihr unschuldiges Herz* und *Bluthatz*) in erster Linie selbstverständlich Fiktion ist, beruhen einige Hintergründe davon auf harten und oftmals ausgesprochen grausamen und erschreckenden Fakten und historischen Ereignissen. Eine Tatsache, die mich bei meiner Arbeit nicht selten an meine Grenzen führt. Da hilft der Gedanke an Sie sehr!

Darüber hinaus gilt mein Dank selbstredend den Menschen hinter meinen Büchern:

Allen voran dem wunderbaren Holger Kappel von Blanvalet für sein Vertrauen, seine Treue und die Unterstützung, die er meinen Arbeiten zukommen lässt; dem aufmerksamen Gerhard Seidl für seinen scharfen Blick im Lektorat und das kollektive Gedächtnis, das meinem eigenen manchmal auf die Sprünge helfen muss; der Herstellung und dem Vertrieb von Blanvalet, weil sie meine Bücher in solch toller Aufmachung in die Welt hinaustragen; den interessierten und fleißigen Damen und Herren in all den großen und kleinen Buchhandlungen im ganzen Land dafür, dass sie Ihnen, liebe

Leserin, lieber Leser, und mir überhaupt erst die Möglichkeit geben zueinanderzufinden; und nicht zuletzt meiner Agentur Agence Hoffman – Andrea Wildgruber, Claudia Lichte und Rosemarie Peukert – für all den kompetenten, geduldigen und vor allem herzlichen Beistand!